高等职业教育新形态一体化教材

ERTONG WENXUE

儿童文学

（第二版）

主　编　李玉鸽

副主编　徐　蕊　王　靖　郑艳辉　夏　晶

中国教育出版传媒集团
高等教育出版社·北京

内容提要

本书以学前教育专业儿童文学课程的定位为编写前提，以培养学习者的儿童文学素养为旨归，以厘清儿童文学的基本理论和文体理论、加强对阅读鉴赏和讲读创编能力的训练为编写思路，力争做到好看、好学、好用。

本书共设十个单元，单元一为儿童文学基本理论，单元十为儿童文学传递，其余八个单元为儿童文学文体。每个单元设单元导引、单元内容、作品选读、训练与拓展等板块。单元导引包括学习目标定位和单元概说；单元内容按文体的重心不同，分别做了不同的展述。作品选读考虑了多个因素：既为文体理论展述存例，也为能力训练提供阅读材料；既考虑"为幼儿"，即学前教育的特殊要求——浅显性、游戏性、趣味性，也考虑"为学生"，即学生自身阅读的需要——精致性、典范性。训练与拓展板块包括思考与训练（理论探讨、鉴赏与创编）、资料链接（文选与案例、图书推介）两个环节，既强调理论思考、鉴赏与创编能力训练，也强调开阔阅读视野，关注儿童文学研究及儿童教育新现象，以做到学以致用，能学会用。

本书可作为高等职业院校、五年制高职、应用型本科、继续教育学前教育、早期教育、婴幼儿托育服务与管理、语文教育、小学教育等专业的教材，也可作为社会从业人士的业务参考书。

图书在版编目（CIP）数据

儿童文学 / 李玉鸽主编. --2 版. -- 北京：高等教育出版社，2020.8（2023.12重印）

ISBN 978-7-04-054364-3

Ⅰ.①儿… Ⅱ.①李… Ⅲ.①儿童文学 – 高等职业教育 – 教材 Ⅳ.① I058

中国版本图书馆 CIP 数据核字（2020）第 109728 号

策划编辑 张庆波	责任编辑 赵清梅	封面设计 王 鹏	版式设计 杜微言
责任校对 胡美萍	责任印制 田 甜		

出版发行	高等教育出版社	网　　址 http://www.hep.edu.cn
社　　址	北京市西城区德外大街 4 号	http://www.hep.com.cn
邮政编码	100120	网上订购 http://www.hepmall.com.cn
印　　刷	涿州市京南印刷厂	http://www.hepmall.com
开　　本	787mm×1092mm　1/16	http://www.hepmall.cn
印　　张	18	版　　次 2016 年 7 月第 1 版
字　　数	460 千字	2020 年 8 月第 2 版
购书热线	010-58581118	印　　次 2023 年 12 月第 6 次印刷
咨询电话	400-810-0598	定　　价 36.10 元

前　言

　　儿童文学课程是高职高专学前教育专业的一门专业素养课程，以培养学生的儿童文学素养为旨归，包括三个方面的内容：其一，理论素养——认识儿童文学的基本性质、特征和不同年龄阶段儿童的文学接受特点，把握儿童文学不同体裁作品的特点，明确儿童文学与儿童教育的关系；其二，能力素养——开阔儿童文学阅读视野，养成较高的儿童文学鉴赏、朗诵、讲说能力和创作改编能力，能有效地利用儿童文学资源开展早期阅读指导活动；其三，情感素养——培养学生美好的情感、温暖的情怀和健康的人格，陶冶其情操，激发其想象力和创造力，使学生养成热爱儿童、热爱儿童文学的情怀和较好的灵性。

　　儿童文学既要重视理论知识的学习，也要重视能力素养的训练；既要重视儿童文学对学生将来从事儿童教育的价值，也需重视儿童文学对学生自身性情、情怀、情操陶冶的价值。这后一点往往容易被忽视。

　　依照幼儿教师教育培养标准的要求，儿童文学教材必须兼顾三个方面：第一，儿童文学这一特殊文学门类的基本理论；第二，学前教育专业学生的职业面向——儿童教育的需要；第三，学前教育专业学生自身成长的需要。

　　从第一方面考虑，儿童文学教材必须阐述儿童文学的基本原理、文体理论，保证儿童文学知识体系的完整性、明晰性；从第二方面考虑，儿童文学教材必须关联学前儿童教育现实，重视对儿童文学能力素养的训练——欣赏、创编、传诵、传递能力；从第三方面考虑，儿童文学教材必须满足学生自身文学阅读的兴趣与需要，必须为其提供高品质的儿童文学作品。

　　由此，儿童文学教材应当定位于能提供基本的儿童文学理论、文体理论；能指导学生进行儿童文学鉴赏、讲诵、创编、传递能力训练，能培养、调动并满足学生自身的儿童文学阅读兴趣；学时适中，能力实践与理论学习并重，利于学生养成较高的儿童文学素养，为将来指导儿童开展早期阅读提供支持。

　　另一方面，作为培养幼儿教师的一门重要的人文素养课程，儿童文学也应响应党的二十大精神，回应新时代的关切，我们须站在"为党育人、为国育才"和培养"四有好老师"的高度来看待儿童文学。据此，儿童文学课程应遵循"立德树人"教育宗旨，培植社会主义核心价值观，在向学生传递儿童文学知识、理论的同时，传承中华优秀传统文化，树立社会主义文化自信。

　　基于对上述多重因素的考虑，我们确定了本教材的编写思路——坚持德育为先原则，厘清儿童文学基本理论和文体理论；突显能力训练——阅读鉴赏、讲读创编等；选取精到的作品，拓展教材的链接空间（推荐名篇、案例），力争做到好看、好学、好用。

　　本教材从以下几个方面进行了探索：

　　1. 理论表述简明切实，并结合具体作品分析阐述，不放空，不求高深，便于理解、掌握；鉴赏、创编指导具体，不做流于形式的空谈，以求做到理论与鉴赏、讲诵、创编、教学等能力训练相结合。

2．突出能力训练，力求训练设计有特色。强化对儿童文学鉴赏、讲诵、创编、教学能力的训练落实，总体设计上有专门的运用篇，每个章节都设有拓展训练板块。强化知识、能力向实际教学能力转化，提供方法指导，进行案例分析，通过反复训练，使学习者由模仿、改编上升到创作，能力培养得以落实，且易于操作；同时，训练设计力求有特色，题型丰富。

3．扩大教材的信息量，吸收儿童文学研究新成果。在训练环节提供文选与案例，为学生进一步学习、训练提供大量参考资料，便于学生课余自学与发展。

4．精心选取特色作品。考虑到同题多选，同题多体，便于学生比照阅读，揣摩儿童文学创作与改编技巧；既考虑便于学生模仿训练的需要，又考虑选取经典的作品供学生阅读，以激发学生对儿童文学的阅读审美兴趣。

5．在整体设计上重视课程价值观目标培养需要，保证作品具有正确的价值取向，重视端正的教育观念与积极的情感态度的培养，充分考虑课程思政的需要，设置诸多课程思政结合点。

本教材编写分工如下：

襄阳职业技术学院李玉鸽执笔单元一、单元九；襄阳市第一实验小学陈娟执笔单元二；川北幼儿师范高等专科学校罗勇执笔单元三；铜仁幼儿师范高等专科学校安明泽执笔单元四；运城幼儿师范高等专科学校夏晶执笔单元五；襄阳职业技术学院徐蕊执笔单元六；安阳幼儿师范高等专科学校郑艳辉执笔单元七；运城幼儿师范高等专科学校阴肖娟执笔单元八；安阳幼儿师范高等专科学校王靖执笔单元十。李玉鸽负责确定全书的编写提纲、体例，并承担全书编写的组织和统稿工作。

本教材自 2016 年首次付印以来，在广泛使用的基础上，结合"三教"改革持续进行着修订。为满足儿童文学课程信息化教学改革的需求，实现优质资源共享，与本教材配套的儿童文学在线课程已在智慧职教平台上线。李玉鸽、徐蕊、夏晶、王靖、郑艳辉、陈娟参与了教材的修订。上述老师和襄阳职业技术学院的张越、周志艳、刘颖君，襄阳市艺聆文化传媒工作室的姚文娟共同参与了儿童文学在线课程建设工作。感谢各位老师付出的辛勤劳动，更感谢儿童文学专家、学者的资料以及儿童文学作家的作品对编写教材所起到的支撑作用。

编写组

2023 年 5 月

目 录

单元一
儿童文学基本理论

学习目标

1. 认识儿童文学的概念；
2. 认识儿童文学的特殊性；
3. 掌握儿童文学的艺术特征；
4. 了解儿童文学的发展情况；
5. 认识儿童文学的功能；
6. 认识幼儿文学的特征；
7. 认识幼儿文学与幼儿发展的关系。

基础理论

　　文学发端于口头文学，距今已有数千年的历史；儿童文学的历史则要短暂许多，其独立于成人文学仅两百多年。儿童文学源于人类对儿童的爱与期待，因儿童快乐成长的需要而存在，因儿童教育的需要而发展。儿童文学的中心是爱与美，儿童文学的特性是轻盈。拥有儿童文学的童年，生命之歌会更加丰盈、美丽；教育者唯有亲近儿童文学，方能点亮儿童的心灵之灯，方能成为一名轻盈的天使之师。

第一节　儿童文学释义

儿童文学是特
殊的文学

一　儿童文学的定义

　　何为文学？文学乃是作家用独特的语言艺术表现其独特的心灵世界的语言艺术作品。对此定义，人们虽有异议，基本上还是可以接受的。但要给儿童文学下一个服众的定义，却是一件非常困难的事情。儿童文学专家朱自强教授甚至说，在欧美儿童文学发达地区，并不看重对儿童文学下什么定义。

儿童文学定义难下，与儿童文学读者对象的特殊性有着直接的关联。以下是几个有代表性的定义。

日本著名儿童文学理论家上笙一郎认为："儿童文学以通过其作品的文学价值将儿童培育引导成为健全的社会一员为最终目的，是成年人适应儿童读者的发育阶段而创造的文学。"

北京师范大学王泉根教授借鉴了上笙一郎的观点，他认为："儿童文学是成年人为适应3到17岁的少年儿童的健康成长而创造的文学，是幼年文学、童年文学、少年文学三个层次文学的集合体。少年儿童年龄特征的差异性及其对文学的不同要求决定并制约着幼年文学、童年文学、少年文学各自具有的本质特征与思想、艺术上的要求，这三个层次的文学都以其作品的文学价值——认识、教育、审美、娱乐等作用，将少年儿童培育引导成为灵肉健全的社会一员为最终目的。"

王泉根明确提出，儿童文学包含"儿童本位的儿童文学"和"非儿童本位的儿童文学"。"儿童本位的儿童文学"是指以儿童为本位创作的、契合小读者审美趣味与接受心理的文学，它以表现少年儿童眼中的现实世界或心灵中的幻想世界为中心内容；"非儿童本位的儿童文学"的中心读者是成年人，它以表现成年人眼光中现实世界或心灵中的幻想世界为中心内容，但由于这类作品的某些艺术因素——童年记忆、魔幻手法、游戏精神、荒诞情调等吸引了小读者，被小读者当成了自己的读物。

浙江师范大学方卫平教授认为，"儿童文学是专门为儿童创作并适合他们阅读的、具有独特艺术性和丰富价值的各类文学作品的总称。"方卫平认为，有两种意义上的儿童文学，一种是现代意义上的，另一种是古典意义上的。现代意义上的儿童文学是专为儿童创作的一种自觉的、独立的文学门类；而古典意义上的儿童文学，则来自民间文学、成人文学领域，是弥补儿童精神需要的一种补偿性的文学。以中国古代文学为例，古典意义上的儿童文学主要包括四类作品——民间口头文学作品、注重故事性且有一定文学色彩的蒙养读物、经过专门编撰的所谓"陶冶性情"的成人文学作品、古典文学中那些适合儿童特点且常常为儿童读者所选择和接受的作品。

中国海洋大学朱自强教授认为，"儿童文学 ＝ 儿童 × 成人 × 文学"，这个公式的前提是否定"儿童文学 ＝ 儿童 ＋ 文学"和"儿童文学 ＝ 儿童 ＋ 成人 ＋ 文学"。朱自强认为，在儿童文学的生成中，成人是否专门为儿童创作并不是使作品成为儿童文学的决定因素，至为重要的是在儿童与成人之间建立双向互动的关系，儿童和成人通过文学的形式，走向对话、交流、融合、互动，形成相互赠予的关系，儿童文学就会出现极有能量的艺术生成。

浙江师范大学蒋风教授认为，"简单地说，儿童文学就是儿童的文学。具体来说，是指符合儿童的审美需求，适合特定年龄阶段儿童的心理特点、接受能力的，有助于他们成长的文学，其中以特意为他们创作、编写的作品为主，也包括一部分虽非刻意为儿童所作，却能为小读者所理解、接受又有益于他们成长的文学艺术作品。"

这些观点并不完全一致，关注的重心不尽相同，但可以相互补充。由此，我们可以说，儿童文学是成人写给儿童看的文学，是两代人之间的文化传递与精神对话的一种特殊形式；儿童文学必须适合儿童阅读，适合儿童的年龄特征和接受能力；与成人文学相比，儿童文学具有显著的特殊性和独特的艺术特征。

　　比较上述"文学"和"儿童文学"的定义，我们不难看出，文学的定义突出强调作家的独特地位，而儿童文学则强调读者的独特地位。我们甚至可以说文学（主要指"成人文学"）是以作家为中心的，而儿童文学则是以读者为中心的。

　　与成人文学相比，儿童文学包含了四个方面的特征性内涵：在基本精神上，儿童文学以儿童身心发展的基本特征作为创作的精神起点；在表现内容上，儿童文学以儿童的日常生活内容或情感体验为基本的表现对象；在表现手法上，儿童文学尤其注重故事手法和幻想手法的运用；在功能意义上，儿童文学对儿童具有审美、娱乐、教育等多重价值。

　　按照接受对象的年龄特征划分，儿童文学可分为三个层次——幼儿文学、童年文学、少年文学；同时，儿童文学又表现出四种存在状态——专门为儿童创作的儿童文学作品、被儿童占为己有的儿童文学作品、自我表现的儿童文学作品、儿童自己创作的文学作品。

二　儿童文学的特殊性

　　文学有自身的特质，如形象性、情感性、诗意美等。作为文学大家庭中的一员，儿童文学也具有文学的共性，如果我们把共性称为一般性，儿童文学还有其特殊性——儿童文学必须适合儿童。究其成因，主要来自两个方面：一方面是社会教育对儿童的要求，另一方面是儿童自身的心理年龄特征的要求。这两个方面正是构成儿童文学特殊性的基础性和决定性因素。儿童文学的所有特殊性正是建立在儿童读者对象的特殊性之上的。

（一）特殊的儿童教育要求

　　从社会教育的角度出发，我们希望儿童品德高尚，坚强，快乐向上，有同情心，懂得爱、友谊、温暖、尊严，由此，儿童文学必须保证在儿童快乐的基础上，给予他们适当的教育、引导，培养他们具有人类所应有的良知、美德，这就要求儿童文学保证教育的方向性、纯洁性，如若失去了这一考虑，儿童文学就失去了灵魂和应有的社会功能，变成单纯的文字游戏和商业的附属品，走向无聊、庸俗，乃至于残暴、邪恶。

（二）特殊的接受对象

　　从儿童的心理年龄特征出发，儿童文学必须适合儿童的接受能力，切合儿童的兴趣特点，适应儿童教育与成长的需要。

　　儿童文学的接受对象虽然不限儿童，但主要是儿童。作为一个群体，不同阶段的儿童在生理、心理、文化诸多层面构成的文学接受能力上有其共同的特殊性；同时，作为个体，儿童更呈现多样性，在年龄、性别、智力、心理个性、文化背景上各个不同。由此，儿童文学表现出三个方面的特殊性——儿童性、教育性、趣味性。

　　儿童性　儿童文学的儿童性主要包含两个方面的意义：一方面，儿童文学要适应儿童主体结构（伦理、文化、心理三个层次）的同化机能，能为儿童所接受和欣赏。同成人相比，儿童并不是缺少阅读能力，而是缺少阅读经验。儿童适宜欣赏儿歌、儿童故事和图画故事，正是儿童的本能使然。另一方面，儿童文学要适应儿童的阶段性。正是基于各年龄阶段儿童接受能力与兴趣特点的不同，儿童文学被进一步细化为幼儿文学、儿童文学和少年文学。从创作角度讲，儿童文学创作者应有把握儿童理解水平的能力。别林斯基说过："高于儿童理解水平的书籍，会使儿童成为早熟的人、道学先生、空谈家，低于儿童理解水平的书籍，会造成儿童智力的不足，养成他们与年龄不相称的天真幼稚。"现在提倡儿童分级阅读，依据就在于此。

　　教育性　儿童文学的教育性，体现在其功能上，主要有教育（德育）、认知（智育）、审美、娱乐等几个方面，用一句话说，儿童文学要助推儿童快乐、健康地成长。

　　趣味性　儿童文学的趣味性，主要是由儿童文学作品的儿童情趣产生的。有无童趣，是区别儿童文学与成人文学作品的最重要的分界线。儿童文学的趣味性是由三个方面的因素——心理因素、美学因素、艺术手段因素决定的。心理因素有亲切感、新奇感、惊险感、动作感、想象力等；美学因素有喜剧性（滑稽、幽默、讽刺）、悲壮美、传奇色彩、童真美等；艺术手段因素有夸张、拟人、悬念等。

（三）特殊的创作主体

　　探究儿童文学的特殊性，我们还可以从儿童文学系统的另一个构成要素——作家来分析。

　　儿童文学的创作主体是成人，但阅读主体是儿童，两者之间的年龄落差及由此产生的审美意识等方面的差异，造成了儿童文学创作形态上的特殊性。成人文学是成人作家自我表现的艺术，他只需考虑作者自我的审美意识即可，但儿童文学由于要考虑读者特定年龄阶段的阅读兴趣、心理特征和接受能力，作家就既要有其自身的成人审美意识，还要有儿童的审美意识。正是儿童文学的特殊性，决定了儿童文学作家的特殊性。儿童文学作家除了具备一般文学创作的能力以外，还需在精神气质、生活积累、艺术表现等方面具备一些特殊的条件。和成人文学作家相比，儿童文学作家具有独特的精神气质、独特的感受力和生活经验、独特的艺术表现力。

　　独特的精神气质　别林斯基说过："儿童文学作家应当是生就的，而不应是造就的。这是一种天赋。"儿童文学作家创作儿童文学，除却责任和对儿童的爱，更多是天性与内心需要使然，安徒生的创作经历是最好的例证。安徒生一开始并没有选择儿童文学，他尝试过戏剧、诗歌、小说等，但都没有获得大的成功，直至选择了儿童文学，方才大放异彩。

　　独特的感受力和生活经验　儿童文学作家的独特感受力很大程度上来自他们独特的生活经验。这种生活经验就是对童年生活的向往、回忆和守护，主要通过两种途径获得——童年记忆和深入儿童生活。1960年，安徒生文学奖得主、德国著名儿童文学作家凯斯特纳在与林格伦、特拉瓦斯两位女性作家探讨如何才能写出受儿童欢迎的作品时，曾说过："与自己的童年保持不受损害、依然活生生的联系，这是一种罕有的才能，靠这种才能方能写作成功。依据她们的观点，生儿育女、了解孩子的不见得就能写出优秀的儿童文学作品来，要紧的是了解过去的那个孩子——自己。这样的好作品首先不是观察的结果，甚至不是以母性去观察的结果，而只是记忆的结果。"而林格伦也曾经说过："我写作品，我唯一的读者和批评者就是我自己——只不过是童年时代的我自己。我童年的那个孩子活在我心中，一直活到如今。亏得有这个孩子，我才能为儿童写作到现在。我写作，为的就是让我心中的孩子得到快乐。我就写我童年时代的我喜欢的书。"当记者问及她写作时是否从自己的孩子身上、从自己孙辈身上汲取灵感时，她回答说："……世界上，只有一个孩子能给我以灵感，那便是童年时代的我自己。给孩子写作品，不一定非得自己有孩子。为了写好给孩子读的作品，必须时时回想你童年时代是什么样子。"

　　独特的艺术表现力　儿童文学作家在对想象力、幽默感、诗意、故事叙事等多种文学特质的把握和文学表现手法的掌握调控上，明显不同于成人文学作家。阅读英国作家达尔为成人创作的推理小说和为孩子们创作的那些卓杰的童话作品时，这种感受尤为深刻。最为特别的一点是，优秀的儿童文学能做到举重若轻，他能以一种非常轻盈的方式来传递美好乃至深沉的命意。安徒生曾自豪地说："我写的童话不只是给小孩子看的，也是写给老头子和中年人看的。小孩子更多地从我的童话故事情节本身体味到乐趣，成年人可以品尝到其中包含的深意。"似有若无，无意味处有意味，同时又能做到"要多浅有多浅，要多深有多深"，这正是儿童文学的曼妙之处。

（四）特殊的文本

我们还可以从儿童文学作品的文本特点来考查儿童文学的特殊性。儿童文学在文本上的特点主要有三个方面——故事性、语言、插图。

故事性是叙事性作品的重要特性，从听读的角度，有故事情节的讲述是形象的。儿童的阅读有不同于成人阅读的特殊性，其感性认识强于理性认识，形象思维强于抽象思维，所以更喜欢阅读故事性的作品。对儿童文学来说，不单在儿童故事、童话等叙事文体中有故事，即便是儿歌、儿童散文、图画书等文体，也大多有故事的框架或影子。

一方面儿童文学的语言具有形象性特点，动作感、色彩感强，能使儿童读者通过想象、联想的方式进行形象感知；另一方面，儿童文学的语言叙述性强，有音乐性、韵律感且简洁生动。

儿童文学图文并茂，插图十分丰富，甚至有专门的图画书文体。这些插图，既增强了作品的吸引力，又能帮助儿童读者欣赏和理解作品，增强阅读效果和提高审美效应。

第二节　儿童文学的艺术特征

儿童文学的轻盈之美

《咏鹅》之美：美在纯真

儿童文学要适合儿童阅读能力和审美趣味的特殊性，必然会形成有别于成人文学的艺术特征。总体上讲，成人文学是倾向于深沉凝重的，而儿童文学虽然各个阶段的特性不尽一致，但却有一个共同的特性——轻盈。这轻盈是一种儿童本然的生命状态，是一任天真、未把人生看破，是傻傻的天真和笨笨的稚拙；这轻盈以欢愉为美，洋溢着生命的快乐；这轻盈是一种喜剧，浪漫、变幻；这轻盈充满游戏精神，使儿童文学具有了浓郁的儿童情趣和举重若轻的品格。

具体说来，儿童文学的轻盈之美表现为以下几点。

（一）纯真

纯真这种艺术品质，并非儿童文学所专有，在成人文学中也有显现。在"庄周梦蝶"的追问中，在《春江花月夜》的"天问"——"江畔何人初见月，江月何年初照人"里，都可以感受到纯真的存在。纯真之于成人文学，只具有个别性，而不具有普遍性；但对于儿童文学来说，纯真则是一种普遍性的品质。没有纯真特性的作品，是不能算作儿童文学的。

实际上，成人文学的纯真和儿童文学的纯真也是有所区别的，成人文学之纯真强调的是真挚、纯洁；而儿童文学的纯真更近于天真、本然。儿童文学的纯真与儿童的生命内涵、精神特征紧密相连。儿童世界与成人世界相比显得非常稚嫩、纯真、美好，他们的心灵单纯而明净，他们因不谙世事而真挚地对待一切事物。这种纤尘不染的童真是儿童生命中固有的品行或曰本然的天性，这是儿童文学作品纯真美的客观来源。

对于幼小的孩童来说，纯真的表现是多种多样的，它可以是对人不设防、没有算计的言行举止；可以是良善、真诚的泛爱与同情；也可以是耽于梦想，对万物的好奇与关心……在刘倩倩的《你别问这是为什么》一诗中，"我"看过安徒生的《卖火柴的小女孩》，对故事中的小女孩深深同情，想把自己生活中的一切美好与之分享，想通过做梦的方式来实现自己的心愿，而且还要把这当成一个秘密，不告诉别人，这份美好的心思就是纯真美的最好体现。而在童话《蓝色瓦吉罗》中，那个羡慕别人、变来变去的斑点猪，最后还是觉得做斑点猪最快乐，最终又变回了自己。这一变换过程对成人而言，简直就是想入非非、庸人自扰，但对于儿童而言，则有着愿望不断达成的满足与快乐，这种孩子式的梦想、痴迷也是纯真。

（二）欢愉

从生命哲学讲，人是向死而生的。人生短暂，人生多艰，"人生不得意，十之八九"，这是人生的常态。正因为世事如此，成人文学脱离不了忧伤与悲悯的底色。然而，我们却不能把生命的沉重一览无遗地告诉儿童，过早地把这一切告诉儿童非但无益，反而有害。我们要更多地告诉他们生命的美好与绚丽，让他们感受到生命的欢乐与圆满，让他们对生命充满蓬勃的热情。所以，儿童文学总是洋溢着天真烂漫的欢愉。

儿童文学的欢愉最鲜明地体现在作品的游戏精神上，儿童文学在情节安排、形象塑造、形式选择和语言运用等方面总是倾向于制造欢快愉悦的感觉，甚至单纯以趣味性表达和幽默氛围营造为目的，如儿歌中的颠倒歌、滑稽故事书《敏豪生奇遇记》。儿童对文学的欣赏是从本能出发的，以此为据，儿童文学成了最注重形式美的文学。对儿童而言，悦耳的声音、好看的图画、动听的故事就是欢愉本身。譬如，儿歌，游戏与音韵和谐好听是其根本，儿歌反映的内容是游戏，其本身也是游戏，它把游戏带给儿童的快乐放在首位，把声音制造的愉悦放大到极致，而对意义并不看重。图画书作为既可听又可看的书，一方面带给儿童听的快乐——大人读故事给儿童听，另一方面带给儿童看的快乐——故事图像阅读，简直堪称儿童的恩物。如图画书《猜猜我有多爱你》，本身就是一大一小两只兔子的游戏，其灵动的形象、好玩的语言、温馨的故事带给儿童的快乐是多重的，如果采用亲子阅读模式，则其欢愉更要加倍。

儿童文学的欢愉美既表现在故事内容本身或者故事形象的幽默、滑稽、可笑上，也表现在作品所有意使用的表现形式与手段上，如采用夸张、反语、颠倒、双关、反复、谐音等手法，如用语言、情节的不协调构成矛盾冲突，营造故事的趣味性、幽默感，或是用夸诞的方式展开叙述，构成极具荒诞色彩的故事。比如，阿·托尔斯泰的《狐狸和熊》，狐狸的精明、熊的憨厚与傻，形象鲜明，令人愉悦，而狐狸随口编排的"开桶村""一半村""精光村"等村子的名字，读来更是令人忍俊不禁。

（三）变幻

好动、好奇、好幻想是由儿童的年龄特征决定的本能。别林斯基曾说过："童年时期，幻想乃是儿童心灵的主要本领和力量，乃是心灵的杠杆，是儿童的精神世界和存在于他们自身之外的现实世界之间的首要媒介。"德国的童话大师凯斯特纳曾将幻想力称为儿童的"第三力量"。儿童的思维是自我中心的思维，具有任意组合的特性，儿童的好奇心往往是荒唐的、不合逻辑的。由此，儿童文学也总是富于幻想，富有惊险神奇的意味，这就构成了儿童文学作品迷人的变幻之美。从某种程度上说，没有幻想，就没有儿童文学。在儿童文学诸文体中，最具有变幻色彩的当属童话。

譬如，在罗大里的童话《冰淇淋楼房》里，作者把孩子带有游戏性的思维方式作为想象的基础，讲述大人们在广场上盖起了一座冰淇淋大楼，许许多多孩子闻风而来，争相舔吃冰淇淋大楼，不多久就舔完了它。童话把孩子们爱吃的冰淇淋及能多多地吃到冰淇淋的愿望同楼房异想天开地联系起来，既新鲜又奇特。再如，童话《蓝色瓦吉罗》，小斑点猪不断地羡慕别人的东西，它希望有蓝色的皮肤、长颈鹿的脖子、狮子的棕毛、鸵鸟的腿、飞鸟的翅膀，它的愿望也真的不断地得到了实现，到最后当它觉得还是做一只普通的斑点猪最快乐时，它的愿望再次达成，又变回了斑点猪。虽然斑点猪魔幻变形的过程神秘离奇，荒诞夸张，但儿童听赏、阅读这样的作品会得到极大的心理满足和乐趣。

童话实现变幻的手段是多样的，拟人、夸张、变形、神化、怪诞等都可以助推幻想的实现。童话文体是最具儿童文学特色的文体，它浪漫、轻盈，是一种飞翔姿态的文体。和神话类及志怪类作品不同，童话的幻想是安全的，它有一个圆形的结构，从妈妈身边飞走的孩子最终还要回到妈妈的身边。

（四）质朴

文学表达的最高境界是能"于质朴中寓深沉，于平淡中含隽永"。所谓质朴，既能用最为简洁、自然的形式来表达最为本真的生命意趣，又能达到黑格尔所推崇的美学品格——"于无足轻重的东西之中见出最高度的深刻意义。"质朴美虽然不只儿童文学作品所专有，但儿童文学的质朴美，是一种与儿童生命相关联的本性之美，是一种不加修饰雕琢的自然、淳朴美。

儿童文学的质朴美既可以表现为作品形式的朴素，也可以表现为作品心理内涵的朴素。儿童文学的质朴不是简单、贫白，而是如安徒生这样的儿童文学天才所展现的"要多浅就有多浅，要多深就有多深"的大师风范；儿童文学的质朴是举重若轻、深入浅出，是用儿童可以直观感受的浅显的语言、简单的手法、简短的故事去承载、表现深深的命意。安徒生的作品堪称这方面的典范，其《丑小鸭》《豌豆上的公主》《皇帝的新装》等，表面上只是一个个或温婉或夸张的故事，内里却有着深刻的心理内涵和丰富的象征意义。《丑小鸭》对孩子们说——"千万别放弃，要爱自己，在别人不爱你的时候，越是要加倍地爱自己，只有爱自己，才有希望看到成功的来临"；《豌豆上的公主》则告诫成人——"孩子是娇嫩无比的，经受不了一点点伤害，成年人应该给孩子更加细致的爱"；《皇帝的新装》则极度地揶揄——"玩弄形式主义的人自以为高明，其实谁都知道他是光着屁股的"。

不特安徒生的作品如此，优秀的儿童文学作品都具有质朴的品格。以儿歌《老鸡训小鸡》为例，看似简单的四句话，背后却极具张力，反讽的意味令人印象深刻；譬如，新美南吉的《去年的树》，故事非常简单，就只有一只鸟、一棵树和几段对话，但却不仅仅是友谊那么简单，它有着极其动人的力量，能使人生发多重感动——美好的逝去与生命的无奈、爱与承诺、怀念、曾经的美好是会永远存在的……还譬如，谢尔·希尔弗斯坦的《爱心树》，以黑白简笔画的形式，写一棵树与一个孩子的故事，却诠释了母爱——"只付出、给予，不求回报"的温暖情怀。

第三节　儿童文学的发展

儿童文学极
简史

一　西方儿童文学发展简史

儿童文学不是从古就有的，一般认为，在儿童被"发现"、被认识之前，"儿童文学"是不成立的。只有当儿童被"发现"，只有当成人世界形成正确的儿童观，真正意义上的儿童文学才可能出现。

14—16世纪的欧洲文艺复兴运动对认识和"发现"儿童起到了催生的作用。1658年，捷克教育家夸美纽斯出版了第一本儿童百科知识大全《世界图解》，这是世界儿童文学史上第一本儿童图画书，其以儿童为本位而进行的教育革命，改变了以往的教育观，使人们对儿童的认识开始走向自觉。1693年，英国教育家和哲学家洛克发表了《教育漫话》，认为儿童的求知欲是从好奇心开始的，给儿童的教材要尽可能有趣，可通过儿童感兴趣的故事或游戏的形式来进行教育。这推动了社会进一步"发现"儿童、尊重儿童。1762年，法国教育家和哲学家卢梭出版了儿童自传体小说《爱弥儿》，这是世界儿童文学史上第一部把儿童作为具有独立人格的人来描写的小说。它第一次提出：要尊重儿童，要顺应儿童本性，要根据儿童年龄、个性、性别等特点进行教育。这三部著作的出现被视为儿童文学诞生的标志性事件。人们一般把17世纪末期至18世纪作为儿童文学的萌发、诞生期，把17世纪以前称为儿童文学史前期，把19世纪称为儿童文学发展辉煌期，把20世纪称为儿童文学第二个辉煌期。

（一）17世纪及其以前的儿童文学

17世纪以前，还没有专属于儿童的儿童文学出现，儿童与文学的结缘，是从一些具有较浓文学气息的训诫书、知识书及一些贴近儿童审美趣味、审美能力的民间口头文学和成人文学开始的。

除中国外，其他地区也出现了适合儿童阅读的作品集。在印度，成书于公元2—6世纪的《五卷书》，是一本寓言、童话故事集，其中大故事套小故事，故事性强，富有传奇色彩，极富儿童情趣。这部书被公认为儿童喜爱的最早读物。在古希腊，公元6—7世纪，出现了《伊索寓言》，它以动物故事为题材，篇幅短小，结构简单，一个故事阐述一个道理，语言幽默，极富讽刺意味。比《伊索寓言》稍晚，阿拉伯民间故事集《一千零一夜》出现，内容主要包括神话、寓言故事和传奇、动物故事。

12—13世纪，法国出版了《列那狐的故事》，这是儿童喜爱的最早的长篇动物故事诗。

1697年，法国文学家夏尔·贝洛将其改写的8篇童话和3首童诗结集出版，题为《鹅妈妈故事集》（又名《寓含道德教训的往昔故事》），这是一本有意为儿童改写编撰的童话集。

（二）18世纪的儿童文学

17世纪末至18世纪初，为适应资本主义的发展，把年轻一代培养成为有文化的劳动者被提到历史的议事日程上来了。为配合这一教育要求，专门为教育儿童而创作的儿童文学应运而生了。最具代表性的作品就是卢梭的教育、哲理小说《爱弥儿》，其崭新、系统的儿童观标志着人们真正"发现"了儿童，社会的儿童观发生了转变，这为以后的儿童文学发展铺平了道路。在其影响下，欧洲的儿童文学作品开始大量涌现。

18世纪后期，经德国作家拉斯伯整理的滑稽故事书《敏豪生奇遇记》（也译为《吹牛大王历险记》）出版，该书记述了敏豪生的37次奇遇。作品想象力丰富且超凡，故事格调诙谐幽默，具有闹剧的性质，荒诞不经。

在成人文学创作中，有两部书因其题材内容和艺术特色，受到少年儿童的广泛欢迎。一本是笛福创作的《鲁滨孙漂流记》，另一本是斯威夫特的《格列弗游记》。前者的冒险经历、后者通过幻想所营造的稀奇古怪的世界是吸引儿童读者的原因所在。

1744年，英国出版家纽伯瑞开办了世界上最早的儿童图书出版社，这是世界儿童文学史上值得大书特书的一笔。纽伯瑞被公认为儿童文学出版业的鼻祖，是儿童文学自觉的一块里程碑。美国1921年设立的儿童文学奖名为"纽伯瑞奖"就是为了纪念他的开创性功绩。

（三）19世纪的儿童文学

19世纪，资本主义制度日渐巩固，社会生产力与科学技术发展迅速，教育向着大众化、平民化发展，儿童教育思想亦获得大的解放；与此同时，浪漫主义思潮兴起，文学的想象力被解放出来，童话等文体得以成熟。较之以前，19世纪的西方儿童文学主要呈现以下几方面特色：题材逐渐扩大，体裁日益多样，艺术日渐成熟，作家队伍空前壮大，儿童文学理论研究也有所开展。儿童文学至此形成了第一个繁荣时期。

19世纪最有代表性的作家当属安徒生，他是世界上第一个明确地为孩子们改写、创作童话的艺术大师。安徒生一生共写了168篇童话，代表作有《皇帝的新装》《海的女儿》《丑小鸭》《夜莺》等，安徒生借鉴了民间童话的艺术智慧，并将其进行创造性发挥，进一步拓展了童话创作的艺术空间，创造了一个独特的、纯粹属于安徒生的世界，对世界童话发展做出了卓越的贡献。安徒生童话的将现实生活引入童话创作，除了生动有趣、想象丰富、夸张奇特等童话所具备的一般特点外，还有安徒生自己的个性特色——创作思想和内容上的温暖的人道主义，表现上特别富于诗情和安徒生式的幽默，这是安徒生高于其他童话作家的特别之处。

格林兄弟是德国著名的语言学家、历史学家和民间文学家。他们钟情于民间口头文学，于1812—1822年，将收集的材料整理编写成童话集《儿童和家庭童话集》（中译本为《格林童话》），对整个欧洲口头文学的收集整理工作产生了积极的影响。由于格林童话本身的魅力，它们也成了世界儿童文学的瑰宝。格林童话分三类——神魔故事、动物童话故事、生活童话故事。格林童话内容丰富，故事生动有趣，语言淳朴、幽默，具有浓厚的民间色彩和韵味。

19世纪在童话创造上有代表性的作家还有很多。

德国作家豪夫，在1824—1827年间，写作了闻名世界的三集童话作品，被称为"豪夫童话"，其中最著名的就是《冷酷的心》。豪夫童话善于采用古代东方民间文学大故事套小故事的框架，但又有自己独具匠心的构思。其艺术风格和手法多样，语言富于文采，又通畅易懂，格调明朗自然。

与豪夫同时代的德国天才的浪漫主义作家霍夫曼，在1819—1821年间，创作了童话集《谢拉皮翁兄弟》，作品内容庞杂，荒诞离奇的幻想纵横驰骋，充满尖锐的讽刺，蕴含了深刻的思想内涵。在这些作品中有一部分是专为儿童创作的童话，其中最出色的是《咬胡桃小人和老鼠国王》。俄国的批评家别林斯基在把这部作品介绍给俄罗斯读者时，写了一篇十分著名的儿童文学论文——《新年礼物：霍夫曼的两篇童话和伊利涅爷爷的童话》，对霍夫曼的创作做出了很高的评价——"我们说过，生气勃勃的、充满诗意的想象力是培养儿童作家的一系列必备条件中的不可缺少的条件，儿童作家应当通过幻想并且凭借这种幻想去打动孩子们的心。童年时期，幻想乃是儿童心灵的主要本领和力量，乃是心灵的杠杆，是儿童的精神世界和存在于他们自身之外的现实世界之间的首要媒介。"霍夫曼"是把幻想当作人的精神世界中必不可少的因素来加以赞颂的，"只有童心未泯的作家才具有掌握这种儿童心灵的本领，只有童心未泯的作家才具有"用儿童可以理解的诗的语言跟儿童谈心的本领。"

这一时期，著名的童话作品还有科洛迪的《木偶奇遇记》、金斯莱的《水孩子》、鲍姆的《绿野仙踪》、刘易斯·卡洛尔的《爱丽思漫游奇境记》、王尔德的《快乐王子集》等。

在小说创作方面，著名的作品有马克·吐温的《汤姆·索亚历险记》《哈克贝利·费恩历险记》、斯蒂文森的《金银岛》、马洛的《苦儿流浪记》、斯比丽的《海蒂》、儒勒·凡尔纳的科幻小说《格兰特船长的女儿》《海底两万里》、吉卜林的《丛林故事》等。

在诗歌创作方面，主要有斯蒂文森的《一个孩子的诗园》、普希金的《渔夫和金鱼的故事》等。

在图画书创作方面，19世纪中期，英国出现了三位图画书作家——沃尔特·克雷恩、伦道夫·凯迪克、凯特·格林纳威。三位作家以他们的图画书为儿童文学读物增加了新的品种。

（四）20世纪的儿童文学

20世纪，世界政治、经济、文化、教育和科学技术等发展迅猛，儿童文学在19世纪繁荣的基础上进一步发展，在诸多方面取得重大成就与突破。首先，儿童文学引起了社会普遍的关注，促进了各种儿童文学机构的设立和有关工作、活动的开展。1954年，儿童文学国际性组织机构IBBY（国际少年儿童书籍协会或国际少年儿童图书评议会）在瑞士设立，并设立了以安徒生的名字命名的国际性儿童文学奖，每两年评选一次，奖励其成员国的一位作家。许多国家也都设立了本国的儿童文学奖。

20世纪的儿童文学表现出了新的特点，主要有以下几点：一是儿童文学的美学特征越来越鲜明，越来越具有了区别于成人文学的独立个性——强调人道主义精神、友爱、温暖、幻想、快乐、趣味、智巧、幽默、乐观、明快、喜剧色彩和情调；二是儿童文学从崛起走向兴盛；三是儿童文学题材不断扩大，体裁样式、风格流派也呈多元发展态势，且与现代化传播媒介相结合，儿童图画书走向成熟，并成为有代表性的儿童文学文体形态。

20世纪的儿童文学创作，可谓名家辈出、名作林立，涌现出一大批堪称大师级的儿童文学作家，如瑞典的林格伦、英国的达尔、德国的凯斯特纳、美国的怀特。

在童话创作领域，名家名作有：林格伦的《长袜子皮皮》《小飞人卡尔松》、怀特的《夏洛的网》《哑天鹅的故事》《小老鼠斯图亚特》、达尔的《女巫》《查理在巧克力工厂》《詹姆斯与大仙桃》等18部童话、普雷斯勒的《小魔女》《小水鬼》、凯斯特纳的《5月35日》、罗大里的《洋葱头历险记》《假话国历险记》《电话里讲的童话》、巴里的《彼德·潘》、拉格勒芙的《骑鹅旅行记》、米尔恩的《小熊温尼·普》、恰佩克的《狗和精灵的童话》、埃林·佩林的《比比扬奇遇记》、埃梅的《搔耳朵的猫》《七里鞋》、圣·埃克絮佩利的《小王子》、格里帕里的《布罗卡街童话故事集》、杨松的《魔法师的帽子》、特拉弗斯的《玛丽·波平斯阿姨》、毕塞特的袖珍童话《唬老虎的小男孩》《字河》、琼·艾肯的《雨滴项链》、萨尔登的《时代广场的蟋蟀》、中川李枝子的《不不园》、宫泽贤治的《银河铁道之夜》《风又三郎》、安房直子的《狐狸的窗口》《风和树的歌》、新美南吉的《去年的树》《小狐狸买手套》。20世纪有特色的童话作家作品还有许多，简直不胜枚举。

在小说领域，有蒙格玛丽的《绿山墙里的安妮》、肖洛姆·阿莱赫姆的《莫吐尔传奇》、西顿的动物小说、比安基的大自然文学《写在雪地上的书》、凯斯特纳的《埃米尔和侦探们》、林格伦的《淘气包埃米尔》、克吕斯的《被出卖的笑声》、涅斯玲格的《达尼尔在行动》、吉约的动物小说《象王子萨马》《格里什卡和他的熊》、诺索夫的《马列耶夫在家里和学校里》、阿历克辛的《五排第三个》、塞拉利尔的《银剑》、皮亚斯的《汤姆在午夜花园里》、狄扬的《校舍上的车轮》、辛格的《山羊兹拉特》、赖特森的《我是跑马场老板》、若泽·毛罗·德瓦斯康塞洛斯的《我亲爱的甜橙树》。

在图画书领域，代表性的作家作品有美国李奥尼的《小黑鱼》、谢尔·希尔弗斯坦的《爱心树》、桑达克的《野兽国》、苏斯博士的《戴高帽的猫》，德国雅洛什的《啊，美丽的巴拿马》，英国麦克布雷尼的《猜猜我有多爱你》，加拿大吉尔曼的《爷爷一定有办法》等。

在诗歌方面，代表性的诗人有美国的谢尔·希尔弗斯坦（诗集《阁楼上的光》）、比利时的卡列姆、波兰的杜维姆、德国的古根莫斯、苏联的马尔夏克。

二　中国儿童文学发展简史

中国是一个有近四千年文字记载的文明古国，积淀了大量的民间文学，神话、传说、民间故事很丰富，为我国儿童文学提供了极其丰富的原始资源。中国史传久远，但专门有意识地为儿童整理出版我国的传说故事集已是很近的事情了。

中国古代儿童文学的影子更多出现在为儿童教育而编撰的蒙学读物中，如宋代王应麟的《三字经》、明代的《蒙齐故事》（后改名为《龙文鞭影》）、明代的《日记故事》《幼学琼林》等，还有《千家诗》《小儿语》等。

中国儿童文学的萌发状态，比较明显地出现在清代末年。随着国门被打开，留学生出国，西方先进的儿童教育思想和儿童文学观念开始传入我国。尤其是辛亥革命后，儿童文学理论倡导与翻译域外作品、改写古典书籍及从现实生活取材进行儿童文学创作，都有所进展，成人的功利色彩明显淡化，有的作品比较贴近儿童的口味，这就为现代儿童文学的发生、发展，奠定了基础。

中国儿童文学真正诞生于五四运动时期。在理论上做出贡献的是赵景深等人；在翻译和创作方面，贡献大的作家有鲁迅、郑振铎、茅盾、叶圣陶、冰心、丰子恺等人；在儿童剧方面，贡献最大的是黎锦晖。

20 世纪 30 年代到 40 年代，在儿童文学创作中最有影响的作家有叶圣陶、张天翼、茅盾、冰心、陈伯吹、严文井等。叶圣陶的童话集《稻草人》、张天翼的童话《大林和小林》、冰心的儿童散文是其中最有代表性的作品。

新中国成立后的十七年，是中国儿童文学的第一个黄金时代，各种题材都出现了优秀之作。在小说方面，有刘真的《我和小荣》、徐光耀的《小兵张嘎》、萧平的《海滨的孩子》、任大霖的《蟋蟀》、张天翼的《罗文应的故事》；在童话方面，有张天翼的《宝葫芦的秘密》、严文井的《下次开船港》、陈伯吹的《一只想飞的猫》、贺宜的《小公鸡历险记》、金近的《小鲤鱼跳龙门》、包雷的《猪八戒新传》、洪汛涛的《神笔马良》、葛翠林的《野葡萄》、孙幼军的《小布头奇遇记》、方轶群的《萝卜回来了》、彭文席的《小马过河》、任溶溶的《没头脑和不高兴》；在诗歌方面，有柯岩、圣野、任溶溶等人的作品；在散文方面，代表性作家有任大霖、冰心、郭风等；在儿童剧方面，代表作有张天翼的《大灰狼》、任德耀的《马兰花》、包蕾的《小熊请客》等；在科学文艺方面，高士其的科学小品、科学诗创作最具代表性，如《我们的土壤妈妈》《天的进行曲》等。

进入新时期，中国儿童文学迎来了第二个黄金时代。新时期儿童文学创作的中坚是中国的第四代儿童文学作家——20世纪80年代成长起来的那批作家，他们要求儿童文学回归"五四"传统、回归文学、回归真实，最后回归儿童、回归作家创作的艺术个性，创作出一大批高质量的儿童文学作品。代表作家有曹文轩、秦文君、张之路、班马、沈石溪、董宏猷、孙云晓、高洪波、彭懿、刘健屏、赵冰波、金曾豪、常新港、周锐、郑渊洁、郑春华、罗辰生、夏有志、刘先平、吴然、乔传藻、庄之明、葛冰、王宜振等。第四代儿童文学作家是今天中国儿童文学创作的主力，他们创作出了大量优秀之作，如曹文轩的《草房子》《红瓦》《根鸟》等成长小说，秦文君的《男生贾里全传》，沈石溪的动物小说，郑春华的《大头儿子和小头爸爸》等。

紧随第四代儿童文学作家之后的第五代儿童文学作家是中国儿童文学的希望。目前，影响较大的有：杨红樱、汤素兰、徐鲁、祁智、肖衮、保冬妮、玉清、彭学军、薛涛、杨鹏、安武林、张洁、殷健灵、谢倩霓、葛竞等。

近些年，儿童文学领域又涌现出大批的新锐力量，如王一梅、李学斌、李丽萍、汤汤、黑鹤、王勇英、陆梅、毛尔云、陈诗哥等。

为推动中国儿童文学事业的发展，目前，我国设立了各类儿童文学奖项，主要有——陈伯吹国际儿童文学奖、冰心儿童文学奖、全国优秀儿童文学奖；另外，还有丰子恺儿童图画书奖。这其中，设立于1981年的"陈伯吹国际儿童文学奖"是我国第一个以著名作家的名字命名的文学奖项，也是我国首个国际性儿童文学奖项。

随着时代的发展，中国的儿童文学也逐渐走向了世界舞台，彰显出中国特色。2016年，儿童文学作家曹文轩以其小说《草房子》《青铜葵花》等荣获了"国际安徒生奖"，这是中国作家首获此殊荣。

三 影响儿童文学发展的因素

儿童文学从其真正诞生到现在，不过300年的历史，这其中，幼儿文学的诞生、儿童图画书的成熟也只是20世纪的事。儿童文学的发展在不同的国家、地区表现得很不平衡，这说明儿童文学的发生、发展不是自然而然的，还受到多方面因素的影响。影响儿童文学发展的因素主要有以下四个方面。

（一）社会背景

儿童文学是一定历史阶段的产物，是人类文明进步的必然结果。它之所以于18世纪在欧洲率先诞生发展起来，与欧洲当时的经济、文化背景是分不开的。从文化的角度来看，一方面经过14—16世纪文艺复兴运动的洗礼，欧洲地区"人"的地位得以确立，发展至18世纪，又经过启蒙运动的催生，"儿童"被"发现"了，儿童教育得到前所未有的重视；另一方面，浪漫主义运动在欧洲大陆的兴起，也给儿童文学的发展带来了精神源泉。从社会经济发展角度来看，彼时，第一次工业革命在欧洲大地全面兴起，大机器生产极大地提高了生产力，一方面使妇女、儿童从繁重的劳动中解放出来，使儿童受教育有了可能；另一方面，工业化生产又呼唤有文化的劳动者，这对年轻一代的教育提出了新的要求。这样，经济与文化因素的合力，使儿童文学在儿童教育日益得到重视的前提下应时而生，勃勃兴起。美国、日本的儿童文学在第二次世界大战后后来居上，也与第二次世界大战后两个国家的社会经济、文化发展背景紧密相关。中国儿童文学诞生于20世纪初期，比欧洲整整晚了两百年，且走过了曲折的道路，现在得到较快的发展，也与中国特定时代的社会经济、文化背景分不开。

（二）儿童观

儿童文学的发生、发展与儿童观息息相关。不同的儿童观造就不同的儿童文学面貌，也可以说，有什么样的儿童观就会产生什么样的儿童文学。正因为此，在20世纪80年代，我国几位儿童文学研究专家不约而同地对儿童观问题发表了研究文章。朱自强提出了"儿童观——儿童文学的原点"这一观点，方卫平提出了"童年——儿童文学理论研究的逻辑起点"这一观点，王泉根在其专著中也提出了"儿童观——儿童文学的美学原点"这一观点。

童年现象与人类的存在是相伴而生的，但"童年"本身却不是一个自有的概念。从文化的意义上讲，"童年"是特定历史文化建构的产物。"童年"是对童年的命名物，它涉及儿童观。所谓儿童观，是指一个时代社会对于儿童及其特征的普遍看法。不同的时代，儿童观并不相同，一个总的趋势是由自然的儿童观向文化的儿童观迁移。在人类漫长的历史时期，童年是被遮蔽的，在成人的眼中，儿童只是未长大的成人，是小大人，人们仅仅能够认识到的是儿童的经验、能力与成人有别，但儿童特有的心理、感觉和情感并没有被认识到。人类真正对儿童的认识有所觉悟，对儿童给予理解与尊重，至今只有两百多年的历史。一直到18世纪中期以后，在英国纽伯瑞出版的儿童图书、英国教育家洛克和法国的哲学家卢梭影响下，才真正引起了"发现"儿童的革命，出现了一批自觉为儿童写作的作家，儿童文学作为一种独立的审美存在才逐渐得到世人的认可。朱自强认为，从教育性到娱乐性，从教训性到解放性，这是西方儿童文学从18世纪到19世纪乃至20世纪的现代化进程的总体走向。儿童观制约着儿童文学的发展，决定着儿童文学的方向。儿童文学发展与变迁的历程也是儿童观变迁与发展的历程。中国的儿童文学，从鲁兵等人提出"儿童文学是教育儿童的文学"，到朱自强主张儿童文学是"教育成人、解放儿童"的文学，其背后都有着儿童观的变迁。

（三）民间文学资源

儿童文学虽然是特定时代的必然产物，但一个民族的儿童文学总与其民间文学有着千丝万缕的关联。儿童文学在精神气质上与民间文学是相通的，民间文学中的神话、传说往往幻想大胆、夸张强烈，具有浓郁的浪漫主义色彩，洋溢着欢快的幽默之趣，有着极强的游戏精神，且又不乏天真之气，这与儿童的性情极其合拍。对此，威廉·格林在其童话集序文中说到——"这些童话饱浸着我们孩提时代所惊喜过的、所珍爱过的那种淳朴性；它们所具有的正是我当年感受过的那种晶莹发亮、形象鲜明、光彩耀目……像神话中的黄金时代那样，大自然的一切都是活生生的；太阳、月亮和星星都伸手可摘，并在我们的衣服上缀上花朵；山间的矮人们在挖掘闪光的金银；海底酣睡着各种妖怪；鸟儿、花草和山石都在絮叨着情语；甚至血液也在呼唤，在发言。就是这种童稚的亲切感，在和最伟大的人、最渺小的人两者之间的联系中，包含着一种妙不可言的神秘。"从儿童文学的萌发——发展——繁荣的演变历程中，我们可以看到，早期的儿童文学作家正是从民间文学中得到启迪，吸收了民间文学的艺术智慧，经由收集、整理、改编之路，最后才形成了自由的创造。安徒生的早期创作，走的就是这样一条道路。

另一方面，民间文学凝结着民族的性格，具有浓郁的民族特色，甚至是地域特征。同为意大利作家的科洛迪和罗大里，他们创作的作品就表现出快活、煽情的特征，这与卡尔维诺收集整理的《意大利童话》所表现出的特征是相近的。在尊重文化多元化的今天，一个民族的儿童文学要走向世界，必然要向世界展现其本民族儿童文学的艺术魅力和特色，所谓"越是民族的越是世界的"就是这个道理。中国有着悠久的文化传统，中国儿童文学的发展也需要从自己的文化母体里获得其特有的艺术灵性和艺术特色。

（四）文化、文学传统

儿童文学的产生、发展不单与民间文学紧密相连，也与一个民族的文化、文学传统紧密相连。在一种文化、文学传统的土壤中，与儿童文学相关的要素含量的多寡，对后来的儿童文学的发展有着长远的影响。中国传统文化以儒家文化为核心，孔夫子主张"未知生，焉知死"，不谈怪力乱神，"敬鬼神而远之"，这使得儒家文化具有强烈的现实主义色彩。中国文化严谨、雅正，却缺乏浪漫、幽默，浪漫主义在中国的文化语境中从没有形成过潮流，反映在文学中，就是十分重视文学的道德教化功能，形成了特有的"载道"传统。儿童文学在这种强大的文化传统惯性中发生发展，自然而然地强调"树人"使命，虽然不同时期有不同的说法，但根本上并没有变化。中国的儿童文学崇尚和谐与平衡，在教育与审美的平衡、一般规范与创作个性的平衡、现实生活与幻想的平衡、平易与怪诞的平衡中，其实是更偏重于前者的。西方儿童文学的内在动力更多来自民主启蒙运动和浪漫主义思潮，对儿童的挚爱及使之快乐的动机调动起作家们的全部幽默和想象的才智，使他们的作品充满童真的气息。标榜快乐的原则和返璞归真的内在动机，正是西方儿童文学与中国儿童文学在创作意向上的迥异之处。西方儿童文学表现出崇尚自然、赞美生命、歌颂冒险、肯定人生欢娱感和富于幻想、感情奔放、异彩纷呈的美学风格。《哈利·波特》这部风靡世界的儿童文学作品之所以诞生在英国，与英国特有的文化、文学传统是分不开的。

第四节　儿童文学的功能

儿童文学的功能可以从两个方面谈起，一是对儿童教育而言，二是对儿童教师而言。

一　儿童文学与儿童教育

儿童文学的功能有多个方面，其认识、教育、德育、审美、娱乐功能已被普遍认同，王泉根教授在此基础上提出了8个方面16种功能：信息方面的了解世界、熟悉人生；游戏方面的自我娱乐、释放情绪；想象方面的开启智力、发展想象；符号方面的丰富表达、规范语言；认识方面的认识历史、评价生活；教育方面的教育思想、培养德操；心理方面的提纯心灵、平衡代沟；审美方面的助长美育、净化情感。上笙一郎则将儿童文学的功能归纳为以下8条：加深对自然、社会与人的认识；培养人道主义精神；养成批判的精神，思考人生的道路；丰富想象力和幻想力；提高对美的感受性；消除内心的不安，培养机智和幽默感；培养民族性的思维方法和对事物的感受能力；锻炼对语言的感觉，提高表现力。兰州大学李利芳教授认为，"在

你为什么要学习儿童文学

精神纬度上，在精神境界的'修炼'上，成人可能永不及儿童。经典儿童文学一直致力开拓的就是这一向度。长期以来，我们恰恰忽视了'儿童文学'这一不敢言大的文学种类的神奇力量。而实际上，在关注生命的深度、在开掘人性的内涵、在飞翔心灵的自由等方面，儿童文学已创造产生的艺术价值是令世人震惊的"。要而言之，儿童文学的独特功能有以下几个方面。

（一）扩大视野，提高感知生活的能力

儿童极具好奇心和求知欲。他们的成长需要对生活进行广阔的观察和探索，需要经历和体验各种各样的磨炼和激发，而生活的局限往往使他们很难得到这样的机会。儿童文学能帮助他们突破生存空间狭小的局限，成为他们扩大视野、认识大千世界的一个窗口。儿童文学由于容纳了广阔的生活图画，揭示了深刻的生活内涵，就给儿童提供了一个最丰富也最安全的感知生活、体验生活的机会，帮助他们增加见识、开阔视野；丰富他们的生活知识、生活阅历；促进他们对人生的感悟和思考；激发他们对未知世界的发现和探究热情。

（二）开启智力，发展想象能力

爱因斯坦说过："想象力比知识更为重要，因为知识是有限的，而想象力概括了世界上的一切，推动着进步，并且是知识进化的源泉。严格地说，想象力是科学研究中的实在的因素。"缺乏想象力的人同时必然缺乏创造能力。儿童最善于想象，爱好想象是儿童的天然财富，但儿童的想象力也需要发展，以提高他们的创造力。优秀的儿童文学作品对儿童的想象力和创造力的培养有着重要的作用。尤其是最具想象色彩的童话作品，能够为儿童读者提供极大的想象空间，让他们在想象的世界里自由翱翔，丰富自己的生命体验和审美经验，最大限度地开发和释放自己创造的潜力。脑功能定位说强调：人类的右脑不仅记忆容量极大，而且在认知方面也有左脑不可比拟的优势，尤其在形象思维能力、空间认知能力、复杂关系理解能力、情绪识别和表达能力、形象记忆能力、情绪记忆能力、美感记忆能力、直觉领悟能力、灵感创造能力诸方面，都远远优于左脑。尤其是就想象力而言，右脑功能确实比左脑功能更为高级。要想大力开发右脑，就必须积极加强文学艺术教育——美育。儿童文学教育是美育的重要内容。

（三）熏陶情感，呵护心灵

儿童心灵和情感的发展对于趋向全面发展的未来人而言至关重要，而这恰恰是被"升学指挥棒"引导下的教育所忽视的。心灵与情感的发展是思想、知识、经验和能力的发展无法替代的，而促成心灵与情感发展的主要途径之一，就是文学艺术。人们越来越认识到，儿童时期情商而非智商的高低，是他们以后生活中能否成功的最好预示。只有通过审美经验和审美创造，人类才能学会注意自己的心灵，才能成为真诚而感情丰富的人，才会对自己的人生有一种深刻而真挚的眷恋。文学作品常常把作家体验过的情感，通过文学的语言表达出来，唤起或培养作者所要表达的那种情感。因此，儿童文学可以帮助儿童体验和习得人类的情感，陶冶情操。同时还可以使儿童感受到快乐，得到一种情感交流基础上的心理释放，减轻或解除现代社会中容易产生的紧张、焦虑、不安等有害于身心健康的情感负荷。正是从这个意义上说，儿童文学是儿童纯真幸福童年的陪伴与守护。

（四）提高审美能力，实现美育功能

儿童文学作品最贴近儿童的生活和心理，能真实反映儿童的现实世界和想象世界，具有儿童能够体验和接受的审美情趣，对儿童有着天然的吸引力和亲和力，是审美教育的重要材料。

儿童文学的首要功能在于"美的教育"，这是实现其他功能的前提。在文学中认识美、实现美，在文学中感受情感、丰富情感，这是儿童走进文学最自然最诱人的动力，把儿童引领到文学的美丽殿堂，就等于帮助他们开启最美丽的人生之门。从根本上讲，儿童文学就是为了满足儿童的审美需要而存在的。优秀的儿童文学作品对于提升儿童的审美观念、审美趣味和审美能力，丰富儿童的审美情感，有着不可替代的重要作用。儿童文学评论家刘绪源认为审美具有整合性和统摄力："美感一经产生，总是包含着极其丰富的内容，包含着近乎无限的转化的可能性。凡美感，总是积极的，向上的，总能净化人的心灵，潜移默化地将你引入一种新的境界。"儿童文学作品的审美作用与其认识作用、教育作用和娱乐作用是相互联系，互相渗透的。

（五）陶冶情操，塑造完美人格

情操是一种由感情和思想综合起来的心理境界。而人格则是性格、气质、能力等特征的总和，通常指一个人的道德品质。素质教育的核心任务就是使受教育者能够主动地将人类文化成就内化为自身较为全面的素质。在儿童教育中，这个内化过程的核心就是儿童人格的养成和发展。丰子恺曾将圆满的人格喻为一只鼎，真、善、美好比鼎之三足，缺了一足，鼎必然立不住。儿童健康人格也包括这三个要素。这一培养目标用传统的教学观念和方法是难以完成和实现的。儿童文学独有的美学特征，决定了它在培养儿童健康人格中所起的重要作用。培根说过，"读书在于造就完美人格"。这正是儿童文学的终极意义。儿童通过对儿童文学的阅读和理解，会不由自主地被作品中的艺术形象所蕴含的思想和情感所打动，因而体会到现实生活中的种种复杂情感，认识到什么是真正美的事物，他们对社会与人生的体验和认识在阅读中得到深化和丰富，进而领悟到生活的真实含义。这一过程有助于儿童健康人格的养成。

对儿童而言，阅读儿童文学最直接、最显见的功能是培养对阅读的渴望，使他们热爱阅读，乐于阅读，迷恋阅读，养成稳定的阅读兴趣与习惯，助其成长为终身阅读者。

二　儿童文学与儿童教师的发展

儿童文学不仅对儿童教育有着重要价值，对儿童教师的成长也有着重要的价值。首先，从教育的角度讲，要成为一名优秀的儿童教师，没有很高的儿童文学素养是不行的。一方面，儿童文学是语文教育最独特、最重要的资源，对儿童教育有着方法论的意义；另一方面，儿童教育要尊重儿童，适合儿童，应该立足于儿童的心灵状态和思维特征。从事儿童教育的教师必须是具有缪斯灵性的人，既要理解和尊重儿童的缪斯天性，还要向儿童学习，以保持孩提时代

热爱儿童文学的
教师是可敬的

的传统，成为具有缪斯灵性的教师。儿童文学正好可以帮助教师认识儿童、理解儿童、走近儿童，帮助教师永葆可贵的童心。

一般说来，教师的儿童文学修养主要包括四个方面：一是对儿童文学的基本情感和态度；二是对儿童文学的全面认识和理解；三是具有丰富的阅读儿童文学的经验；四是具有组织学生开展阅读活动的能力和技巧。在全面推行素质教育的今天，所有教师都应加强自身的儿童文学修养，因为儿童文学在儿童素质教育中能够发挥特别重要的作用。儿童文学是儿童本位的文学，它贴近儿童的生活和心理，能表达儿童的情感和愿望，具有儿童乐于体验、能够接受的审美情趣；儿童文学有较强的阶段性和针对性，能激发儿童的兴趣，满足不同年龄儿童的需要，对儿童的情感、态度、价值观产生正面影响，陪伴和促进儿童的精神成长。儿童文学与儿童素质教育之间存在着目标、原则、理念和方法的全面契合。利用儿童文学资源开展多种途径和方

式的阅读活动，对素质教育理念的推行和贯彻能发挥积极的作用。

其次，从创作的角度讲，教师职业和儿童文学有着天生的血缘关系。教师的职业身份决定了他们能够深入儿童生活、观察了解儿童的特性，能积累丰富的儿童文学创作资源，为最终创作儿童文学打下坚实的基础。从中国来看，叶圣陶、陈伯吹、张天翼、严文井、郭风等名家都当过中小学教师，现在当红的儿童文学作家如郑春华、王一梅、杨红樱、汤汤也都出身于幼儿园教师或小学教师；中国台湾著名的儿童诗人林焕彰曾分析中国台湾儿童文学作家的构成——教育工作者约占 75%，文化工作者约占 20%，其他行业或家庭主妇等约占 5%，教师兼职作家占了中国台湾儿童文学作家的绝大多数。从世界范围来看，情况也是如此，林格伦、罗大里、拉格勒芙、普雷斯列、克里斯、齐哈、黎达、吉约、卡列姆等都曾做过教师。儿童教师成长为儿童作家，有着其他人没有的天然优势，教师不能仅仅满足于成为一个会教书的人，在教学之外，还应该进一步追求拓展。为教而教，只会教书的人反而并不会成为一名太优秀的教师。教师应该尝试儿童文学创作。叶圣陶曾说过，"教师是一支必须发动起来的力量。"

第五节　儿童文学与幼儿文学

儿童文学有着鲜明的阶段性，包含三个层次——幼儿文学、儿童文学、少年文学，分别对应于幼年、童年、少年三个年龄阶段。幼儿文学作为儿童文学的一部分，它与童年文学、少年文学既有相通之处，也有明显的不同。幼儿文学是从儿童文学中逐渐分化出来的，随着人们对儿童和儿童教育认识的进一步深入，儿童文学逐渐细化，到了 20 世纪后半期，欧美的一些国家把幼儿文学作为儿童文学的重点来强调，幼儿文学得以逐步独立。

一　幼儿文学概说

何为幼儿文学？参照前面对儿童文学所下的定义，我们可以说幼儿文学就是专门为 6 岁以前儿童创作的、适合他们阅读的、具有独特的幼儿美学价值的文学作品。

幼儿文学的特性

幼儿文学应该是体现独特的幼儿美学的文学。幼儿文学"应当在对于幼儿生命的观察与关切中，致力于发现、描绘和展示一种与幼儿期特殊的生活内容、生命感受、心理状态、情感体验等联系在一起的独特的幼儿美学。"（赵霞《幼年的诗学》）

幼儿文学与一般的文学相比具有很大的不同。有论者甚至认为，幼儿文学和其隶属的儿童文学一样，"可能'只是一个礼节的命名'，它'其实是一种出于礼节而勉强以文学命之的暂时性或过渡性的文学'，却绝不是真正的文学。"（方卫平《幼儿文学教程》）这种说法有其道理。幼儿文学并不是纯粹审美意义上的文学，它有点像原始艺术。幼儿文学可运用的文学手法的资源甚少，而其所承担的功能却又甚多，超出了一般的文学层面，指向知识、娱乐、教育、游戏等多个维度，其所采用的表现形式也超越了我们所熟悉的一般文学作品的界限，这就使得用一般文学的审美标准很难客观评价幼儿文学。

所以说，幼儿文学必须立足于幼儿的生命空间，表现幼儿的生命情态与思维方式。幼儿文学的题材内容、文体结构、表现方式、语言方式必须紧密联系幼儿作为生命群体特定时期的生命特质、思维方式和认知能力。由此，幼儿文学在表现手法、体裁题材、艺术风格等方面，与成人文学和面向其他年龄段的儿童文学相比，就有了鲜明的独特属性。否则，"那些不站在同一高度平等地与小孩们对话的，不将他们称作'亲爱的小读者'的书；那些无法引起他们共鸣，无法用画面吸引他们的眼睛，无法用活跃的想象力点燃他们的思维的书；那些只会教他们和学校里能学到的一模一样内容的，令他们昏昏欲睡梦幻消散的书籍，他们将一一拒绝。"（保罗·阿扎尔《书，儿童与成人》）

幼儿在思维认知上有这样几个特点：其一，物我一体、泛灵化意识；其二，象征性思维；其三，前因果观念；其四，非逻辑想象。这种认知心理特征在表现幼儿语言游戏与幻想心理的文学作品中，常常营造出怪诞、离奇、夸张、谐趣等奇妙的艺术效果。幼儿之所以喜欢有动作感、有故事性的作品也与其动作性思维、故事性思维的特征有关。幼儿文学既要充分考虑幼儿思维认知的特点，也要充分考虑幼儿发展的需要——强调认知启蒙，强调游戏功能，因之，幼儿文学被视作为幼儿量身定做的"人之初文学"。

幼儿文学的题材内容主要写幼儿身边的事物，这恰与幼儿的生存特征相关联，身边的事物使幼儿感到熟悉、亲切，具有亲密性，也带来安全感，由此也生发出趣味性。幼儿文学从内容到形式，处处都表现出对幼儿的呵护与关心。刘易斯·卡罗尔把童话称作"成人给予儿童的爱的礼物，"（舒伟《从工业革命到儿童文学革命》）强调童趣性和快乐精神，其实，用这句话来描述幼儿文学也十分合适。王泉根教授有个著名的论断——"儿童文学是以善为美的，"（王泉根《儿童文学要高扬以善为美的美学大旗》）幼儿文学更是如此。幼儿文学充满良善，充满温馨明丽的爱，可以说，幼儿文学是"爱"的文学。

幼儿文学的接受方式是特异于成人的。这一阶段的大部分孩子还不具备独立的文字阅读能力，但可以通过语音的符号功能来达成阅读，相应的"听读"方式也就成为幼儿文学阅读的主导性接收模式。幼儿通过听赏来完成文学阅读，这需要成人"中介"进行转化传递。而其实，在每一个自觉创作的幼儿文学作品内部，也都预留了一个隐藏在语言和故事背后的成人讲述者的位置。可以说，幼儿文学就是为了幼儿听故事的需要而产生的，幼儿文学的三大主要文体——儿歌、故事、图画书，也都是用来讲给幼儿听的。为了适合幼儿的听赏需要，幼儿文学特别重视作品的韵律性——一方面是语言的韵律性，另一方面也是作品结构的韵律性。为了获得理想的听读效果，幼儿文学在语言表达方式上，注重音韵感，力求口语化；在内容结构上，强调单线索、故事性、重复结构。由此，幼儿文学便成为一种非常重视语音层意义的文学——一种便于"听赏"的文学。

幼儿文学必须适应幼儿的年龄特点，一要考虑幼儿生活经验尚不丰富，心理机能还不完善，主要靠视觉和听觉接受文学作品这一特点，即要充分考虑幼儿对文学的接受特点；二是要考虑幼儿在生理、心理、社会化等各个方面所处的迅速发展阶段，幼儿文学应在这些方面促进他们的发展。

较之童年文学和少年文学，幼儿文学由于所面向的读者对象的特殊性，而表现出自身的特殊性。幼儿文学所能运用的文学手法较为有限，而所承担的功能又比一般文学要多，其文学形式也很特别。一般的文学评价标准难于涵盖幼儿文学。幼儿文学的阅读形式以听赏为主，快乐、稚拙、游戏性、浅显性、认知性和综合性是其主要特性。幼儿文学创作的基本原则就是游戏性、趣味性和直感性。

二　幼儿文学的特征

（一）浅显稚拙

幼儿文学的浅显主要表现在两个方面，首先是内容、主题、结构上的浅显、单纯、直观，其次是语言上的浅显、明快。在写作内容上，主要写儿童身边的事物，强调亲密性，使儿童的生活经验可以和欣赏作品对接；在主题上，单纯、集中、具体，写小事，写一件事，让幼儿能够根据自己的经验来进行感知；在结构上，篇幅短小，叙事时角色少，多用反复手段；在语言上，适应听赏的要求，口语化，用词浅显、明白、具体，多用实词，少用虚词，多用简单句、主动句，少用复句、被动句等。如林焕彰的《咪咪猫》，句式简单，多重复叠加，也没有更多的主题追求。

儿童尤其是幼儿，由于生活经验不足，他们往往用自己有限的经验来看待身边的人和事，他们对任何事情都感到好奇，总是希望自己能像成人那样无所不能，因而喜欢模仿成人，由于他们能力有限，许多愿望不能顺利得以实现，因而幼稚的行为与想法就不可避免地产生矛盾，在儿童文学作品中主要表现幼儿心理与行为的稚拙情态和形态，能使作品充满童真童趣，显示出独特的稚拙之美。

从幼儿文学反映的内容看，许多作品往往没有严谨的逻辑，没有深藏的城府，也没有深沉的人生体验与感悟，它所表现的是一派稚拙纯朴的童年生命气象，全然是一种最自然、最本真的生命意趣的飞扬显现，这种生命初始与成长阶段中的稚拙情态，是幼儿文学稚拙美的主要内容。

稚拙是幼儿文学特有的美学品格，是一种天然形态，表现出来就是一种笨笨的感觉，恰如刚学会走路的孩子、小鸡那一步一摇晃的样子。儿童文学的稚拙美既表现在内容上，也表现在形式上。内容上的稚拙主要写幼儿心理、生活中的稚拙情态和形态，如梅子涵的《东东西西打电话》；形式上的稚拙主要表现在作品文字、语言组合、叙述方式的变化、情节构成方式的变化等带来的稚拙，如林焕彰的《咪咪猫》《小猫走路没有声音》。

（二）快乐至上

快乐原则是幼儿文学的首要原则。卢梭认为儿童感觉愉快比 ABC 重要，断言凡是给儿童愉快的儿童文学就是好书。美国儿童文学理论家基梅尔称快乐文学"是上面涂了奶油的巧克力冰淇淋，这一道甜食，有人觉得是最好的一道菜。"日本儿童文学作家平田让治说："向孩子直截了当地展示人生的光明部分，使其总怀着光辉的希望，这是儿童文学作家必须经常作好思想准备的事。""必须让孩子单纯直接地看到人生的光明。为了漫长的将来，必须让孩子体会到人生的希望和欢乐，并懂得爱惜这一切。"英国儿童文学家达顿说："儿童读物是为了让儿童获得内心的快乐而推出的印刷品。"幼儿文学的快乐原则充分顾及了幼儿的心理、思维特征。暖色调、高兴的情感、好听的声音、有趣的故事、亲切可爱的形象、具体直观的画面、愿望的满足、幽默的风格、动作与变幻、身体阅读、听赏方式，这些都是能给幼儿带来快乐的因素。"在正确的教育下，儿童一般总是充满着肯定的情绪。儿童喜欢不停地活动，而活动的主要动机是为了得到愉快。"幼儿的天性决定了幼儿文学应该是趣味盎然的快乐文学和游戏文学，充满荒诞美——幻想、奇异。罗大里的《游荡》写一个粗心大意的小男孩乔尼上街散步时东张西望，又看空罐头盒又追狗，把自己的两条胳膊、两只耳朵、一个鼻子和一条腿都弄丢了，他用剩下的一条腿一蹦一跳地回了家。还对妈妈说："我什么也没少，我勇敢极了。"这个故事荒诞至极，毫无逻辑，但孩子却理所当然地接受了，觉得有趣。

幼儿文学的快乐特性还可以从其游戏性特征中表现出来。幼儿的活动形式主要是游戏，游戏是幼儿的主要生活内容，游戏精神是幼儿文学的必然特色。对幼儿来说，幼儿文学提供给他们的，首先是一个游戏，这个游戏以语言为载体，在形式、内容、操作上都表现出游戏性。以图画书的发展为例，其越来越走向玩具化、自创化，如图画书《有个老婆婆吞了一只苍蝇》讲了这样一个故事，有个老婆婆吞了一只苍蝇，然后她吞下蜘蛛去逮苍蝇、吞下鸟儿去捉蜘蛛、吞下猫儿去抓鸟儿、吞下狗去咬猫、吞下奶牛去追狗，最后吞下一匹马，她撑死了！这是根据民谣改编的一本图画书，画者西姆斯·塔贝克用不断变大的洞洞，展现了生动跳跃的视觉效果，新鲜有趣，而且故事结构循环往复，语言富于韵律节奏，读起来朗朗上口，诙谐幽默，游戏色彩浓烈。再比如，儿歌《头字歌》："天上日头，地上石头，嘴里舌头，手上指头，桌上笔头，床上枕头，背上斧头，爬上山头，喜上眉头，乐在心头。"歌戏互补特色明显，孩子们可以玩手指游戏，边唱边指。

（三）强调认知

任何文学都有或多或少的认知功能，但幼儿文学把认知功能看得和文学审美的功能同等重要，有时甚至更加重要。从这一点来说，幼儿文学并不是纯粹的审美文学，它承担了对幼儿进行认知教育的特殊功能，具有很强的认知性特征。幼儿对世界的认知是从零开始的，幼儿成长的一项最重要的任务就是认知周围的事物、语言、概念等。随着年龄的长大，认知的范围也逐渐扩大，幼儿通过认知社会、自然、文化、自我，社会性得到发展。幼儿文学应当为幼儿认知提供丰富的内容，诸如语言与符号、名称与概念、情绪与行为方式等。瑞士画家莫妮克·弗利克斯的"小老鼠无字书"系列就是最好的例证。再比如，图画书《棕色的熊、棕色的熊，你在看什么？》，其主要内容就是对各种动物、颜色的认知。因此，在幼儿文学创编、鉴赏与教学传递时，要正确认识并处理好幼儿文学的认知性与文学性关系。有时，幼儿文学的文学性会比较弱，其吸引幼儿的地方可能只是儿歌的音乐性或图画书的故事性，如果完全忽略，则其趣味性就会大打折扣。如《棕色的熊、棕色的熊，你在看什么？》，单纯把那些动物抽出来，制作成卡片，每张卡片上画一种动物，没有了语言的连接，它们之间不构成故事逻辑关系，就没有了原作的故事味儿，虽然认知的内容没少，但认知的乐趣却大大减弱了。

（四）形态综合

幼儿欣赏文学的主要方式是听赏，其阅读方式是身体阅读，这使得幼儿文学必须具备很强的游戏性，不能只是一种普通的文学文本，而应是综合了文学、音乐、美术、舞蹈、游戏、表演等多种艺术呈现方式的文学类型，形态上具有综合性特征。幼儿文学的主要文体有儿歌、图画书、故事、幼儿戏剧四类。儿歌这种形式结合了文学、音乐、游戏的手段，强化了语言的乐感，歌戏互补，幼儿可以边唱边玩，身体与情绪都参与了体验，而且，儿歌还可对接谱成儿童歌曲，可诵、可唱、可玩。儿童图画书是文学与绘画的紧密结合，包含了视觉和听觉两种感官的参与运作。一本图画书包含三个故事——文字讲述的故事、图画讲述的故事、文字和图画共同讲述的故事。图画书的文字和图画是一种互动呼应的关系。而幼儿戏剧则是文学与幼儿表演结合的文体类型，它实际上就是一种幼儿游戏，像幼儿故事、图画书等都可采用表演的方式进行呈现。

三　幼儿文学的教育功能

（一）幼儿文学与幼儿语言发展

幼儿语言发展也称作语言获得，指幼儿对语言的理解和语言获得能力的发展。幼儿文学对于幼儿学习语言具有积极的促进作用。幼儿文学是视听觉的语言艺术，它创造了一个生动富有节奏的语音世界，切合幼儿的语言学习特点，能引起、激发幼儿学习语言的兴趣，培养他们文学语言表达的意识与能力，同时，幼儿对语言节奏有着天生的敏感，广泛接触优秀的文学作品，能强化或带动幼儿这种能力的发展，从而造就幼儿良好的语感。如谢武彰的儿歌《矮矮的鸭子》："一排鸭子，个子矮矮，/走起路来，屁股歪歪。/翅膀拍拍，太阳晒晒，/伸长脖子，吃吃青菜。/一排鸭子，个子矮矮，/走起路来，屁股歪歪。"语言节奏鲜明，音韵和谐，且描摹的鸭子生动形象，憨态可掬，幼儿读起来朗朗上口，动感十足，兴趣会得到大增。而作为用图画与文字共同讲述故事的图画书，幼儿对其的欣赏方式依然是听赏，在听故事、看图画中，幼儿将文字语言与图画进行对接，再通过讲述，能逐步学会自由表达，传情达意。这种学习语言的方式能降低难度，增强幼儿学习语言的兴趣。因此，向幼儿传递幼儿文学，应十分重视朗读的妙用。

（二）幼儿文学与幼儿智力发展

人的智力主要包括四个基础方面，即观察力、记忆力、思维力、想象力。幼儿文学对幼儿智力的发展具有多方面的作用。即便是简单的儿歌，也往往有知识的传递，能使幼儿在获得愉悦的同时，积累知识经验，而童话类文体对幼儿的想象力训练大有裨益。在观察力培养方面，我们的教育一直存在缺失，幼儿阅读图画书，能使其观察力得到开发。譬如，对书中的细节、颜色变化等，幼儿有时比成人还敏感，以《爷爷一定有办法》为例，成人读者往往会忽略掉或注意不到画的下面老鼠一家的生活变化，幼儿读者却能发现。幼儿在听故事、看图画的过程中，其思维力、记忆力参与其中，经由听、看，幼儿领会了故事，在讲述、表演故事时，其思维力、记忆力、想象力乃至创造力便得到了训练。

（三）幼儿文学与幼儿情感发展

幼儿期是幼儿情感发展的奠基期，在此阶段对幼儿进行情感教育，能促进幼儿健康情感的发展。幼儿的情感需要是多方面的，如爱、友谊、同情、尊重、热爱生命、自尊与自信、心理满足、心理平衡、情绪宣泄。等等，优秀的幼儿文学作品能满足幼儿情感的需要，促进幼儿情感的提升。幼儿文学是爱的文学，爱是幼儿文学最重要的主题，当然，爱是多元的。幼儿文学能教会幼儿感受爱、体验爱，图画书《猜猜我有多爱你》《逃家小兔》所传递的母子之爱，温馨动人；而《你别问这是为什么》则传递的是对他人的爱与同情；《去年的树》传递怀念与友谊；《丑小鸭》则教会孩子爱自己与自信，丑小鸭变成美丽的天鹅能使幼儿获得深深的满足。在这一点上，童话恰恰彰显了幼儿文学的文体特色。童话的圆形结构有大团圆结局，从妈妈身边飞走的孩子在达成"变"的愿望之后，总会回到妈妈的身边，童话对幼儿是快乐的、安全的。同时，幼儿也有许多不为成人理解的烦恼，有精神压抑和负情绪，这些情绪需要释放。如图画书《生气的亚瑟》就以幽默夸张的方式，让孩子们知道生气是怎样一种可怕的情绪，具有多大的爆发力和破坏力，从而引导孩子们学会调理情绪，不生气。

（四）幼儿文学与幼儿社会性发展

人的社会化要达到两个方面的目的：获得人的思想、感情、语言及生存能力，在此基础上，在人类社会文化的基础上，把社会推向前进。对于幼儿来说，社会化的主要目的是前者——适应社会，获得人的思想、情感、语言和最初的行为方式等这些人类重要的特征，并对社会增加了解，通过学习为具备生存能力打下基础。婴幼儿处在人生的最初阶段，也是处在社会化过程的最初阶段，其社会化程度很低。一方面，幼儿文学可以通过有趣的形式，潜移默化地向幼儿传达社会的要求，如价值判断、道德品质等。如方轶群的《萝卜回来了》就传递了要关心他人的主题，而图画书《小黑鱼》也传达了智慧与团结的非凡价值。另一方面，幼儿文学还可以对幼儿进行生活教育，教会幼儿认识自己的生活，并学会适应生活；同时，还可以帮助幼儿认识自我，学会慢慢长大。图画书《青蛙弗洛格的成长故事》第一辑一共十二本，每本一个主题，教幼儿如何正确认识并欣赏自己、如何接纳他人等，对幼儿的社会性发展很有帮助。

实际上，幼儿文学的教育功能是多个方面的，并不仅仅局限于以上四点，它对幼儿的意志品质、主体心态、行为习惯、审美发展等都具有影响。

 **作品选读**

1. 老鸡训小鸡

传统儿歌

老鸡训小鸡：
你个笨东西！
我教你咯咯咯，
你偏要唧唧唧。

2. 咪　咪　猫

林焕彰

一只小猫
一个名字
五只小猫
五个名字

老大　大咪
老二　二咪
老三　三咪
老四　四咪
老五　五咪

咪
咪咪
咪咪咪
咪咪咪咪
咪咪咪咪咪

3. 小猫走路没有声音

　　　　林焕彰

小猫走路没有声音，
小猫穿的鞋子是
妈妈用最好的皮做的。

小猫走路没有声音，
小猫知道它的鞋子是
妈妈用最好的皮做的。

小猫走路没有声音，
小猫知道它的鞋子是
妈妈用最好的皮做的，
小猫爱惜它的鞋子。

小猫走路没有声音，
小猫知道它的鞋子是
妈妈用最好的皮做的，
小猫爱惜它的鞋子，
小猫走路就轻轻地轻轻地。

小猫走路没有声音，
小猫知道它的鞋子是
妈妈用最好的皮做的，
小猫爱惜它的鞋子，
小猫走路就轻轻地轻轻地——
没有声音。

4. 咏　　鹅

骆宾王（7岁作）

鹅，鹅，鹅，
曲项向天歌，
白毛浮绿水，
红掌拨清波。

5. 眼　　睛

陈科全（8岁作）

我的眼睛很大很大
装得下高山
装得下大海

装得下蓝天
装得下整个世界

我的眼睛很小很小
有时遇到心事
就连两行泪
也装不下

6. 你别问这是为什么

刘倩倩（9岁作）

妈妈给我两块蛋糕，
我悄悄地留下了一个。
你别问，这是为了什么？

爸爸给我穿上棉衣，
我一定不把它弄破。
你别问，这是为了什么？

哥哥给我一盒歌片，
我选出了最美丽的一页。
你别问，这是为了什么？

晚上，我把它们放在床头边，
让梦儿赶快飞出我的被窝。
你别问，这是为了什么？

我要把蛋糕送给她吃，
把棉衣送给她去挡风雪。
在一块儿唱那最美丽的歌。

你想知道她是谁吗？
请去问一问安徒生爷爷——
她就是卖火柴的那位小姐姐。

7. 一颗面包做的心

安娜·索尔迪（11岁作）

我在面包房里，
看见一个心形大面包，
热乎乎，香喷喷。
于是我想到：

如果我有一颗面包做的心，
多少孩子可以吃个够！
给你，我的挨饿的朋友，
还给你，给你，给你……
我这面包做的心啊，请来吃一口！
对一个挨饿受冻的孩子，
光说"我爱你"还不够；
碰到流泪的孩子，
不能只说一声"可怜的朋友"。
如果我有一颗面包做的心，
多少孩子可以吃个够！
你是一个可以当权的人，
为什么不用面包做炸弹？
请问什么碍着你这么办？
这样，到了战争结束的时候，
每个士兵将快快活活地
带回家一大篮
味道芳香，皮子焦黄，
金色的炸弹。
然而，这只是梦罢了，
我那挨饿的朋友，
他眼泪还在流着。
啊，但愿我的心是面包做的！

8. 熊 和 狐 狸

阿·托尔斯　韦苇　译

从前，有一头熊和一只狐狸。

熊的屋子有个小顶楼，顶楼里存放着一桶蜂蜜。

狐狸打探到了熊的秘密。怎么才能把蜜弄到手呢？

狐狸跑到熊的小屋边，坐在他的窗下。

"朋友，你不知道我的苦处啊！"

"朋友，你都有什么苦处啊！"

"我那小屋坏了，屋角都塌了，我连火炉也生不起来。你让我在你屋里搭着住住吧？"

"进来吧，朋友，就到我屋里住吧。"

他们就睡在火炉上头。狐狸躺着，可尾巴老摇晃着。她怎么才能把蜜弄到手呢？熊睡熟了，狐狸这时用尾巴敲出"笃、笃"声来。

熊问："谁在外头敲门呀！"

"这是找我的，我的女邻居生了个儿子！"

"那你去吧，朋友。"

狐狸出去了。她爬上了小顶楼，动手吃起蜜来。吃饱了，回到火炉上，又躺下来。

"朋友，哎，朋友，"熊问，"你去的那个村子叫什么名儿来着？"

"开桶村。"

"这名儿怪新鲜的。"

第二个晚上，他们睡下后，狐狸又用尾巴"笃、笃、笃"地连声敲着。

"朋友，朋友，又叫我来了。"

"那你就去吧，朋友。"

狐狸爬上了小顶楼，吃去了半桶蜜。吃过，又回来睡。

"朋友，朋友，今晚去的村子又叫什么来着？"

"一半村。"

"这名儿也怪新鲜的。"

第三个晚上，狐狸又"笃、笃、笃"地甩响尾巴。

"又来叫我了。"

"朋友，哎，朋友，"熊说，"你可别去得太久了哟，今晚打算烙甜饼吃。"

"好的，我很快就会回来的。"

她自个儿又爬上了小顶楼，把一桶蜜给吃了个精光。她回来时，熊已经起床了。

"朋友，哎，朋友，这回你去的村子又叫什么名儿来着？"

"精光村。"

"这名儿更新鲜了。现在，咱们来烙甜饼吃。"

熊要动手烙甜饼，可狐狸问：

"你的蜜糖哩，朋友，蜜糖在哪儿？"

"在小顶楼上呀。"

熊爬上小顶楼去取蜜糖。桶里没有蜂蜜，空荡荡的了。

"谁吃掉了我的蜂蜜？"他问。"一定是你了，朋友，不会是别个的！"

"不，朋友，我连蜂蜜的影儿也没见过呀。怕是你自个儿吃了，推到我头上来的吧！"

熊左思右想……"有办法了，"他说，"让我们来验验谁吃了蜜。我们都躺到太阳下边去，肚皮朝上晒。谁的肚皮上有蜜化开，谁就是吃了蜜的。"

他们俩来到太阳下，仰天躺好。熊躺着躺着，就睡熟了。狐狸可没入睡，她瞧着自己的肚皮，瞧着瞧着，她的肚皮上淌下一滴蜜汁。她当即把蜜汁从自己的肚皮上刮下来，抹到了熊的肚皮上。

"朋友，哎，朋友，你这是什么！现在该看清是谁吃了蜜了吧！"

熊没办法，只好向狐狸承认：他错怪狐狸了。

9. 冰淇淋楼房

罗大里

从前，在波伦亚的一个广场上，有一座冰淇淋楼房，孩子们都打老远来舔它一口。

楼顶是奶皮子贴上去的，烟囱是果脯做的，烟囱里冒出来的烟是棉花糖。剩下的全是冰淇淋做的：冰淇淋的门，冰淇淋的墙，冰淇淋的家具。

一个顶小的孩子走到一张小桌子跟前，一口一口地舔桌腿。桌腿舔折啦，桌子和上面的盘子全倒下来，扣到他身上。那些盘子都是巧克力冰淇淋做的，真好吃！

有一会儿，一个卫兵发现一扇窗户化了。玻璃是用杨梅冰淇淋做的，都快化成粉红色的黏糊了。

"快吃！"卫兵喊起来，"再快点儿吃！"

所有的人都在下面使劲儿地舔，好让杨梅冰淇淋窗户一滴也不糟蹋。

"来一把椅子！"一个小老太太挤不进人群，大声嚷嚷着，"拿一把椅子给我吧！最好拿把有扶手的。"

一个叔叔很大方，拿给她一把奶油冰淇淋椅子。那个小老太太真有福气，就从椅子扶手开始，一口一口舔起来。

那真是个热闹的日子呀，医生们也都赶来了，幸好，没有一个人闹肚子。

直到现在，每当孩子们吃完冰淇淋再要时，家长们就会叹气："唉，为了你，得要整整一座冰淇淋楼房，就像波伦亚的那座一样大。"

10. 蓝色的瓦吉罗

乌尔苏拉·沃夫尔 李蕊 译

在非洲广袤的草原上，生活着一群灰斑点点猪。它们以吃草为生，还特别喜欢用突出嘴角的长牙拱地下的草根；吃饱了，就躺在泥巴坑里晒太阳，傍晚则跑到池塘边喝水。

在这群灰斑点点猪中，有一个孤独的家伙。它常常独自觅食。因为它觉得其他的点点猪都很丑，自己并不属于它们那一群。

但，这头点点猪根本不知道的是：其实，它长得跟别的点点猪没什么差别，都是肥嘟嘟、灰溜溜的。

每当别的点点猪靠近它，用长牙碰到它的时候，它就会大叫，表示抗议。

它总是独自躺在一个小小的泥巴坑里，每天早晨去池塘喝水，就是为了不和其他点点猪接触——它觉得它们会把池塘弄脏的。

有一天，池塘里的水特别清亮。点点猪第一次在水中看到了自己的影子。它发现，原来自己长得和其他点点猪一个模样：肥嘟嘟、灰溜溜，脸上居然还有大块大块的斑点！

起先，它吓了一大跳；后来它开始大喊大叫，疯狂地跺脚，把鸟儿们吓得都拍拍翅膀从鸟窝里飞走了。

点点猪流下了两大颗滚圆的眼泪。

这时，水里游来很多五彩的鱼，最大的那一条是蓝色的——像天空的蓝色。它美丽的鱼鳞在太阳的照射下熠熠发光。

点点猪心里想：它多漂亮啊！而我呢，又土又丑！唉，我要是能像这条鱼一样是蓝色的，该有多好啊！

它跑回自己那小小的泥巴坑，一整天都不想吃东西，一心想着那条蓝色的鱼。它也想做个美丽的动物，而不是倒霉的点点猪。

那天晚上，它带着无限的忧伤睡着了。

第二天早上醒来的时候，它发现自己真的变蓝了！完完全全变成蓝色的了！

点点猪又惊又喜。它飞快地跑进灌木丛。现在所有的动物都应该看看，这头点点猪变得多美啊！

这时，它看见了一群长颈鹿——它们正站在灌木丛边，咀嚼着树上嫩绿的树叶。

点点猪发出各种声音，想引起长颈鹿的注意，但那些长颈鹿根本没听见，仍然在优雅地咀嚼着树叶。

点点猪想：它们多美啊！长长的脖子显得那么骄傲！我怎么哪儿都那么短，还那么胖呢？唉，我要是有个长脖子就好了！

它跑回自己那个小小的泥巴坑，一整天都在想着长颈鹿的长脖子，想着想着，就睡着了。

第二天早上醒来时，它发现自己的脖子真的变长了！跟长颈鹿的脖子一模一样！

它真是太高兴了，飞快地跑出泥巴坑，跑进了大草原。

一只狮子正埋伏在高高的草丛里，等待猎物。它头颈上那一圈蓬松的鬃毛在太阳的照射下金光灿灿。

点点猪惊呆了，飞快地跑开。

它想：那狮子是多么美，又是多么威武啊！它看起来显得那么雍容华贵，而我却光秃秃的，一点儿毛都没有。唉，我要是也有那样的鬃毛就好了！

点点猪跑回自己那个小小的泥巴坑，一整天都在想着狮子，想着想着，就睡着了。

第二天早晨醒来时，点点猪发现自己真的长出了美丽的鬃毛！

它又惊又喜，飞快地跑出去。它要让所有生活在河岸大草原上的动物们都瞧瞧，自己是多么漂亮的一头点点猪啊！但所有的动物看到它都跑了，因为它们害怕它的狮子鬃毛。猴子在尖叫，犀牛在咆哮，鳄鱼甩着尾巴表示愤怒，鸟儿们吓得大喊道："你是什么怪物？报上名来！你到底是什么动物？快快报上名来！"

这头蓝色的点点猪该怎么回答呢？它心想：对啊，我有这么漂亮的蓝皮肤，长长的脖子，还有威风的鬃毛，的确是个新动物，是该有个新名字啊！

它跑回自己那个小小的泥巴坑，思考了一整天，心想：我现在是什么动物呢？我应该叫什么名字？动物们都有好听的名字，什么羚羊啦、长颈鹿啦、珍珠鸡啦、蝴蝶啦，都挺好听的。我该叫什么呢？对了，我应该去问问人类，聪明的人类知道所有动物的名字。

这样想着，点点猪马上就起程到城里去，穿过灌木丛是草丛，穿过草丛它来到沙漠。

沙漠里什么也没有，广阔无垠的天地间只有沙子和石头。

这里只长蓟草等带刺的植物，没有嫩草，也没有多汁的草根，没有凉凉的泥巴窝，更没有有水的池塘。这里有的只是沙漠，头顶上骄阳似火，把脚下的沙子烤得又烫又硬。

蓝色的点点猪再也走不动了。

这时，一只鸵鸟从它身边跑过。

点点猪马上想道：那只鸵鸟多美啊！它跑得多快啊！我却长着四条短猪腿，在沙漠深处不是等死吗？唉，我要是长着这样的鸵鸟腿就好了！

想完，它就躺在热乎乎的沙子洞里睡着了。

第二天早晨醒来时，它发现自己真的长出了长长的鸵鸟腿！

点点猪高兴极了！它轻快地跑起来，不一会儿就到了城里。

城里的人们都跑到街上来看这个从没见过的动物。

"真是个怪物！"一个人喊道，"真可怕！一头蓝色的点点猪长着鸵鸟腿，这该不会是灾难的预兆吧？"

点点猪听了生气地大叫了一声，真想咬这个人一口。

"你疯了！"一个女人大声说，"要我说，这个怪物是只蓝色的长颈鹿。"

一个小伙子大喊道："它是只蓝色的狮子！"

很多人听了这话都被吓跑了。没有人能告诉这个可怜的蓝色动物，它究竟应该叫什么名字。

突然，一个穿着红色裙子的小姑娘大声说："叫瓦吉罗吧！蓝色瓦吉罗！"

点点猪高兴得跳起舞来。它仰起长长的脖子，抖动它美丽的鬃毛，抬起修长的鸵鸟腿，跳起欢乐的舞蹈，它是多么幸福啊！

所有的人都为它鼓掌，孩子们高喊："再来一个！再来一个！"

瓦吉罗一直跳啊跳啊，直到跳不动了，腿再也抬不起来了，就在马路中间睡着了。

它睡得太熟了。第二天早晨醒来时，可怜的瓦吉罗发现自己被关到了笼子里。原来人们趁它睡着的时候，把它关了起来。笼子上还挂着一个写有它名字的牌子。人们不知道瓦吉罗究竟是像长颈鹿那样吃草，还是像狮子那样吃肉，就在它的笼子里放进了水、肉，还有香甜的草根和沙拉。

但是瓦吉罗什么也不想吃。

人们站在栏杆外边，那个穿着红裙子的小姑娘也在。

孩子们冲它喊："亲爱的瓦吉罗，你是个美丽的舞蹈家，请跳一支舞吧！"

可是在这狭窄的笼子里，让它怎么跳得起来呢？在它那么伤心的时候，叫它怎么跳得出来呢？

瓦吉罗坐在笼子的一个角落里，看到鸟儿在天空中飞过。它想：它们飞得多美多自由啊！而我呢，只能坐在这狭窄笼子的一角。唉，我要是能像鸟儿那样有翅膀能飞该多好啊！

瓦吉罗没吃没喝也没跳舞，一整天都在想着鸟儿，想着想着，就睡着了。

第二天早晨醒来的时候，瓦吉罗真的长出了两只大大的蓝色翅膀。它可以飞了！

它自由了！

它有好多东西想从笼子里带回去，送给草原上的动物们。所以它带上了草根、肉、沙拉，还有那个盛水的碟子。

它带着礼物高兴地飞出了笼子！

临走前，瓦吉罗从两只翅膀上分别取下一根蓝色的羽毛，要送给那个穿红裙子的小姑娘，感谢她为它取的名字。飞过她家花园的时候，瓦吉罗让羽毛慢悠悠地飘下。

小姑娘捡起羽毛，高兴地别在头发上。

瓦吉罗继续飞，飞到沙漠的时候，它把盛水的碟子送给了鸵鸟。

鸵鸟高兴得手舞足蹈。有了这个碟子，它就可以收集泉水和雨水了。

瓦吉罗继续飞，继续飞。飞到草丛的时候，它把那块肉送给了狮子。狮子满意地收下了，并向它挥手致意。

瓦吉罗继续飞，飞越了灌木丛。

傍晚时分，它终于见到了长颈鹿。瓦吉罗把沙拉藏在一棵高高的树上。鲜嫩的蔬菜叶子令长颈鹿吃得津津有味。它们把脖子左摇摇右摆摆，表示自己吃得很开心。

这样，瓦吉罗飞了整整一昼夜。

第二天，当太阳再次照耀大地的时候，它看见了身下的草原，看见了池塘，看见了蓝色的鱼，也看见了大大小小的泥巴坑。而所有的点点猪也都看见了它。

它把草根撒在大泥巴坑里。

其他的点点猪们都惊呆了：今天草根怎么从树上掉下来了呢？大家都高兴得直摇尾巴。

瓦吉罗望着它们，心想：它们多快乐啊！而我呢，除了我，世上没有第二个瓦吉罗了，长了这样的翅膀和鸵鸟腿之后，我再也不能躺在泥巴坑里了，再也不能了……

它自个儿坐在树上想：唉，我要是还是个点点猪该多好啊！

这样想着，它睡着了。第二天早晨醒来，它发现自己又变回原来的样子了：肥嘟嘟，灰溜溜！

它马上叫醒其他的点点猪。大家看到它的变化，都为它高兴，为它欢呼。

它们一起跑到池塘边喝水，一起在地里拱草根吃，一起懒洋洋地躺在大大的泥巴坑里晒太阳。

这个时候，这头昨天还是蓝色瓦吉罗的点点猪想：我以前多像呀！以为所有的点点猪都长得一个样：肥嘟嘟，灰溜溜。其实它们每个都有自己的特点呢。比如说，这头耳朵后边有一个小卷儿；那头尾巴上的毛长得非常整齐，像支精心加工过的画笔；这头的叫声最洪亮；论起拱地来，那头比我们谁都拱得好；这头跑得最快；那头最会哼哼！对了，还有我，我最会跳舞！

想到这儿，点点猪高兴地跳起舞来。

这时，月亮升起来了，大家都跟着它围在它们大大的泥巴坑周围快乐地跳起舞来。

11. 大 海 那 边

冈部良雄　季颖　译

早晨，海对面的天空现出美丽的玫瑰色。静静的海滩上，三只早起的小螃蟹挥动着大钳子在做体操。

一、二，咔嚓、咔嚓，三、四，咔嚓、咔嚓，五、六、七、八……就像是听从指挥一样，随着小螃蟹钳子的挥舞，玫瑰色的天空，渐渐变成了金色。

"瞧！瞧！"小螃蟹停止了做操。这时候，海面上突然冒出了又大又圆的太阳，这里，那里，到处都像撒下金色的粉末一样。

"啊，海那边是太阳的故乡。"一只小螃蟹说。

中午，三只小螃蟹在热得发烫的沙滩上比赛吹泡泡。噗噜噗噜，噗噜噗噜。这时候，一只白轮船鸣着汽笛，飞快地朝海对面开去。

"那条船是去美国的。"另一只小螃蟹说，"所以，海那边是美国。"

到了夜晚，三只小螃蟹在漆黑一片的海滩上散步。这时候，对面天空忽然一下子变亮了。小螃蟹觉得波浪上仿佛架起了一座银光闪闪的桥，一直从海那边通到海滩上。噢，月亮升起来了。

这时候，第三只小螃蟹说："海那边是月亮的故乡。"

大海那边到底是什么呢？

12. 大海的尽头在哪里

安德烈·乌萨丘夫　古本昆　译

一只蚂蚁爬到海岸边，望着一个接着一个的海浪涌到岸上，不禁忧愁起来："海这么大，而我这么小，我一辈子也不可能看见大海的尽头……我还活在世上干什么呢？"

蚂蚁在一棵棕榈树下坐下，哭了起来，他感到这般委屈。

这时，一只大象来到岸边，问道："蚂蚁，你哭什么？"

"大海的尽头看不见。"蚂蚁呜呜地哽咽道，"大象，你个子大，或许能看得见吧？"

大象开始张望。他看啊，看啊，甚至踮起脚，但除了海水，仍然什么也看不见。大象在蚂蚁旁边坐下，也哭了起来。

他们哭啊，哭啊……突然，蚂蚁说："听着，大象，你爬上棕榈树，我爬到你身上，我们再看看！"

蚂蚁爬到大象身上，大象则爬到棕榈树上。

他们看啊，看啊，除了海水，照样什么也没看见。于是，他们坐在棕榈树上又哭了。

这时，一条金枪鱼游到岸边。

"喂，"他喊道，"在岸上好好待着吧！哭什么呀？"

"大海的尽头看不见。"蚂蚁和大象回答道。

"怎么？"金枪鱼感到奇怪，"这里难道不是大海的尽头吗？我认为大海在这里正好到头了！"

"对啊！"蚂蚁兴高采烈地叫道，"乌啦！大象！我们见到大海的尽头了！"

"乌啦！"大象高兴得欢呼起来，并开始从棕榈树上下来。但他突然顺便思考了一下，问："那么大海的开头又在哪里呢？"

训练与拓展

1. 与成人文学相比，儿童文学十分强调教育性，请谈一谈你对儿童文学教育性的理解。

2. 根据中国台湾著名儿童诗人林焕彰的分析，在中国台湾的儿童文学作家中，教育工作者所占的比重约为75%，对此，你有什么想法？

3. 有人说，不懂得儿童文学的人是无法真正欣赏骆宾王《咏鹅》一诗的，你是否同意这一观点？请结合儿童文学的特性来分析《咏鹅》这首诗。

4. 结合具体作品，谈谈你对儿童文学轻盈特性的理解。

5. 儿童文学必须具有儿童情趣，请结合具体的作品进行分析。

6. 儿童文学创作看似简单，实际上要写好很困难，你认为，难在何处？

7. 阅读童话《蓝色的瓦吉罗》，抓住其艺术特点，写一篇200字左右的短评。

8. 认真感受作品选读中四首儿童写的诗歌，你认为儿童写的儿童诗和成人写的儿童诗有没有什么区别？

资料链接

1. 案例与文选

（1）杨红樱是当今儿童文学创作、出版界非常有影响力和号召力的作家，她创作的"校园小说""马小跳""童话""笑猫日记"四大系列 47 本总发行量近 4000 万册，成为 21 世纪我国原创儿童文学发行量最大的作家，成功地将作品推广到了英、法、德、意、韩等国家。与此同时，儿童文学评论界对杨红樱的创作展开了长时间的批评与反批评，争论很激烈，持赞成意见的主要是北京的专家学者，如王泉根、樊发稼、安武林等，持批评意见的主要是上海、浙江的专家学者，如刘绪源、韦苇等，也有站在这两派之外的，如朱自强等学者。近十年间，围绕杨红樱的创作，专家学者们发表了许多文章，查找并阅读这些文章，谈谈你自己对杨红樱创作的看法。

（2）佩里·诺德曼和梅维丝·雷默合著的《儿童文学的乐趣》一书中列举了欣赏文学的诸多乐趣——声音和图像的乐趣；文字本身的乐趣；激发人情感的乐趣；运用知识库和理解策略的乐趣；认识到自己知识集中的"空缺"，学习知识和策略来填补它，从而进一步掌握文本的乐趣；文字所激发的图像和观念的乐趣；以人为镜的乐趣；逃避的乐趣；故事的乐趣；讲故事的乐趣；结构的乐趣；认识到一个文学作品的各种元素如何组合在一起，形成一个整体的乐趣；理解的乐趣；透过文学洞察历史和文化的乐趣；辨识形式和文类的乐趣；惯例的乐趣；全新的乐趣；洞察文学的乐趣；探索的乐趣；进一步理解自己的回应，并把自己对各个文本的回应联系起来，以了解一般文学特征的乐趣；与他人分享文学经验的乐趣；与他人探讨自己对所读文本的回应的乐趣。结合本单元"作品选读"，谈谈你从作品中获得的乐趣在哪里。

2. 图书推荐

（1）佩里·诺德曼，梅维丝·雷默：《儿童文学的乐趣》

（2）李利安·H·史密斯：《欢欣岁月》

（3）保罗·阿扎尔：《书，儿童与成人》

（4）方卫平：《幼儿文学教程》

（5）韦苇：《世界儿童文学史》

（6）梅子涵，等：《中国儿童文学 5 人谈》

（7）梅子涵，等：《中国儿童阅读 6 人谈》

（8）吉姆·崔利斯：《朗读手册》

（9）郑荔：《教育视野中的幼儿文学》

（10）侯颖：《论儿童文学的教育性》

（11）刘绪源：《儿童文学的三大母题》

单元二
儿歌

学习目标

1. 认识儿歌的概念、功能；
2. 掌握儿歌的艺术特点；
3. 掌握特殊形式儿歌的艺术特征；
4. 掌握儿歌鉴赏的方法，形成较高的鉴赏能力；
5. 掌握儿歌创编的方法，形成初步的创编能力。

基础理论

  儿歌是我们一生中最早接触的文学样式，从呱呱坠地始，儿歌便与我们温暖相伴。在我们每个人的记忆里，谁会没有两三首亲切、熟悉的儿歌？儿歌历史久远，可以毫不夸张地说，自有孩子始，便有儿歌传。在古代，儿歌一般被称为"童谣"，文献资料所说的"婴儿谣""小儿语""儿童谣""孺子歌"等，都属于儿歌的范畴。传统儿歌最初是在民间口头流传的歌谣，后来，这些歌谣被人们收集整理，才有了文字的记载。中国历史上最早的儿歌集是明代吕坤编的《演小儿语》；到了清代，郑旭旦编录了《天籁集》，痴悟生编录了《广天籁集》；1918年，北京大学创办了歌谣研究会，创办了《歌谣》周刊，对其中收集的儿童歌谣冠之为"儿歌"，这一名称沿用至今。

第一节　儿歌的定义、特征与功能

一　儿歌的定义

  儿歌是以低幼儿童为主要接受对象，采用韵语形式、适合他们听赏吟唱的简短的"歌谣体"诗歌。

儿歌是专属于儿童的特殊形式的诗歌，是最具"人之初文学"意义的文体，是阶段性最强的文体。儿歌特别适合低幼儿童听赏吟唱，这与其艺术特性是紧紧相关的。

二 儿歌的特征

儿歌的特征主要体现在以下几个方面。

（一）重音不重义，强调音韵、节奏

一般说来，文学作品有四个层面的意义：声音层面、形象层面、内蕴层面、象征层面。成人阅读文学作品，往往急着找寻意义、内涵，对声音层面的意义不太在意；而年幼的儿童则不同，受年龄特征影响，他们最容易直观感受到文学作品声音层面、形象层面的意义。对儿童来说，好听的声音、好看的形象是最感性的美，甚至是最根本的美。

儿歌的音韵与
节奏

其所以如此，与儿童的生理发展有关。婴幼儿听觉发展较快，他们不仅对声音异常敏感且有浓厚的兴趣和较强的识别能力，因此，他们对音乐性强的韵语特别喜爱。婴幼儿对文学的欣赏更多依赖其本能的听赏，儿歌要想成为婴幼儿喜欢的文学形式，就必然需要在声音美上做文章。由此，儿歌成了最重视语言音乐性的文体。重音不重义，强调音韵节奏，把语言的音乐美放在首要位置是儿歌最大的特性。儿歌可以无意义，但不可以音韵不美，音韵不美的儿歌是不合格的儿歌。追求无意味之意味，这正是儿歌轻盈之美的表现。

儿歌语言的音乐性主要体现在音韵和谐和节奏鲜明上，儿歌语句中语音的强弱、长短和轻重有规律地交替，以及诗句的押韵和停顿都是构成儿童音韵节奏的重要因素，也因之而使儿歌具有了鲜明的音乐性。

儿歌的音韵和谐主要来自通过句子的押韵、词句的回环复沓及模拟声响等手段所形成的音乐感。

押韵是构成儿歌音韵和谐最重要的手段，是指儿歌中相关句子最后一个字的韵母相同或相近，有格律地落音一致，形成音韵上的和谐。同时，这种韵律的去而复返、奇偶相谐和前呼后应，也使儿歌产生了鲜明的节奏感，从而收到特殊的听觉效果。儿歌的押韵一般有四种情况：句句押韵（如《摇摇船》）、隔句押韵（如谢武彰的《矮矮的鸭子》）、几行一换韵（如寒枫《捏泥巴》之类的连锁调儿歌）、一字韵（如圣野《好孩子》之类的字头歌）。

词句的回环复沓及模拟声响也是形成儿歌音韵和谐的有效手段，如唐鲁峰的《小树叶》，分别用"哗哗哗，哗哗哗……""沙沙沙，沙沙沙……""刷刷刷，刷刷刷……"来模拟风大、风小及下雨的声响，非常直观、感性，有效地增强了儿歌的音乐美。

儿歌的节奏更多地反映在由诗句的停顿而构成的节拍上。儿歌中有规律地出现一定数量的音节，形成一定数量的节拍，诵读起来就会形成短暂自然的停顿，这种停顿就是儿歌的节奏；同时，句式的整饬、句式的变化及句子字数的变化也是形成儿歌节奏美的有效手段。前者如白琳的《宝宝爱冰雪》，后者如任溶溶的《我给小鸡起名字》。句式无规律、节奏不鲜明的儿歌是不能称之为儿歌的。

（二）单纯浅显，简短易懂

儿歌主要以低幼儿童为读者对象。由于幼儿的思维、语言还没有充分发展起来，尚处在"无意注意"的心理发展阶段，他们的有意注意力难以持久，他们对事物的感知仅限于直观表

象层面。因此就要求儿歌在内容上不复杂，简单明了；在主题上单纯浅显，不贪大求深；在对事物的摹写上要直观具体，多从形状、颜色、声音着笔；在篇幅上要短小一些，一般在四至十余行之间即可；在语言上要使用口语，用语浅显，句式简单。由此，便形成儿歌单纯浅显、简短易懂的特点。如张春明的《小花狗》："小花狗，不像样，／不洗脚丫就上炕。／问它为什么？／它说忘、忘、忘！"就很好地做到了这一点。

儿歌是口耳相传的艺术，只有单纯浅显、简短易懂才能使儿歌易记、易唱、易于传播。林良把儿童文学称作"浅语的艺术"，用"浅语的艺术"来形容儿歌会更加贴切。

（三）歌戏互补，娱乐性强

儿童文学具有鲜明的游戏精神，儿歌就有很强的游戏性、娱乐性，甚至可以说儿歌就是游戏的歌。

游戏是儿童的主导活动，是儿童了解、熟悉和认识周围事物的方式，甚至可以说是儿童存在的方式。儿童玩的时候需要游戏，吃饭的时候需要游戏，睡觉之前也需要游戏。最早的儿歌产生并流传于"母与儿戏，歌以侑之"或"儿童自戏自歌"的游戏环境中。不管是舒缓柔和、哄孩子恬然入梦的母歌——摇篮曲，还是轻快活泼、助孩子开心的"儿戏"——游戏歌，它们本质上都是语言游戏。游戏时要伴有儿歌，儿歌也是游戏，两者同时进行时，游戏会更好玩。如柯岩的《坐火车》，孩子在游戏中一边念儿歌，一边模仿做"开火车"游戏，既能得到语言的训练，获得吟唱的快感，又能共同分享游戏的愉悦和乐趣。

因此，讲究和追求动态的游戏性，将游戏与儿歌相结合，实现歌与戏的互补便成了儿歌的一个明显特征。

儿歌是轻松、好玩、快乐的歌，它最具有娱乐性，而娱乐性与趣味性紧紧相连，一旦失去了娱乐性与趣味性，儿歌本真、轻盈的特性就消失了，就会变得滞重、呆板，变成干巴巴的说教。

三 儿歌的功能

许多人认为，儿歌太简单，没什么用，不过哄哄孩子，逗他们开心罢了，这话似乎有理。儿歌本身就是游戏的一部分，甚至就是一种游戏形式，但我们不能因为儿歌的游戏特质而轻看了儿歌。不要忘了，席勒曾提出过一个著名的命题——"只有人是完整意义上的人时，他才游戏；只有当人在游戏时，他才是完整意义上的人。"

愉悦儿童只是儿歌功能的表面，实质上，儿歌对儿童的发展还有以下几方面的功能。

（一）熏陶情感

儿歌是快乐的歌，不管是舒缓温柔的母歌，还是轻快活泼的儿戏，在它们清浅的语言之下都传达了一种温暖的生命之情、本真而欢愉的生命之爱。爱和快乐是生命之本，听诵儿歌是儿童情感上的一种需要。在自然欢娱的听诵之中，儿童可以感受到周围人的关心、友爱，产生情感效应，从而联络儿童与亲人、儿童与儿童之间的感情；也可以使儿童自身的情感得到抒发、表现，从而调节他们的情绪，增添生命的欢乐。儿歌带给儿童的是亲爱、友爱、快乐，听赏诵念儿歌可以使儿童得到健康正常的情感熏陶和爱心的培养，对他们心灵人格的成长极其有益。

（二）启迪心智

许之叙《天籁集序》中说："古谚童谣，纯乎天籁，而细绎其义，徐味其言，自有至理存焉。"儿歌尽管浅显单纯，却也传递了方方面面的信息，看起来微小，却能起到润物细无声之功效。对生活面小、感知事物少却又极具好奇心的儿童来说，儿歌是最好的引导者，能引发他们对观察的兴趣，帮助他们拓展视野、提高智力并促进其思维和想象力的发展。从一定意义上说，儿歌是引导儿童认识世界、步入人生的第一个启蒙者。

（三）训练语言

儿童期是人的语言发展的关键期。儿童的语言能力是在听与说中培养起来的。儿歌语言单纯浅显，具体形象，音乐感强，是最容易被儿童所感知、理解、吸收的声音符号。听赏诵念儿歌可以帮助儿童学习正确的发音，掌握新词语，把握概念和认识事物，增进语言表达上的连贯性和发展逻辑思维能力。同时，儿童在听赏诵念儿歌的过程中，能慢慢感知语言声音的优美、句式的整齐或变换，培养对语言的敏感，提高语感能力和审美情趣。

需要说明的是，儿歌虽然不能进行说教，但儿歌，特别是传统儿歌，"会巧妙地传递出人生必需的、端正的价值观"（朱自强语），儿歌还可以向儿童传递民族的优良传统和地方民俗文化，这在各地的传统儿歌中表现明显。这些潜在的文化内涵对儿童精神成长有着重要的滋养作用。

第二节　儿歌的类型与形式

一　儿歌的类型

儿歌内容丰富，类型多样，从不同的角度，依据不同的标准，儿歌可划分成不同的类别，典型的分类有以下三种。

从创作者角度来看，可分为传统儿歌和创作儿歌。传统儿歌是流传于民间儿童口头上的儿歌，具有集体性、口头性、流变性、传承性等民间文学的特征，它没有特定的创作者；而创作儿歌是成人专门为儿童创编的儿歌，创作儿歌出现的时间比传统儿歌要晚得多，一般有具体的创作者，且作品带有创作者自身的风格特色。

从形式角度来看，可分为一般形式的儿歌和特殊形式的儿歌。一般形式的儿歌就是没有相对固定格式的儿歌；特殊形式的儿歌是指有相对固定格式的儿歌，主要是传统儿歌，如问答歌、连锁调、字头歌、颠倒歌等。

从功用角度或吟唱者来看，可分为母歌和儿戏。母歌就是摇篮曲；儿戏包括所有的游戏歌——动作游戏歌、语言游戏歌（绕口令、字头歌、连锁调）、计算游戏歌（数序歌、运算歌、比较歌）、智力游戏歌（问答歌、颠倒歌、谜语歌）等。

二　儿歌的特殊形式

儿歌在长期的流传、发展过程中，形成了许多特殊的形式，现选择最主要的几种予以介绍。

（一）摇篮曲

摇篮曲又称为催眠曲、母歌，专指哄孩子睡觉时所吟唱的那类舒缓柔和的儿歌。

儿歌的修饰和表现手法

摇篮曲的主要功能就在于催眠，对孩子的作用在"声"而不在"义"，声调舒缓柔和是根本，内容并不重要，甚至可以没什么明确的含义。摇篮曲多为即兴创作，比如，流传于四川的儿歌《觉觉喽》："啊哦，啊哦，乖乖哟，觉觉喽，狗不咬哟，猫不叫哟，乖乖睡觉觉喽……"再比如，流传于欧洲部分地区的《吊床》："吊床，吊床，/挂在树上。/摇晃，摇晃，/悠荡，悠荡，/摇晃，悠荡，/悠荡，摇晃，/床上的小孩，/进入梦乡。"当年，鲁迅先生为哄儿子入睡，也曾哼唱过一首即兴创编的摇篮曲——"小红、小象，小红象，/小象，小红，小象红；/小象，小红，小红象，/小红，小象，小象红。"这些摇篮曲近似于文字游戏，所表达的感情十分朴素。

摇篮曲也可以写得精致优美一些，并带上创作者自己的美学追求。最经典的要算黄庆云的《摇篮》。

> 蓝天是摇篮，
> 摇着星宝宝，
> 白云轻轻飘，
> 星宝宝睡着了。
>
> 大海是摇篮，
> 摇着鱼宝宝，
> 浪花轻轻摇，
> 鱼宝宝睡着了。
>
> 花园是摇篮，
> 摇着花宝宝，
> 风儿轻轻吹，
> 花宝宝睡着了。
>
> 妈妈的手是摇篮，
> 摇着小宝宝，
> 歌儿轻轻唱，
> 小宝宝睡着了。

儿歌一共四个层次，取譬精巧，节奏舒缓，层层垫起，营造出温馨恬静的氛围，流淌着浓浓的母爱之情。因为精美，所以流传甚广。

（二）问答歌

问答歌又称问答调、盘歌，是指以设问作答的方式，引导儿童认识事物或一定道理的传统儿歌形式。

有问有答是问答歌的基本特点。例如，传统儿歌《谁会飞》：

> 谁会飞？
> 鸟会飞。
> 鸟儿怎样飞？
> 扑扑翅膀去又回。

谁会跑？
马会跑。
马儿怎样跑？
四脚离地身不摇。

谁会游？
鱼会游。
鱼儿怎样游？
摇摇尾巴调调头。

谁会爬？
虫会爬。
虫儿怎样爬？
许多脚儿慢慢爬。

再如，《什么弯弯》：

什么弯弯在天边？
什么弯弯在眼前？
什么弯弯头上过？
什么弯弯在水边？

月亮弯弯在天边。
眉毛弯弯在眼前。
梳子弯弯头上过。
船儿弯弯在水边。

这两首儿歌，前者采用的是一问一答的形式，后者采用的是连问再答的形式。需要注意的是，为了便于儿童比较、把握，问答歌通常是围绕同一事物或在同一类事物间设问作答。此外，还有连问再答式的问答歌，这种问答歌对问答的设计一般不超过四组，即每首儿歌最多不超过四组问四组答。

（三）连锁调

连锁调也称作连珠体、衔尾式，整首儿歌运用"顶针"的修辞手法结构，把上一句（有的作品是上一节）末尾的词语作为下一句（有的作品是下一节）的开头，或者使用谐音词作为连接上下句的纽带。"中途换韵""随韵黏合"是连锁调在押韵方面的特点，即每个层次换一个韵脚。

连锁调首尾衔接、随字词变化而换韵，形成了丰富的韵律变化和内容上的趣味性、音乐性。传统的连锁调儿歌最能体现儿歌重音不重义、无意味处有意味的特点。我国传统的连锁调儿童往往"随韵结合，义不相贯"，逗乐的成分很重。

冯幽君的《小狗吓一跳》就是一例：

小狗跳哒哒，

它去找小鸭。
小鸭河里游,
它去找小猴。
小猴练爬高,
它去找小猫。
小猫去抓鼠,
它去找老虎。
老虎嗷嗷叫,
小狗吓一跳。

在传统连锁调的基础上,当代作家进行创新,创造出"隔行相衔接"的方式,加强儿歌的表现力。比如,樊家信的《孙悟空打妖怪》:

唐僧骑马咚那个咚,
后面跟着个孙悟空。
孙悟空,跑得快,
后面跟着个猪八戒。
猪八戒,鼻子长,
后面跟着个沙和尚。
沙和尚,挑着箩,
后面跟着个老妖婆。
老妖婆,心最毒,
骗过唐僧和老猪。
唐僧老猪真糊涂,
是人是妖分不出。
分不出,上了当,
多亏孙悟空眼睛亮。
眼睛亮,冒金光,
高高举起金箍棒。
金箍棒,有力量,
妖魔鬼怪消灭光。

(四)颠倒歌

颠倒歌又叫稀奇歌、滑稽歌、古怪歌,它故意违背常情常理,将大自然和社会生活中某些事物和现象的特征、正常关系加以夸张性的错乱颠倒,达到以反衬正的目的,造成荒唐可笑的效果。颠倒歌幽默诙谐,充满快活的游戏精神,能在轻松愉快中训练儿童的逆向思维能力和辨别事物的能力。

例如,传统儿歌《东西街》:

东西街,南北走,
出门看见人咬狗,
拿起狗来打砖头,
又怕砖头咬了手。

（五）数数歌

数数歌是将数字与歌谣形式结合起来的一种游戏儿歌，以帮助认识数字，掌握最基本的数序，训练运算能力。数数歌的特征是必须有数的排列——竖着排列、顺着排列、倒着排列、斜着排列都行，这是识别数数歌的主要标志。

数数歌形式多种多样。

有的以简单的序列数字排列而成，如传统儿歌《一二三，三二一》："一二三，/三二一，/一二三四五六七，/八九十，/到十一，/十二、十三、十四、十五、十六到十七，/十八和十九，/二十、二十一。"

有对数字进行形象化介绍的，如郭明志的《数数歌》："'1'像铅笔细长条，/'2'像鸭子水上漂，/'3'像耳朵听声音，/'4'像小旗随风飘，/'5'像秤钩来买卖，/'6'像豆芽咧嘴笑，/'7'像镰刀割青草，/'8'像麻花拧一遭，/'9'像勺子能吃饭，/'0'像鸡蛋做蛋糕。"

有把数数和运算结合起来的，如四川传统儿歌《数蛤蟆》："一个蛤蟆一张嘴，/两只眼睛四条腿，/扑通一声跳下水。/两个蛤蟆两张嘴，/四只眼睛八条腿，/扑通扑通跳下水。"

有把数字和量词结合起来的，如寒枫的《数一数》："一条虫，两条虫，/小虫喜欢钻洞洞。/三头猪，四头猪，/肥猪睡觉打呼噜。/五匹马，六匹马，/马儿一跑呱哒哒。/七只鸡，八只鸡，/公鸡打鸣喔喔啼。/九朵花，十朵花，/桃花树下是我家。"

数数歌还可以与花卉、水果、农作物等时令知识结合，从而形成一种新的儿歌形式——时序歌，如传统儿歌《十二月花》；也可以与拍手等动作游戏结合起来，形成儿童喜欢的拍手歌，如《拍手歌》："你拍一，我拍一，一只孔雀穿花衣……"

（六）绕口令

绕口令也叫急口令或拗口令，指有意用双声、叠韵和发音相近、容易读混淆的字词组织成的儿歌。绕口令要求快速诵读，因为拗口，容易出现发音吐字的错误，从而达成诙谐幽默的效果。绕口令能以其特殊的语言结构帮助儿童训练口齿，活跃思维，并使他们获得游戏的愉悦。

例如，传统儿歌《天然歌》：

一二三，三二一，
一二三四五六七，
七六五四三二一，
二三一，三二一，
三二三四五六七，
四二三四五六七，
一一二二三三四，
四四三三二二一。

（七）字头歌

字头歌又叫字尾歌，其特点表现在押韵上，整首儿歌每一句的结尾用同一个字作韵脚，一韵到底，读起来朴实亲切，易于记诵。字头歌常用的尾字有"子""儿""头"等。

比如，传统儿歌《小板凳》：

<blockquote>
小板凳，四条腿儿，
不吃草料不喝水儿；
跨上板凳出家门儿，
就像骑着小毛驴儿；
转圈跑，慌了神儿，
绊倒板凳打个滚儿；
一看这是咋回事儿，
小板凳长了六条腿儿。
</blockquote>

再比如，传统儿歌《头字歌》：

<blockquote>
天上日头，
地上石头，
嘴里舌头，
手上指头，
桌上笔头，
床上枕头，
背上斧头，
爬上山头，
喜上眉头，
乐在心头。
</blockquote>

其实，字头歌的字尾并不只限于"子""儿""头"等字，当代作家已做出许多新的尝试，比如，下面一首儿歌：

来　来　来

佚名

太阳来，太阳升起来，
鸟儿来，鸟儿飞过来，
鱼儿来，鱼儿游过来，
青蛙来，青蛙跳过来，
白兔来，白兔蹦过来，
马儿来，马儿跑过来，
雨儿来，雨儿掉下来，
云儿来，云儿飘过来，
风儿来，风儿吹过来，
我们来，我们走过来。

特殊形式的儿歌种类很丰富，除上面介绍的几种之外，还有谜语歌、动作游戏歌、时序歌、对数谣、十字令等多种形式。

第三节　儿歌的鉴赏与创编

如何鉴赏一首
儿歌

一　儿歌的鉴赏

鉴赏儿童文学作品，要解决好立场问题，不能单纯用成人的眼光居高临下地看，而要"蹲"下来，贴近儿童，用儿童的眼光、心情去欣赏。儿歌天真素朴，鉴赏儿歌尤其需要这样做。同时，每一首儿歌都是不同的，不能用同一种方法去鉴赏所有的儿歌。抓住每首儿歌的主要特征来鉴赏，这才是最有效的策略。

（一）抓住儿歌的音乐美来鉴赏

儿歌是好听的歌。儿歌之所以为儿歌，就在于其语言的音韵节奏美。音韵和谐、节奏鲜明，是儿歌之美的根本所在和最基本的要求。鉴赏儿歌就要重点关注儿歌的音乐美。譬如，唐鲁峰的《小树叶》（详见作品选读"10.小树叶"），整首儿歌押"a"韵，又运用摹声的手法进一步强化音韵，和谐悦耳；四节之中，节奏、声调有变，高低快慢，抑扬顿挫，读起来欢快流利。而金波的《牵牛花》（详见作品选读"15.牵牛花"）则采用"随韵黏合"的方式，衔尾重叠，两句一换韵，齐整中有变化，读来顺滑自然，十分悦耳。

（二）抓住儿歌的童趣美来鉴赏

儿歌是好玩有趣的歌，充满天真童趣。儿歌的童趣美主要体现在三个方面——游戏有趣、形象有趣、艺术手段有趣。儿歌歌戏互补，可操作性、表演性强，有的儿歌歌中有戏，戏中有歌，游戏好玩，歌也天真，如柯岩的《坐火车》；有的儿歌所描绘的形象生动逗人，如"大头大头，下雨不愁，你有雨伞，我有大头"，如果把其中的"雨伞"换为"小伞"，幽默的滋味更能令人莞尔；

童谣的趣味

有的儿歌运用特殊的艺术手段，如顶针、反复、夸张等，能造成特殊的趣味，林焕彰的《咪咪猫》用足了反复的手法，读来满耳都是猫的咪咪声，一片欢乐。

（三）抓住儿歌的形式美来鉴赏

儿歌有许多特殊的形式，比如，连锁调、字头歌、问答歌、颠倒歌等，各有其固定的语言、结构样式，这些形式的使用能给儿歌带来特殊的形式美。如《一个瓜》——"金瓜瓜，/银瓜瓜，/瓜瓜落下来，/打着小娃娃；/娃娃叫妈妈，/妈妈抱娃娃；/娃娃怪瓜瓜，/瓜瓜笑娃娃。"这首儿歌就运用了连锁的形式，不断重复"瓜瓜""娃娃""妈妈"，简单的三个词，就串起一首稚拙美十足的儿歌。白琳的《宝宝爱冰雪》和任溶溶的《我给小鸡起名字》，一个求整，一个求散，两种形式各有其妙，各有其趣。

儿歌好听、好玩、有趣，是一种轻盈的文学样式，鉴赏儿歌，切不可做过度诠释。我们不要忘了，朗读是领略、鉴赏儿歌之美最重要、最基本的途径，也是最有效的方法；和儿童一起有表情地朗诵，是儿歌教学中不可缺少的环节。

二　儿歌的创编

儿歌是低幼儿童接受文学的主要样式之一，也是一种在幼儿园被广泛使用的资源，同时也是一种有效的教学方法和手段。对幼儿教师来说，仅仅会运用儿歌是不够的，幼儿教师还必须学习儿歌创编方法，不断尝试创编儿歌。

儿歌是一种单纯、轻盈的文体，它不求复杂、深沉，好听、好玩、活泼有趣才是根本。创编儿歌要往好玩、轻松上构思，突出其娱乐性、趣味性。

创编儿歌并不难，在儿童文学诸多文体中，儿歌是最容易上手的一种文体。以下是关于创编儿歌的几点建议。

（一）从仿写开始

说儿歌上手容易，就是因为可以从仿写起步。儿歌中有大量有代表性的作品，尤其是那些有着特殊形式的作品，非常具有模仿价值。创编儿歌时，完全可以借用甚至套用这些形式，如数数歌、连锁调、问答调等。用活了这些形式，你就会有自己的儿歌创编路数。比如，北京传统儿歌中有一首《七个姐姐来摘果》："一二三四五六七，／七六五四三二一。／七个姐姐来摘果，／七个花篮手中

如何仿编一首
十二生肖连锁
调儿歌

提，／七个果子摆七样：／苹果、桃儿、石榴、／柿子、李子、栗子、梨。"诗人樊发稼借用这首儿歌的形式，写了一首《答算题》："一二三四五六七，／七个孩子答算题。／七张白纸桌上摆，／七只小手握铅笔。／七双眼睛闪闪亮，／七颗心儿一样细。／七份答卷交老师，／七张小脸笑眯眯。／几个孩子答对了？／一二三四五六七。"

再比如，"拍手歌"这种形式，被借用仿写后，出现了一大批《拍手歌》，有"你拍一，我拍一，一只孔雀穿花衣；你拍二，我拍二，两只小鸭上河沿……"有"你拍一，我拍一，清晨早起练身体；你拍二，我拍二，常开窗子透空气……"有"你拍一，我拍一，一个小孩坐飞机；你拍二，我拍二，两个小孩玩手绢……"有"你拍一，我拍一，一休哥；你拍二，我拍二，二小姐……"名目繁多，已很难分清是谁模仿了谁。

因此，学习创编儿歌，应先阅读一定数量的儿歌，多熟悉一些儿歌图式，在模仿中学习，在模仿中变化创作。

（二）先写出"样儿""味儿"，再追求神韵、灵气

创编儿歌，要使儿歌看上去像儿歌。儿歌有自己的"样儿"，每行的字数基本相当，有三言、四言、五言、六言、七言、三三七言等样式，形式上排列整齐、规范。句式的工整，造就了儿歌的形式美与节奏美。如果句子长一下短一下，不但形式不美，节奏也会乱掉。

创编儿歌，还要使儿歌听起来像儿歌。儿歌有自己的"味儿"，儿歌的"味儿"从两个方面体现出来：一是语言口语化，通俗易懂；二是语言有音乐性。儿歌的"味儿"要求儿歌朗朗上口，富于音乐美，做到好听易唱。

比较而言，儿歌要做到像"样儿"相对容易一些，要做到有"味儿"相对要难一点。有些儿歌一眼看上去像儿歌，一读则味道不对，原因有三：一是语言生硬，书面化，写成了成人腔调的"打油诗"；二是句式杂糅、拗口；三是押韵不够，音乐性不强。因此，创编儿歌需要用合乎儿童听赏习惯的话语方式来写，强化押韵意识，掌握儿歌基本的押韵规律。

做到了有"样儿"、有"味儿"，还不能保证儿歌一定是好的儿歌。好的儿歌需要有神韵和灵气。儿歌作家张继楼先生曾说，一首被娃娃们欢迎的儿歌，必须具备三个条件：一是内容贴近儿童的生活；二是语言必须浅近、口语化，做到朗朗上口；三是要有童趣。这里有两首引导儿童爱惜粮食的儿歌，一首是《宝中宝》："妈妈教宝宝，／粮食宝中宝。／爱惜宝中宝，／是个好宝宝。"一首是《小鸡你别看》："刚把饭碗端，／小鸡跑来看：／歪着头，瞪着眼，／围在

身边打转转。/小鸡小鸡你别看，/我早改了坏习惯：/不掉菜，不掉饭，/你快捉虫去解馋。"比较一下，就能看出，《宝中宝》直白，有说教的味道；《小鸡你别看》从侧面着笔，生动有趣，有灵气。

要想创作出有神韵、灵气的儿歌，写作者必须贴近儿童生活，用心观察、体会儿童的情状，发现鲜活有趣的写作材料（这对幼儿教师来说，最具职业优势）；有了好的材料，还需要找到好的角度，合理想象，采用恰当的艺术手法与艺术手段来表现。《小鸡你别看》就说明了这一点。另外，还有两点也需要强调：儿歌重音不重义，不要说教，要把知识、道理藏在好听、好玩下面；儿歌求实不求虚，写事写物要具体直观。

（三）不断地打磨修改

好文章不是写出来的，而是想出来和改出来的。好儿歌需要不断地打磨修改。要知道，那些流传得最广的儿歌，恰恰就是打磨修改最多的儿歌。

有这样一首发表于1957年的儿歌《太阳公公起得早》：

> 太阳公公起得早，
>
> 他说："宝宝在睡觉，我去叫一叫。"
>
> 他爬上窗口瞧了瞧，
>
> 嘿，宝宝不见了。
>
> 宝宝到哪里去了？
>
> 宝宝在院子里，
>
> 一二三四做早操。
>
> 太阳公公瞧见了，
>
> 太阳公公眯眯笑，
>
> 他说："宝宝是个好宝宝。"

说实话，这并不是一首十分成功的儿歌，语句拖沓，节奏感不够，还有直露说教的味道。经过二十多年的流传，收入《365夜儿歌》一书中时，儿歌变成了下面的版本：

> 太阳公公起得早，
>
> 他怕宝宝睡懒觉，
>
> 爬上窗口瞧一瞧，
>
> 咦，宝宝不见了。
>
> 宝宝正在院子里，
>
> 一二一二做早操。

修改后的版本，质量大大优于原作，简洁、整齐，形式美、音乐美大大提升，也去掉了说教的成分。这篇改动如此之大的作品是著名诗人鲁兵创作的。鲁兵说过："我为孩子们写作，改一遍的情况极少，往往要改两三遍，五易其稿也曾有过。"

商殿举有一首儿歌《红辣椒》，其初稿为："屋檐下，/挂着红辣椒，/一串串，/像火苗。/燕子太粗心，/急忙飞走了。/它担心：/房子被烧着。"

著名诗人圣野对其进行修改，定稿为："屋檐下，/红辣椒，/一串串，/像火苗。/燕子说，/不得了，/房子让火烧，/急忙飞走了。"定稿节奏感更强，更具情趣，质量提高了不少。

定稿有没有瑕疵？还有没有修改的余地？细品一下，你会发现，至少有两点需要斟酌：其一，"说"字不能总领后面三句话，"急忙飞走了"不是"说"的内容；其二，"房子让火烧"

是被动句式，不符合口语表达习惯。如何修改？有两种方案：其一，后四句改为——"燕子说，/不得了，/着火啦，/赶快跑"；其二，后四句改为——"燕子说，/不得了，/房子着火啦，/大家赶快跑"。

　　文章不厌千回改，确实有道理。学习创编儿歌，也要对写好的作品多琢磨，不断打磨才能写出好的儿歌。

 **作品选读**

1. 宝宝爱冰雪

白琳

宝宝宝宝——叫，叫，
不要妈妈——抱，抱，
要到雪地——玩，玩，
要到冰上——跑，跑！
宝宝宝宝——笑，笑，
大雪堆上——跳，跳，
溜冰场上——滑，滑，
锻炼锻炼——真好！

2. 矮矮的鸭子

谢武彰

一排鸭子，
个子矮矮，
走起路来，
屁股歪歪。
翅膀拍拍，
太阳晒晒，
伸长脖子，
吃吃青菜。
一排鸭子，
个子矮矮，
走起路来，
屁股歪歪。

3. 小熊过桥

蒋应武

小竹桥，
摇摇摇，
有个小熊来过桥。

走不稳，站不牢，
走到桥上心乱跳。
头上乌鸦哇哇叫，
桥下流水哗哗笑，
"妈妈妈妈你来呀！
快把小熊抱过桥！"
河里鲤鱼跳出水，
对着小熊大声叫：
"小熊小熊不要怕，
眼睛向着前面瞧！"
一二三，
向前跑，
小熊过桥回头笑，
鲤鱼乐得尾巴翘。

4. 我给小鸡起名字

任溶溶

一二三四五六七，
妈妈买了七只鸡，
我给小鸡起名字：
小一，
　小二，
　　小三，
　　　小四，
　　　　小五，
　　　　　小六，
　　　　　　小七。

它们一下都走散，
于是再也认不出：
谁是小七，
　小六，
　　小五，
　　　小四，
　　　　小三，
　　　　　小二，
　　　　　　小一。

5. 摇 摇 船

佚名

摇摇摇，
一摇摇到外婆桥，
外婆叫我好宝宝。
糖一包，
果一包，
还有饼儿还有糕，
吃了糕饼上学校。

6. 捏 泥 巴

寒枫

捏，捏，捏泥巴，
一捏捏个胖娃娃。
胖娃娃，太淘气，
捏个黄牛来耕地。
黄牛站着不肯走，
我来捏个小花狗。
小花狗，尿了裤，
我来捏个小白兔。
小白兔，不会跳，
我来捏个小花猫。
小花猫，不穿鞋，
我来捏个猪八戒。
猪八戒，肚子大，
一口吃个大西瓜。

7. 鹅 追 鹅

林武宪

鹅呀鹅，鹅追鹅，
鹅呀鹅，鹅过河。
鹅追鹅，鹅过河，
鹅过河，鹅追鹅。
小鹅过河追大鹅，
我也过河去赶鹅，
赶着大鹅小鹅过小河。

8. 好 孩 子

圣野

张家有个小胖子,
自己穿衣穿袜子,
还给妹妹梳辫子。
李家有个小柱子,
天天起来叠被子,
打水扫地擦桌子。
王家有个小妮子,
找了钉子找锤子,
修好课桌修椅子。
周家有个小豆子,
拾到一个皮夹子,
还给后院大婶子。
小胖子,小柱子,
小妮子,小豆子,
他们都是好孩子。

9. 坐 火 车

柯岩

小板凳,摆一排,
小朋友们坐上来,
我们的火车跑得快,
我当司机把车开。
(轰隆隆隆,轰隆隆隆,呜!呜!)

抱娃娃的靠窗坐,
牵小熊的往后挪,
皮球积木都摆好,
大家坐稳就开车。
(轰隆隆隆,轰隆隆隆,呜!呜!)

穿大山,过大河,
火车跑遍全中国,
大站小站我都停,
注意车站别下错。
(轰隆隆隆,轰隆隆隆,呜!呜!)

哎呀呀，怎么啦，
你们一个也不下？
收票啦，下去吧，
快让别人坐坐吧。
（轰隆隆隆，轰隆隆隆，呜！呜！）

10. 小　树　叶

唐鲁峰

小树叶，
会说话：
哗哗哗，哗哗哗……
它说："风大啦，风大啦！"

小树叶，
会说话：
沙沙沙，沙沙沙……
它说："风小啦，风小啦！"

小树叶，
会说话：
唰唰唰，唰唰唰……
它说："下雨啦，下雨啦！"

风停了，
雨停了，
小树叶，
不响啦。

11. 少了一颗钉子

佚名

少了一颗钉子，
马掌就掉啦！
少了一只马掌，
马儿就跑啦！
少了一匹马儿，
士兵就倒啦！
少了一个士兵，
仗就赢不了啦！

输了一场战争，
国家就难保啦！
所有这些都因为——
一颗钉子少啦！

12. 背 小 猪

鲁兵

背小猪，
背小猪，
我的小猪胖嘟嘟。
谁要买？
快来买！
妈妈说她不要买。

背小猪，
背小猪，
我的小猪香扑扑。
谁要买？
快来买！
外公说他没钱买。

只有外婆眯眯笑，
人家不买我来买。
她把小猪抱过来，
拍拍小屁股，
摸摸小脑袋，
她叫小猪好乖乖。

13. 找朋友 钩钩手

金志强

小猴小猴找朋友，
见到小猪钩钩手；
钩钩手，钩钩手，
小猪跟着小猴走。

小猪小猪找朋友，
见到小狗钩钩手；
钩钩手，钩钩手，

小狗跟着小猪走。

找朋友，伸出手，
伸出手，钩钩手；
小猴小猪和小狗，
大家成了好朋友！

14. 小 槐 树

河南传统儿歌

小槐树，
结樱桃，
杨柳树上结辣椒，
吹着鼓，
打着号，
拉着大车抬着轿。
蝇子踢死驴，
蚂蚁踩塌桥。
木头沉了底，
石头水中漂。
小鸡叼个饿老雕，
小老鼠拉个大狸猫。
你说好笑不好笑？

15. 牵 牛 花

金波

野牵牛，爬高楼；
高楼高，爬树梢；
树梢长，爬东墙；
东墙滑，爬篱笆；
篱笆细，不敢爬；
躺在地上吹喇叭：
滴答滴滴答！
滴答滴滴答！

16. 十 二 月 花

传统儿歌

正月梅花香又香，
二月兰花盆里装，

三月桃花红千里，
四月蔷薇靠短墙，
五月石榴红似火，
六月荷花满池塘，
七月栀子头上戴，
八月丹桂满枝香，
九月菊花初开放，
十月芙蓉正上妆，
十一月水仙案上供，
十二月腊梅雪里香。

17. 搬　米

传统儿歌

一只蚂蚁来搬米，搬来搬去搬不起；
两只蚂蚁来搬米，身体晃来又晃去；
三只蚂蚁来搬米，轻轻抬着进洞里。

18. 对　对　歌

佚名

一边多，一边少，一打铅笔一把刀；
一个大，一个小，一个西瓜一颗枣。
一边多，一边少，一盒饼干一切糕；
一个大，一个小，一头肥猪一只猫。
一边多，一边少，一群大雁一只鸟；
一个大，一个小，一棵大树一根草。
一边唱，一边跳，大小多少记得牢。

19. 鸡　蛋

李少白

鸡蛋白，鸡蛋黄，
白云抱个小太阳。

◈ 训练与拓展

1. 理论探讨

以上述儿歌作品为例，说明朗诵儿歌应注意哪些问题。

2. 儿歌诵读训练

（1）朗诵儿歌《小树叶》《坐火车》，注意朗诵技巧的运用。

（2）分别按"摇篮曲""活动歌"的朗诵要求朗诵儿歌《摇摇船》，体会两者的不同。

3. 儿歌赏析

（1）从儿歌选读作品中任选一篇儿歌，写一篇200～300字的赏析短文。

（2）以下是三篇同题儿歌《太阳和月亮》，你认为哪一首最好，说说你的理由；你认为哪一首较差，也说说你的理由。

太阳和月亮

吴昌烈

太阳月亮俩娃娃，
打开妈妈化妆匣，
太阳拿起胭脂抹，
月亮抓起香粉擦，
抹呀抹，擦呀擦，
太阳抹成红脸蛋，
月亮擦成白脸巴。

太阳和月亮

戚万凯

闹了一点小矛盾，
就东躲西藏不见面。
一个在晚上耍，
一个在白天玩；
太阳，你认个错，
月亮，你也道个歉，
他们听了我的话，
红着脸儿见了面，
不信请你看，
早晨，晴朗的天边。

太阳和月亮

邹景高

太阳哥哥要下山，
忙叫妹妹来接班，
月亮妹妹羞答答，
躲在帘里巧打扮，
巧打扮，怕露脸，
邀来星星作伙伴，
哥哥见了眯眯笑，
挑起灯笼就下山，

太阳哥哥慢点走，

请到我家吃晚饭。

（3）河北儿歌作家刘畅写了近万首儿歌，他特别推荐了张春明的《斑马和奶牛》："奶牛看着斑马笑，他说斑马是伤号，身上一道又一道，缠的都是纱布条。斑马看着奶牛笑，他说奶牛是病号，身上一贴又一贴，贴的都是大膏药。旁边骆驼听了说：你俩真会开玩笑。"请谈谈你对这首儿歌的看法。

4. 儿歌创编

（1）模仿儿歌《捏泥巴》，以十二生肖或以水果、蔬菜为内容，仿作一篇《捏泥巴》。

（2）揣摩《坐火车》《背小猪》等活动游戏歌的写作技巧，以儿童的某种游戏活动为内容，创编一首儿歌。

（3）阅读第一章作品选读中林焕彰的儿童诗《小猫走路没有声音》，在不改变诗歌大意的前提下，将其改写为一首儿歌。

资料链接

1. 文选与案例

（1）《学前教育：幼教版》2005年第11期第10—17页刊载了四篇关于儿童诗化语言教学的案例材料——廖贻《幼儿诗化语言仿创编活动指导策略》、张冠玮《秋雨图与杨树花》、宋琳平《我的小雨点》、梁燕京《从〈春雨〉到〈秋风小树叶〉》，阅读它们（也可在网上阅读），写一篇短文，就如何开展儿童诗化语言教学进行班级研讨。

（2）湖南儿童文学作家李少白的新童谣非常有特色，其创作的童谣集《蒲公英嫁女儿》荣获第十届（2017年）全国优秀儿童文学奖。李少白认为，童谣创作要有"五趣"：语趣（指语言的节奏、音韵），童趣（从孩子眼睛来看），情趣（亲切、有生活的味道），理趣（既浅近又有深意，且不能强求主题思想），野趣（即乡野性、民间性）。阅读李少白的童谣集《蒲公英嫁女儿》，用心揣摩李少白的童谣"五趣"说，尝试儿歌创作。

2. 图书推荐

（1）金波：《中国传统童谣书系》

（2）鲁兵：《365夜儿歌》

（3）张继楼：《新创儿歌100首》

（4）金波：《金波四季儿歌》

（5）金波，郑春华，等：《儿歌300首》

（6）郑春华：《小果果听儿歌》

（7）叶圣陶：《叶圣陶儿歌一百首》

（8）李少白：《蒲公英嫁女儿》

单元三
儿童诗歌

学习目标

1. 认识儿童诗歌的概念，把握儿童诗歌与儿歌的区别；
2. 把握儿童诗歌的艺术特征；
3. 了解儿童诗歌的类型；
4. 掌握儿童诗歌的鉴赏方法，形成较高的鉴赏能力；
5. 学习儿童诗歌的创作，初步掌握儿童诗歌的创作方法。

基础理论

在儿童的成长过程中，诗歌是不可或缺的精神食粮。儿童文学作家樊发稼曾说："诗歌天然地和儿童有着契合关系，他们的想象方式、表达习惯和认知渠道，都有着诗的品质，所以……毫不夸张地说，一首契合儿童心性的好的儿童诗，可以为一个人的一生抹上色彩，烙上一重烙印，带来一种节奏。"的确，好的诗歌可以让儿童展开想象，获得初步的情感体验，并感受到语言的优美，为

为什么要教儿童读诗

其语文能力的培养打下良好基础。中国现代意义上的儿童诗歌，兴起于清末民初。1897 年，林纾创作《闽中新乐府》32 首，显示了寻觅适合初学儿童的并富有鲜明表现力的诗歌文体的努力。随后，黄遵宪的《幼稚园上学歌》、梁启超的《爱国歌》以及沈心工的《纸鹤》、李叔同的《送别》等诗作的问世，拉开了中国儿童诗歌创作的帷幕。1916 年，胡适创作了中国第一首白话新诗《蝴蝶》，虽然语言通俗得完全是"大白话"，却童趣盎然，极像一首儿童诗歌。1920 年，《新青年》发表莎菲的《小雨点》，是一篇真正用白话创作的现代儿童诗。此后，叶圣陶、陶行知、艾青、何其芳等一大批文学巨匠、名家相继创作儿童诗歌，掀起了现代儿童文学史上儿童诗歌创作的一个小高潮，为新中国成立后儿童诗歌创作走向繁荣做好了铺垫。

第一节 儿童诗歌的定义与特征

一 儿童诗歌的定义

（一）儿童诗歌的定义

诗是心灵智慧的产物，是文学最原始、最永恒的艺术形式。儿童诗歌作为诗的一个分支，有着特定的读者，在其率直稚拙的语言中，往往充满天真无邪的感悟和无拘无束的想象，尤其是儿童自己创作的儿童诗歌，更能体现出儿童身上特有的异常敏锐的感知能力和奇特丰富的想象能力，这正是儿童诗歌的"诗质"之所在，蕴含着无穷的教育潜力。

从外延来讲，狭义的儿童诗歌仅仅指儿童自己创作的诗歌；广义的儿童诗歌还包括成人为儿童创作的儿童诗歌。当然，有些成人诗歌也适合儿童阅读，但它们并非专为儿童创作，不宜划入儿童诗歌的范畴。具体说来，儿童诗歌是指以儿童为接受对象，以浅显而具有艺术美感的语言形式，由儿童或成人创作的适合儿童念唱、朗诵或欣赏的诗作。

从内涵来讲，受儿童年龄特征的制约，儿童诗歌所反映的生活内容、所抒发的感情、所展开的联想和想象、所运用的文学语言等，都必须贴近儿童的现实生活和心灵世界，是儿童喜闻乐见的。只有这样，儿童诗歌才有助于打开儿童的心扉，陶冶他们的情操，提升他们对美的感受力和创造力。因此，所谓儿童诗歌，也就是通过描写丰富多彩的儿童生活，来表现"童心"、抒发"童情"、充满"童趣"的诗歌。

（二）儿童诗歌与儿歌的区别

儿童诗歌和儿歌虽然都属于诗歌艺术，但分属两种不同的儿童文学体裁（以下简称文体），其主要不同表现在以下几个方面。

儿童诗与儿歌
有别

第一，从发展历史来看，儿童诗歌的发展历史不如儿歌悠久。儿童诗歌是从"五四"自由体新诗的发展中演变而来的，其发展历史不过百年。《左传》中就有"卜偃引童谣"的记载，儿歌的发展历史已超过三千年。

第二，从形式结构来看，儿童诗歌宽松，儿歌严谨。儿童诗歌是从"五四"自由体新诗演变而来的，在其创作中，自由式几乎就是它的技法，它没有格式的规定，也不受句式、音韵及篇幅长短的制约，其形式结构是一种全然的自由。儿歌则有基本的格式，其句式要求工整，整齐划一，即便长短交替，也要求有规律的波动；由于其音乐性较强，因此讲究押韵上口，其用韵或一韵到底，或间隔押韵，或转换押韵，方式较多。

第三，从意象意境来看，儿童诗歌重"雅"、讲"含蓄"，儿歌重"俗"、讲"直白"。儿童诗歌追求充满儿童情趣的意境，感情内涵丰富，主要使用书面语言，因此重情求雅，讲究含蓄精练，期望儿童在欣赏中得到审美的愉悦和情感的陶冶。儿歌追求朗朗上口的节奏韵律，力求带给儿童更多游戏的快乐，语言口语化，因此重趣偏俗，要求直白通俗，主要是让儿童在朗读中增添生活的乐趣。

例如，同样是写萤火虫，我国台湾作家林清泉是这样写的：

夜里，静静的原野，

萤火虫在草丛

提着灯笼捉迷藏。

天上的星星

低头一看，诧异地说：

"咦，我们的同伴

什么时候掉下去了？"

而民间儿歌却写道：

萤火虫啊，歇啊歇，

给你三个铜钱买草鞋。

不要你的金，

不要你的银，

只要你的屁股亮晶晶。

很明显，林清泉的《萤火虫》是一首儿童诗歌，语言书面化特色明显，其意境神奇虚幻，雅而有趣；民间儿歌《萤火虫》则语言直白，内容简单、浅显，在阅读中我们甚至能够想象小朋友边蹦跳嬉戏边大声吟诵的情景。

第四，从读者对象来看，儿童诗歌适合于学龄中后期的儿童，儿歌则以学龄初期的儿童为主要对象。

第五，从流传情形来看，由于儿童诗歌纯属个人感情的抒发，作者较为明确，因此一般不可以任意变动；儿歌主要是在口头上传播，一些有个性的东西不易保留，在流传过程中可以随自己意愿改编歌词。

虽然儿童诗歌和儿歌有以上种种不同，但无论是儿童诗歌还是儿歌，都能放飞儿童活泼可爱的想象和天性，培养儿童的创造性思维。儿童通过对诗歌的阅读，在无形中将自己的生活经验、情感思想融合于作品，在两者的相互渗透中得到感悟与启发。同时，儿童在阅读、写作诗歌的过程中逐步形成的独特、细腻的内心体验习惯和对语言文字的浓厚兴趣，必将有助于其语文学习。

二　儿童诗歌的特征

作为诗歌的一个分支，儿童诗歌与成人诗歌一样，所反映的生活是凝练和集中的，所表达的思想感情是丰富和饱满的，所使用的语言是经过锤炼和推敲的，在形式上则是分节分行、有节奏的。但是，受儿童心理和年龄的制约，儿童诗歌所反映的生活内容，所蕴含的感情色彩，所运用的文学语言，都必须是儿童能领略的。因此，儿童诗歌的特征是诗歌的特征与儿童心理特征的结合，这造就了儿童诗歌与成人诗歌的殊异性。也就是说，儿童诗歌有着自己的个性特征。

儿童诗的童趣美

（一）形象生动活泼

与成人诗歌注重抒情不同，儿童诗歌更偏向于叙事，诗歌中往往会呈现比较直观的图画和形象，从而营造出一幅生动活泼的诗歌画面。如邱易东的《一个小男孩的陀螺》中就描写了小男孩在冬天里玩耍陀螺的情景：

脸蛋与鼻子冻得发紫有什么关系

袖口和裤腿挂满叮当作响的冰凌有什么关系

风雪抽打着旋转的小男孩

小男孩抽打着旋转的小陀螺

小陀螺像一朵红色的火苗

就这么旋转出

一圈儿一圈儿花朵般的欢畅

一圈儿一圈儿漩涡般的阳光

喜爱游戏是儿童的天性，游戏是儿童认知事物的最初启蒙，也是他们美好天赋的自然展示。在这首儿童诗歌里，诗人以敏锐的目光、传神的笔法、多变的角度，为我们展现了儿童淋漓畅快的游戏生活。诗句直接描写儿童游戏的情景，将儿童天真可爱的动作和神情描摹得活灵活现，使读者有身临其境之感。

善于模仿也是儿童的天性，模仿是儿童向成人学习为人做事的重要方式，儿童诗人善用细腻传神的描写为我们呈现儿童可爱谐趣的模仿生活。如中国台湾诗人詹益川的《游戏》：

"小弟弟，我们来游戏。

姐姐当老师，你当学生。"

"姐姐，那么，小妹妹呢？"

"小妹妹太小了，

她什么也不会做，

我看——让她当校长算了。"

这种活泼天真、甚至还略带点滑稽和恶作剧成分的模仿，印证了儿童的聪慧灵巧、蓬勃生气，展现了儿童生活中特有的情趣。

有的儿童诗歌则通过对儿童话语的反拨和儿童本来心态的披露来观照儿童多彩的生活。如薛卫民的《淘气包子的悄悄话》，就描写了儿童对做检讨一事的认知，而高洪波较早的一首儿童诗歌《鹅、鹅、鹅》则表现了儿童对"神童"生活的厌烦：

最近，妈妈总爱捉住我，

逼我背一首古怪的儿歌：

"鹅，鹅，鹅，曲项向天歌，

白毛浮绿水，红掌拨清波。"

听说这是一位古代的神童，

七岁时写下的"大作"。

可我却背得结结巴巴，

气得妈妈说我"笨脑壳"。

我只好背得滚瓜烂熟，

妈妈显得特别快活。

从此，每当家里来了客人，

我都要牵出这只倒霉的"鹅"。

听到了一声声的夸奖，
妈妈就奖我美味的糖果。
好像这是我写的诗篇，
其实，我从来没有见过白鹅。

我家小小的阳台上，
连只小鸟都不曾飞落。
更别说从那"曲项"里
向天唱出的美妙的歌！

真的，我不愿当什么"神童"，
更不想靠"白鹅"啄来糖果。
如果妈妈带我去趟动物园，
那才是我最大的快乐！

在这首儿童诗歌里，有妈妈教孩子背诗的画面，有孩子在客人面前背诗的画面，我们甚至还看见孩子背诗受夸奖后小眼睛溜溜直转迷惑的神情，并且还能想象孩子在动物园快乐游玩的画面。这首诗歌，通过平易、朴实、口语化的语言，展示了当下儿童家庭教育的一种生态，抒写了儿童内心的渴望，令人思索。在高洪波的其他诗作如《笑》《懒的辩护》《我喜欢你，狐狸》中，我们也会发现，当代儿童对于独立意识的护卫是前所未有和异常坚定的。这样的儿童诗歌，有助于我们走近当下儿童生命与生活的真实。

（二）语言明快优美

诗歌是语言的艺术，这就要求诗歌必须用凝练、形象、具有表现力的语言来表现思想和情感。儿童诗歌受主要阅读对象文化层次和接受能力的影响，可以在语言的艺术上降低要求吗？我们对此是持否定意见的。儿童的语言欣赏、鉴别能力尚处在变化发展中，儿童诗歌对儿童读者不仅要起到审美陶冶、道德教育的作用，还要承担语言训练的责任，即扩大和丰富儿童的语汇，培养提高他们驾驭语言的能力。从这个意义上说，一首好的儿童诗歌，所使用的语言在浅显易懂的同时，还要精粹而有概括力、有表现力。当然，这种语言也必须是经过提炼后规范得体并且流畅的儿童语言。如刘饶民的《春雨》，寥寥数语就把春雨降落时大家的欢快喜悦展现在读者面前，四个"要"字不仅说明这场春雨来得及时，而且很符合儿童的语言表达习惯；"发芽""开花""长大"的运用，简单明了，通俗易懂，既描绘出各类植物在春雨降临时的不同需求，也蕴含着植物生长的一个过程。全诗通过浅显而得体的语言，展现出一幅优美的画面。吟诵此类诗歌，儿童不仅可以提高审美能力，还能从中学习并提高鉴赏语言、驾驭语言的能力。

春　雨

滴答，滴答，
下小雨啦……

种子说：
"下吧，下吧，
我要发芽。"

梨树说：
"下吧，下吧，
我要开花。"

麦苗说：
"下吧，下吧，
我要长大。"

小朋友说：
"下吧，下吧，
我要种瓜。"

滴答，滴答，
下小雨啦……

　　受认知的影响，儿童语言往往充满"童趣"，因此，好的儿童诗歌的语言往往会有一种令人捧腹的"趣"，即通过快乐、幽默、风趣的语言将儿童的喜怒哀乐和他们全新的精神世界行云流水般地表现出来。如樊发稼的《鸡冠花》，通篇的儿童口语，简单明了的自问自答，洋溢着儿童的情趣，不由得让人会心一笑；孩子的好奇、不解，还有那若隐若现的一丝不满，都通过风趣的语言表现出来，儿童的天真无邪和活泼可爱也表露无遗。

鸡 冠 花

你是鸡吗？
没有翅膀，
也没有嘴巴；
不会走路，
也不会生蛋；
太阳升得老高啦，
弟弟还在睡懒觉，
也没听你叫一下。

　　受语言表达能力的限制，儿童更易接受那种具有较强的音乐感和节奏感的语句，所以，儿童诗歌的语言往往极具音乐性，给人以读诗如唱的明快感觉，使儿童激动之余获得语言的美感，如金波《红蜻蜓》的一、二节：

低低地飞，
低低地飞，
你这红蜻蜓，

你丢失了什么？
飞得这样低，
飞得这样低。

草坪里，
铺着嫩绿。
花丛里，
漫着香气。
湖面上，
闪着涟漪。

　　这首诗歌虽然句式节拍不整齐，但"低低地飞""飞得这样低"的重复吟唱，构成了诗歌的节奏感，动词"铺""漫""闪"的运用使得本节诗歌在舒缓中透着一丝明快，极具神韵。全诗情感起伏变化，使深层的节奏在语言的层面表现出来，儿童极易通过诵读走进美妙的诗画之中。

（三）想象新颖灵动

　　在儿童的眼里，万物皆有灵性，因此，鸟儿会唱歌，小草会舞蹈，鱼儿会说话，就连天上的星星，也是在吧啦吧啦眨着眼睛的。儿童无拘无束、异想天开的思维特点，决定了儿童诗歌必须以生动活泼的想象和新颖巧妙的构思来创造形象，这也在很大程度上决定了儿童诗歌的艺术水平。

　　为了展开想象，儿童诗歌往往采用比喻、夸张、拟人、象征等修辞手法。如中国台湾诗人谢武彰的《春天》就是采用拟人手法，让花朵像一个着急的孩子一样，踮起脚尖寻找春天，全然不知自己就是春天：

风跑得直喘气
向大家报告好消息
春天来了
春天来了

花朵站在枝头上
看不见春天
就踮起脚尖
急着找
春天在哪里
春天在哪里

花
不知道
自己就是春天

也有采用夸张手法的，如滕毓旭的《湖滩上，有一对天鹅》的第一节：

蓝天上飞着

一对雪白的天鹅；
湖心里飘着
两片美丽的云朵。
云朵驮着天鹅，
天鹅衔着云朵，
轻轻地，轻轻地
在湖滩上降落。

一个"驮"一个"衔"，以儿童的心理感受天鹅轻盈的飞舞，使其充满美丽奇妙的想象，创造出一种独特的审美情趣。

为达到想象的目的，儿童诗人们还会通过巧妙的构思，化腐朽为神奇，展现童稚的乐趣。如蓝天的诗作《画风》：

风阿姨走进幼儿园，
请娃娃们给她画张像。

娃娃们睁大眼：
你在哪，你在哪？

风阿姨招招手，
我在树梢荡秋千……

风阿姨，快坐下！
动来动去怎么画……

乖娃娃，懂不懂，
我要不动，你画啥？

这首诗歌以对话的形式，写出了风和娃娃们的可爱，构思巧妙，具有童话般色彩，也易于为儿童所接受。

（四）构思富于童趣

儿童诗歌的最大特点是善于触摸儿童的心灵，并用本真的儿童话语和儿童思维去表现儿童对自我、生活和社会乃至世界与人类的独特关注与反应。成功的儿童诗歌充满儿童情趣，不仅能使小读者从中获得观照和愉悦，也能把成人读者领回那童心跃动的情景，重温童年的梦。例如，中国台湾儿童文学作家林焕彰的《我家的蚊子》：

我住五楼，我家的蚊子
也住五楼；

我看电视的时候，
我家的蚊子，不看电视；
它要我，也不要看电视。

我看书的时候，
我家的蚊子，不看书；
它要我，也不要看书。

我睡觉的时候，
我家的蚊子，不睡觉；
它要我，也不要睡觉。

我家的蚊子，嗡嗡叫嗡嗡叫，
它只要我和它，玩打仗的游戏。

这样的诗歌用儿童的眼睛观察事物，叙写儿童独有的内心世界、情绪活动，并通过有趣的情节表现儿童对生活的独特感知，在明朗的节奏中跳动着纯真的童心，自然是充满童趣的。

童心和童趣是儿童认识世界和适应生活的方式，因此，在儿童诗歌中表现出来的儿童情趣是儿童生活中固有的因素，它不是生硬的外加成分，而是儿童诗歌的生命力所在。儿童诗歌之所以能够触摸儿童的心灵，也就是因为儿童诗歌善于表现儿童特有的纯真，即美好的感情、善良的愿望和有趣的情致，从而营造出满溢着童心童趣的意境。例如，江日的《没长大的妈妈》：

照片上有一个没长大的妈妈，
扎着蝴蝶结，戴着小绒花。
妈妈要是不长大，那该多好啊！
手拉手儿去上学，我俩都做乖娃娃。

这种在成人看来有点天马行空、不切实际的想象，却完全是儿童的心声，美好而有趣，充满童真与快乐，让人忍俊不禁。

此外，那种以优美流畅的文字描摹景物，能触发儿童美丽的想象，洋溢着欢快的儿童情绪的儿童诗歌也多满蕴童心童趣。例如，王立春的《牵牛花不再放牛》的最后一节，就是一首童心跃动的小诗：

早晨牵牛花醒来
长长骨朵儿都绽放了喇叭
牵牛花的音乐奏响了
美丽的乡间音乐
真是独特
牵牛花一下子
成了
远近闻名的
音乐家

第二节　儿童诗歌的类型、鉴赏与创作

一　儿童诗歌的类型

在类型的划分上，儿童诗歌与成人诗歌大体相似，可以从不同的角度进行分类。从运用的表现手段方面，可将儿童诗歌分为抒情诗和叙事诗两大类；从押韵、分行的角度，可分为韵律体诗和散文体诗两大类。由于儿童诗歌的涵盖面比较广，常常以诗的外壳包容儿童文学其他样式和内容，因此，又可把儿童诗歌分为童话诗、寓言诗、科学诗、故事诗、讽刺诗、题画诗等。以下介绍的是儿童诗歌不同分类中的几种主要形态。

（一）儿童抒情诗

儿童抒情诗是儿童诗人在感受生活现象、观照自然景物后，运用想象、比喻或感叹、疑问等手段，抒发儿童内心真情实感的一种诗体。这种儿童诗中往往没有具体的人物形象、人物行动和故事情节，仅仅是儿童诗人主观情感的直接展现，或是主人公心灵的直接坦露，有着非常浓烈的主观色彩。当然，受诗歌接受者的限制，儿童抒情诗不可能像成人诗那样抒发忧国忧民的情怀，它必须从儿童的角度，抒发儿童纯真独特的心灵感受，或者表现他们在生活、学习、游戏中的思考、快乐或苦恼等；其抒情方式多种多样，或触景生情，或托物言志，或直抒胸臆，不一而足；其结构则大多按照情感变化的脉络来组织。作为一种最富于抒情个性的文学样式，儿童抒情诗深受儿童的喜爱。如金波、刘饶民的儿童抒情诗，还有尹世霖的《妈妈的泪花》、高帆的《我看见了风》、薛卫民的《长大的标志》、刘丙钧的《我和妈妈》、斑马的《老房子》等，都是儿童读者爱读的抒情诗。

（二）儿童叙事诗

儿童叙事诗也可以称为儿童故事诗，它用诗歌的语言描写人物、记叙事情，并在写人记事中抒发诗人的情感。这类诗歌往往有着较强的故事情节。由于叙事诗是依靠情节或人物串缀而展开的，语言较为精练，所以在情节结构上允许有较大的跳动，并在叙述中允许表现出浓烈的感情色彩或情感倾向，极富有儿童诗歌的情趣美和诗意美。儿童叙事诗既可以叙写一个事件画面，如张继楼的《共伞》，就是一个简单的情景画面；也可以叙写一个游戏场景，如冰心的《雨后》，就具体描绘了一对兄妹踩水嬉戏的动人情景；还可以叙写人物，如雨雨的《问奶奶》，就是通过三个片段来记叙描写关爱自己的奶奶；或者叙写一段记忆，如金波的长诗《老爷爷，您一定还记得我》，就通过回忆叙述了当年自己爬树杈摘苹果扯破裤子后老爷爷对"我"的关爱；也有叙述一个完整事件的，如俄罗斯作家马尔夏克的《彼加怕些什么》，就讲述了彼加由怕黑到不怕黑的故事。

（三）童话诗

童话诗通常被认为是儿童诗歌中特有的一种文学样式，在儿童诗歌中占有重要地位，是童话和诗的有机结合。它将富于幻想和夸张的童话故事用诗的形式去承载、用诗的语言去述说，因而具备儿童诗歌和童话的双重特点，在分行排列的表述中，既富有节奏感和音乐感，又富有幻想性和趣味性，可以被称作诗体童话。童话诗往往通过丰富的想象、神奇的幻想和夸张的手法来塑造形象，阐发道理，语言浅白顺畅，音乐性较强，适合儿童的接受心理，深受儿童的喜爱。童话诗十分适合学龄前和学龄初期的小读者阅读欣赏，如俄罗斯诗人普希金的《渔夫和金鱼的故事》、印度诗人泰戈尔的《在黄昏的时候》，我国诗人金本的《小螳螂受了伤》、圣野的《竹林奇遇》、罗丹的《兔子和乌龟第二次赛跑》、金逸铭的《字典公公家里的争吵》及鲁兵的《小猪奴尼》《小老虎逛马路》等，都是优秀的童话诗。

（四）儿童寓言诗

儿童寓言诗和童话诗有些近似，也是用诗歌的艺术形式来写一个简短生动的故事，但与童话诗不同的是，寓言诗中往往寄寓一定的教训，带有比较浓厚的讽喻或教训意味。当然，作为一种诗体寓言，和一般寓言故事也存在着较大的区别，寓言以诗歌形式为载体，在语言上讲求韵味和节奏，讲求精练、简洁，更为重要的是，寓言诗还必须追求诗情力量与寓言理性的有机结合。寓言诗往往篇幅短小，情节单一，故事内容具有象征性的意义。它常用拟人、比喻、夸张等手法，刻画漫画式的形象，让读者在笑声中回味无穷。儿童寓言诗是以儿童为视角的寓言诗，它符合儿童的心态、情趣，适合儿童阅读。17 世纪法国著名诗人拉·封丹创作的 12 卷《寓言诗》，19 世纪俄国克雷洛夫的寓言作品都是寓言诗的珍品。我国当代作家高洪波的《小虎问路》、孙华文的《小黑》、刘秀山的《小马虎的〈遗失广告〉》、陈子典的《不敢提起这件事》等，也都是有代表性的佳作。

（五）儿童科学诗

科学的严谨与诗歌的想象相结合，往往会产生让人意想不到的韵味。儿童科学诗就是试图用优美凝练的诗句来描写和表现某种科学题材，并以丰富炽烈的激情、大胆新颖的想象使科学知识化入诗的意境的一种科学与诗歌相结合的作品。虽然这类诗歌的基本任务是向儿童介绍某种科学知识，但也必须遵循诗歌的创作规律，运用讲究节奏和韵律的精练语言，抒写浓郁的诗情，传达优美的意境。也就是说，儿童科学诗不仅应当形象地讲述科学，而且更要把儿童读者引入诗一样瑰丽的科学世界。比较而言，儿童科学诗受自身题材的限制在创作上存在一定的局限性。当然，单纯借科学题材抒发情感，或是歌颂某一科学成就、歌颂科学工作者献身科学、鼓舞人们向科学进军的诗歌，并不是科学诗，更不是儿童科学诗。儿童科学诗不仅能使儿童得到艺术的享受，而且又能在科学知识上有所增益。如高士其的《我们的土壤妈妈》、陈衡哲的《小雨点》、童子的《飞翔在蓝色的夜空》及佚名作者的《要是你在野外迷了路》等，都是不错的佳作。

（六）儿童讽刺诗

儿童讽刺诗和寓言诗都有着说理教训的意味，但寓言诗是以虚构的寓言为题材，而讽刺诗则以少年儿童生活中某些不良现象或他们自身的一些坏习惯为题材，采用夸张和讽刺手法进行批评劝诫。这类诗歌，多取材于少年儿童的现实生活，或直写他们的错误行为及后果，或巧指他们的毛病缺点，或有意夸张叙写他们某种不良习惯及可笑的结局，于巧讽暗喻中指明正确方向。儿童讽刺诗与一般以辛辣嘲讽为特质的讽刺诗不同，它的讽刺大都是善意的、委婉温和的。在诙谐调侃中，使小读者能够警觉，从而思索体味，得到启示。由于讽刺诗直指儿童的不足之处，因而往往能收到比一般儿童诗歌更好的艺术效果。如鲁兵的《下巴上的洞洞》、柯岩的《小弟和小猫》、张秋生的《只听半句》等，都是儿童讽刺诗中的佳作。

（七）儿童题画诗

儿童题画诗是为适合少年儿童欣赏图画（或连环画）而题配的一种儿童诗歌。它是诗情和画意的有机融合，其内容虽然源于画面，但诗意却不囿于画面，它往往是作者在对画面有独特感受后，发挥想象的一种即兴创作。因此它可以题写在画面上，也可以离开画面独立存在，不像古代的题画诗那样定要题写在画面上或依附画面而存在。儿童题画诗的创作难度相对较大，因此在儿童诗歌中并不多见，如柯岩的《小长颈鹿和妈妈》《吹泡泡》《初升的太阳》，郑青山的《落叶》，金波的《小星星》等，都是优秀的儿童题画诗作。

（八）儿童散文体诗

儿童散文体诗是儿童诗与散文的有机结合，它具有诗的意境和散文的形式，是用散文形式写成的儿童诗歌。一方面它借鉴散文的形式，不分行，不押韵，甚至不受格律的约束；另一方面，它又具有诗歌的意境和精炼的语言，使之与一般散文区别开来。儿童散文体诗常常篇幅短小，稍具哲理，表现出纯真的童心之美，因而受到儿童的喜爱。如郭风的组诗《林中》《红菰们的旅行》、斑马的《雨中，我望着一个渔翁》、屠再华的《娃娃闹海》、贾平凹的《问》等，都是精美的儿童散文体诗。另外，印度大诗人泰戈尔也写过不少优秀的儿童散文体诗，如《金色花》《纸船》《花的学校》《当我送你彩色玩具的时候》等。

二 儿童诗歌鉴赏

在儿童诗歌的鉴赏中，关键是要把握"儿童本位"的立场。儿童鉴赏儿童诗歌自不必说，成人鉴赏儿童诗歌时，一方面应站在儿童的角度来观照童年和理解儿童，另一方面还应站在成人立场对儿童世界予以爱护和关怀。一方面要强调儿童诗歌的"儿童性"，另一方面也不能忽视儿童诗歌的"诗性"。不能因为接受对象的限制，就减少对儿童诗歌艺术的整体把握和探索，缺少"诗"的形式和内涵的儿童诗歌，是不能称其为"诗"的。

如同鉴赏成人诗歌一样，在鉴赏儿童诗歌时，也可以从内容和形式两方面入手。在内容方面，可以首先从标题或诗句来判断这首诗歌属于哪种类型，然后结合诗歌的类型特点，透过诗句理解作者要表达的内容，进而欣赏全诗的主旨。当然，诗歌的主旨有的简单明了，有的稍显复杂，需要我们深入分析研究。在形式方面，主要是欣赏诗歌的遣词造句、表达技巧和谋篇布局，比如，词语的锤炼是否准确恰当，诗句有无韵律感，构思是否新颖巧妙，使用了哪些修辞手法等。

当然，儿童诗歌毕竟与成人诗歌不同，在鉴赏的过程中要注意把握儿童诗歌自身的特征，具体说来：

第一，要善于感受儿童诗歌的情感美。 受阅读对象的限制，儿童诗歌所抒发的感情、表达的观点往往明朗、显豁。阅读欣赏儿童诗歌，要善于捕捉诗歌中所传递出来的儿童特有的那种美好感情、善良愿望和有趣情致。只有这样，才能引起感情上的共鸣，加强对儿童诗歌的理解。如蓝天的《妈妈，你别拧》：

> 妈妈，你别拧，
> 妈妈，我又不是湿衣裳，
> 再拧，也拧不出水来……
>
> 妈妈，你别拧，

儿童诗朗诵的
传情达意技巧

妈妈，我是你的小乖乖，

再拧，就要拧出泪来……

这是一首直接抒发儿童情感的诗歌，以"拧不出水来""要拧出泪来"作对比，表达了对妈妈行为不满而又无可奈何的情绪；以否定句式"我又不是湿衣裳"作比喻，生动贴切，仿佛让我们看见一个挺胸噘嘴、带着硬气的儿童形象；而一句"我是你的小乖乖"又分明让我们感到孩子委屈中的乖巧和机灵，全诗读来让人既心疼又生爱，引发感情上强烈的共鸣。

第二，要善于体会儿童诗歌的情趣美。儿童的纯真使他们能够不为世俗所约束，不为外物所羁绊，敢于展开想象，并在丰富的想象中显示出童年的乐趣。因此，在欣赏儿童诗歌时，就必须努力把握诗歌中所特有的童心之真、童趣之美，从而理解并接受儿童诗歌中所运用的新颖的想象、别致的形式、美丽的画面和动人的情节。如林武宪的《秋天的信》：

秋天，要给大家写信，

用叶子做信纸，

请风当邮差。

偷懒的邮差，

每到一个地方，

就把信一抛。

有的信，落在松鼠头上，

有的信，掉在青蛙身旁，

赶路的雁，也衔了一页回家。

池塘里，草丛中，

到处都有秋天的信，

动物们急忙准备过冬。

这首诗歌运用拟人、比喻的手法来描写秋天来临，趣意盎然。本来秋天的落叶就是秋天来临的信息，诗人却不直接说出，而是把它比作信件，由邮差——风到处投递。我们常说像风一样快，那么风当邮差应该是最好的，诗人却说风是"偷懒的邮差"。可不是，落叶到处飘，哪儿"都有秋天的信"——整个想象十分有趣，如同一个童话故事，天真稚拙而又新颖合理的想法构成了这首精彩的儿童诗歌。

第三，要善于品味儿童诗歌的意境美。儿童身心发展的特殊性和儿童的认知特点决定了儿童更易接纳鲜活生动、可视可感的文学形象。以儿童为主要阅读对象的儿童诗歌，为了便于儿童理解接受，在创作时就必须致力于创造鲜明生动的诗歌形象，这些形象和儿童作者所表达的主观情意融合在一起，就会形成一种艺术境界，也就是诗歌赏析中常提到的"意境"。因此，把握住儿童诗歌中所创造出的或奇幻或美丽的意境，就能领会其中所传达出的令人心醉的神韵。如顾城的儿童诗歌《感觉》所描述的是：在一片死灰的背景上走来两个穿得色彩鲜艳的孩子，多像一幅水彩画。低沉的语言突出了视觉上的美感，像是现实，又似乎是在想象，在想象与现实的交织、现实与想象的融合中，让人浮想联翩，其形成的意境足以产生打动人心的艺术力量。此诗歌如下：

天是灰色的

路是灰色的

楼是灰色的

> 雨是灰色的
>
> 在一片死灰之中
> 走过两个孩子
> 一个鲜红
> 一个淡绿

　　第四，要善于感悟儿童诗歌的哲理美。受阅读对象的限制，儿童诗歌不适合表达成人化的情感，但却不妨碍成人在创作儿童诗歌时表达对儿童、对童年的看法。这种用诗的形式呈现出的对生活的思考和感悟，能带给孩子们美的启迪。把握住儿童诗歌中精练而富有韵味的哲理，往往会让人在会心一笑中回味无穷。如金波的《信》：

> 我学会了写信，
> 用笔和纸，
> 用手和心。
> 我多么想写啊，
> 写许多许多的信……
>
> 替雏鸟给妈妈写，
> 让妈妈快回巢，
> 天已近黄昏。
>
> 替花朵给蜜蜂写，
> 请快来采蜜，
> 花已姹紫嫣红。
>
> 替大海给小船写，
> 快去航海吧，
> 海上风平浪静。
>
> 替云给云写，
> 愿变成绵绵春雨；
> 替树给树写，
> 愿连成无边的森林。
>
> 给自己，
> 我也要写
> 一封封信：
> 让自己的心，
> 和别人的心，
> 贴得紧紧、紧紧……

这首诗歌以"信"为牵引,在透过"我"将儿童的纯真童趣毫无保留地呈现出来的同时,也自然而然地流露出诗歌所蕴含的哲理情思:写信的意义在于沟通情感、表达愿望、增进了解、培育友情,既形象又富有哲理,让人思索良多。

当然,就儿童诗歌本身而言,它仅仅是现代诗歌的一个组成部分,是诗人、作家为儿童有意识地创作的、表达儿童情趣和心声的自由体短诗,是一种"浅语"的艺术。我们在欣赏儿童诗歌时,固然要寻找它的"诗质""诗性",但也不能人为拔高、过度诠释。我们要始终明确儿童诗歌教学的基本内容和目的:是通过对儿童诗歌的阅读和欣赏,培养儿童美丽、良善的情怀,激发儿童的想象力和思维能力,提高儿童健康的审美意识和艺术鉴赏力。

三 儿童诗歌创作

作为教育工作者,为了让儿童茁壮成长,我们必须带给儿童诗一般的语言、诗一般的梦幻和诗一般的教育,让儿童的心田在诗境中受浇灌,思想在诗意中跳跃,童心在诗韵中飞扬,让他们徜徉在儿童诗歌的乐园里,心中播撒快乐的种子。为达到这一目的,我们不但要善于利用作家们写的儿童诗歌对儿童进行"诗教",还有必要结合现实情境为儿童创作儿童诗歌,甚至能指导儿童创作儿童诗歌。

生活中处处都是诗。法国艺术家罗丹说过:"生活中不是缺少美,而是缺少发现美的眼睛。"如果我们细心观察,我们就会发现,在生活中,童心是诗,童语是诗,童稚是诗,童气是诗。只要我们善于观照儿童的生活、善于运用儿童的语言、充分放飞儿童的想象、善于触摸儿童的心灵,我们就能创作出一首首优美的儿童诗歌。当然,这种创作不是一蹴而就的,我们在学习创作儿童诗歌时,可以具体分为仿写、续写、创作三个步骤。

第一,心随笔动,仿写儿童诗歌。 朱作仁先生曾经说过:"没有模仿就没有创造,模仿是创造的基础。在模仿中不断增加创造因素,在创造中难免留下模仿痕迹,即使作家也不例外。"初写儿童诗歌,大部分人要从模仿起步。这里所谓模仿,一是模仿儿童的眼光来观察生活,从儿童的心理特征出发,以一颗童心与世界万物对话,从而展示童心的纯真美丽;二是模仿儿童的情感,儿童诗歌自然是要抒发儿童的情感的,因此,在仿写儿童诗歌时,不能怀着成人的心态将儿童的世界同现实世界作比较,更不能对儿童的世界做居高临下式的欣赏、赞美,要很好地契合儿童的心理;三是模仿儿童的语言,避免按照成人的思维习惯使用成人化的语言,要使用儿童可以看到、听到、触摸到的具体可感的形象词语,从而构造具体生动的诗句。比如,薛卫民有一首《四季小娃娃》的儿童诗歌:

> 草芽尖尖,
> 他对小鸟说:
> "我是春天。"
>
> 荷叶圆圆,
> 他对青蛙说:
> "我是夏天。"
>
> 谷穗弯弯,

真正的童诗是
什么样子的

他鞠着躬说：

"我是秋天。"

雪人大肚子一挺，

他顽皮地说：

"我就是冬天。"

细读此诗，我们会发现，全诗虽然有四节，但句式简单。一、二节句式一样：（谁）（怎么样），他对（谁）说："我是（什么）天。"三、四节句式一样：（谁）（怎么样），他（怎么样）说："我是（什么）天。"不仅成人仿写容易，儿童仿写也很方便，参照其句式往里面填写恰当的词语就行。比如，第一节就可作如下仿写：

桃花红红，他对小鸟说："我是春天。"

柳絮飘飘，他对小河说："我是春天。"

禾苗青青，他对大地说："我是春天。"

花儿朵朵，他对蝴蝶说："我是春天。"

　　第二，浮想联翩，续写儿童诗歌。在仿写的基础上，我们可以紧接着原诗，续写下去。当然，这种续写，必须从原诗出发，遵循着原诗的思路，把握原诗的节奏和韵律，保留原诗的儿童情趣，对原诗进行适当延伸。续写儿童诗歌有利于培养初学者符合儿童心理的联想力和想象力，在我们对儿童诗歌的构思还不尽明朗时，续写也可以帮助我们加深对诗歌布局的理解，进而熟悉儿童的思维过程。由于续写的作品往往是对现有作品在时间、空间上的延伸和拓展，从某种意义上说，续写的作品也可以被认为是基于原有作品而创作出的全新作品。因此，在续写儿童诗歌时，还需要我们放飞想象，进入一种天马行空式的创造性思维状态。只有这样，才能在续写中继续体现儿童诗歌幻想、纯净的本质，创建一个充满童趣与爱的审美世界。比如，高洪波的儿童诗歌《我想》，提到了"小手""脚丫""眼睛"和"自己"，如果对该诗进行续写，"鼻子""耳朵"乃至"思绪"都是可以继续展开的，如：

我想把思绪，

夹在蒲公英上，

飘到大江南北，

飘到各个地方，

飘啊，飘——

旅途的快乐在心中回荡。

　　第三，童心飞扬，创作儿童诗歌。当我们能够从儿童的心理出发，满怀儿童的情趣时，我们就可以动手创作儿童诗歌了。当然，为了更好地创作儿童诗歌，掌握凸显儿童情趣的表现手法仍然是有必要的。

　　一是拟人法，就是赋予动植物等以生命、感情，这种手法最契合儿童心理，也最能体现儿童的活泼有趣，如前面提到的《四季小娃娃》。

　　二是比喻法，就是把此物比作彼物，这种手法往往将不易把握的事物形象化、具体化，符合儿童的认知心理。如黄庆云的《摇篮》，就分别把蓝天、大海、花园和妈妈的手比作摇篮，颇具亲切感，便于儿童接受。

　　三是假设法，这种手法易于找到想象的途径，便于表达美好的愿望，容易唤起儿童的共鸣，它往往以"假如""如果"起句，顺着假设的情趣直接表达意愿，抒发感情，如金波的《如果我是一片雪花》。

四是夸张法，就是将描写对象的数量、形体、行为乃至时间都予以夸大描写，从而引起儿童的关注。如杨啸的《蜗牛的奖杯》中，长着六条长腿、一对翅膀的蜗牛，居然能钻进奖杯里睡觉，就是采用的夸张手法。

儿童诗歌的表现手法还有很多，如摹声、反复、疑问、对比、悬念等，但仅仅掌握这些表现手法是不够的，写诗还需要敏感的内心，需要深沉和真挚的情感。尤其是儿童诗歌，如果对周围的事物没有好奇与关心，那怎么可能写出好的、充满爱的优美诗篇呢？此外，诗歌是需要打磨的艺术，只有不断地在炼字、炼句、炼意方面下工夫，方有可能写出精彩的儿童诗歌来。

 **作品选读**

1. 跳

米尔恩

有只知更鸟去了，
跳呀，跳呀，
跳呀，跳呀，跳。
无论如何我要告诉它：
走路别这么跳呀跳。
它说它不能停止跳，
如果它停止跳，
它就啥地方也去不了。
可爱的知更鸟，
那就啥地方也去不了……
这就是为啥它走路
总是跳呀，跳呀，跳呀，
跳呀，跳呀，
跳呀，
跳。

2. 弯弯的月儿

叶圣陶

弯弯的月儿小小的船。
小小的船儿两头尖。
我在小小的船里坐，
只看见闪闪的星星蓝蓝的天。

3. 小　狗

林焕彰

一

小狗望望
小狗看看
小狗看到山上

山上有山
山上有树
树上有鸟儿
鸟儿有翅膀
翅膀有天空
天空可以飞翔

二

小狗望望
小狗看看
小狗看到天空

天空有白云
白云有太阳
太阳有月亮
月亮有星星
星星有眼睛
眼睛可以看着你

4. 秋　叶

利兰·B.雅各布

绿叶，
　黄叶，
　　红叶，棕色叶，
　　　落，
　　　　落，
　　　　　为小镇铺上一层毯子。

　　　　橡树叶，
　　　　　枫叶，
　　　　　　苹果树叶，和梨树叶，

飘，
　低声耳语，
　　"秋天在空气里！"

　　　　大的叶，
　　　　　小的叶，
　　　　　　点形叶，圆形叶，
　　　　　　　飞下来，
　　　　　　　　依偎着，
　　　　　　　　　轻轻地将地面遮盖。

5. 树 叶 儿 飘

　　　　金波

　　秋天来了，
　　秋天来了，
　　树枝儿摇摇，
　　树叶儿飘飘。
　　红叶子飘，
　　黄叶子飘，
　　好像花瓣儿往下掉。
　　拾一片黄叶子，
　　给布娃娃缝件袄；
　　拾两片黄叶子，
　　给布娃娃缝手套；
　　再拾三片红叶子，
　　给布娃娃缝顶小红帽。

6. 小长颈鹿和妈妈

　　　　柯岩

小鹿，小鹿，
没见你时，真为你着急，
妈妈的脖子那么长，
想亲亲她可怎么办呢？
小鹿，小鹿，
看见了你，我满心欢喜，
原来你脖子也那么长，
一点不妨碍你和妈妈亲昵。
哦，长颈鹿，长颈鹿，多么有趣！

7. 善　良

莫利斯·卡列姆

要是苹果只有一个，
它准装不满大家的提篮。
要是苹果树只有一棵，
挂苹果的树权也准覆不满一园。
然而一个人，要是他把
心灵的善良分给大家，
那就到处都会有明丽的光，
就像甜甜的果儿挂满了果园。

8. 需要什么

罗西尼

做一张桌子，
需要木头；
要有木头，
需要大树；
要有大树，
需要种子；
要有种子，
需要果实；
要有果实，
需要花朵；
做一张桌子，
需要花一朵。

9. 我看见了风

高帆

我在楼上看见了风，
请你一定相信——
我看见风从草地上走过，
踩出一溜清晰的脚印。
风是一个胖子，
钻进了对面的树林，

挤得小树摇摇晃晃，
树缝冒出它气喘吁吁的声音……
可是当我下楼去找，
却不见了它的踪影，
草地平平，树林静静，
不知风在哪里藏身……

10. 作　业　机

谢尔·希尔福斯坦　叶硕　译

作业机，哦，作业机，
世界上最完美的机器。
只要把作业放进去，
再投进一角硬币，
按下按钮，等上十秒，
你的作业就会出来，
又干净，又整齐。
来看看——"9+4=？"答案是"3"。
3？
哦，我的天！
看来它没有我想的那么神奇。

11. 咕，呱

韦苇

青蛙咕和青蛙呱，
说好在荷叶上捉迷藏，
咕来捉，
呱来藏。

呱是个机灵鬼，
他趁咕转身不注意，
吱溜躲进了荷叶下。

咕东找西找，
找遍了三张荷叶，
找遍了七张荷叶，
找遍了十张荷叶……
呱像是一下蒸发出了荷塘。

呱—呱，你躲哪儿啊？
咕—咕，我藏这儿呐！
这儿是哪儿？
哪儿在这儿！
这儿是哪儿？
这儿在这儿！

咕！
呱！
咕！
呱！

12. 草　　原

金子美玲

露水盈盈的草原上，
如果光着脚走过，
我的脚一定会染得绿绿的吧？
一定会沾上青草的味道吧？

如果　直到变成一棵草，
我就这样走啊走，
我的脸蛋儿，
会变成一朵美丽的花儿开放吧？

13. 露　　珠

金子美玲

对谁都不要说，
好吗？

清晨庭院的角落里，
花儿悄悄掉眼泪的事。
万一这件事说出去，
传到蜜蜂的耳朵里，
它会像做了亏心事一样，
飞回去还蜂蜜的。

14. 苹果和橘子

赤冈江里子 朱自强 译

从爸爸的故乡
寄来了苹果。
拨开箱子里的稻壳，
红红的苹果滚了出来，
这些曾经在岩木山麓
燃烧的一团团的火。

从妈妈的故乡
寄来了橘子。
箱子里挤满了
金黄的小太阳，
还飘出樱岛前的小村里的风
浓浓的，沾染了橘香。

高高地堆在桌子上，
闪耀着光芒的
爸爸的故乡，
妈妈的故乡。

15. 小 猪 奴 尼

鲁兵

有只小猪，叫做奴尼。
妈妈说："奴尼，奴尼，
你多脏呀，快来洗一洗！"
奴尼说"妈妈，妈妈，
我不洗，我不要洗。"
妈妈挺生气，来追奴尼。
奴尼真顽皮，逃东逃西，
扑通——掉进泥坑里。
泥坑里面，尽是烂泥，
奴尼又翻跟头又打滚，
玩了半天才爬起。

一摇一摆回家去，
吓得妈妈打了个大喷嚏。
"啊——欠，你是谁，
我不认得你。"
"妈妈，妈妈，
我是奴尼，我是奴尼。"
"不是，不是，
你不是奴尼。"
"是的，是的，
我真的是奴尼。"
"出去，出去！"
妈妈发了脾气。
"你再不出去，
我可不饶你，
扫把扫你，簸箕簸你，
当做垃圾倒了你。"

奴尼逃呀，逃呀，
逃出两里地。
路上碰见羊姐姐，
织的毛衣真美丽。
"走开，走开！
别碰脏我的新毛衣。"
路上碰见猫阿姨，
带着孩子在游戏。
"走开，走开！
别吓坏我的小猫咪。"

最后碰见牛婶婶，
在吊井水洗大衣。
"哎呀，哎呀！
哪来这么个脏东西？
快来，快来！
给你冲一冲，洗一洗。"
冲呀冲，洗呀洗……
井水用了一百桶。
肥皂泡泡满天飞。
洗掉烂泥，
是个奴尼。

奴尼回家去，
妈妈真喜欢。
"奴尼，奴尼，
你几时学会了自己洗？"
奴尼，奴尼，
鼻子翘翘，眼睛挤挤。
"妈妈，妈妈，
明天我要学会自己洗。"

16. 静静地坐着

郑文山

静静地坐着
什么也不去想
许多听不见的声音都听见了
篱笆外，风轻轻地来又轻轻地去
花架上，花悄悄地开又悄悄地谢
墙壁上，时间答答地走又答答地来
静静地坐着
什么声音都听见了
更听见心里的声音
过去的事
永远不再回来

17. 我将做一个什么

丹尼斯·李

"你将做一个什么？"
大人问个没完。
"做舞蹈家？做医生？
还是做个潜水员？"
"你将做一个什么？"
大人总是缠着问。
好像要我不做我，
改做一个什么人。
我大起来要做喷嚏大王，
把细菌打到敌人身上！
我大起来做只癞蛤蟆，
呱呱呱专门问傻话！
我大起来做个小孩，

整天淘气，把他们气坏！

18. 蝴蝶·豌豆花

郭风

一只蝴蝶从竹篱外飞进来，
豌豆花问蝴蝶道：
"你是一朵飞起来的花吗？"

19. 门前的石头

王立春

你以为门前的石头也睡了么
妈妈
我们的石头在夜里从来不睡
他有事情要做

你说过那块石头是从山上来的
你说过山那边有一块赭色的老石头
我们的石头在白天
总是一动不动地坐着
他在想老石头
和那些笑话
（有时候我也坐在他上面
想那些事）

到夜里
我们的石头就站起来
往山那边跑
老赭石头要讲一整夜的笑话
那是听不够的
你听见静静的夜里有时传来嗡嗡的响声么
那是整个山谷都憋不住笑呢
所有的石头都去
（有三儿家门前的那个
一笑准露出豁牙子）
那块刚从地里探出头来的石头
笑得直从头上掉土
有的石头在山坡上打着滚儿
把肚子都笑疼了

草儿们笑得颤颤的
不时地给老赭石头献几朵花
清晨我们的石头就匆忙地赶回来了
跑得满身大汗
等你看到他的时候
他早已坐成原来的样子了
不信你摸
他全身都湿透了呢

20. 花 儿 一 岁

王立春

花儿嘟着鲜鲜的小嘴
花儿一岁了

花儿直着稳稳的小腰
花儿一岁了

花儿伸着细长的小腿
花儿一岁了

推开了叶子
松开了藤蔓
吐出了香气
花儿花儿一岁了

全世界的花儿都开了
全世界的花儿都一岁了
美丽的花儿啊　一岁
就是一辈子啊

21. 童　　话

斯拉德克　刘星灿 译

"白桦为什么颤抖，妈妈？"
——"他在细听鸟儿说话。"
"鸟儿说些什么，妈妈？"
——"说仙女傍晚把它们好一顿吓。"
"仙女怎么会把鸟儿吓呢？"
——"她追赶着白鸽在林中乱窜。"

"仙女为什么要追赶白鸽？"
——"她见白鸽差点淹死在水潭。"

"白鸽为什么会差点淹死呢？"
——"它想把掉到水里的星星啄上岸。"
"妈妈，它把水里的星星啄上来了吗？"
——"孩子啊，这个我可答不上来。
我只知道，等到仙女挨着白鸽的脸蛋时，
就像如今我在亲你一样，
亲呀亲呀，亲个没完。"

22. 打　翻　了

张晓风

太阳打翻了
金红霞流遍了西天
月亮打翻了
白水银一直淌到我床前
春天打翻了
滚得漫山遍野的花
花儿打翻了
滴得到处都是清香
清香打翻了
散成一队队的风
风儿打翻了
飘入我小小沉沉的梦

训练与拓展

1. 以儿童诗歌《你别问这是为什么》和儿歌《小树叶》为例，谈谈儿童诗歌和儿歌的区别，并说明二者在吟诵上的区别。

2. 好的诗歌朗诵，既与朗诵技巧有关，也与非技巧性因素有关。你认为诗歌朗诵的技巧性因素、非技巧性因素各有哪些方面。

3. 朗诵《跳》《静静地坐着》《苹果和橘子》和《门前的石头》，体会不同类型诗歌在诵读上的区别。

4. 品读本章节有关秋叶、春天的儿童诗歌，以秋叶或春天为题，仿作一篇儿童诗歌。

5. 认真阅读下面几个作品，并把它们和文中提到的谢武彰的《春天》相比较，归纳它们的不同点，并写一篇不少于500字的鉴赏评论文章。

春天走来了

经绍珍

春天悄悄走来了，
它在哪里我知道：
它在柳枝荡秋千，
它在风筝尾上摇，
它在小鸟嘴上啼，
它在桃花瓣上笑。
它用温柔的小手，
帮我脱掉厚棉袄。

春　　天

鲁兵

春雷给柳树说话了，
说着说着，
小柳树呀，醒了。

春雨给柳树洗澡了，
洗着洗着，
小柳枝哟，软了。

春风给柳树梳头了，
梳着梳着，
小柳梢呵，绿了。

春燕给柳树捉迷藏了，
藏着藏着，
小柳絮儿，飞了。

春天陪柳树旅游去了，
走着走着，
泥土里的种子，动了……

春天在奔跑

四平

春天，
在田野上奔跑，
她的脚步，

是阵阵轻风，
吹醒了沉睡的小草。

春天，
在树林里奔跑，
她的汗滴，
是蒙蒙细雨，
染绿了林中的树梢。

春天在哪里

陈伯吹

春天在哪里？
春天在枝头上：
春天的风微微吹动，
柳条儿跳舞，桃花儿脸红。

春天在哪里？
春天在草原上：
春天的雾轻轻细细。
草儿醒过来，换上了绿的新衣。

春天在哪里？
春天在竹林里：
春天的雨一阵又一阵，
竹笋从地下探出头来。
春天在哪里？
春天在田野里：
春天的太阳那么暖，那么亮，
麦青，菜花黄，蚕豆花儿香。

春天的门缝里

袁秀兰

春天的门缝里，
藏着鹅黄的小草芽儿，
藏着嫩绿的小树芽儿，
藏着粉红的花苞苞。
小鸟飞来了，
唱着快乐的歌儿，

小草芽儿听见了，
从门缝里探出了头；
小树芽儿听见了，
从门缝里伸出了手；
花苞苞听见了，
露出红扑扑的脸颊。
他们一起
推开了春天的门。

看看我是谁

薛卫民

小猪、小兔、小刺猬，
推门看看，
我是谁？

你是风呀，
风儿吹吹……
你是蝴蝶，
蝴蝶飞飞……

小猪、小兔、小刺猬，
出来看看，
我是谁？

你是树呀，
树叶青翠……
你是小河，
哗哗流水……

小猪、小兔、小刺猬，
仔细瞧瞧，
我是谁？我是谁？
噢噢噢噢——
原来你是春天呀！
是你让风儿吹，
是你让蝴蝶飞，
是你让树青翠，
是你让小河解冻了，

你来了世界可真美！

江南的春天

圣野

"燕子妈妈，
你嘴里衔的什么？
是小虫子，
是小树枝，
还是一口
湿漉漉、香喷喷的
筑巢的泥土？"

燕子妈妈说：
"不，我衔回来
一个万紫千红的
江南的春天……"

6. 下面有两首儿童诗《春天》，其中一首为儿童所写，另一首为成人所写。试从感知与想象角度比较两首诗歌的不同；再联系单元一后面所选的四首儿童写的诗歌，进一步探究儿童写的诗歌与成人为儿童写的诗歌有什么不同。

春　天

谢明宪

春天来了，
花睁开美丽的眼睛，
看美丽的天空。
小鸟在飞，
太阳在笑，
云坐着小船到各处去旅行。

春　天

林焕彰

春天来了，
春天在草地上，
插了许多小黄花。
小黄花，
是春天轻俏的眼神，
是春天闪烁的脚印；

像许多金色的小纽扣，

镶满了大地的新衣裳。

📎 资料链接

1. 文选与案例

（1）林焕彰认为，诗，最重要的是要有内在的美："诗，要想有'内在的美'，他一定得有'不平常'的'诗想'。""'诗想'是'诗'的'思想'；说明白一点就是要写出写诗人特别的想法"。"写诗最重要的还在于'诗想'是否特别，有了不同于一般人的'特别'的'诗想'，写诗的方法自然就能忠实地随着适当的语言出现了。"林焕彰、王立春是两位非常有特色的儿童诗人，他们创作的诗歌是真正的儿童诗歌。课外阅读两位诗人的作品，探讨其诗歌创作的特色。

（2）佩里·诺德曼和梅维丝在其合著的《儿童文学的乐趣》一书的"儿童诗"章节专门探讨了"为什么许多人不喜欢诗"这一问题，结论是因为这许多人从来没有学会如何才能喜欢诗，这与教师对待诗歌的态度有直接的关系。朱自强教授在其《儿童文学概论》第六章第二节"儿童诗"单元探讨了儿童诗教学问题。阅读两书的相关内容，就如何教儿童喜欢诗歌、学习诗歌这一问题，发表自己的看法。

2. 图书推荐

（1）《百年百部中国儿童文学经典书系》（诗歌部分）

（2）《20世纪世界儿童文学名著精粹·儿童诗卷》

（3）《中国儿童文学大系·诗歌卷》

（4）《台湾儿童诗精品选评》

（5）鲁兵：《小猪奴尼》

（6）金波：《金波儿童诗选》

（7）高洪波：《我喜欢你，狐狸》

（8）史蒂文森：《一个孩子的诗园》

（9）金子美玲：《向着明亮那方》

（10）谢尔·希尔弗斯坦：《阁楼上的光》

（11）王立春：《骑扁马的扁人》《写给老菜园子的信》《贪吃的月光》

（12）林焕彰：《林焕彰儿童诗选》

单元四

儿童故事

学习目标

1. 认识儿童故事的定义与特征；
2. 了解儿童故事的主要类型；
3. 掌握儿童故事赏析的方法；
4. 提升儿童的故事讲述能力；
5. 形成一定的儿童故事创编能力。

基础理论

　　喜欢听故事是人的本能，所以才有"人是喜欢听故事的动物"之说。与儿歌一样，儿童故事也是儿童最早接触的文体之一。懵懵懂懂的童年，无一不是踩着一串串青涩的问号艰难前行，纵然步履蹒跚，却有无穷意趣。儿童对世界的认知、对生活的体验，往往是从一个个精彩的儿童故事开始的。相对于人的一生，童年是短暂的，但童年时代所聆听的故事却可能长久地留存于心中。

第一节　儿童故事的定义、特征与类型

一　儿童故事的定义

　　"故事"最基本的含义是"以往的事情。"司马迁《史记·太史公自序》说："余所谓述故事，整齐其世传，非所谓作也。"我国古代所谓"街谈巷议""道听途说"，即是故事的滥觞。作为一种文体，故事是指以讲述能够引起读者或听者兴趣的具体事件为目的的叙事性作品。故事这一文体最主要的艺术特征有三个方面：事件具体、完整；事件能引起并满足人的好奇心；

故事人物性格类型化。

儿童故事指篇幅短小、内容单纯，与低幼儿童的接受能力相适应，供其聆听和阅读的文体。可以毫不夸张地说，听故事是所有儿童共同的爱好，从开始懂事起，听故事、讲故事就是儿童生活的重要部分，是他们认知世界、感受生活的一种不可或缺的方式，这种爱好一直伴随他们成长，直到成年。当代著名作家、北京大学教授曹文轩在《小说门》中说："创作故事是一种先天性的欲望，而听故事也是一种先天性的欲望——一种强烈的欲望"。

儿童故事的素材非常广泛，可以是自然界的万事万物，大至山川日月，小至草虫浪花；可以是千姿百态的社会生活，如家庭、校园、街道社区、乡村都市生活，等等；也可以是古往今来的事件人物、英雄传说、战争风云与逸闻趣事。值得注意的是，由于儿童具有好动、幼稚、纯真的天性，对动物故事偏爱有加，故大量儿童故事都取材于动物世界。

二 儿童故事的特征

（一）结构的完整性

结构的完整性是儿童故事在整体轮廓上的特征。儿童天生好奇，对世间万物都有着浓厚的兴趣，遇见什么都喜欢刨根问底；听故事时总喜欢追问事件的下一步发展状况与结局，喜欢听相对完整的故事。儿童故事必须做到有头有尾，能反映出事件产生的原因、过程的曲折变化、矛盾冲突的高潮及最后的结局和尾声，这样的故事更能满足儿童的阅读心理，让他们乐于接受。

好的儿童故事
是什么样子的

如奥谢耶娃的《平常的老太太》：

一个男孩和一个女孩在大街上行走，他们前面走着一个老太太。路很滑，老太太一不小心，滑倒了。

"请你帮我拿着书包。"男孩说着就把书包交给了女孩，跑去扶老太太了。

男孩回来的时候，女孩问他："那是你奶奶吗？"

男孩回答："不是。"

"是你的妈妈？"女孩奇怪了。

"不是。"

"那么，是你姨吗？"

"也不是。"男孩笑着回答："我不认识她，她不过是一位平常的老太太。"

这则故事虽然篇幅短小，但情节完整生动，很好地设置了悬念，最后揭开谜底。事件的开端（老太太滑倒）、经过（男孩主动跑去扶起老太太）、结尾（男孩并不认识老太太）清楚明了，一应俱全。通过男孩在大街上扶起素不相识的老太太的事情，阐明了生活中需要处处尊敬关爱老年人这个简单的道理。儿童会从男孩的故事中重新审视自己与生活，在愉悦的艺术享受中得到生活的启示。

（二）内容的趣味性

趣味性是儿童故事获得艺术生命力的基础。人们常说，"兴趣是最好的老师。"儿童接受教育往往是被动的，听故事的动机是寻求愉快，不会为了学习某个道理而主动地去听。许多优秀的儿童故事不但能牢牢抓住儿童的心，还给他们带来了笑声，让他们在欢快愉悦的心境中认同并接受故事蕴含的道理。

儿童故事的趣味性来源于作者选取的对象、作品的情节、人物或拟人化事物的语言和行为，以及作者所采用的丰富多彩的艺术表现手法。

如金禾的《小鹿子当检查员》：

吃饭的时候，大家都洗了手。爸爸说："吃饭以前，咱们要先洗手，要洗得干净。谁当检查员？"

姐姐笑着说："我。"

小妹妹小鹿子跳着说："我。"

妈妈说："一个人一天吧，今天让小鹿子先当。"

爸爸伸出手来给小妹妹看，她说："干净。"

妈妈伸出手来给小妹妹看，她说："干净。"

姐姐伸出手来给小妹妹看，她说："不干净。"

姐姐又洗了一遍。

小鹿子伸出手来，自己看了看说："干净。"

姐姐说："你把手翻过去，哎呀！瞧你的手背，多脏！"

小妹妹说："我是检查员，你不是检查员。"

爸爸说："检查员的手应该更干净些。再去洗洗，小鹿子！"

这则故事选取小鹿子一家作为叙述对象，以"洗手"这一生活小事件为故事内容，很容易引起儿童的兴趣，符合他们认识欣赏水平。随着故事情节的逐步推进，四个人物的性格一一显现：爸爸严肃，妈妈和蔼，姐姐懂事，小鹿子稚拙，完全是现实生活在儿童眼中的投影，自然会紧紧抓住儿童的注意力。故事的高潮出现在小鹿子检查自己手时幼稚的谎言与强词夺理的辩解，让儿童看到了自己和同伴的影子，明白了做人要诚实、做事要公正的道理，使他们的认识水平在听故事的过程中得到提升，有所收获，当然就会记忆深刻。叙述方式方面，不足250字的简短故事居然不避重复，例如，小鹿子检查四个人手时的经过与评价，语句几乎没有变化，但在儿童听来却体现着简单的美感特质，童趣盎然。

（三）情节的生动性

生动性是儿童故事在情节设置上的要求。一般说来，儿童的注意力容易分散，且集中注意的时间不长。在听故事的过程中，儿童的心理其实是矛盾的，他们急于知道结果，但又不喜欢故事的发展过于平铺直叙。索然无味的简单叙述只会让他们早早放弃。这种矛盾的心理使他们对那些一波三折、悬念重重的故事特别感兴趣。巧妙的情节设置能够激发儿童的参与热情和好奇心，引导儿童合理认知现实世界，体会各种生活情感。

故事情节是否生动在很大程度上取决于是否展示了激烈的冲突。故事的冲突可以表现为人与人的冲突、人与自然的冲突、人与社会的冲突、人与自我的冲突等方面。儿童故事的冲突没有小说——特别是成人小说那么复杂，力求清晰明了，但绝不能缺少波澜起伏。

以下是蒙古族《巴拉根仓的故事》中的一则《算收成》。

从前，白银塔拉草原上闹白灾，牲畜多半冻死了，牧民的日子很苦。可是玛利白音不顾牧民的死活，仍然让狗腿子到蒙古包勒索牧民。巴拉根仓看到牧民的日子实在没法过，就到玛利白音家去报灾情，请求减免税收。

玛利白音问他："今年你们那儿收成怎么样？"

巴拉根仓回答："牛有三成收，马有三成收，羊有四成收。"

玛利白音听完，皮笑肉不笑地哼哼着："你们那里牛有三成收，马有三成收，羊有四成收，加起来不正是十成收吗？你怎么还报白灾啊！你还年轻，什么都不懂，快回去，叫一个岁数大一点的人来见我。"

"我就是全村最老的人。"巴拉根仓想了想说。

"你今年多大？"

"我今年一百三十五岁。"

"什么？"玛利白音一听，一下子就跳了起来，恼怒道，"你明明二十几岁，怎么说是一百三十五岁呢？"

"是这样，"巴拉根仓平心静气地回答，"我今年二十岁，我父亲四十五岁，我爷爷七十岁，加起来不正是一百三十五岁吗？"

"胡说！"玛利白音气得拍着桌子大声吼叫，"三个人的年纪怎么能加在一起算呢？"

巴拉根仓讥笑着说："老爷，那您为什么把三种牲畜的收成加在一起算呢？"

玛利白音目瞪口呆，半天说不出话来。

故事开头即由白银塔拉草原上闹白灾而玛利白音依旧勒索，巴拉根仓自告奋勇去请求玛利白音减免税收引出矛盾冲突，开门见山。当巴拉根仓告知玛利白音牧民们的灾情后，却得到对方"牛有三成收，马有三成收，羊有四成收，加起来不正是十成收吗？"这一极端无赖的答复，故事情节到此告一段落。

当玛利白音问巴拉根仓的年龄，回答有一百三十五岁时，故事再起波澜。随着玛利白音的一步步追问，巴拉根仓最后说出理由："我今年二十岁，我父亲四十五岁，我爷爷七十岁，加起来不正是一百三十五岁吗？"面对对方的质问，巴拉根仓一句"那您为什么把三种牲畜的收成加在一起算呢？"把玛利白音直逼到悬崖边上，故事也就到此戛然而止。此时，读者才恍然大悟：原来巴拉根仓的那一连串看似荒唐可笑的关于年龄的回答，竟然是一步步请君入瓮！

巴拉根仓智惩为富不仁的玛利白音，为牧民们出了一口恶气，大快人心。这则故事虽然简短，情节也不复杂，但原因、发展、高潮、结局都很齐备，两次矛盾冲突的发展经过都很生动精彩，两者互为因果、相辅相成。

（四）语言的口语化

与其他儿童文学体裁相比，儿童故事最显著的特点就是口语化的语言形式。儿童故事一般是大人讲给儿童听的，由于儿童的心理特点及理解能力都不成熟，语言积累较少，因此儿童故事的语言必须浅显易懂、接近口语。但是，口语化并不是照搬生活语言，而是根据儿童的语言接受能力，对生活语言进行加工提炼，使之生动形象、简洁明快，具有生活语言无法比拟的表现力。试以杨旭的《黄豆爷爷过生日》为例：

黄豆爷爷快要过生日了，黄豆宝宝可高兴了。因为爷爷过生日这天，黄豆家的子孙们都要回来给爷爷庆祝生日。

这天一大早，黄豆宝宝就站在门口等客人。等着等着，哈哈！真的来了三位客人。一位客人是紫黑色的，他是谁呢？是酱油；一位客人是黄色的，他是谁呀？是豆油；还有一位客人是白色的，他是——豆浆。三位客人一起对黄豆爷爷鞠了个躬：祝黄豆爷爷生日快乐！黄豆宝宝想：酱油、豆油、豆浆都是咱们黄豆做的，将来我做什么好呢？

正想着，又有客人来了，是一块肥皂和一罐油漆。"这是怎么回事？"黄豆宝宝奇怪地问："肥皂、油漆你们俩走错门了吧！"肥皂、油漆笑呵呵地说："小黄豆，你不认识我们啦！我们都是爷爷的子孙呀！你看，豆油加点别的东西就可以做出肥皂、油漆了。"

黄豆宝宝听了心里想：咱们黄豆可真厉害！

过了一会儿，黄豆宝宝听见"咕噜咕噜"的声音，抬头一看，原来汽车轮胎滚来了，一边滚还一边唱歌"咕噜噜，咕噜噜，一滚滚了十里路。"黄豆宝宝一看开心极了，问："轮胎大哥，你这是到哪里去呀？"轮胎说："就上你家啊！今天咱爷爷过生日！""什么什么？我爷爷也是你爷爷？不可能，绝对不可能！我不信，你肯定不是黄豆做成的，你搞错了！"轮胎哥哥笑着说："我呀，是黄豆加上酒精做成的，不信你问问爷爷就知道了。"爷爷摸着胡子一直在笑："我的子孙真多呀！都是爷爷的乖孩子！真好！真好！"

黄豆宝宝开心地跳了起来："哇！我们黄豆用处真大啊！"

整个故事的叙述没有一点书面语色彩，全用口头语，听起来亲切自然，符合儿童的语言接受水平，接近儿童的实际生活。排比、反复、拟人等修辞手法的运用，使故事层次分明、自然推进。尤其是故事中人物的行动、语言、表情的刻画与拟声词的运用，让叙述更加生动形象，绘声绘色，这种在生活语言基础上加工提炼后仍然保持简洁明快风格的语言，很适合口头讲述和聆听。

三　儿童故事的类型

儿童故事种类繁多，按照不同的角度，可以分为不同的类型。从来源的角度，可以分为民间故事、改编故事、创作故事等；从内容的角度，可以分为生活故事、历史故事、神话故事、成语故事、科学故事、名人故事、动物故事等；从体裁的角度，可以分为散文体故事、诗体故事、谜语故事等；而从表现形式的角度，则可以分为文字故事和图画故事等。下面介绍几种常见的也是儿童最喜欢的故事类型。

（一）民间故事

各个民族都有自己的民间故事，那是积淀着一个民族的生存环境、历史传统、风俗习惯及审美观念等诸多因素的文化信息宝库。广义的民间故事包括人物故事、神话故事、寓言故事和节日、地方风物故事及笑话故事等；狭义的民间故事主要指现实性较强的生活故事。儿童故事意义上的民间故事主要指后者。

民间故事具有这样三个特征：一是时间、地点模糊，故事的主人公姓名往往是含糊的、不确定的，常以"古时候""从前""很早以前"等来交代故事发生的时间，以"在一个美丽的地方""在一个古老的城堡"等来交代地点；其二是故事线索的单一完整性，民间故事通常只有一条线索，围绕一个中心事件展开，有头有尾，且具有很大的独立性；其三是人物的类型化，作为一种集体创作，民间故事在情节、主题，尤其是人物等方面有着显著的类型化倾向，许多故事的人物属于同一种形象类型，即在品格、行为等方面的主要特征是共同的，如巧媳妇型、呆女婿型、机智人物型等。

民间故事中，机智人物故事历来最为人们所钟爱。大多数民族的民间故事中都有自己的机智人物，如陈清漳、赛西整理的蒙古族的《巴拉根仓的故事》、赵世杰译编的维吾尔族《阿凡提的故事》、龙岳洲搜集整理的苗族民间故事《阿方的故事》等。机智人物故事充满了民间机智与幽默，是各民族人民的骄傲及智慧的源泉。巧媳妇故事与机智人物故事有异曲同工之妙，是机智人物故事中的一种特殊的小类型。比如，湖南一代流传的巧姑、贵州铜仁一代流传的吴凤等。民间生活故事包括地主和长工的故事，如成一剑记录的《火龙单》；三兄弟的故事，如顾昌燧记录的《狗梯田》；民间笑话故事，如宋守良整理搜集的《两个媳妇》等。

以上的民间故事大多数是在民间长期流传，后经作家整理而成的，深受儿童的喜爱。在人类漫长的历史河流中，许多类似的民间故事代代口耳相传，肩负了教育儿童学会分辨现实生活中的真善美与假丑恶、增长智慧的历史使命。

（二）改编故事

改编故事指以古今中外的文学名著为蓝本改编的适合儿童阅读欣赏的故事，也称为文学名著故事。古今中外的文学名著浩如烟海，是人类几千年生活、智慧、艺术与创造力的结晶。对人们的生活、文明的进程乃至社会的演进都起到了难以估量的重要作用。如何帮助儿童从小培养起浓厚的文学兴趣，接触到优秀的文学经典著作，积累良好的文学阅读素养，同时在阅读文学名著过程中得到美的熏陶，是幼儿教育面临的一个重大课题。于是，改编故事应运而生，并且越来越受到人们重视。

由于儿童的语言基础较弱，生活阅历尚浅，理解问题的能力有限，缺乏相关知识，要读懂那些构思精妙、思想深刻、艺术手法高超的文学名著是不可能的。这就需要作家对已有的文学名著经典加以改编。这里的改编不是机械地缩短篇幅，而是以原有文学名著经典为基础，根据儿童的接受能力，进行艺术化的再创作。

时至今日，改编故事已成为儿童故事中的一大门类。改编故事在国外出现较早，19 世纪，英国作家兰姆姐弟就把莎士比亚的戏剧改编成《莎士比亚戏剧故事集》，首开文学经典儿童化的先河。后来，西班牙作家塞万提斯的《堂吉诃德》、英国作家狄更斯的《大卫·科波菲尔》、爱尔兰作家斯威夫特的《格列佛游记》等文学名著也相继被改编成儿童故事。在我国，四大名著、《儒林外史》《史记》等典籍也已经改编成适于儿童阅读的故事。例如，王永生根据《三国演义》改编的《诸葛亮》，李庶将爱尔兰作家斯威夫特的《格列佛游记》改编成《大人国和小人国》等。

（三）生活故事

生活故事指取材于儿童的生活，反映发生在他们身边的生活事件的短小故事，大体可分为以写人为主和写事为主两大类。在儿童故事中，生活故事贴近儿童的实际生活，所占的分量很大。生活故事大多采用写实的手法，表现儿童的日常生活，如家庭生活、幼儿园生活、学校生活、社会生活等。家庭生活故事既表现孩子与父母、兄弟姐妹的生活，也表现孩子与爷爷、奶奶、外公、外婆、舅舅、姑姑、表兄弟姐妹等家庭成员的生活。生活故事通过对儿童生活的艺术概括与再现延伸，张扬真善美，劝惩假恶丑，帮助儿童养成良好的习惯，孕育美好的心灵。有时，故事没有直接地赞美真善，而是用幽默诙谐的笔调，指出儿童身上存在的某些不良行为，并给以善意的引导，让他们识别丑恶，更加热爱生活。如列夫·托尔斯泰的《李子核》，故事中的万尼亚让人忍俊不禁，而他的行为及哭声又让人替他难过。故事启发儿童思考，认识到诚实是一种美德，起到了教育儿童的作用。由于是在笑声中体会到道理，就更易于儿童接受。当然，作者在指出儿童身上的缺点时，采取的是一种善意的方式，不会像讽刺小说那般尖刻。

除了叙述完整的日常事件以外，生活故事善于通过人物的表情、动作、语言及细节的刻画来展现儿童的内心世界，展现儿童对世界独特的观察与理解。

动物故事的三种类型

（四）动物故事

动物故事是把动物作为主人公，将各种动物作人格化的观照，描写他们的生活、习性，以达到象征性地反映人类生活和社会关系的故事。

在口头文学中表现动物，源远流长。早在原始社会生活中，人和动物的关系就十分密切。人们常常通过人类自身的思想行为去揣摩动物，想象动物的生活及其性格与心理，使之人格化，形成最早的动物故事形态。动物故事一般具有篇幅短小、结构单纯、富于幻想性和趣味性等特点，它所描写的动物形象，身上既具有动物本身的特点，又具有人类的思维与感情，有着丰富的象征内涵。

动物故事可分三类。第一类是描述型，即通过动物之间的矛盾和纠葛侧重表现某些社会现象，反映出一般世态人情和人与人的关系，富有浓厚的生活情趣。如《虎和鹿》中骄横狂妄的虎想要吃掉鹿，可是它没见过鹿，便问鹿，头上的犄角是干什么的？身上的斑点有什么用？聪明的鹿把它头上的角说成是食虎肉的叉，把身上的斑点说成是吃过多少虎的标志，成功地吓跑了虎。第二类是象征性，即在动物故事中，包含哲理或教训的意义，成为动物寓言。如《黔之驴》《狐假虎威》等。第三类是解释型，就是通过生动有趣的幻想情节解释和说明动物所具有习性、特点、声音、形态的原因。如缅甸故事《秃鹰为什么是秃的》，讲一只秃鹰原先是一种长得虽然不是十分美丽却也不是很难看的飞禽，在它换羽毛的时候，每只鸟都来送给它一根羽毛。于是，拥有五颜六色羽毛的秃鹰骄傲了，它想统治鸟类。各种鸟知道这个消息后，异常愤怒，它们收回了各自的羽毛，还纷纷用嘴啄它，使它最终变成了又老又丑的"秃鹰"。

动物故事是最能引起儿童兴趣的文学，深受儿童喜爱，对成人也具有一定的娱乐和教育意义，它们至今在中国各少数民族口头文学中被大量地保存着。

第二节　儿童故事鉴赏、讲述与创编

一　儿童故事鉴赏

儿童故事以其生动活泼的动物、人物形象，生动曲折的故事情节，优美动人的意境深深吸引着儿童。故事欣赏是儿童语言活动中不可缺少的组成部分。

鉴赏儿童故事的秘诀

在故事欣赏的过程中，儿童不仅能获得情感上的满足，懂得去分辨真假、善恶，而且还能增长知识，提升语言能力、创新能力、判断力等。要想让儿童真正愿意把儿童故事当成生活中的玩伴、心灵的鸡汤，就必须要教会他们赏析与讲述故事的技巧。

儿童对故事有极大的兴趣，这种兴趣是与生俱来的。但是他们对故事的接受能力却有着个体差异，这与他们的生活环境和语言感受水平等相关。在影响儿童理解、接受故事的诸多因素中，故事欣赏能力最为关键。因此，家长或教师在给儿童讲故事的同时，要注意有意识地培养他们的故事欣赏能力，教会他们从哪些角度去赏析故事，以达到"授人以渔"的效果，为他们以后能够自己阅读故事打下坚实的基础。

儿童故事的欣赏应该从以下三方面入手。

（一）把握情节

情节是一个故事的骨架，是故事得以存在的依托，欣赏故事从情节入手，既符合故事作为一种简易的叙事性文体的特征，又适合儿童直观性思维习惯的需要。把握情节，要多多设置问题，比如，故事的起因是什么？故事中矛盾冲突的焦点是什么？故事的矛盾是如何解决的？故事的结局怎样？

（二）感受形象

形象是一个故事的肌肤，是故事向外展示的面貌。故事中的形象主要是人物形象，也可能是拟人化的动物形象。引导儿童听故事的时候要充分调动想象力，投入自己的情感，并将自己置身于故事所叙述的情景中去感受和体会，与故事中的人物或动物同甘苦共命运。听完故事，还要多多思考诸如此类的问题：故事中的他（她）是一个什么样的人？从哪些地方可以看出？他为什么要那样做？

（三）领悟内涵

思想内涵是一个故事的灵魂。读完一个故事，要思考故事告诉了我们一个什么样的道理，在哪些方面给了我们启示。另外，还要将故事的信息放在我们的现实生活中作尽可能的延伸，展开联想，故事中所叙述的人与事和生活中的哪些情况相似，假设我们以后有类似的境遇，又该如何面对等。

儿童故事赏析不是安静的聆听活动，而是让儿童在更多的故事欣赏活动中感知、想象、思考、获得积极的体验，这才是发展儿童各种能力、促进儿童熟悉理解故事作品的有效途径。

二　儿童故事讲述

儿童故事作为口头文学、聆听文学，它的传播媒介是成人的口头语言。一则故事能够产生多大的艺术感染力，能够发挥多少愉悦人心、陶冶情操的功效，在很大程度上取决于故事讲述者的讲述能力。

正规讲述儿童
故事的技巧

儿童故事的讲述不是朗读，也不是背诵，而是在已有故事蓝本的基础上进行艺术再创作，通过讲述者的语言、表情、甚至表演，把静态的文字故事变为动态的、绘声绘色的语音文学。这种传播方式也使得儿童故事更能吸引儿童的注意力，赢得儿童的认同和参与，因而更能深入人心，影响人的时间也更长久。中外许多作家表示，幼年听故事曾经给予他们心灵慰藉和文学启迪。为了充分发挥儿童故事的效用，成人讲述故事的方法和技巧尤为重要，具体说来主要从以下几个方面入手。

（一）善于营造故事的氛围

俗话说："良好的开端是成功的一半。"这句话尤其适合儿童故事讲述，故事的开场要能紧紧抓住儿童的注意力。不仅如此，在整个讲述过程中，讲述者都要注意营造故事的现场氛围，引领他们逐步进入故事艺术境界。例如，在讲述托尔斯泰的《卡佳和马莎》时，不妨播放一点音乐，恬淡与略显欢快的音乐中流出潺潺溪水声与鸟鸣声；在卡佳背着马莎过河时，溪水声可逐渐清晰，既能使小听众们身临其境，让这个简单的故事情节变得更加丰富，又有助于塑造故事中人物形象，使其更加生动鲜活。

（二）强化语气、表情的作用

讲述故事不仅需要生动形象的语言，起伏变化的语气，而且需要逼真的表情。例如，讲述艾·比齐什卡的《六个娃娃七个坑》时，要再现孩子们在河里玩耍发现少了一个同伴时惊慌失措的场景，第一个发现的孩子与其他孩子点数后应该有语气的区别，后者声音应当更高，而大家说"这可怎么办啊"时得是哭腔中透着些许诙谐，启发儿童在听故事时做独立的思考，同时做出因害怕而哭的表情；还有打鱼的老伯说话时的语气要有饱经沧桑之感。在讲另一些拟声词与感叹词较多的故事时，要注意模拟出拟声词与感叹词准确的音质，把握好语调的舒缓急促及语气词的表情。恰当利用肢体动作也是增强讲述效果必不可少的手段。

（三）把握好讲述的节奏

讲到情节精彩或有悬念的地方，讲述人可以放慢语速，留给儿童思考的闲暇，调动儿童的好奇心，甚至可以停止讲述，营造一种"此时无声胜有声"的效果，而这样往往更能激发儿童主动参与的热情，形成互动效果。例如，在讲述《孔融让梨》这个故事中孔融小时候把大一点的梨让给哥哥时，可以留出点时间，让儿童回忆自己生活中是否曾经遇到过类似的情况；在讲述到列夫·托尔斯泰《鲨鱼》中危急万分的时刻时，可以适当放慢语速甚至是停止讲述，让儿童拥有适当的想象时间，从而充分调动自己的情感，自觉参与到故事中去。

（四）复述与回味

讲述人讲完之后，可以组织儿童重新用自己的话描述故事中的形象，复述故事情节，再度回味故事。这种复述与回味也可以在一段时间以后进行，因为儿童的理解力有限，对生活的认识会随着年龄增长而逐步加深，很多故事不可能听过一两次就理解到位，而且这些故事本身就是百听不厌的。如听完故事《三只蝴蝶》之后，不妨让儿童戴着头饰表演，儿童恍若自己变成了美丽的蝴蝶，在花丛中飞来飞去，自然而然地实现对故事内容与形象的深度体验。

三　儿童故事创编

儿童故事创编是儿童语言活动的一种基本形式，它以一种全新的、艺术化与生活化相结合的方式带领儿童观察现实世界、感受现实生活，引导他们逐步养成良好的行为习惯、形成正确的世界观，可以很好地提高儿童的语言能力和思维水平，在儿童的家庭培养与幼儿园教育中都不可或缺，是对儿童具有积极意义的创造性活动。儿童故事创编包括创作和改编两种不同的方式。

创编儿童故事
其实并不难

（一）儿童故事创作

现实生活的日新月异与丰富多彩、儿童与生俱来的好奇心要求儿童故事不能完全是一些陈年往事，不能仅仅停留在"很久很久以前""从前，有一个国王"的模式上。如何根据儿童成长的需要，以儿童的兴趣为出发点，创作出与他们的日常生活息息相关，为他们喜闻乐见的故事，是每一个儿童教育工作者和儿童文学作家面临的重要课题。创作新的儿童故事需要注意以下几点。

1. 明确听受主体层次

不可否认，优秀的儿童故事有广泛的听受对象，能够得到不同年龄阶段儿童的认同和喜爱。然而，大多数儿童故事在最初产生时有其特定的接受主体也是不争的事实。不同年龄阶段、不同生活环境的儿童，其接受知识、认识生活等方面的水平有一定的差异性。因此，在创作之初根据故事的材料性质明确该故事的接受对象，对创作过程中素材的筛选取舍、艺术手法的运用及语言的组织都有决定作用。一般说来，洗手刷牙等生活小常识的故事大多适合低幼儿童，而反映校园生活与挖掘人们内心世界相对较深、内容比较复杂的故事则适合年龄偏大一些的儿童接受，后者如列夫·托尔斯泰的《鲨鱼》等。

当然，明确故事的听受主体层次，并不意味着故事因有某一些接受对象就将其余的儿童排除在外，而是让创作出的故事个性特征更加鲜明，更能准确地反映儿童的现实世界。

2. 材料与主题

儿童出生之后，面对着的是活生生的现实世界，在他们的眼里，每一种事物都蕴含无穷的新意和乐趣。为了创作出深受儿童喜爱的故事，儿童文学作家与幼儿教育工作者们必须深入儿童生活，熟悉他们感受认知生活的方式，以一种充满童趣的方式去看待世界上的万事万物。比如，选取什么对象作为故事叙述主体，是某一个人还是某一种动物；故事要讲述该人物或动物的什么事，如何塑造故事中的人物或动物形象；怎样从平常的生活事件中体现真善美、提炼出富有意义且让儿童乐于接受的主题等。同时，儿童故事的内容一定要注意形象性与直观性，因为只有这样才能够充分地把他们的注意力吸引过来。

例如，在奥谢叶娃的《好事情》中，作者选取现实人物——小尤拉为叙述对象，通过他喜欢幻想为别人——妹妹、奶奶、哈巴狗做好事却不实际行动的对照，告诉儿童要将美好的想法落实到具体行动的道理。

3. 艺术手法的运用

诚然，文学反映的是现实生活，儿童故事内容要求简单清晰，但它同样体现着"文学来源于现实生活且高于现实生活"这一原则，新颖的材料、有趣的事件和恰当的主题并不等同于故事本身。一个富有创作才华的儿童文学作家，总是善于根据不同的听受对象，运用高超的技巧把生活中饶有趣味的事件创作出一个个精彩的故事。

故事创作技巧包括结构线索的处理、情节的设置、表达方式的安排及语言的表现等。例如，儿童故事的结构一般比较简单清晰，不适合采用双线或是更复杂的多线结构方式；在情节设置上，不能过于复杂，但要注意环环相扣、曲折有致而完整，不适合大段大段的倒叙插叙等；在细节设计上，要注意发掘那些富有童趣且能很好地展现故事主体性格特征的动作细节、语言细节、心理活动细节等。故事的语言要力求通俗流畅、形象直观、健康规范，其中的叙述、描写、抒情等都要尽量使用鲜明生动的口头语，富于动态美和音响效应，使故事有声有色，紧紧抓住儿童的注意力。

（二）儿童故事改编

儿童故事改编指作家将已有的作品改编成儿童故事，这些作品包括民间文学作品、文学著作、历史著作及科学故事。以上几类作品里有许多儿童喜闻乐见的东西，利用它们作为蓝本改编成儿童故事，可以让儿童增长见闻、扩大知识面、养成优异的品格，有助于儿童健康成长。同时，故事改编也是让儿童从小接触经典名著的有效方式，在儿童教育活动中占有不可忽视的地位。改编故事要注意以下几个方面。

1. 选择适合改编的原作

各民族的文学著作不计其数，加上民间文学、科学历史故事更是浩如烟海，是否适于改编成儿童故事，主要看其对儿童是否有教育意义，是否符合儿童的欣赏趣味。另外，在具体选择原作时还有诸多因素要考虑，如很强的故事性、较高的知名度等。

2. 对原作材料的处理

将一部作品改编成儿童故事，故事的内容要以原作为原始材料，但作者还有极大的发挥空间。处理原作有三种方式：改写、补充、缩写。总的说来，要做到取其精华、去其糟粕，对于原作中富于教育意义、接近儿童生活的材料要尽量保留并加以发挥，而对于一些不利于儿童身心健康的、不适于儿童理解接受的材料则要果断删节。例如，王永生根据《三国演义》改编的

《诸葛亮》，作者大量保留了原著中诸葛亮的机智故事，而删除了原著中的封建迷信及一些残酷的战争描写。

3. 体裁特征的转换

儿童故事自身的体裁特征决定了改编后的作品状貌，改编者首先要准确把握原作的体裁，然后在改编内容的同时，要根据儿童故事的要求处理好体裁的转换。例如，儿童文学作家刘光第的《儒林外史故事》，删除了原著中许多人物塑造的内容，增强了故事性，这就是将其由小说特征转换成儿童故事的特征；兰姆姐弟改编的《莎士比亚戏剧故事集》，则将原著中用对话推进情节发展的方式改编成直接叙述，亦是由戏剧向儿童故事的转变。再者，将一则以动物为叙述对象的童话改编成儿童故事，可以强化其中动物形象、特征、生态习性的描写，使之更加真实准确，同时尽量减少其中的幻想性因素。

总之，创作和改编儿童故事要以儿童为核心，要结合他们的年龄特征、语言能力、认知水平和心智意趣。衡量儿童故事优劣的标准是儿童认同度的高低。只有深受儿童喜爱的故事才是优秀的儿童故事。

 作品选读

1. 好 事 情

瓦·奥谢耶娃

早上，尤拉醒了。他看看窗外，天气很好，于是想做点什么好事情。

他想："如果马莎掉到河里，我就跳下去救她！"恰好马莎来了，她说："尤拉，带我到山上玩吧！""不，别打扰我想事情！"尤拉说。马莎委屈地走开了。

尤拉又想："如果狼来抓小狗，我就开枪把狼打死。"正好小狗跑来了，它对尤拉抬起脑袋，摇摇尾巴："尤拉，给我点水喝吧。""走开，我正在想事情。"尤拉说。小狗夹着尾巴跑开了。

尤拉接着想："如果奶奶不小心摔断了腿，我就背着她去医院。"正好奶奶在厨房喊尤拉："小尤拉乖乖，帮奶奶刷碗吧。""您自己刷吧，我的事情更重要！"尤拉大声说。

尤拉想来想去，想不出该做什么好事情，就去问妈妈。妈妈抚摸着尤拉的头，说："你可以带马莎去玩，给小狗喝水，帮奶奶刷碗。"

2. 李 子 核

列夫·托尔斯泰

有一天，妈妈买回了一些李子，她想吃过午饭后再分给孩子们吃。这些李子都放在盘子里，万尼亚从来没有吃过李子，所以他把这些李子拿起来闻闻。他非常喜爱李子，很想吃。他老是围着李子转来转去。当房间里没有人的时候，他实在有些耐不住了，就抓上一个吃了。吃饭前，妈妈点了一下李子的数目，发现少了一个。她把这件事告诉了爸爸。

吃饭前，爸爸说："喂，孩子们，你们哪一个吃了李子呀？"大伙儿答道："没有。"万尼亚的脸红得像煮熟了的龙虾，他也说："没有，我没有吃。"

爸爸说道："你们谁要是吃了李子，这可很不好。不是怕你们吃，怕的是李子里面有核。

要是哪一个不会吃，把核也吞下去了，那他过一天就会死的。我怕的是这个。"

万尼亚一听，吓得脸色发白，说道："不，我把核吐到窗子外面啦。"

大家一听，哈哈大笑。而万尼亚却哭了起来。

3. 听鱼说话

海·格里费什　韦苇　译

琼儿的外公是个非常有趣的人。他爱钓鱼。

琼儿看外公把蚯蚓挂上钓钩，就说："蚯蚓不疼吗？"

"我来问问它。"外公把蚯蚓拿到面前，对它说，"你挂在钩上，受得了吗？"

接着，外公把蚯蚓搁到耳朵边听了听，然后对外孙女说："它说，没事儿，它说它最喜欢钓鱼了。"

琼儿不相信外公说的，她要自己亲耳听一听。她把蚯蚓放到耳朵边听了听，说："蚯蚓什么也没有说呀。"

"它跟你还不熟呢。蚯蚓的心思我知道，它是急着要下水去钓鱼了。"外公说着就把钓钩往前一抛，蚯蚓立刻沉到水里去了。不一会儿，外公钓上来一条鱼。接着，外公把钓竿递给外孙女，让她也碰碰运气。

琼儿学着外公的样子，把钓钩抛进了水里。没多久，她也钓到了一条鱼。是一条小鱼。

小鱼躺在岸边草地上，小嘴一张一张的。琼儿看着有些不忍心了。

"小鱼好像在说什么。"琼儿说。

"是的，鱼儿真的像是在说话哩。"外公说着，拿到耳边听了听，说："小鱼说'拿我做汤，一样很鲜的'。"

"我要自己来听。"琼儿说。

"你能听懂鱼话吗？"外公问。

"试试看吧。"琼儿说着，把鱼搁到耳边听了一下，说，"小鱼说'我还小呢，放我回水里去吧！'"

外公又惊又喜，说："你说的是真话吗？"

"一点不假。"琼儿说。

"那好，你就把它放回去吧。"外公说。

琼儿把小鱼轻轻放回了水里，看着它尾巴一摇一摆地游远了。

外公又把钓钩抛进了水里，又钓起鱼来。他边钓边说："我还从来没见过，学听鱼话竟有像你学得这么快的，一学就会了。"

"下一回，我要学听蚯蚓说话，也准能一听就会。"琼儿说。

4. 谁的胆子大

蔡天舒

太阳落山了，森林里变得漆黑一片。狐狸哥哥和弟弟打赌，看谁的胆子大，谁就晚上到屋后的竹林里转一圈。狐狸哥哥出发了，他壮起胆子摸到竹林边，突然，他发现不远处有两只闪闪发亮的小灯笼。狐狸哥哥吓坏了，心想："完了，是不是有鬼啊？"他只觉得浑身发冷，拔腿就往家里跑。不料，狐狸弟弟也遇到同样的事。他一边大叫一边气喘吁吁地冲进家里。

爸爸知道了兄弟俩的"遭遇"，不由得哈哈大笑："你们呀，世界上哪有什么鬼啊！我们的眼球底部有一种光极强的特殊晶点，能把微弱的光线聚成一束反射出去。你们俩看到的是对方的眼睛啊！"噢！原来如此，兄弟俩很不好意思，他们是自己吓自己呀。

5. 小 熊 上 学

巴述丽

小熊上小学了，老师在课堂上讲课，小熊却像屁股上着了火，左扭扭，右扭扭的，怎么也坐不住。

老师问："小熊，你不舒服吗？"

"没有，老师！"

"好，那就坐好。"小熊虽然坐好了，可是他的心却早跟着窗外自由飞翔的麻雀飞走了。

一天，终于熬了过去，小熊像出笼的小鸟般"飞"到了家里。

他把书包一扔，打开电视，找来零食，一边看一边吃起来。

妈妈下班了问："小熊，有作业吗？"

"有！"

"快做作业吧！"

"不着急。"小熊边吃边看边对妈妈说。妈妈无奈地摇摇头，去做饭了。直到饭做好了，小熊才恋恋不舍地离开了电视机。吃完饭，小熊左看看，右瞧瞧，这里碰碰，那里摸摸，很快到了睡觉的时间。

"糟了，我的作业还没有做呢！"

小熊临睡前，抱着脑袋对妈妈说。"谁让你把大好的时光都放走了呢！"熊妈妈温柔地看了小熊一眼，接着说："孩子，你现在上学了，要学会合理地安排学习时间呀。如果你放学后早早做作业的话，现在已经做完了。"

小熊想想妈妈说得很对，他下定决心，以后放学后，一定先做作业。

6. 圈儿圈儿圈儿

安伟邦

大成爱看书，可是不爱写字。老师教他写字，他心里说："我只要能念就行了。"

一天，上语文课，老师要大家听写，大成一听着慌了，他拿着铅笔，手有点发抖，只听老师念道："啄木鸟，嘴儿硬，张翅膀，捉小虫，大家叫他树医生。"

大成有好几个字写不出来，只好在纸上写道："〇木鸟，〇儿〇，〇〇〇，〇害虫，大家叫它〇医生。"

大成写完，就交给老师。

第二天，老师让他把自己写的念一念。他念道："圈儿木鸟，圈儿圈儿，圈儿圈儿圈儿，圈儿害虫，大家叫它圈儿医生。"

念着念着，同学们哗的一声笑了。大成很难为情。

老师说："大成，你自己写的东西，自己都看不懂。别人怎么看得懂呢？"

大成想："老师说得对呀！我应该好好学习写字。要是别人把字也画成圈儿，我到哪里去找书看呢？"

7. 六个娃娃七个坑

艾·比齐什卡

一个大热天，七个小男孩由符兰齐克领头，来到河边。他们在沙滩上修道、筑碉堡。玩厌了，就"扑通扑通"往河里一跳。

他们在河里游呀，叫呀，白花花的水溅成一片。符兰齐克看了看伙伴，一个个点起数来："一、二、三……"

他点了几遍，都只数出六个来。他着慌地叫开了："喂！有谁淹进水里了？我们来的时候有七个，可现在只有六个了！"

孩子们慌起来，也都点开了数儿。"六个！只有六个！"他们一个跟着一个叫起来。他们有的用树枝在河里捞；有的扎猛子到河里去摸，大叫大嚷，乱作一团。

符兰齐克在水里摸到个东西，就哇哇叫开了："在这儿呐！我抓住他啦！"

"抓牢他，别松手！"大伙儿拼命叫着，向符兰齐克游去。这时符兰齐克从水里拖出一只破皮靴。

"唉，这可怎么办呢？"孩子们急得呜哇呜哇哭起来。

河边有个打鱼的老伯，他看见了孩子们的慌乱，听见了孩子们的惊叫，就对他们说："你们快上岸来。每个人在沙滩上坐个坑，再点个数儿。"

孩子们听了打鱼老伯的话，都到沙滩上坐了个坑。符兰齐克点了点坑："七个！不多不少，七个。"这时孩子们都乐了，欢喜得又蹦又跳。就这样，六个孩子一屁股坐出了七个坑。

8. 煎 饼 帽 子

凯瑟琳

迈克喜欢吃煎饼。妈妈摊煎饼的时候，他就站在一旁看。他见妈妈用面粉、鸡蛋、盐和水搅成糊糊，然后往平底锅里搁些油；等油烧熟了，烧烫了，就往锅里倒些搅好的糊糊，倒得均均匀匀的。不一会儿煎饼的一面烧成了金黄色，妈妈就握起锅把儿，手腕使劲用力一抖，煎饼在空中翻了个跟头，落下时再用锅接住。过一会儿，另一面也烤黄了，一片又香又好吃的煎饼就做成了。迈克觉得摊煎饼又新鲜又好玩，就让妈妈给他也试一试。

"你要小心，可不像看起来那么容易哟。"妈妈提醒说。

迈克用双手抓住锅把儿，也学妈妈的样子，用劲把煎饼抛向空中。怪了，怎么煎饼没有落下来？抬头一看，哟，煎饼贴在天花板上哩。正在这时候，煎饼又落了下来，啪的一声，扣到了他的头上。

"这下可好，你有一顶煎饼帽子了。"妈妈说。

迈克不甘心失败。他又试了一次。这次抛向空中的煎饼正好落进了锅里。他做成了第一张煎饼。

"你成功了。"妈妈高兴地说。

9. 借一点胆子给你

邵雯可

兔爸爸和兔妈妈伤透了脑筋。为什么？小兔的胆子太小啦，不敢一个人上卫生间，不敢一个人睡觉，连从客厅到厨房也不敢一个人去……

妈妈说："卫生间里什么也没有，看，我这就去卫生间！"她从客厅一个人走进卫生间，过了一会儿，走出来："瞧，我不是好好的吗，什么事儿也没有！"

小兔摇头："我不敢，我的胆子小。"

爸爸说："今晚我就一个人睡一个房间给你看看！"

第二天早晨，爸爸来到小兔面前："瞧，我昨晚不是一个人睡的吗，什么事也没有！"

小兔摇头："我不敢。你们是大人，胆子大。"

兔爸爸和兔妈妈实在没法了，他们想呀想，兔爸爸一拍脑袋："有办法了！"

兔爸爸对小兔说："这样，我和妈妈把我们的胆子借你一点，等以后你的胆子大了，再把我们借你的胆子还给我们。"

"是吗，太好了！谢谢爸爸妈妈！"小兔高兴地说，"可是，怎么借呀？"

"等你午睡睡着的时候，我们把我们的胆子放进你的脑袋里。"兔爸爸说。

午后，小兔睡午觉醒来，兔爸爸和兔妈妈说："刚才我们把胆子放进你的脑袋里了，现在你的胆子比我们的还大了！不信，你去卫生间试试！"

小兔迟疑着，一个人向卫生间走去。一会儿，她从卫生间走出来："我的胆子真的大了！卫生间里真的什么也没有！"

"可不是，"兔妈妈说："你进厨房试试！"

小兔一个人走进厨房，走出来，"厨房我也敢进了，我的胆子真的很大了！"

夜晚，小兔第一次一个人睡了一晚。第二天早晨，她从卧室跑出来，开心地大叫："一个人睡觉一点也不可怕！"

兔爸爸和兔妈妈开心地对看一眼，兔爸爸说："其实，胆子不是一个东西，也没法借的，我们的胆子并没有借给你，是你自己的胆子已经够大啦！"

小兔瞪大了眼睛："是吗？这么说，我的胆子本来就很大的呀，只是我一直不敢试……"

"对极了！"兔爸爸说，"现在请你回答我的问题：你敢一个人去上卫生间吗？"

"敢！"小兔响亮地回答。

"你敢一个人去厨房吗？"

"敢！"

"你敢一个人睡觉吗？"

"敢！"

小朋友，你敢吗？

10. 东东西西打电话

梅子涵

东东和西西同时从家里跑出来。东东是去找西西的，西西是去找东东的，他们在路上碰见了。

东东说："西西，我告诉你，我家装电话了。"

西西说："东东，我也告诉你，我家也装电话了。"

"我现在就给你打电话。"

"好！我也给你打电话。"

东东和西西跑回家，同时拿起了电话。

咳！忘记问电话号码了！他们就奔出来，又在路上碰到了，你问我，我问你，"你家的电话号码是多少？"然后又记着号码往家里奔去。

东东念叨着西西的号码，按着电话键，听见的是"嘟——嘟——嘟"的声音，没有听见西西问："喂，你是东东吗？"

西西也一样，听见的只是"嘟——嘟——嘟"的声音，没有听见东东问："喂，你是西西吗？"

他们打了好久，全是"嘟——嘟——嘟"。东东想：他家的电话怎么一直是嘟嘟嘟的？西西想：他家的电话怎么一直是嘟嘟嘟的？忽然，他们都明白了，这是忙音。

"西西在打给我，所以，我打过去要嘟嘟嘟了。"东东心里说。

"东东在打给我，所以，我打过去要嘟嘟嘟了。"西西心里说。

于是，他们又都聪明起来，谁也不先打了。东东想：让西西先打过来吧。西西想：让东东先打过来吧。他们就这样趴在桌子上等着……

11. 德贝的靴子

苏珊·佩罗

德贝是一个小男孩，就像你一样，每天早上醒来，都会穿好衣服，穿上心爱的小红靴去幼儿园。

德贝最喜欢他的小红靴了。就算是坐在桌子边上吃早饭，他也会隔一阵子就悄悄地看一眼桌子底下——没错，他的红靴子正等着呢——就在他的脚上，在桌子底下的地板上，肩并肩高高兴兴的，两只靴子朋友待在一起真开心！

德贝很仔细地听的时候，他会听见红靴子轻轻地唱着歌：

踢踢踏，踢踢踏，咱俩一起心欢喜，朋友相伴不分离！

上学的路上，德贝走，他的靴子也走。德贝跳，他的靴子也跳。德贝蹦，他的靴子也蹦。德贝时时微笑着低头看一看自己的靴子——两只靴子朋友一起心欢喜。

德贝坐在幼儿园院子的秋千上的时候，也会低头看一看自己的靴子，让它们轻轻地互相踢一下——它们在德贝的脚上好开心啊，两只靴子朋友一起心欢喜！

听——你可以听到它们的歌吗：

踢踢踏，踢踢踏，咱俩一起心欢喜，朋友相伴不分离！

每天一到午睡的时间，老师会请所有的孩子来到走廊上。这时候，德贝就要把他的红靴子脱下来，放在门外了——当然了，午睡的时候靴子不进屋！德贝小心地把两只红靴子都靠墙放好——朋友相伴不分离。这样，午睡的时候它们就在一起等着，等时间一到，德贝就把它们穿回脚上，走长长的路回家了。

德贝躺在午休室的床上，听着老师轻轻地哼着睡觉的歌。等老师哼完歌，他快要睡着的时候，会听到他的一对红靴子在露台上很轻很轻地唱着：

踢踢踏，踢踢踏，咱俩一起心欢喜，朋友相伴不分离！

12. 三个小朋友

望安

嘭嘭嘭！嘭嘭嘭！三楼洋洋在拍球，吵得楼下受不了。楼下咪咪上去提意见："洋洋，请你轻一点！"洋洋噘起嘴，"嘭"地关上门。嗒嗒嗒！嗒嗒嗒！二楼咪咪在跳绳，吵得楼下受不了。楼下晓晓上去提意见："咪咪，请你轻一点！"咪咪噘起嘴，"嘭"地关上门。

丁零零！丁零零！一楼晓晓骑单车，三个轮儿飞飞转。骑到东，"喵，喵！"压着花猫小脚丫；骑到西，"哎哟！"撞翻椅子砸痛姥姥的腰。姥姥提意见："楼下空地多宽敞，那里才好玩。"

13. 没有牙齿的大老虎

冰子

在大森林里，谁都知道老虎的牙齿厉害。小猴伸着舌头说："啃，比柱子还粗的树，大老虎只要用尖牙一啃就断，真怕人哪！"

"大老虎嚼起铁杆来，跟吃面条一样……"小兔说着，害怕得缩起了脑袋。

可小狐狸却说："你们怕大老虎的牙齿，我就不怕！我还要把它的牙齿全部拔掉呢！"

哈哈哈，哈哈哈，谁相信小狐狸的话呢？

"吹牛！吹牛！""没羞！没羞！"小猴和小兔一个劲儿地笑小狐狸。

"不信，你们就瞧着吧！"小狐狸拍拍胸脯走了。

狐狸真的去找老虎了。他带了一大包礼物："啊，尊敬的大王，我给你带来了世界上最好吃的东西——糖。"

糖是什么？老虎从来没尝过，他吃了一粒奶油糖，啊哈，好吃极了。

狐狸就常常送糖来。老虎吃了一粒又一粒，连睡觉的时候，糖也含在嘴里呢。

大老虎的好朋友狮子劝他说，糖吃得太多，又不刷牙，牙齿会蛀掉的。

大老虎正要刷牙，狐狸来了："啊，你把牙齿上的糖全刷掉了，多可惜呀。"

馋嘴的老虎听了狐狸的话，不刷牙了。

过了些时候，半夜里，老虎牙痛了，痛得他捂住脸哇哇地叫……

老虎忙去找牙科医生马大夫："快，快把我的牙拔了吧！"马大夫一听要给老虎拔牙，吓得门也不敢开了。

老虎又去找牛大夫，牛大夫也忙说："我，我不拔你的牙……"

驴大夫更不敢拔老虎牙了。

老虎的脸肿起来了，痛得他直叫喊："谁把我的牙拔掉，我让他做大王。"

这时候，狐狸穿了白大衣来了："我来拔吧。"老虎谢了又谢。

"哎哟哟，你的牙全蛀掉了，得全拔掉！"狐狸说。

"唉，只要不痛，就拔吧！"老虎哭着说。

嗬，狐狸把老虎的牙全拔掉了。

瞧，这只没有牙齿的老虎成了瘪嘴老虎啦。

老虎还挺感激狐狸呢，他说："还是狐狸好，又送我糖吃，又替我拔牙。"

14. 太阳、月亮、人类

于尔克·舒比格

很久很久以前，这世界上只有太阳、月亮和蓝色的天空。太阳、月亮就睡在天空这张蓝色的床上。

有一天他们醒来，看看四周，但是四周实在没有多少可以看的东西，太阳用他身上的强光照着月亮，月亮用他身上的微光照着太阳。除此之外实在没有他们可以照亮的东西，他们觉得无聊。

"我们该做些什么好？"太阳问。

"继续睡觉。"月亮建议。

太阳有一个更好的主意："我们来创造世界！"

"怎么创造？我们又没有手。"月亮问。

"那就用脚啊！"

"我们也没有脚。"

"那就想办法。"太阳说。

最后他们还是成功了，不然怎么会有这个世界。他们创造了水，天气，山丘，树木，蔬菜，水果，还有不同的动物：两只脚的、四只脚的、六只脚的、八只脚的等。太阳创造向日葵，月亮创造向月葵。

他们已经累坏了，但是世界还是没有完成。

"怎么办？"月亮问。

"我们创造人类，让他们有双手双脚，这样他们就可以当我们的助手。"太阳说。

就是这样，人类开始造桥、隧道、铁路、公路。

人类盖房子、盖高塔；太阳和月亮创造家畜，猎鹰，创造药草、沙。人类制作药草茶、沙漏计时器，当然他们也创造了没有用处的东西，很多垃圾。

世界就是这样形成的。因为无聊，为了让一盏大灯和一盏小灯有东西可以照。

是谁发明了说故事？

是月亮奶奶。

是吗？

她有什么故事可以说？

喔，可多了。她什么都说：从一个盐罐到一声叹息，她一个也不会漏掉。她说鱼和鸟的故事、汽船和离别眼泪的故事、红格子桌布的故事、被人遗忘的东西的故事……这东西那东西的故事，还有你和我的故事。

她说给谁听？

说给太阳爷爷听。但是他从来就不相信她说的故事。

训练与拓展

1. 理论探讨：结合具体例子，比较儿童故事与童话的异同。

2. 赏读与创编

（1）听冰子的《没有牙齿的大老虎》，写作一篇 300 字左右的赏析文章。

（2）欣赏海·格里费什的《听鱼说话》，续写琼儿听蚯蚓说话并再一次与爷爷交谈的情节。

（3）每个儿童身上都有故事，在幼儿园见习时，观察儿童的言谈举止，写作 1～2 篇儿童生活故事。

3. 讲故事训练

（1）《七色花》是一篇童话，如果要把它讲给儿童听，需要做哪些调整改编，请把改编后的故事分享给大家听。

（2）给儿童讲述故事时，常常会要用到插话或提问，目的要么是为了激发兴趣，吸引他们，要么是引起他们的思考。请以儿童为听众对象，模拟讲述《圈儿圈儿圈儿》这则故事，要求插入两个不同的问题，一个用来激发兴趣，另一个用来引发儿童的思考。

4. 《德贝的靴子》是作者苏珊·佩罗为开普敦的一所幼儿园专门创作的。这所幼儿园的教师长期面临一个苦恼的问题——在休息时间，五十双鞋子和靴子被孩子们乱扔成一堆，放在起居室的门外，每天放学前都需要一位教师花上半小时以上的时间来整理。教师想了很多办法都没有解决。但自从听了《德贝的靴子》这个故事之后，孩子们在很短的时间内就养成了自觉把鞋子摆放整齐的习惯。故事指导孩子们怎么办，故事对孩子们具有神奇的力量。结合幼儿园见习，把这个故事讲给孩子们听；同时，观察孩子们的行为，针对那些不好的习惯，尝试创作一篇故事进行干预。

5. 于尔克·舒比格的故事不拘一格，好得没法说，值得儿童文学创作者和儿童教育工作者学习揣摩。已故著名儿童文学评论家刘绪源赞他为讲故事的天才诗人，当下新锐童话作家陈诗哥受其影响很大。阅读《太阳、月亮、人类》这篇故事及《大海在哪里》《爸爸、妈妈、我和他》《当世界年纪还小的时候》等书，领略于尔克·舒比格故事的魅力，模仿创作一篇儿童故事。

资料链接

1. 文选与案例

（1）《故事知道怎么办——如何让孩子有令人惊喜的改变》是一本令儿童教育工作者欣喜万分的书，该书作者是澳大利亚的苏珊·佩罗，她在大学开设了讲故事的课程，并且参与由澳大利亚政府资助的"儿童故事治疗"研究项目，在世界各地为教师、家长和治疗师们举办故事工作坊和讨论会，成就非凡。《故事知道怎么办》一书是苏珊·佩罗尝试对儿童进行故事治疗的实践成果。主要包括五大部分：我的故事之旅、治疗故事的创作、针对挑战行为的故事、针对挑战情境的故事、讲故事的艺术。阅读该书，借鉴其创作智慧，尝试为孩子们的某一问题行为创作有针对性的治疗故事。

（2）杨照的《故事效应——创意与创价》是一本说故事的故事书，非常有趣、有创意。该书分为四个章节——深藏在人类经验中的故事冲动、故事的功能、说故事的方法、重新认识故事，拾回对故事的好奇心。不单能教会我们重新认识故事，而且还能给我们创作、讲说故事带来启发。阅读该书，参考相关资料，尝试用故事的方式解说我们生活中的诸多常识问题，比如，饼干为什么在英语中叫"比斯开"，西红柿是如何从野果变成蔬菜的。

2. 图书推荐

（1）杜潇洋：《二十四孝白话故事集》

（2）吴振波：《史记故事》（儿童版）

（3）林汉达：《中国历史故事集》《上下五千年》

（4）阿拉伯故事：《一千零一夜》

（5）托尔斯泰：《托尔斯泰儿童故事选》

单元五

童话

学习目标

1. 理解童话的概念，了解童话的发展历程；
2. 掌握童话的基本特征与表现手法；
3. 了解童话在儿童成长过程中的作用；
4. 掌握童话鉴赏的方法；
5. 掌握童话编创的技巧。

基础理论

  提起童年，几乎所有的人都会想起或躺在妈妈温暖的臂弯里、或坐在爸爸面前的小板凳上、或在奶奶大大的蒲扇下听到的童话。这些童话因为有着飞扬的想象、快乐的情节而成为我们童年最饱满、润泽的记忆。当童年远去，我们又将小时候听到的童话讲述给我们的孩子听。于是，童话便成了我们重温童年的精神管道。童话是儿童文学中最古老、最独特的文学样式，它正是以这样的方式伴随着一代又一代孩童的成长。童话是爱的礼物，每一个有趣的童话，在使孩子们感到快乐的同时，还会在他们的心灵深处播下一粒生机充盈的种子，随着他们的成长，渐渐地化作他们生命中的智慧。

第一节　童话的定义、起源与发展

童话的本质——爱的
礼物

一　童话的定义

  童话是儿童文学中最引人注目的一种文学体裁，它神奇浪漫，绚烂多彩。千百年来，人类为孩子们塑造了无数美丽的童话形象——一群找妈妈的小蝌蚪，一只经历种种磨难最终变成白天鹅的丑小鸭，一只坚守诺言来年春天为大树唱歌的鸟儿，一颗被小兔子送出去又转了回来的萝卜，小红帽，老虎外婆，小熊温尼·菩，小飞侠彼得·潘……这些童话形象及其故事就是我们对童话最直接、最感性的认知。

英文里的"fairy tale"（译为"幻想故事"）与汉语中的"童话"相对应。但汉语中的"童话"一词并不是本土词汇，而是在清朝末年从日本引进的，一般认为其标志是1909年商务印书馆出版的、由孙毓修主编的《童话》丛书。纵观该丛书，所选作品包括了神话、寓言、幼儿故事、童话等一系列适合孩子们阅读的题材。可见，"童话"一词引进之初，体现了日文"童话"的概念，即适合儿童阅读的故事性作品。直至"五四"时期，伴随着国外童话的引进、国内童话的创作及童话理论研究的深入，"童话"的外延逐渐缩小，与寓言和儿童故事等严格区分开来，被赋予了特定的内涵。

《儿童文学辞典》对"童话"做了这样阐述："童话是儿童文学的重要体裁。是一种具有浓厚幻想色彩的虚构故事，多采用夸张、拟人、象征等表现手法去编织奇异的情节。"韦苇说："童话是以口头形式和书面形式存在的荒诞性与真实性和谐统一的奇妙故事，是特别容易被儿童接受的、具有历史和人类共享性的文学样式之一。"吴其南说："童话是一种能引起少年儿童审美响应的假定性文学。文学性、以非生活本身形式塑造艺术形象、儿童性，是其中三个基本的特点。"

综上所述，我们可以看出现代意义上的童话是这样一种叙事性文体——它以奇妙的幻想、神奇的夸张为手段，塑造出非生活本身的形象和世界，并以此来反映现实生活，其故事情节离奇有趣，事物形象常做拟人化的处理，与儿童的形象思维相呼应，能满足儿童心灵飞翔的愿望。

二 童话的起源

童话与其他文体一样，经历了漫长的历史演变过程。童话由神话、传说演变而来，最初属于民间文学，是人们口头创作的作品，并通过口耳相授的方式世代相传。

神话可以说是最古老的文学样式，是远古时期的先民们在生产力和知识水平低下的情况下所创作的幻想性故事，反映了人与自然的关系及当时的社会形态。如西方的挪亚方舟、中国的盘古开天辟地、女娲抟土造人等都是典型的神话。在这些神话中，有先民在遇到巨大自然灾害的时候所幻想出来的解救人类的超自然力量——神，也有先民对宇宙起源、生命产生等社会现象所做的神性阐述。随着神话的流传及人类社会的进步，人们希望自己能像神一样拥有超自然的、无所不能的力量。这样，神话逐渐地向传说演变。

传说同以神为主角的神话最大的不同，是其主角由神降为人，但这些人并不是普通的人，他们是具有奇异才能的超人或是英雄，如治水的大禹、神医华佗等。出于对英雄的敬仰和热爱，传说有虚构和夸张的成分，但却有史实作为基础，基本上与一定的地点、历史事实及社会习俗有关联。传说赋予了人类如神一般的力量，传说中的人物有着神性的光辉。

神话与传说时代渐渐远去，人类对神奇的兴趣却并未消减，于是，以神奇为核心的童话便应运而生了。童话脱胎于神话与传说，也往往以神话与传说为原始材料，随着时代的发展不断增添新的内容，容纳着整个人类浪漫的幻想、善良的心愿及对未来的美好期盼。

三　童话的发展

童话经历了漫长的发展演变过程，大致来讲，可分为民间童话、古典童话、文学童话（也叫创作童话）三个阶段。

早期的童话，又称民间童话，由劳动人民口头创作，是劳动人民集体智慧的结晶，流传于民间。如我们耳熟能详的《田螺姑娘》《老虎外婆》等都是优秀的民间童话代表作品。这类民间童话最大的特点是流传范围广泛，因地域不同，人物和细节稍微有些许出入。

随着民间童话的发展，一些文人便开始收集这些流传已久的童话，并按照各自的需要和理想从各个角度对其进行加工润色，这就是以文字形式出现的最初的童话。古印度的《五卷书》，阿拉伯的《一千零一夜》都是世界著名的民间童话集。较早对童话进行改写的是17世纪法国夏尔·贝洛的《鹅妈妈的故事》，其中包含了我们熟知的《小红帽》《睡美人》《灰姑娘》等欧洲著名的民间童话。19世纪初，德国著名语言学家雅格布·格林和威廉·格林兄弟收集出版的《儿童与家庭童话集》（即《格林童话》），是世界民间童话的集大成者，对后世的童话研究和发展产生了广泛的影响。经过作家收集、整理、润色的民间童话即古典童话。

安徒生被称作是"世界儿童文学史上的太阳"，他的作品使童话的面貌焕然一新，他早期作品也是取材于民间童话，如《打火匣》《大克劳斯和小克劳斯》等。在吸取了丰厚的民间童话营养之后，安徒生走上了独立创作的道路，写出了《海的女儿》《丑小鸭》《小意达的花儿》等不朽的传世之作，这些童话就是文学童话，安徒生的创作为后世文学童话的发展奠定了坚实的基础。

安徒生之后，文学童话的作家队伍迅速扩大，出现了大批优秀作品，如英国卡罗尔的《爱丽丝漫游奇境记》、意大利科洛迪的《木偶奇遇记》、意大利罗大里的《洋葱头历险记》、瑞典林格伦的《长袜子皮皮》、日本中川李枝子的《不不园》、美国怀特的《夏洛的网》、英国米尔恩的《小熊温尼·菩》、英国麦克唐纳的《北风的背后》……这些文学童话的作者用童心和智慧在天马行空的幻想中张扬着属于孩子们的蓬勃精神，在世界儿童文学史上留下了浓墨重彩的一笔。至此，童话这种文体发展到了成熟阶段，其标志有三：完全的个人创作，体现出鲜明的创作个性和风格；完备的童话体裁特征；自觉地为儿童创作。

西方的文学童话大致可以分为三个派别：其一，现实派，以安徒生和王尔德为代表；其二，幽默派，以科洛迪为代表；其三，荒诞派，以卡洛尔为代表。卡洛尔将日常的事物加以荒诞的变形，想象丰富，妙趣横生，将儿童文学的荒诞风格推向极致。

中国古代虽无"童话"这一概念，但是在神话及传说中孕育的童话因素也有其最初的凝聚，志怪小说、唐传奇中童话的萌芽都是中国童话不可忽略的发展进程，如在民间流传的田螺姑娘便是《搜神后记》中《白衣素女》的原型。中国的文学童话一直迟至"五四"时期才随着新文化运动的兴起而骤然起步，一大批大文学家投身到儿童文学特别是童话的创作中来，如叶圣陶、郑振铎、夏丏尊，等等。1923年，叶圣陶的童话集《稻草人》出版，奠定了我国现代童话的基石，叶圣陶可称之为中国现代童话的开山鼻祖，鲁迅这样评价："给中国的童话开了一条自己创作的路。"到20世纪30—40年代，中国的童话创作达到了一个小高峰，张天翼发表的长篇童话《大林和小林》，代表了我国现代怪诞童话的最高艺术成就，为我国长篇童话的发展奠定了基础。新中国成立以后，我国童话创作跃入一个全新时期。老作家佳作迭出，如张天翼的《宝葫芦的秘密》、严文井的《小溪流的歌》、金近的《小鲤鱼跳龙门》、方轶群的《萝卜回来了》、陈伯吹的《一只想飞的猫》，等等。新作家的作品也别开生面，如洪汛涛的《神笔马良》、孙幼军的《小布头奇遇记》、葛翠琳的《野葡萄》等。20世纪80年代后，中国童话逐步进入了创作的黄金期。新人新作不断涌现，如郑渊洁、冰波、葛冰、郑春华、金逸铭、彭懿、周锐、班马等一连串耀眼的名字加入中国童话的创作队伍中来。到20世纪末，新一批童话作家崛起，金波、汤素兰、张弘、杨红樱、王一梅、葛竞等都是这些年来童话的领军人物。随着童话观念的更新和蜕变，中国童话出现了不同的创作倾向，逐渐形成了不同的童话风格，构成了多元化的童话格局，为中国孩子的童年增添了更多的快乐因子。近年来，汤汤、陈诗哥等人的童话创作受到了广泛的好评，前者的《到你的心里躲一躲》、后者的《风居住的街道》《列国志》等作品都非常出色。

第二节　童话的特征与表现手法

童话的三大艺术特性

一　童话的基本特征

童话是神奇的，在童话里有不同于现实的有趣事情发生：一个叫小红帽的小女孩被大灰狼吃掉，猎人剖开狼的肚子，小女孩又活生生地站在大家的面前；一个叫劳拉的小姑娘的教父竟然是北风，北风送给她美丽的雨滴项链，北风是一个有着长长的灰胡子、穿着长长的灰斗篷的高大的男人，北风的工作是吹走暴风雨；一只被书本压扁了的蚂蚁，一会儿跑到第100页，一会儿跑到第50页，书里的字们也学着蚂蚁跳跳舞、串串门，有趣的事情发生了，书里每天都有不同的故事……在这些童话里，现实生活中不可能发生的事情都合情合理地存在着，这正是童话最基本的特征——为我们塑造了一个非生活本身的世界。

（一）非生活本身的世界

贺宜认为："幻想是童话的根本。"此理论兴盛于20世纪50—60年代，至今仍影响深远，"幻想论"看似清楚，其实却很含混。事实证明，童话创作虽较多地使用幻想，但并非离不开幻想。说"幻想是童话的根本""没有幻想便没有童话"，是缺乏足够根据的。

例如，在安徒生的《小意达的花儿》中，小意达是个可爱的小姑娘，有许多美丽的鲜花，她看到那些美丽的花儿逐渐枯萎，感到很难过，一个会讲故事的学生告诉小意达，这是因为花儿们夜里参加舞会，跳舞累病了。小意达信以为真，并且真的在晚上看到了花朵们盛大的舞会。这是一个童话。再如，《月亮的大衣》中月亮看到地面上的人都穿大衣，也让月亮里的人给自己做衣服，于是月亮有了两件大衣，一件等月亮胖的时候穿，一件等月亮瘦了再穿，当地面上的人看不到月亮时，它会说"月亮又穿上大衣了！"这也是一则童话。《神奇的红气球》里有个孤独的小男孩帕司克尔，没有兄弟姐妹，妈妈不让养猫不让养狗，生活很无趣。就在这个时候，一只红气球飞来了，它能听懂话，会玩捉迷藏，陪帕司克尔上学、放学、乘车、淋雨、受罚、打架，像是小男孩的忠诚又淘气的小伙伴。这是一篇神奇的童话。

童话内容虽各有不同，但它们都包含了某种相同的东西，那就是它们创作了一种和日常生活不同，在日常生活中不能看到也不能发生的境况，即童话给我们塑造了一个非生活本身的世界，在这个世界中，一切皆有可能发生。童话以非生活本身的形式塑造艺术形象，这种非写实的艺术形象可以是超自然的，也可以是拟人的，还可以是普通人。以普通人为艺术形象的童话，人物外形虽同常人，但其所处的时空背景常常是抽象的、虚化的，仍和具体的现实世界有所不同。

（二）非生活本身的世界与现实世界的关系

童话让现实中不可能发生的事情发生，那非生活本身的世界和现实世界的关系应怎样理解？安徒生说："最奇异的童话是从现实生活里产生出来的。"蒋风说："童话是在现实的基础上，用符合儿童想象力的奇特的情节，织成的一种富于幻想色彩的故事。"韦苇说："童话是以幻象为一岸，以真实为另一岸，其间流淌着充满诱惑的奇妙故事。"

当我们将童话中色彩缤纷、新奇神秘的非生活本身的世界层层拨开后，会发现隐藏在幻想深处的现实。奥·拉牟利斯的《神奇的红气球》中的小男孩帕司克尔好神气，他拥有一只神奇的红气球，让人羡慕，故事里的那群男孩子将他们对帕司克尔的羡慕变成了嫉妒，最终将帕司克尔的红气球打破了。其实我们每一个人都有一只神奇的红气球，它不一定非得是红气球的样子。它或许是一只小狗，或许是一只破旧的绒绒熊，或许是隔壁年纪相仿的孩子，或许是一本书、一棵树……故事里的那群男孩子一定也有自己的神奇伙伴，只是，他们忘记了自己的"红气球"。作者用帕斯克尔神奇的红气球告诉我们，所有人都拥有属于自己的"红气球"。杨楠的《枪炮国去打糖果国》里，糖果国有橡皮糖做成的城墙，有泡泡糖做成的气球，有棉花糖做成的降落伞，孩子们平时爱吃的糖果在童话里有这么独特的功效，帮助糖果国战胜了枪炮国的侵略，这一切的故事都是以橡皮糖、泡泡糖和棉花糖的特色为基础而进行创作的。我们所读过的每一篇童话中都有现实的影子，现实是童话的土壤，正是丰富多彩的现实让童话可以展开五彩斑斓的翅膀，以高昂的姿态在童年的天空里尽情地飞翔。

在童话里，非生活本身的世界让现实世界鲜活生动了起来。在安徒生的《小意达的花儿》中，当夏天结束，花儿凋谢的时候，小意达将枯萎的花儿郑重地埋在院子里的树下，然后怀着虔诚的心情等待着下一年春暖时节自己与花儿的美丽重逢。安徒生将生命的离去，美化成了一种让人感动和暖心的艺术。有多少童话便有多少个非生活本身的世界，我们不能一一说明，但童话只有一个目的，那就是让现实中我们习以为常的事件、情感、态度变得不寻常，让孩子们能在奇妙的幻想中重新认识善良、友谊、团结、感动等一切美好的词汇，让现实美妙、丰盈、温暖。

二　童话的表现手法

尽管童话天马行空、各式各样、缤纷多彩，但是我们仍能从中找到共通的表现手法。归结起来，童话的神奇与浪漫主要是通过拟人、夸张、变形、神化、怪诞等艺术手法得以实现的。

（一）拟人

拟人是童话中最惯用的一种艺术手法，亦称人格化，是将人类以外的客观存在或主观意识赋予人的思想、情感及语言行为。拟人符合儿童的"泛灵观念"，是儿童独特的思维方式、心理习惯和精神气质在童话中的体现。

美国怀特《夏洛的网》中的夏洛是一只蜘蛛，威尔伯是一只猪。这只叫威尔伯的猪就算名字再特别，当他长大了，还是逃脱不了猪这个种族的命运，或是被卖掉，或是被杀了变成火腿和腊肉。威尔伯害怕地哭了，像个人一样不希

幼儿童话的拟人手法

望生命终结。蜘蛛夏洛说我来救你，夏洛只会织网捉虫，她怎么来救威尔伯？为了朋友，夏洛很合乎逻辑地在她的网上织出了"some pig""terrific""radiant"这样神奇的字，于是她的朋友威尔伯的命运从此改变了。怀特让威尔伯和夏洛的物性和人性巧妙地糅合在一起，让其具备人的特点，会说话有感情，同时又让他们保留物的某些基本属性。

《老蜘蛛的一百张床》里的老蜘蛛竟然有一百张床，什么样的床？原来是蜘蛛的网。《月亮的大衣》中月亮里的人给月亮量好身体，花了半个月做衣服，一试衣服太胖；再量好身体花了半个月改衣服，一试衣服又太瘦。为什么？因为月亮一个月内有盈亏的变化。《会走路的树》和《鹿树》里小鸟们将鹿角当做了树枝，怎么回事？因为鹿角枝枝丫丫，就像是树枝呀。

不止这些例子，每一部优秀的童话里拟人这种表现手法的运用，都讲究物性和人性的和谐统一。作者通过拟人化的手法创设童话情境来表现儿童生活，更贴近儿童的思维和心理。

（二）夸张

夸张是对描写对象或其某些特征进行有意识的放大和强调，从而突出其本质特点，增强艺术效果。夸张在各种文体中都发挥着作用，但童话的夸张与一般写实性文学中的夸张有所不同。吴其南在《童话的诗学》中将这种不同归纳为三个方面：一是童话偏重于艺术形象外貌和其他外在形态的夸张，而一般写实性文学偏重于对人物性格、情感等内在特征的夸张；二是童话的夸张以突破事物的本身形式为目的，而一般写实性文学的夸张则尽量将自己局限在不引起事物变形的限度内；三是写实性文学的夸张多是一种比拟性表现，并不将放大后的形象凝定下来，而童话则将夸张后的形象凝定下来，直接作为一个形象出现。

由此可知，童话的夸张是强烈的，可以应用于形象的刻画、情节的构思、细节的安排及环境的营造等各个方面。如安徒生童话中被骗得赤身裸体游街却以为自己穿了世界上最漂亮的衣服的皇帝；隔着二十张床垫子、二十床鸭绒被也能感受到一粒豌豆存在的娇贵的公主，这种夸张手法的运用增强了喜剧效果，也达到了作者讽喻现实的目的。郑渊洁《哭鼻子比赛》中几个孩子哭鼻子时眼泪流成溪、流成河、使海平面升高了三寸。葛兢的《鱼缸里的生物课》中的生物老师打翻了鱼缸，水哗哗流了出来，鱼也呼啦啦游了出来，怎么办？关上门和窗户，水面到了挂日光灯的地方，那就在水里上一节生物课吧。《老蜘蛛的一百张床》里的老蜘蛛想邀请朋友来它的一百张床上玩，做了广告，广告词写满了整个森林的每一片树叶。《胡萝卜先生的胡子》中胡萝卜先生漏刮的一根胡子蘸着果酱，越长越长，小男孩剪了一段放风筝，鸟太太剪了一段给小鸟晾尿布……

总之，童话的夸张就是这样的让大家感到吃惊和意外，有了夸张，童话就显得很热闹，热闹的背后是想象力的扩张，最终的目的是为了创造独特的童话形象与童话意境，让阅读童话的孩子能捧腹大笑。

（三）变形

变形实际上也是一种夸张，不过是更极端的夸张，指在艺术想象中，有意识地改变原有形象的性质、形态、特征等，进而以异体的形象出现，使之更有表现力。变形与夸张的不同之处在于：夸张毕竟还保留有客观世界原有物的面目，而变形则连原有物的面目也丢弃了，完全呈现给读者一个陌生的实体。变形分为"局部变形"和"全部变形"两类。所谓局部变形就是将人体或物体的某一部分变形，如科洛迪的《木偶奇遇记》中的匹诺曹说谎后鼻子就不可思议地变长了；张天翼的《秃秃大王》中的秃秃大王的牙齿在生气的时候就会变长，高兴的时候就短下去。而全部变形是整体形象的变形，如《格林童话》中的"青蛙王子"是因中了魔法而变成丑陋的青蛙。变形手法的运用在民间童话中十分普遍。在现代童话中，变形可以随心所欲，无须借助任何魔法。如罗大里的《不肯长大的小泰莱莎》中，小泰莱莎根据自己的意愿可变大变小。再如，苞蕾的《小胖变皮球》中的小胖，因懒惰，老爱蜷着身子睡懒觉，久而久之变成了皮球形，只能滚着走路了。

童话中变形手法的运用，不限于习惯思维，敢于突破现实客观规律的束缚，这种大胆的夸张想象能给人独特的艺术感觉，深受儿童读者的喜爱。

（四）神化

神化，即童话的创作者运用宝物或者魔法等艺术手法进行创作，赋予童话形象以超自然的力量。儿童的想象主题极其易变，想法往往是天马行空，并且注意力不稳定，喜欢多变的具体形象。童话中的神化手法与儿童想象发展的特点相适应，能很好地满足儿童上天入地、无所不能的想象。

如琼·艾肯的《馅饼里包了一块天》，天空像是脆脆的玻璃，在下雪的时候会不小心掉下一块。有一块天就掉进了面团里，被做成了馅饼。这个香喷喷的馅饼带着老太太、老头子、小花猫、飞行员、鸭子、山羊和大象飞呀飞，直到馅饼变凉，落在海里变成一座岛屿。最神奇的是，馅饼岛上还长出了苹果树，山羊给大家挤奶，鸭子下蛋，猫捉鱼，大象用鼻子摘苹果，大家一起快乐地生活。杨松的《魔法师的帽子》里，一顶黑色的高筒礼帽能将吃剩的蛋壳变成小云朵，能让一根树枝以神奇的速度生长成一片神奇的森林，它用魔法给木民一家带来了无尽的欢乐。

神化的艺术手法承载着童话作家和儿童的丰富想象，童话作家用五光十色的宝物和功能各异的魔法，创造出各种奇妙的时间与空间，带领孩子们进行着一次又一次畅快淋漓的想象之旅。

（五）怪诞

这种表现手法的特色是运用尖锐的形象夸张，使现实中的实际现象变得离奇古怪、玄妙荒唐。例如，日本作家矢玉四郎的《晴天，有时下猪》中的想象就怪诞到离谱。小男孩则安反感妈妈偷看他的日记，故意在日记中写明天会发生的荒诞离奇的事情来吓唬妈妈，哪知这一切都变成了现实：厕所里果然躲着大蟒蛇，爸爸吃下了油炸彩色铅笔，晴天天空竟然下起了无穷无尽的小猪……嘿，这些怎么可能发生？可这些夸张的情节不就在我们童年的小脑袋里蠢蠢欲动吗？再如，在《国王的女儿哭着要月亮》中，国王的女儿爬上最高的烟囱要月亮。国王听信保姆的话，导致一连串的罢工。夜间的生物要打倒夜神，白天的动物要打倒昼神，全国的厨师罢工，女人不做饭，男人不工作。国王的侦探们抓来各种各样的嫌疑犯。全世界的国王要在四月一日攻打这里。可是，到了四月一日，白天和黑夜调换了位置，国王的女儿看到了月亮漆黑的一面，回到王宫，一切又恢复正常。整个故事离奇怪诞。

怪诞让童话的外延无限扩张，它奇异、陌生、瑰丽，超越了平凡生活，这种信马由缰的狂放想象力能使快乐像狂野的火山一样喷薄而出，在童年的记忆中留下深深的印记。

第三节　童话的类型与功能

童话的三个艺术流派

一　童话的类型

根据童话中人物形象类型的不同，可将童话分为超人体童话、拟人体童话、常人体童话三种类型。

（一）超人体童话

超人体童话，是借助于神仙、精灵、宝物来展开故事情节的童话。如琼·艾肯的《雨滴项链》里北风送给劳拉的雨滴项链，有了四颗雨滴，再大的雨也不会把她淋湿；有了六颗雨滴，最强的风也吹不走她；有了七颗雨滴，她就能游过最宽阔的海洋；等她有了九颗雨滴，一拍手就能把雨停住；等她有了十颗雨滴，用鼻子一喷气，天上就能下雨。劳拉的眼泪变成了第十颗眼泪，她的鼻子一喷气，给干旱的阿拉伯带来了充沛的雨水。在洪汛涛的《神笔马良》中，老神仙送给马良一支神笔，这只笔画鸟鸟会飞，画鱼鱼会游，财主抓住马良让他画金元宝，马良却借着神笔画的大门和梯子逃跑了；皇上抓了马良让他画摇钱树，马良又用神笔画了大海，大风大浪打翻了皇帝的大船。普希金《渔夫和金鱼的故事》中的金鱼，能满足渔夫的任何愿望，老太婆逼着老头去让金鱼实现她的愿望，要木盆，要木房子，要做世袭的贵妇，要做女皇，更要做海上的女霸王，最后，老太婆的贪念没有捞到半点好处，依旧是破木房子和破木盆。还有《白雪公主》中的魔镜，《灰姑娘》中奇异的树等都属于超人体童话形象，它们将故事一次又一次推向新的高潮。

（二）拟人体童话

拟人体童话在童话中最常见，作品中的主人公不是普普通通的人，而是被拟人化了的各种事物，他们像人一样有生命，会说话，能思考，但是又带着这种事物的某种特点。如叶圣陶笔下的稻草人，他知道露水怎样香甜，知道星星怎样眨眼，知道月亮怎样笑，知道树木怎样酣睡，他不累不嫌烦地摇着手上的扇子守卫田野。他看见灰色的小蛾残害庄稼，他看见渔妇濒死的孩子，他听到鲫鱼求助于他，他想帮助主人，帮助渔妇，帮助鲫鱼，但是他只是个稻草人，单脚定在泥土里，半步也移不开。德国乌尔苏拉·沃夫尔的《蓝色瓦吉罗》里有一只点点猪，会大喊大叫，会跺脚，他追求美丽的外表，会忧伤，会高兴，会飞，会跳舞，可是当他有了漂亮的蓝色皮肤，有了长颈鹿的脖子，有了一头神奇的狮子毛，有了长长的鸵鸟腿后，他想念他的泥巴坑，因为他是一只肥嘟嘟、灰溜溜的点点猪呀。再如，安徒生的丑小鸭、米尔恩的小熊温尼·菩、科洛迪的木偶匹诺曹、郑渊洁的小老鼠舒克和贝塔、怀特的蜘蛛夏洛、杨红樱的笑猫等都是深入人心的拟人体童话形象。

（三）常人体童话

这类童话的人物形象，看起来与普通人一样，但是作者却对他们的性格、行为、遭遇进行了极度的离奇夸张。安徒生写过一篇《老头子做事总不会错》的童话，讲的是一个老头子和一个老太婆的故事。老太婆让老头子牵着马去集市上换点好东西，老头子先用马换了一头牛，又用牛换了只山羊，又用羊换鹅，又用鹅换鸡，又用鸡换了一袋子烂苹果。老头子回去给老太婆叙述交换过程，老太婆就夸他做得对，等听到最后是一袋烂苹果时，老太婆干脆就在他的嘴上亲了个响亮的吻。老头子每交换一次都有一个浪漫的计划，这是对生活有热情，是对人生持有乐观的态度，因此安徒生说老头子做事总不会错。还有《皇帝的新装》中的皇帝，《豌豆上的公主》中的公主，《国王的女儿哭着要月亮》中的国王、公主、侦探长等，张天翼笔下的大林和小林，郑渊洁的皮皮鲁和鲁西西等都是典型的常人体童话形象。

二　童话的功能

童话心理学家内特尔海姆作为专门治疗有严重心理障碍儿童的医生，他在长期的临床治疗实践中惊奇地发现，文学最适合于培育儿童的心智能力和健全的情感。而在众多的文学类别中，童话，尤其是民间童话更能够使儿童获得寻找生活意义的能力和赋予生活更多意义的能力。

（一）童话能丰富人格

写《爱丽丝漫游奇境记》的卡罗尔说童话是"爱的礼物"。一打开童话，我们就能发现其中有对大自然的热爱、有亲人之间的爱、有朋友之间的爱、有陌生人之间的爱，正是各种各样的爱，使得童话有了温暖的味道，一丝一缕钻进儿童的心里生根发芽。

新美南吉的《小狐狸买手套》里没有见过雪的小狐狸在白雪的世界里嬉戏，在丝棉似的柔软雪地上兜圈子，溅起的雪粉映出彩虹，从树枝间不停地往下落的像白丝线似的雪，寒冷的冬天也美丽得让人窒息。玛丽·诺顿《地板下的小人》里阿丽埃蒂在春天的第一天，到了外面，阳光，青草，微风，樱桃树，像牛油一样白白的樱草，一只绿色的甲虫，空气中充满香气，透明的露珠，高高的草，阿丽埃蒂快乐极了。童话的作者将自己对大自然的爱写进作品中，让读者读了不能不爱美丽的大自然。《去年的树》里执着的鸟儿，为了给它的朋友大树唱歌，它边飞边打听朋友的去处，终于找到了，树被做成火柴用光，而它点燃的灯还亮着，鸟儿睁大眼睛，盯着灯火看了一会儿。接着，它就唱起去年唱过的歌，给灯火听。这种千里找朋友就为唱首歌的友情让我们为之动容。《鹿树》里答应了给红头鸟来年筑巢的大树只剩下了树根，它请求一只鹿帮助它完成这个美丽的心愿。这只鹿将自己打扮成树的样子站在了树根上，等着红头鸟的到来。于是一只梅花雀、一只小黄雀、一只小杜鹃和红头鸟一起在鹿角上筑巢，这只鹿也成了一棵会跑会跳的树。

正是因为有了这些各式各样的爱，才能使宽容、感恩、进取、积极、自信等这些完整人格所必须具备的因素在童话里有血有肉、温暖真实。我们的孩子阅读这样的童话作品，必定能成长为一个内心有爱的、对生活有热情的人。

（二）童话能指引人生

童话里有爱，更有深刻的人生哲理。优秀童话里的人生哲理是与高超的想象及幻想相伴而生的，它不是告诉孩子你应该这样做、你不要那样做，它从来不声嘶力竭，它简单、奇妙、浪漫、娓娓动听。

《小红帽》里的小红帽要将蛋糕和葡萄酒送给外婆，妈妈叮嘱小红帽要顺着大路走，一直往前，可小红帽将妈妈的叮嘱当做耳旁风，她信了大灰狼的话，到林子里看美丽的花，听动听的鸟叫声，这样狼才赶在她前面吃掉外婆再吃掉她。在人生的路上，我们难免会受到诱惑，我们不相信经验的提醒，然而在狼肚子里也会有猎人来解救我们吗？在安徒生的《老头子做事总不会错》中，老头子用一匹马换了一袋子烂苹果，老太太还给了老头子一个吻，快乐让生活美好。相反，在普雷斯勒的《新鲜鸡蛋》中，"我们"幻想用 60 个鸡蛋变成 60 只母鸡，生蛋孵出更多小鸡，换羊换牛换大房子，成为有钱人，但是这只能是空想，因为鸡蛋碎掉了。空想再美好，没有物质基础，都只会躺在人生的角落里灰头土脸。

人生很漫长，有困难，有诱惑，有选择，怎样顺利度过困难，怎样拒绝诱惑，怎样做出选择，童话将这些人生的哲理传递给儿童，他们或许暂时体会不到，但是这些故事里的哲理会伴随着好玩的故事化作他们人生道路上必备的生命智慧。

（三）童话能发展想象

高尔基在《高尔基论儿童文学》中说：童话的幻想"打开了通向另一种生活的窗户，那里有一种自由无畏的力量存在着和行动着，幻想着更美好的生活。"鲁迅说："孩子是可以敬服的，他常常想到星月以上的境界，想到地面以下的情形。想到花卉的用处，想到昆虫的语言。他想飞上天空，想到月亮怎么会跟着人走，星星究竟怎样嵌在空中。"一个小男生骑着一根细长的竹竿，驾驾驾，昂首挺胸像是骑着一匹神气的小骏马；一个小姑娘抱着一个小枕头，唱着催眠曲像是一位真正的妈妈；一群小孩子，将小板凳排成一长排，轰隆隆隆，他们的小火车要开车了……瑞士著名心理学家皮亚杰将此概括为"泛灵论"，即在儿童的思维中万事万物都是有生命的。正是儿童的这种思维特征，决定了童话能成为全世界儿童最喜爱的一种文体。现实中平常的东西在童话里都成了新奇的和奇妙的，众多的新奇和众多的奇妙编织成了滋生童年想象力的温床。正是儿童的想象让童话永远年轻绚烂，也正是童话的幻想让童年永远丰富饱满。

（四）童话能愉悦生命

英国儿童文学家达顿说："儿童读物是为了让儿童获得内心的快乐而推出的印刷品。"在儿童文学中，童话中的幻想、夸张、拟人等手法创设的情节和意境，让儿童趣味盎然地享受自由驰骋的快乐。

在潘库·雅什的《鳄鱼家的大钟》中，一条顽皮的小鳄鱼晚上不按时睡觉，借口多多，爸爸妈妈买了手表，它戴在尾巴上，买了闹表它嫌小，买了最大的座钟它还嫌小，指向 8 时半的指针"唰啦一下扯住了小鳄鱼的裤子，呼一下子把它扔上床"，多神气的大钟指针，多顽皮的小鳄鱼。在张天翼的《不动脑筋的故事》中，赵大化走路总摔跤，一看原来右腿没有了，再一看原来两条腿穿在一条裤腿里啦；赵大化去钓鱼，放下钓竿去提水，回来后以为钓竿是别人的，赶忙找主人，一扭脸，踢倒了自己的水桶，他又以为水桶也是别人的；回家去，忘记家在哪儿，敲开门，是一个白发的老太太，赵大化以为妹妹一会儿就变成了老太太；妹妹叫他，他却说这是谁家的小姑娘。《字河》里调皮的水獭，总是弄乱字河编写的故事。还有爱吃蜂蜜、爱散步、爱唱歌、爱幻想的小熊温尼·菩，掉进兔子洞的爱丽丝，木偶匹诺曹等，他们和他们的朋友一起，经历了很多奇妙有趣的事情，这些事情就是儿童文学游戏精神的体现，而游戏精神能让读书的儿童产生共鸣，得到由衷的快乐。

童话里有爱、有哲理，爱和哲理能不能被儿童接受，就要看儿童读了童话后有没有开怀大笑、自嘲或自信地会心一笑，或者欣喜地微笑。这些笑，就是童话的趣味性使然，它让儿童能静下心来阅读，它让人生在童年里没有遗憾。

第四节　童话的鉴赏、创编与讲述

童话最适合读
给儿童听

一　童话的鉴赏

儿童文学不是简单化的文学，而是有独特气质的文学。作为一种重要的儿童文学体裁，童话有自己的独特气质。欣赏童话作品，我们可以从以下几个方面入手。

（一）独特的人物形象蕴含着永远的游戏精神

儿童在成长过程中可能读过古今中外的很多童话，其中一些随着时间的推移被彻底遗忘，而能真正永久印刻在脑海中的，只有那些个性独特、造型独特、情感独特的栩栩如生的童话人物形象，如"灰姑娘""小红帽""海的女儿""丑小鸭""孙悟空""猪八戒"等。他们之所以能够长久地留在很多人的记忆深处，就是因为作家塑造了个性独特的人物形象并赋予了他们鲜活的生命本能，这便是经典的童话人物形象身上所蕴含的高昂的童年游戏精神。

游戏，可以说是儿童与生俱来的一种本能行为。蒙台梭利有一句名言："游戏是儿童的工作。"游戏中的儿童能将熟悉的领地幻想成陌生的国土，他们扮演着有超能力的角色，没有故事脚本，没有排练，却能将一个角色扮演游戏一直玩下去。儿童之所以对游戏如此情有独钟，是因为在游戏中儿童可以逃脱成人规则的约束，获得主体的自由。而在童话中，经典的童话形象带给儿童的正是他们在游戏中所能体验到的快乐。

《小意达的花儿》中的小意达只是一个普通的女孩子，但在一个学生的指引下，小意达在晚上睡觉的时候看到了她的花儿们尽情地舞蹈。在《国王的女儿哭着要月亮》中，小公主爬上屋顶还是够不到月亮，伤心地哭了起来，蝙蝠和燕子都希望能帮助小公主而产生了一系列让人啼笑皆非的故事。在《神奇的红气球》中，孤独的帕司克尔有了红气球这个朋友后，生活变得丰富多彩起来。这些都彰显出儿童文学的游戏精神。

在这些优秀的童话里，不论是常人体的童话形象还是拟人体的童话形象，他们经历的所有的事情都能阐释童年固有的游戏内核，高扬着自由自在、随心所欲、想象奇特的游戏精神，能让儿童体验到心灵飞翔和愿望达成的快感。

（二）虚构的故事情节体现着真实的童真童趣

童话是有着浓厚幻想色彩的虚构故事，童话中的情节在现实生活中并不存在。虚构的情节之所以受到儿童的热捧，源自虚构情节背后真实的童真童趣。

《神奇的红气球》里的帕司克尔偶尔得到一只红气球，这只红气球和帕司克尔一起上学，跟在公交车的后面，知道在家怎么躲开帕司克尔的妈妈，当红气球被一群坏孩子弄破后，飞来了许许多多的气球，将帕司克尔带上了高高的蓝天。这样的情节，现实生活中不可能发生，但在童话里真真切切地存在着。帕司克尔的红气球，让每一个长大的孩子都能想起自己童年时候的伙伴，我们和我们的童年伙伴在小时候尽情玩乐、一起分享秘密的情形恍若就在眼前。在《小狐狸买手套》中，第一次见到雪的小狐狸"啊"地喊了一声，两只手捂住眼睛，滚到狐狸妈妈的身边，说："妈妈，眼睛不知扎上什么了，给我擦一擦！快点！快点！"这样的情节，让人忍俊不禁，可爱纯真的小狐狸跃然纸上。《雨滴项链》里的劳拉竟然有北风教父送给她的雨滴项链，项链丢了以后，老鼠、小鸟、鲸鱼带领劳拉去寻找她的雨滴项链，漂洋过海，终于在阿拉伯王宫里找到了那串雨滴项链。劳拉的眼泪成了雨滴项链上的第十颗雨滴，劳拉用鼻子一喷气天就会下雨，劳拉的雨滴项链多神奇多有趣。还有那有一百张床的老蜘蛛，睡不着觉的小熊，唬老虎的小男孩，翻滚的字河等，它们所经历的故事，都带给儿童由衷的快乐，童趣十足。

（三）纯真诗意的意境折射出浓厚的童年关怀

一篇优秀的童话，能经历住时间的洗礼，能被不同种族的儿童捧在手心里认真地阅读，最重要的一点是它用纯真的诗意诉说着作家对童年的人文关怀。

在新美南吉的《小狐狸买手套》中，一只小狐狸试图和人沟通，但妈妈告诉它人是很可怕的，让它装扮成人的样子再去买手套。可是紧张的小狐狸在买手套的时候，递给人的是狐狸的爪子而不是变成小孩手的另一只手。小狐狸的天真和渴望，让我们感动，这种感动就是童话的诗意。在诗意的背后，是作者对童年的关怀。这篇作品表面是写狐狸和人的沟通，其实也可以理解为儿童与成人的沟通。《去年的树》同样是新美南吉的作品，作家用朴素的语言让我们体验到一种不一样的感动与诗意，这来自鸟与树的纯真友谊。在《神奇的红气球》中，帕司克尔和红气球的友情也让人感动，那些弄破帕司克尔红气球的男孩子，肯定也有属于自己的"红气球"，只是他们在看到帕司克尔的红气球时忘记了自己独特的"红气球"，作者写帕司克尔的"红气球"，可能也是想提醒忘记自己独特"红气球"的孩子赶紧回去找出自己的"红气球"，每个孩子都应该有诗意而纯真的童年。

这些就是童话里的童年关怀，关怀儿童的精神状态，肯定善良、乐观、努力等一切充满着正能量的人性。童话承载着千百年来人类对自己下一代的期盼和关爱，要让他们在获得感官愉悦的同时，培育起健康的情感和乐观的态度，走向精彩的人生道路。

二 童话的创作

童话古老而又神秘，它有着独特的幻想特质，吸引着一代又一代的儿童，同时童话又是年轻和欢乐的。一只兔子是领着爱丽丝进入奇妙世界的兔子，一只兔子是淘气的彼得，一只兔子是栗色的大兔子，一只兔子是想逃离妈妈的小兔子，仅仅一只兔子，不同的作者赋予它不同的个性特征，引领我们进入不同的童话世界。大家是不是也有创作童话的想法？要是有了创作童话的兴趣，该怎么动手？

（一）善于从生活中寻找童话素材

虽说童话离不开幻想，但童话又是以现实为基础的，只有有生活气息的童话才是有魅力的童话。

比如，有一次，安徒生在一场春雨过后去看一位朋友，路遇一群鸭子，有一只身材略大的"鸭子""哥啊哥啊"地叫，"嘎嘎"叫的鸭子就欺负这只"大鸭子"，放鸭的男孩说："不许欺负它，它是一只鹅崽。别看他现在笨，长大了要比你们强。"安徒生由鹅崽想到自己的人生经历，在世界童话史上创作出了心怀梦想、坚持不懈的丑小鸭形象。中国作家叶永烈创作的《圆圆和方方》，就是起因于两个儿子下陆军棋，儿子问："爸爸，为什么陆军棋棋子是方的，象棋的棋子是圆的？"叶永烈洗衣服的时候发现洗衣板是方的，脸盆是圆的，他突然萌生出一种想法，将方形的东西写成方方，将圆形的东西写成圆圆，于是，在洗衣服的过程中，叶永烈完成了《圆圆和方方》的初步构想。童话名家周锐为了培养自己的童话敏感度，他总是随身携带一个小笔记本，随时随地记下他看到想到的，比如，"冰淇淋国王出访""一个需要减肥的国王""天鼓破了，要请人来补"等，就是这些平常看到想到的奇妙景象构建起他华丽的童话王国。事实证明，一切优秀的童话，不管它的情节如何千奇百怪，都是从生活中来的，所以说，多多观察生活是创作童话的基本出发点。

（二）精心运用童话创作技巧

作家从生活中产生了创作的灵感，若选择合适的创作技巧对情节进行巧妙安排，那么整个童话便有血有肉了。常用的童话创作技巧有以下几种。

1. 梦幻法

梦幻法指的是通过某一种奇特的方式进入到一个奇妙的世界。如张天翼的《宝葫芦的秘密》，小学生王葆好吃又爱幻想，希望自己能得到一个像宝葫芦一样的宝贝，可以不费事、不操心地获得一切。在梦里，宝葫芦来了，代王葆学习、写作业、做模型、考试，但没有给他带来幸福而是带来了烦恼。如在特拉芙斯的《随风而来的玛丽阿姨》中，玛丽阿姨和伯特进入画里，享受了一个甜蜜的下午；她又在一个月圆之夜让简和迈克尔在梦里逛了颠倒的动物园。如安房直子的《桔梗的女儿》中新吉拿着媳妇留下的红色大碗，他竟然回到了大山里。再如，《小意达的花儿》《爱丽丝漫游奇境记》等都用了同样的写作技巧。

2. 三段式

三段式是民间童话最钟爱的桥段，如让主人公经受三次考验，解决三个难题，碰到三次困难，得到三次帮助，等等，形成内容的串式结构。比如，在《白雪公主》中，恶毒的皇后三次迫害白雪公主，白雪公主三次死里逃生。《三只小猪》中的大灰狼第一次吹倒了老大的稻草屋，第二次撞倒了老二的木头房，第三次面对老三的砖头房子无计可施了。在冰波的《蓝鲸的眼睛》中，蓝鲸出现三次，第一次宁静温柔，第二次疯狂报复，第三次祝福人们。三段式在重复中有略微差异，故事情节也在重复中推进，迎合了儿童喜欢重复的思维特征。

3. 道具法

童话中往往会借助一些具有神奇魔力的道具来演绎故事，如魔镜、神灯、飞毯、扫帚、孙悟空的猴毛等，都是非常有想象力的道具。在安房直子的《狐狸的窗户》中，"我"打猎的时候遇到一只小狐狸，小狐狸给"我"用桔梗花染蓝了拇指和食指，"我"用拇指和食指在眼前搭了个窗户，就看到了以前"我"家的院子，听到了妈妈还有妹妹的笑声。在《随风而来的玛丽阿姨》中，玛丽阿姨从她空空的手提袋里掏出肥皂、牙刷、香水、行军床等无数的东西，在她"睡前一茶匙"的瓶子里能倒出给迈克尔喝的冰草莓汁，给简喝的橙汁，给双胞胎喝的牛奶，给自己喝的糖酒。童话里的主人公用他们带有魔法的道具给儿童打开了一扇奇妙的幻想之门。

4. 变形法

变形实际是夸张的一种，只不过是更极端的夸张。变形法指改变原有事物的性质、形态、特征，呈现出异体的形象，使之更具表现力。如科洛迪《木偶奇遇记》中的匹诺曹说谎后鼻子就不可思议地变长了，又被变成了驴子卖给了马戏团。罗大里的《电话里的童话》中有个小姑娘，睡觉前她说"我是一只蚂蚁"，早上起床她还小小的，再一点一点地长大，然后起床。在新美南吉的《小狐狸买手套》中，狐狸妈妈将小狐狸的一只爪子变成了人类小孩的手。童话作家凭借着独特的艺术感觉和丰富大胆的艺术想象，创作出新异别致的艺术形象，这是童话吸引儿童的一个重要原因。

5. 误会法与巧合法

误会法与巧合法也是童话中运用频率较高的写作技巧。

误会法指的是在童话中用人物之间的猜疑或者误解来推动情节的发展。例如，丑小鸭在养鸭场里，被大家误认为是一只丑鸭子而被看不起，一路颠沛流离，引起读者对丑小鸭命运的关注；找妈妈的小蝌蚪一次又一次地误认妈妈，最终找到了妈妈。巧合法指的是在童话中作者让两个或两个以上的事物碰巧相遇，缓解紧张的矛盾或找到解决矛盾的方法。《遥远的野玫瑰村》里的老奶奶独自一个人生活，但她觉得她有儿子有孙子，她说最大的女孩都十二岁啦，眼睛圆溜溜的，有一天就有这么一个十二岁的眼睛圆溜溜的女孩出现了，由此，老奶奶和小狗獾的故事开始了。

误会法和巧合法是童话作品结构的链接和纽带，推动着情节的发展，在使用的时候要安排得巧妙、合理、自然。

（三）运用幽默童趣的语言

创作童话得有好的素材和恰当的技巧，但这还不够，还需要善用儿童喜爱的幽默童趣的语言。《不不园》里"茂茂的嘴巴，从早点吃的鸡蛋，到午饭吃的鱼都抹在上头，还有什么酱油啊、果子酱啊、黄油啊、饼干渣儿啊、奶糖啊、牛奶呀，所有这些玩意儿，也都沾在嘴巴上。他的脸蛋儿上，还有用蜡笔画的画儿，脑门儿和鼻子尖儿上，都是泥巴！"多脏的茂茂，大灰狼看看胖茂茂真不想吃了，最后还是舍不得，于是想想还是洗洗再吃吧。小熊温尼·菩坐着气球飞到高处偷吃蜂蜜，蜜蜂扑过来蛰，温尼·菩慌张离去，还不忘说："这些蜂品种不好，酿出来的蜜也不会好吃。"这些幽默童趣的语言把脏脏的茂茂、爱干净的大灰狼、淘气的温尼·菩活灵活现地展现在我们的面前。幽默童趣的语言，是作者可贵的"童心"和"爱心"的延续，只有充满对儿童的热爱，才能写出儿童喜爱的语言来。郑渊洁说："我希望我的童话能使孩子们快活，能驱除他们身上的老气。还希望他们有个性，有幽默感，想象力丰富。"如果你热爱儿童，爱好写作，拿起笔来，开始童话的创作吧。

三　童话的改编

幼儿，认知能力尚处于低级阶段，注意力不太集中。篇幅较长、情节纷繁的童话暂时不适合他们阅读。把较长、较复杂的童话提供给幼儿前需要进行改写。改写的要求如下。

（一）要做到短

短即将原作的篇幅改短。一般来说，给大龄儿童阅读的童话内容丰富，篇幅一般比较长。给幼儿听讲的故事以千字左右为宜。

例如，《白雪公主》原文这样开头：

冬天，雪花像羽毛一样从天上落下来。一个王后坐在乌木框子窗边缝衣服。她一面缝衣服，一面抬头看看雪，缝针就把指头戳破了，流出血来，有三滴血滴到雪上。鲜红的血衬着白雪，非常美丽，于是她想："我希望有一个孩子，皮肤白里泛红，头发像这乌木框子一样黑。"不久她生了一个女孩，皮肤像雪那么白净，嘴唇像血那么鲜红，头发像乌木那么黑，她给她取了一个名字，叫"白雪公主"。

改写后的《白雪公主》这样开头：

从前有一位王后，生了一个女儿，她的皮肤像雪一样白，王后就给她取了个漂亮的名字叫

"白雪公主"。

原文修饰性的语言太多，幼儿还不具备欣赏优美语句的能力，而改后简洁明了，适合幼儿的阅读特点。

再如，王尔德的《自私的巨人》，韦苇将其修改成幼儿童话，叫《巨人的花园》。文中简化了不少冬天自然环境的描写和巨人心理活动的描写，代替的是巨人的动作描写，将两千多字的大篇幅改写成六百字的小篇幅。这样改写，突出了重点，切合了幼儿的阅读偏好。

（二）要做到浅

浅即是简化主题。有些作品，主题比较深刻、多义，幼儿难以理解，要改编成幼儿易于接受的童话，就要简化主题，使它单纯明确。

例如，《列那狐的故事》本是中世纪法国市民阶层的讽刺文学，它以一只外表文雅其实狡黠的狐狸列那为中心，描写他与其他动物的交往纷争，反映了当时封建社会中各阶层之间的矛盾及统治阶级丑恶、腐朽的面目，寓意深刻，而改编后的《狐狸列那怎样偷鱼》《真假狐皮》则舍弃原来的主题和隐喻的社会内容，只突出狐狸列那聪明狡猾的性格，成为一种智慧故事。再如，《巨人的花园》，原作《自私的巨人》是王尔德极富有优美诗情的一部作品。改编删去了多年后巨人老去、死亡的情况，而突出了巨人的动作和巨人的花园的美丽景象的描写，将有宗教色彩的主题，即"给巨人的花园带来春天的是为人类受苦受难的耶稣"改写成"春天与孩子同在"的主旨。

在压缩了篇幅、简化了情节后，改编者还要对作品不断打磨和修改，这就需要改编者有敏锐的艺术感受力和较高的审美创造能力，能运用"幼儿化"的语言即动态感、色彩感及音响感强的语言传达给低幼儿童，并且反复推敲字、词、句，以改编出体现幼儿特色的鲜活的、有生气的幼儿童话。

四 童话的讲述

儿童喜欢听故事，心理学称之为儿童的"故事情结"。而童话正是故事的一个重要组成部分。

美国吉姆·崔利斯在《朗读手册》中提道："童话故事之所以特别，在于它可以表达孩子的心灵及热情，童话教孩子了解一个事实，那就是世界有冷酷及残忍的一面，孩子将必须亲自面对。童话也同时告诉孩子什么是勇气及冒险。它建议孩子拿出勇气去面对世界的挑战。"

对于尚未识字的学前儿童来说，童话的接受需要通过家长和教师的朗读来完成。作为未来的幼儿教师，要带领儿童畅游在童话的世界中，就必须掌握童话的讲述技巧。

（一）引入

学前儿童注意力容易分散，教师可以设计一个有趣的开头以激发他们的兴趣，引起他们对所要讲述童话的注意。

例如，教师在讲《枪炮国去打糖果国》时，可以这样设计："小朋友们都喜欢吃糖果，糖果甜甜的。今天老师要给你们讲到的童话里就有各种各样的糖果，这些糖果还是武器呢。让我们一起来听一听杨楠的《枪炮国去打糖果国》吧。"

例如，教师在讲《月亮的大衣》时，可以这样设计："小朋友们每天都穿着漂亮的、帅气的衣服来上学，那你们有没有想过月亮也穿衣服吗？我们一起来读一读《月亮的大衣》吧。"

这样的开头，将童话故事与小朋友的日常生活拉近，勾起注意力不稳定的学前儿童的好奇心，保证其有足够的耐心兴致盎然地听完整个故事。

（二）讲述

给儿童讲童话故事，需要在熟练的基础上做到口语化，并且语速平缓。童话语言一般分为叙述语言和角色语言，这就要求讲述者能将叙述语言与角色语言区分开。叙述语言一般偏中性、客观，语调平稳，不温不火，前后连贯，要注意朗读时的停顿、重音及作品内在情感的起伏。而角色语言则是个性化的语言，需要讲述者把握角色的性别、年龄、性格、品德等特质。比如，《老蜘蛛的一百张床》中的老蜘蛛都一百岁了，年纪大，声音自然是沙哑、略带颤音的。在故事的开头他被吵醒时，老蜘蛛咆哮如雷，在表达"小东西，你以为这是谁的床"时，声音可粗大，充满着愤怒和不耐烦；在故事的最后，老蜘蛛接受了一群吵吵闹闹的小家伙们，就连他自己也大声喊起来，在表达"真好玩，真好玩，孩子们，一块跳啊，一块唱啊"时，声音可放得更加粗大，这里要体现老蜘蛛作为长者的慈爱心肠。

在讲述童话故事的过程中，态势语是必不可少的。态势语包含身姿、手势、表情、眼神等手段。比如，在《月亮的大衣》中，讲到"冬天的一个夜晚，很冷很冷"时，可双手抱胸、腿稍微下屈，瑟缩发抖。讲到"他先量了月亮的尺寸，接着裁布，缝好，再钉上扣子"时，可作出用尺子量尺寸，用剪刀裁布和用针缝衣服、钉扣子的动作，配合这些动作，语速可相应放得缓慢一些。

幼儿老师在娓娓道来的童话故事讲述过程中，如果能将童话中涉及的每一个角色都用富有感染力的音色表现出来，并且附加上自然的、稍微夸张的态势语，就能将文字的童话变成一幅幅生动的画面，把儿童带入童话故事情境中去。

（三）结束

给儿童讲述完童话故事，并不代表着故事活动的结束。幼儿教师可以在讲完童话故事后，通过问题的形式等引领儿童回忆故事情节，激发他们的潜能：（1）可通过提示让儿童完成主要人物、情节的复述。（2）请儿童思考如果自己是主人公，会怎么做，并和其他儿童交流想法。如教师在讲完《鹿树》后可以问："如果你是小鹿，你愿意做一棵让小鸟做窝的树吗？"（3）请儿童为童话故事添加情节，添加情节可放在童话重复叙事部分。如在《枪炮国去打糖果国》中，可以让儿童说说还有什么样的糖果可以当做什么武器来保卫糖果国。（4）最后，还可以请儿童通过故事表演、绘画等方式表达自己对这个童话故事的理解。

 作品选读

1. 去 年 的 树

新美南吉　孙幼军 译

一棵树和一只鸟儿是好朋友。鸟儿坐在树枝上，天天给树唱歌。树呢，天天听着鸟儿唱。

日子一天天过去，寒冷的冬天就要来到了。鸟儿必须离开树，飞到很远很远的南方去。

树对鸟儿说：

"再见了，小鸟！明年请你再回来，还唱歌儿给我听。"

鸟儿说："好的，我明年一定回来，给你唱歌。请等着我吧！"鸟儿说完，就向着南方飞去了。

春天又来了。原野上、森林里的雪都融化了。鸟儿又回到这里，找她的好朋友树来了。

可是，发生了什么事情呢？树，不见了，只剩下树根留在那里。

"立在这儿的那棵树，到什么地方去了呢？"鸟儿问树根。

树根回答："伐木人用斧子把他砍倒，拉到山谷里去了。"

鸟儿向山谷里飞去。

山谷里有个很大的工厂，锯木头的声音"沙——沙——"地响着。鸟儿落在工厂的大门上。她问大门说："门先生，我的好朋友树在哪儿，您知道吗？"

大门回答说：

"树么，在厂子里给切成细条条儿，做成火柴，运到那边的村子里卖掉了。"

鸟儿向村子里飞去。

在一盏煤油灯旁，坐着个小女孩儿。鸟儿问女孩儿说："小姑娘，请告诉我，你知道火柴在哪儿吗？"

小女孩儿回答说：

"火柴已经用光了。可是，火柴点燃的火，还在这盏灯里亮着。"

鸟儿睁大眼睛，盯着灯火看了一会儿。

接着，她就唱起去年唱过的歌，给灯火听。

唱完了歌儿，鸟儿又对着灯火看了一会儿，就飞走了。

2. 鹿 树

王宜振

一只鹿在原野上跑，一个树根叫住了它。

树根说："鹿小弟，我原来是一棵树。树被伐走了，只剩下根留在这里。可是，树给一只小鸟许过愿，答应他明年春天来了，他可以在树上做窝下蛋孵娃娃。可是，树没有了……"树根说着，伤心地流下了眼泪。

鹿说："小鸟什么时候回来呢？"

树根说："也许就在明天，也许就在后天。"

鹿说："放心吧，我一定会帮你的。"

鹿回到家，把自己精心装扮一番。哈哈，它完全变成了一棵树的模样。它那枝丫般的鹿角上还长着一些树叶儿，风儿一吹，树叶儿沙沙作响，像在唱一首美妙的歌。枝丫间，还开着几朵小红花，远远望去，像绿叶间跳动的几簇红火焰，真美丽。

小鹿装扮好了，在镜子里照来照去，它感到很满意。第二天，它向那个树根走去。小蜜蜂看见这棵会跑的树，笑着说："你的花朵多香呀，我要在你的花朵里采蜜呢。"

小鹿说："采吧，采吧，反正我是一棵树。"

一只梅花雀看见了，追着这棵会跑的树，乐呵呵地说："你的枝丫多漂亮呀，我要在你的枝丫间做窝下蛋孵娃娃呢。"

小鹿说："我已经答应另一只鸟儿，它答应今天或者明天回来。"

"你不是有好几根枝丫吗？我就在你旁边的这根枝丫做窝好吗？"梅花雀请求道。

"好吧，好吧，反正树上还有三根枝丫呢。"

一会儿，又有一只小黄雀飞来了。它看见这棵会跑的树，惊奇地说："多美呀。我要是能在你的枝丫间做窝下蛋孵娃娃该多好啊！"

小鹿说："我已经答应梅花雀和一只今天或者明天从南方飞来的鸟儿了。"

"可是，它们只占两根枝丫呀，你还有两根枝丫哩。"

"好吧，好吧，反正树上还剩一根枝丫呢。"

一会儿，又有一只小杜鹃飞来了。它看见这棵会跑的树，高兴地说："真漂亮。你的那些枝丫能让我做窝下蛋孵娃娃吗？"

"可我已经只剩下一根枝丫了。"

"这根枝丫能不能留给我呢？"

"好吧，好吧，谁叫我是一棵树呢。树嘛，就是要住鸟儿的呀。"

还有一些鸟儿要来，小鹿只好拒绝了。

小鹿来到那个树根那里，树根惊奇地说："多美的一棵树呀。"

小鹿等呀，等呀，还不见那只小鸟回来。

梅花雀、小黄雀，还有小杜鹃已经在选好的枝丫间开始做窝了。那只小鸟还不见回来。

突然，空中响起"嘀哩哩、嘀哩哩"的鸟叫声。一只红嘴巴小鸟飞来了。它在空中盘旋了一会儿，就落在小鹿的一根枝丫上。

小鸟问："你是我的好朋友——那棵大树吗？"

小鹿说："是呀。才过了几个月，你就不认识老朋友啦。"

"可我的朋友又高又大呀。你，你怎么这样矮小呢。"

"是那个老巫婆给我施了魔法，我才变得又矮又小呢。"

"噢，原来是这样。那个可恶的老巫婆，真是坏透了！"

突然，小鸟眼睛一亮，看见枝丫间开着几朵小红花。也许是小红花那亮丽的光彩，点燃了小鸟那明亮的眼睛，小鸟惊奇地叫起来："我的老朋友是一棵不会开花的树，可你的枝丫间怎么会开出花朵呢？"

"是那个老巫婆给我施了魔法，我就变成一棵会开花的树啦。"

"噢，原来是这样。那个可恶的老巫婆，鬼点子真多。"

小鹿编了一大套谎言，它真有点儿感到好笑。它差点忍不住笑出声来。它高兴地在地上转了三个圆圈儿。

"我的老朋友是一棵不会走路的树，你怎么会走起路来呢？"

"是那个老巫婆给我施了魔法，我就变成一棵会走路的树啦。"

"噢，原来是这样。那个可恶的老巫婆，花样儿真多。"

"是那个老巫婆，使我变成了这个样子。真对不起，差点儿让老朋友认不出来了。"

小鸟起初觉得它的老朋友变成这副样子有点儿怪，可现在觉得这副样子挺滑稽，挺可爱。它决定在这棵树的枝丫间做窝下蛋孵娃娃啦。它看见这棵树的三根枝丫间已经有鸟儿在做窝，就问："老朋友，这儿已经有三只鸟儿做窝了，还有我的地方吗？"

"当然有。这是我去年答应你的呀。"

于是，梅花雀、小黄雀，还有小杜鹃和这只鸟儿，一起在鹿的枝丫间做窝下蛋孵娃娃。过了一些日子，鸟娃娃孵出来了，大鸟和小鸟一起唱歌，真快活。

小鹿走到哪里，哪里都会投来羡慕的目光，大伙儿说："多有趣儿呀，一棵会跑会跳会唱歌的鹿树。"

3. 天蓝色的种子

中川李枝子　安伟邦 译

雄治在原野里放模型飞机。

这时候，森林里的狐狸跑来说："呀，这飞机真好！雄治，把飞机送给我吧！"

"不能给，他是我的宝贝嘛。"

"那，跟我的宝贝交换吧。"狐狸说着，从兜里掏出一颗天蓝色的种子。

雄治用飞机换了种子。

他回到家，把种子种在院子正当中，又浇了好多水，还用蜡笔在图画纸上写好"天蓝色的种子"，立在那里。

"已经发芽了吧？"第二天大清早，他去一看，咦，呀！土里长出了天蓝色的房子，像豆粒一般大。

"长出房子啦，长出房子啦！"

雄治急忙拿来喷壶，给小小的房子浇上水。

"长大吧，长大吧。"

天蓝色的房子又长大了一点儿。

"咦，真棒，这是我的家呀！"小鸡跑过来，进去了。

天蓝色的房子又长大了一点儿。

"咦，真棒，这儿有我的家！"小猫走来，也进去了。

天蓝色的房子不停地长大。"咦，真棒，做我的家可真不坏呀！"小猪也来了。

"雄治呀，这真是好房子啊！"

窗户上，小鸡、小猫和小猪，快乐的脸儿排成一行。

照着阳光，还浇上水，天蓝色的房子长得更大了。

"真棒，是我的家呀！"这一回雄治进去了。

这时候，太郎和花子来玩了，阿茂、阿广和久美子也来了。

天蓝色的房子，一刻也不停地长大。

兔子、松鼠和鸽子来了，野猪和狐狸来了。大象爸爸、大象妈妈和小象也来了。

尽管这样，天蓝色的房子还是越长越大，终于长成了像城堡一样的漂亮楼房。

"让我进来！"

"也让我进来！"

城镇中的孩子们，都来到房子里。

森林里的动物，也陆陆续续赶来了。

狐狸也跑过来，睁圆眼睛："呀，了不起，多大的房子啊！"

"喂——狐狸，这是天蓝色种子长出的房子啊！"

"呀——吓一跳！"狐狸跳起来说："雄治，飞机还给你，你也把这房子还给我！"

接着，他大声喊："喂——这房子是我的，请不要进去，大家都出来！"

门打开，出来一百个孩子，一百只兽和一百只鸟。

狐狸大摇大摆走进房子，马上把门上了锁，满屋转着跑，把窗户一扇一扇全关上了。

天蓝色的房子突然长得更大。

"啊，不得了，要碰上太阳了！"

正在雄治喊时，房屋猛烈摇动，好像天蓝色的花瓣散落一样，屋顶、墙壁和窗户，都崩塌了。

大家抱着脑袋，趴在地上。

等了一会儿，雄治抬起头一看，哪儿也没有天蓝色的房子，只有写着"天蓝色的种子"的图画纸立在那里。还有，那旁边，吓昏了的狐狸正直挺挺躺着呢。

4. 老蜘蛛的一百张床

安武林

在一个森林里，住着一只一百岁的老蜘蛛。一百岁的老蜘蛛有一百张床，一百张床一张比一张大。

老蜘蛛一岁用一张床，还得在这张床上做一个长长的梦。梦醒以后，老蜘蛛就兴高采烈地说："啊哈，我又该换一张床啦。"

拥有一百张床，在一百张床上做一百个梦，老蜘蛛就可以变成精了。所有的蜘蛛都是这样一点一点变成精的。

老蜘蛛在第一百张床上，已经做了九十九个梦，刚刚开始做第一百个梦。它想，当我一觉醒来的时候，自己竟然变成了精，那该是多么快活的一件事啊。

老蜘蛛刚刚入梦，它梦见自己正向一座金碧辉煌的宫殿走去。突然，它被吵醒了。

有一只小松鼠，在树上跳来跳去，快活地跳着舞。它越跳越快，越跳越远，最后竟然跳到老蜘蛛的一百张床那个地方了。

咦，那是什么东西？小松鼠发现了老蜘蛛最小的那张床。小松鼠一分神，不小心从树上掉了下来。

哈，真巧，它被弹了起来，它落在老蜘蛛最小的那张床上了。

那是一张精致而又漂亮的床，小松鼠惊奇极了。它想，这是哪个宝宝睡过的床呢？睡过这张床的人，肯定既快乐又幸福。

"谁的床？这是谁的床？"

小松鼠不停地走着，不停地喊着。

它发现一张床，又发现了一张床，床一张比一张大。噢，那个宝宝一年比一年大，肯定得换床呀。它想，这些床就像宝宝的影集一样有纪念意义哩。

小松鼠一边喊着，一边数着。

"谁的床？这是谁的床？一、二、三、四、五、六……"数到第一百张床的时候，它看到床上有一个庞然大物。好家伙，粗壮得像一棵大树的树根，还有许多长长的根须，怪吓人的。

"喂，这是你的床吗？"小松鼠问。

开始它是小声地问，后来它扯着嗓门喊开了。这时，老蜘蛛正梦见自己向金碧辉煌的宫殿跋涉呢。突然，它滑了一跤。

老蜘蛛很生气，它一生气就醒了。醒来后，它听见小松鼠在尖声尖气地喊："这是你的床吗？"

老蜘蛛咆哮如雷："小东西，你以为这是谁的床？"

小松鼠小心翼翼地指着别的床说："这些都是吗？"

老蜘蛛说："说吧，你有什么事？"

小松鼠说："我可以带朋友上那些床玩吗？"

"可以。只是别吵醒我，不然我会很很很生气的。"

小松鼠高兴地说了声"谢谢"就走了。它首先把这个好消息告诉了小白兔，小白兔是它最好的朋友嘛！小白兔又把这个好消息告诉了小花狗，小花狗又是小白兔的好朋友。于是，你传我，我传他，很多很多的朋友都来了。

小松鼠是最早发现老蜘蛛的床的，所以大家都听它的命令。小松鼠说："咱们可以在床上跳舞，也可以睡觉，但不能喧哗，更不能唱歌，因为老蜘蛛正在睡觉。我们吵醒它，麻烦可就大了，它是一个脾气古怪的人。"

一人一张床，大家都很高兴。可是，你闭上眼睛听一听，那儿好像没有一个人，因为大家都记着小松鼠的话，尽量不弄出响声来。

后来，来了一只大象。大象摇摇晃晃跳上第一张床，啊哈，真好玩呀！大象兴奋极了。它甩鼻子，摇尾巴，做鬼脸。大象觉得那样做还不尽兴，索性在床上跳开了大象舞。大象的脚踩在床上"咚咚咚"，像敲大鼓一样。"喂，小声一点。喂，小声一点！"别的朋友都在提醒他。大象更开心了。它还以为朋友朝它做怪动作是羡慕它呢，所以他用更大的力气踩脚了。大家看着它傻乎乎的样子，特别开心。刚开始，它们还怕大象吵醒老蜘蛛呢，后来，它们发现老蜘蛛没被吵醒，而大象又那么可笑，所以它们也跳开了，唱开了。

老蜘蛛梦见自己进了那座宫殿的大门，可是不知怎么搞的，他竟然在门槛上摔了一跤。这时，它醒了。"咚咚咚"，好吵呀，老蜘蛛本来是要生气的，但他听见了大象的歌声。他想，谁呀，歌声这么难听，声音还那么大。老蜘蛛睁开眼睛，哈，是大象。

老蜘蛛"哈"地怪笑一声，其他的人都不敢跳不敢唱了。老蜘蛛的笑声简直像个炸雷。大象却不管这些，他依然在自得其乐地跳啊唱啊。"真好玩，真好玩，孩子们，一块跳啊，一块唱啊！"老蜘蛛大声吆喝。它自己先在床上蹦开了。其他的朋友看见老蜘蛛不但没有生气，反而加入了他们的行列，也开始疯狂地玩了。

老蜘蛛一直觉得成精是最有意思的事，那是因为它没有遇见过更有意思的事。它做了九十九个梦之后，突然觉得成精是最没有意思的事。老蜘蛛没有成精，但它说，我找到了快乐和幸福。尤其是那头笨头笨脑的大象，有趣极啦！老蜘蛛说，快来呀，朋友们，我有一百张床，免费的。它的广告词写满了森林的每一片树叶。

5. 月亮的大衣

毕塞特 杨晓东 译

冬天的一个夜晚，很冷很冷，月亮向下望的时候，很羡慕地上的人们个个都穿着暖和的大衣。

我要是也有一件大衣就好了。她想。于是，她向月亮里的人说："帮我做件暖和的大衣，可以吗？"

"行！"月亮里的人说。他拖出缝纫机，摊开布料，拿出针线、扣子、剪刀和皮尺。

他先量了月亮的尺寸，接着裁布，缝好，再钉上扣子，忙活了半个月，大衣做好了。月亮试了试大衣，显然太大了。

"怪了！"月亮里的人挠挠头说。他拿出皮尺，给月亮再量一次身。这次月亮的身材细瘦多了，所以他拿出缝纫工具来，把大衣改小。

又过了半个月，大衣改好了。月亮又来试穿。哈，这次大衣太小了，因为月亮长胖了许多。

"你这样一阵子胖成圆球球，一阵子瘦成细条条，可叫我怎么给你做合身的大衣啊？"月亮里的人说。显然他很生气，但是他是个心肠特别好的人，帮人家的忙就总是会帮到底。他说："这样吧，我给你做两件大衣，一件你胖的时候穿，一件你瘦的时候穿。""那就太感谢你了！"月亮说。

大衣做好以后，月亮试着穿了穿，两件都挺合身的。不过，她穿上了大衣，当然就没有以前那么亮堂了。

地上的人们向上仰望的时候，只看到星星在闪光，却看不到月光。月亮里的人便开始犯愁了，说道："这样下去可不行啊！"他把月亮的大衣脱掉，让她通体发出光来。地上的人们向上仰望，看到了月亮，都很高兴，孩子们尤其乐得欢。有时他们见到月亮很胖，有时他们见到月亮很瘦，成了月牙儿，有时又压根儿看不见她。

"呀，今天晚上月亮穿上大衣了！"地上的人们说道。

"是的，"月亮说，"我穿上了大衣。这件大衣又好看又暖和。"

不过，她不是一直都穿着大衣的。

小星星们听说了月亮的大衣，也来了兴趣。

"我们也去请月亮里的人给我们做大衣。"他们说。

"不行啊！"月亮里的人说，"我没有办法给天上那么多星星每个都做一件大衣。那得用多少年哪！多少年才能给你们每人缝上一件大衣啊！再说，我上哪儿去找这么多衣料呀！"

后来，他想了个主意。他向所有的小云朵大声说："哎，小云朵们，大家都听好了，你们在晚上把星星裹起来，让他们都感觉身上暖和！"

星星们很感动。可是，月亮脱去大衣发光的时候，就太寂寞了。所以，只要月亮脱去大衣时，星星们便放云朵一晚的假，向月亮拼命地一闪一闪眨眼睛。月亮非常高兴，地上的人们也非常高兴，孩子们尤其高兴。

6. 字　河

毕塞特　杨晓东 译

从前有条字做成的河，河在向海里流，当所有的字都在变成故事书的时候，忽然来了一只小水獭，从河那边游过来，字被他一搅，秩序都乱掉了，本来是"从前有"就变成了"有从前"，搅得一团糟。

"唉！你真是个顽皮的水獭，"字河向那只名叫却利的水獭说道，"你把我们的故事给搅颠倒了。"

"实在抱歉得很！"却利说，"也许我再游回去会把字的次序排好。"

他游回去爬上岸，看着河里的字，"前有从，"他念道，"当然不对！"

可是，河打了个小小的旋涡，马上就把字的顺序排对了。"从前，"却利念道，"有只水獭，名字叫却利。"

"咦！这是我呀！我的名字就叫却利。这是个关于我的故事呢！"他太兴奋了，跳上又跳下的，脚下一滑摔进了河里，又把字给搅乱了。哼！字河可生气了。水獭尽他所能，赶快爬上岸，看着河里的字："水獭有利却前从。"糟透了！

"你还想看到什么？"字河说，"每次我们开始写，你就摔进来把字弄得七颠八倒。现在我们要重新开始。"

"从前有一只水獭，他的名字叫却利，住在字河的旁边。……下面怎么写呢？"

他们想来想去，却想不出一个关于却利的故事。所以却利说道："我来帮忙。"就从河旁走开，然后尽快地向字河奔过来，一下跳进河的正中央。后来，他游上岸，看着河里的字。（这次，他可把这些字搅和得很好。）

"从前有只很顽皮的水獭。"他念道，"有一天他遇到一只猫咪。"

"喵呜！"猫咪说，"你喜欢冰淇淋吗？"

"不喜欢。"却利说。

"喵呜！你喜欢牛奶吗？"

"不喜欢。"

"喵呜！你喜欢鱼吗？"

"喜欢。"

"喵呜！"猫咪说，"喂！你要是到我家来的话，我姑母会请你喝鱼茶，还有烤黄的面包、牛油和鱼子酱。"

"太好了！"却利说，"听你这么一说，我都觉得饿了。我要回家去喝下午茶了。字河，在我走以前，告诉我，你这个故事要怎么写下去。"

"这个故事要当做我们这本故事书里的第一个故事。"字河道。

却利很高兴。"太好了！"他说，"我要走了！再见！"

"再见！"字河道。

河里的字滚来滚去地拼成了"献给却利爱和吻"，然后他们推推挤挤地流进了故事书海。

7. 胡萝卜先生的胡子

王一梅

胡萝卜先生常常为胡子发愁。可他偏偏有着浓密的胡子，必须每天刮胡子。

有一天，胡萝卜先生匆匆忙忙刮了胡子，一边吃着果酱面包一边就上街去了。因为他是个近视眼，就没有发现漏刮了一根胡子。这根胡子长在下巴的右边，胡萝卜先生吃果酱面包的时候，胡子蘸到了甜甜的果酱。对一根胡子来说，果酱是多么好的营养啊！

于是，胡萝卜先生一步一步走的时候，这根胡子就在一点点地变长。只要回头看看胡萝卜先生走了多长的路，就可以知道胡萝卜先生的这根胡子已经长了多长了。

胡萝卜先生还在继续走。因为长胡子被风吹到了身体后面，胡萝卜先生是完全不知道的。

在很远的街口，有一个正在放风筝的男孩。他手中的线实在太短了，他的风筝才飞过屋顶。

胡萝卜先生的胡子刚好在风里飘动着。

"这绳子真够长的，就是不知道够不够牢固。"小男孩说完就扯了扯胡子，胡萝卜先生马上觉得有人在后面拉他。

男孩已经确定绳子够牢固的了，就剪了一段用来放风筝。

胡萝卜先生就继续往前走。当他走过鸟太太的树底下时，鸟太太正在找绳子晾小鸟的尿布。

胡萝卜先生的胡子刚好在风里飘动着。

于是，鸟太太剪了长长的一段胡子，绑在两根树枝的中间："这下好了，我总算找到一根够长的绳子了。"

胡萝卜先生就这样一直走，他的胡子一直长。当胡萝卜先生走进一家眼镜店的时候，他的胡子也就不再发疯一样地长了。由于一路上胡子派了许多用处，已经不是那么长了，就挂在他的肩膀上。胡萝卜先生开始掏钱为他的近视眼买眼镜。

眼镜店的白菜小姐是个非常机灵的女孩，她一边给胡萝卜先生戴上眼镜，一边说："如果你怕不小心把眼镜摔了，那么就在眼镜框上系一根绳子，然后挂在脖子上。"白菜小姐说这些话的时候，用那根胡子系住了眼镜。

当胡萝卜先生的眼镜不小心从鼻子上滑落下来的时候，他的胡子系住了眼镜。胡萝卜先生说："我的胡子真是太棒了。"

是的，胡萝卜先生的胡子确实是太棒了，大家都这么说。

8. 躲在树上的雨

张秋生

春天过去了。

小鼹鼠盼望着第一场夏雨的到来。他天天盼。

一个闷热的午后，小鼹鼠在洞里睡熟了，睡得好熟好熟。

一阵低沉的雷声，没有能惊醒他；一阵沙沙的大风，也没有惊醒他。紧接着，小鼹鼠盼望了好久的夏雨，"淅沥沙啦"地来了。

等到小鼹鼠睡醒了，他听到洞外仿佛有雨声，便一阵风似的冲了出去。

可是，晚了。雨停了，风停了，太阳公公从一朵云后面探出脸来，朝小鼹鼠笑着。

小鼹鼠笑不出来，他快要哭了，他好伤心。

这时，一只小黑熊走了过来，当他问清了小鼹鼠为什么不高兴时，就笑了。

他领着小鼹鼠来到一棵梧桐树下，小黑熊说：

"准备着吧，鼹鼠先生，今年的第一场夏雨来了！"说完，就使劲地摇着梧桐树。停在树叶上的水珠儿"淅沥沙啦"地落下来，就跟密密麻麻的雨点儿一样。

小鼹鼠抬着头，张开双臂喊了起来：

"哦，第一场夏雨来了，多凉快，多舒服，多叫人高兴！"

雨点儿把小鼹鼠淋了个痛快，小黑熊自己也湿透了。

小鼹鼠对小黑熊说：

"谢谢你，小黑熊先生。你送给了我一阵雨，一阵躲在树上的夏雨！"

9. 枪炮国去打糖果国

杨楠

有个国家叫枪炮国。枪炮国的国王最喜欢吃糖了。

他说:"啧啧,糖果甜甜的,真好吃!我真想吃呀,可惜我们枪炮国只有机关枪、大炮,就是没有糖果。"

大臣们一听,赶紧说:"我们的邻居是糖果国,有各种各样的糖果,什么奶油糖啊,水果夹心糖啊,巧克力糖啊,多得不得了,都堆成山了!我们可以去打他们呀,把他们的糖果全都抢过来,吃个痛快。"

老百姓们听到这话,都摇摇头说:"不行不行!欺负别的国家不好,这是侵略!"

可是,枪炮国国王偏偏同意大臣们的意见,他说:"我偏要侵略!"

消息传到糖果国,糖果国的大人们都很着急,说:"这可怎么办呢?咱们没有枪,没有炮,打不过枪炮国呀!"

糖果国的小朋友们说:"别急,咱们有很多很多糖果,有办法对付枪炮国!"

小朋友们用橡皮糖做城墙,枪炮国的炮弹打在橡皮糖城墙上就像打在软软的橡皮里面一样,没法爆炸。

枪炮国的国王气坏了,命令士兵们:"冲啊!快把橡皮糖城墙推倒!"

士兵们推倒了橡皮糖城墙,进去一看,哈哈!这里有座花花绿绿的糖山,几天几夜都吃不完!大家扑上去,每人都抓了一把糖吃起来。哎呀!这些糖一到嘴里,怎么就噼里啪啦跳起来?原来这是跳跳糖。

敌人以为是妖怪钻到他们嘴里去了,全都吓跑了。

枪炮国国王急得大叫:"回来!回来!"

可是,士兵们已经跑了一大半。好多胆小的士兵,说什么也不敢回来,只有一些胆大的士兵跑回来。

忽然站岗的卫兵跑进来喊:"唔唔!唔唔!"可惜谁也听不懂他们的话。原来,卫兵们吃了好多很黏很黏的麦芽糖,把牙齿都粘住了。他们本来想说:"报告!报告!"现在却变成了"唔唔!唔唔!"

枪炮国国王只好亲自跑出去看。一看,天上有好多好多泡泡糖气球飘过来。每只气球上都有一个糖果国的小朋友。他们乘着棉花糖降落伞跳下来,朝枪炮国国王开枪。那些子弹是弹子糖,把国王打得哇哇哇叫。

国王赶紧喊士兵们出来打仗。可是士兵们都睡在地上起不来——原来,他们吃了好多好多酒心巧克力糖,全都醉倒了!

枪炮国的国王和士兵们全都当了俘虏。糖果国胜利了!

糖果国的小朋友们为了庆祝胜利,做了好多好多糖果,送给别的国家。他们也给枪炮国老百姓每人送一盒。盒子上写:"送给喜欢和平的人!"

枪炮国的老百姓说:"以后,我们再也不打仗了!我们要向糖果国学习制造糖果,不再制造枪炮了!"

10. 小桑波遇上四只大老虎

班纳曼　韦苇 译

桑波是一个挺讨人喜欢的黑人男孩。妈妈给他做了一件很漂亮的红衣服和一条很好看的蓝裤子，爸爸给他买了一把绿伞和一双紫鞋子。小桑波高兴得不得了，忙着要进林子里去玩。

太阳在头上火辣辣地照着。小桑波撑起他的绿伞，沿着高低不平的矮树林小路，不慌不忙地往前走。

"桑波，我要吃掉你。"

小桑波扭头一看，是一只凶猛的老虎，他吓了一大跳。他对老虎说："求求你别吃我，我给你这件红衣服。"

"好的，你给我那件漂亮的红衣服，我就饶了你这一回。"

老虎穿上红上衣，越看越神气："这下，我就是林子里最漂亮的老虎了。"

小桑波被老虎要去了上衣，他继续往前走。

"桑波，我要吃掉你。"

又蹿出来一只老虎。小桑波又吓了一大跳。

"求求你，别吃我。我给你这条蓝裤子。"

"好的，你给我这条漂亮的蓝裤子，我就饶你一条命。"

这只老虎穿上了蓝裤子，它神气活现地说："这下，我就是林子里最漂亮的老虎了。"

小桑波没有了蓝裤子，他继续往前走。

"桑波，我要吃掉你。"

又蹿出另外一只老虎，可把小桑波给吓坏了。

"求求你，别吃我。我给你这双紫鞋子。"

老虎说话了："你说什么，鞋？！你给我那双鞋，我拿它们有什么用？你是两只脚，可我老虎是四只脚！"

小桑波挺机灵，说："你套在耳朵上，不就行了吗？"

"哦，倒也是啊，这是个好主意。好，你给我鞋，我就饶过你这一次。"

老虎把紫鞋子套在耳朵上，一下神气起来，说："这下，我就是林子里最漂亮的老虎了。"

可怜的小桑波被要走了鞋子，还继续往前走。

"小桑波，我要吃掉你。"

好家伙！又是一只大老虎，这下可把桑波的魂都吓掉了。

"求求你，别吃我。我把这把绿伞给你。"

老虎说："我走路得把四条腿全用上，哪儿还能有一只脚来打伞呢？"

"你——，你绑到尾巴上不就成了吗？"

"喔，倒也是啊。好的。我就饶了你这一遭。"

老虎把绿伞绑到了尾巴上，感觉自己一下神气多了，说："这下，我就是林子里最漂亮的老虎了。"

现在，小桑波的衣服、裤子、鞋和伞通通都被老虎拿走了。他呜呜地哭了，边哭边往前走。

突然，响起了一群老虎的声音——呼尔尔，呼尔尔，呼尔尔，呼尔尔。

"这可怎么办？这可怎么办？再来老虎要吃我，我可没有东西好给了！"

小桑波机灵，他一闪身，躲到了树后边，在那里偷偷瞅着。他看到四只老虎相互瞪着圆圆的大眼。

"我是林子里最漂亮的老虎！"

"我，是我！"

"不对！我才是！"

"你们三个都不是，是我！"

四只老虎都火气冲天，凶巴巴地争吵着，把衣服、裤子、伞和鞋都扔在了一边。

这时，小桑波说："衣服和伞什么的？你们都不要了吧？"

四只老虎只管一个劲地呼尔尔、呼尔尔没命地叫着，在那里围着树骨碌骨碌直转。

"那么，对不起，我就都拿回去了。"说着，小桑波悄悄地从树背后走出来，把自己的四样东西通通拿上。

老虎们越吵越生气，互相咬着尾巴转个没完，并且越转越快，不一会儿工夫，它们的耳朵啊尾巴啊，还有爪子啊，统统都看不见了，根本分不清哪只是哪只了。哎，哎，怎么啦，怎么啦，眼瞅着四只老虎一只只都化成了黄油啦！

"嚯！真是香喷喷的黄油哩，这么大一摊！"

就在四只老虎都化成黄油的当儿，小桑波的爸爸来了。爸爸见有这么多黄油，就回家拿来了一个大盆，把黄油都装在盆里，然后牵着桑波的小手，回家了。小桑波的妈妈见爷儿俩带回这么多黄油，高兴得一拍巴掌说："咱们就用这黄油来做烙饼吧。"

不多工夫，妈妈就端出了烤得黄生生的一盆烙饼，啊呀，那个香啊！妈妈吃了二十七个，爸爸吃了五十五个。小桑波吃了多少个，你猜猜！说出来吓你一跳，他一口气吃了一百九十六个，因为他实在太饿了。

11. 神奇的红气球

奥·拉牟利斯　沈碧娟　译

在巴黎，有个小男孩，他的名字叫帕司克尔。他没有兄弟姊妹，一个人在家里非常孤单。

一次，他捡了一只小猫带回家来；过了些时候，又捡了只小狗带回家来。他妈妈说，猫哇狗哇把脏东西都带到屋里来了。所以不久以后，帕司克尔又成了孤单单的一个，待在他妈妈的那间收拾得很干净的房间里。

有一天，他在上学的路上，看到一个很漂亮的红气球系在路灯的灯柱上。他把书包放在地上，爬上灯柱，解下这个红气球，带着它奔向公共汽车站。售票员按照章程，对旅客说，"不准带狗"，"不准带大件的行李"，"不准带气球上车"。

带狗的人只得步行了；带大件行李的人只得去乘出租汽车了；带气球的人只得把气球放掉了。帕司克尔不愿意放掉自己的气球，售票员就拉响了车铃，汽车丢下帕司克尔，开走了。帕司克尔步行了好长一段路才来到学校。当他赶到学校时，校门已经关了。一个学生迟到了，还带了一个气球来上学，这是从未听说过的事。帕司克尔想，他准要受处罚了，心里很发憷。后来，他想到了一个好主意，他把红气球交给了正在扫院子的看门人，然后，急匆匆地赶到教室。因为他是第一次迟到，所以老师没有处罚他。

看门人把红气球放在自己的房间里，放学以后，又把它还给了帕司克尔。

天下雨了。按照乘车的章程，帕司克尔不能带气球上车，只得走回家去。但是他要照看好气球，不让它被雨淋湿。这时，恰好有一位老伯伯走过，帕司克尔请求到他的伞下面躲躲雨，老伯伯答应了。帕司克尔从这把伞下换到那把伞下，好不容易走完了回家的路程。

他的妈妈看到他回来了，很高兴。但是当她知道今天早晨帕司克尔为了带一个气球上学迟到了，很生气。她夺走了这个气球，打开窗子，把气球放了出去。

平时，你要是放掉一个气球，它早飞掉了。可是帕司克尔的气球没有飞走，它盘旋在窗子的外边。帕司克尔隔着窗子看着这个气球，见它没有飞走，感到很惊讶。但是，他转念一想，又感到并不意外。他想：这个气球也许像一个好心的朋友，愿意同他在一起，愿意帮他做事情。他轻轻地打开窗子，把气球收进屋子，藏在房间里。

第二天，他去上学以前，打开窗子，把气球放了出去，并且告诉它，什么时候招呼它，它就回来。

他收拾起书包，和妈妈说了声"再见"，走下楼去。他走到街上时，大声地叫唤："气球！气球！"红气球飞下来，飞到他身旁，虽然没有绳子系着，却一直跟着他，像一只狗跟着它的主人一样。但是，也像狗一样，它不能样样按着主人的意愿行事。帕司克尔想带它穿过街，它却飞到前面去了，使他够也够不着。帕司克尔生气了，他装出满不在乎的样子往前走，好像根本就没有这个气球，好像这个气球没有跟着他上街，而是藏在家里的一个墙角里。气球着急了，赶忙来追上它的主人。

他们来到公共汽车站。帕司克尔对气球说："喂，跟着我，不要让汽车把你给甩了。"

在巴黎街头，发生了一件令人惊讶的事情：一个红气球紧跟着汽车，在它后面飘哇飘哇，一直跟随它的小主人到达目的地。

帕司克尔到学校时，这个气球又飘走了，它不让别人抓住它。一会儿，上课的铃声响了，校门快要关上了，帕司克尔不得不独个儿急急忙忙地走进教室。他心里很发怵。

红气球在学校的墙上面飘。孩子们站队时，它又飞到他们后面，和他们排成一排。老师看到这个红气球，非常惊讶。孩子们排队走进教室，这个气球也想跟进去，孩子们都高声地叫喊起来。这件事惊动了校长，他跑来看教室里发生了什么事。

校长看到了这个红气球，想抓住它，把它放到门外去，可是怎么抓也抓不住。最后，他只能一把抓住帕司克尔，把他带出教室。红气球也紧紧地跟着他们。

校长有紧要的公事要到市政厅去。他不知道该怎样对付帕司克尔和他的红气球。他把帕司克尔锁在办公室里，心想，气球一定会盘桓在门的外边。

可是红气球偏偏不这样。它看见校长锁上了门，把钥匙放进口袋里，走上了街头，它就紧跟在他的后面。街上的人都跟校长很熟悉，他们看见校长走过去，后面跟着一个红气球，都摇头说："这个校长大概是在开玩笑，校长应当有一定尊严，不该像学校的男孩子那样闹着玩。"

这个可怜的校长想方设法要抓住这个红气球，可是怎么也抓不住。他没法可想，只好不去管它。红气球飘到市政厅的外面停了下来。校长进去办事，气球在外面等着他。校长办完事情以后要回学校去，红气球仍然紧紧地跟在他的后面。

校长将帕司克尔从办公室里放出来。他摆脱了帕司克尔和他的气球，松了一口气。

帕司克尔在回家的路上，看到一幅街头广告画，画面上，一个小女孩带着一个铁环。帕司克尔想，要是我有那样一个朋友，该多好哇！正在这时，他真的遇见一个小女孩，长相同画上的一模一样。这个小女孩穿着一身漂亮的白裙子，手里还牵着一个蓝色的气球。

帕司克尔想，这个小女孩一定已经发现他的红气球有一种神奇的力量。他想抓住这个气球，可是怎么抓也抓不到。小女孩笑了。帕司克尔很恼火，他自言自语地说："有一只神奇的气球，假如它不能听人使唤，那又有什么用呢？"正在这时，有几个粗野的邻居的男孩子走来，他们想要抓住跟在帕司克尔后面的这个气球，气球一看情况不妙，立刻飞向帕司克尔。帕司克尔一把抓住气球，奔跑起来。但是，另外一边又跑来了许多男孩子，把他围住了。

帕司克尔放掉了他的气球，红气球高高地飞上了天空。

男孩子们都抬起头来看。帕司克尔从他们身边跑过，一直跑到街屋的最高一级台阶上。他在那里招呼他的气球。红气球听到招呼，立刻来到他的身边。那群男孩子看到这个情景，都非常惊讶。

帕司克尔带着他的红气球平安地回家了。第二天是星期天，帕司克尔要上教堂去做礼拜，他在离家以前，告诉他的气球，要它好好地待在家里，不要弄坏任何东西，更不要出去乱跑。可是红气球却不听他的嘱咐，随心所欲。帕司克尔和他的妈妈坐在教堂里，红气球也紧跟在他们后面，出现在教堂里，安静地飘在半空中。一个教堂里怎么可以有个气球呢？这么一来，每个人都望着气球，没有人再安心做礼拜了。帕司克尔不得不赶快离开。一个教堂的卫兵跟了出去。红气球不懂事，它当然不知道什么该做，什么不该做，帕司克尔真为它发愁。

帕司克尔坐在街上，肚子渐渐有点饿了，他身上有几个钱，可以买一份拼盘点心。他走进一家点心店。在进门以前，他对红气球说："好好地等着我，不要走开。"红气球很听话，没有走远，只是飘到商店的拐角里去晒晒太阳，可是它已经飘得太远了。前天就想抓住它的那帮男孩子发现了它，觉得现在正是个好机会。他们趁人不注意，跳起来抓住了这个红气球，跑了。

帕司克尔走出点心店，发现红气球不见了，四面八方地寻找，还抬头往天空看。他以为，红气球不听他的话，擅自离开了。他高声地叫喊，把嗓子都喊哑了，可是红气球没有回来。

这一帮男孩子把红气球系在一根粗绳子上，想要叫它变魔术。一个男孩子说："我们要让人们看到这个神奇的气球变魔术。"他拿着一根棍子对着红气球大声吆喝："来，快到这里来，否则我就要把你扎破。"

幸而帕司克尔隔墙看到了那个红气球，它被那根粗绳子拖着，拼命地在挣扎。帕司克尔呼唤着它。

红气球听到帕司克尔的声音，立刻朝他飞来。帕司克尔急忙解开绳子，带着他的红气球飞快地跑掉了。

男孩子们追了上来，狂呼乱叫，惹得街上的行人都停下来观看。看样子，好像是帕司克尔偷了那些男孩子们的气球。帕司克尔想，应当躲到人群中去。可是他无论跑到哪里，一只红气球总是十分显眼，人人都能看到。

帕司克尔在小巷中东窜西奔，想甩掉那些男孩子。

那帮男孩子追呀追，追到一个地方，发现帕司克尔不见了，他们不知道帕司克尔朝哪个方向拐弯了。他们分成了几个小组，继续追。这时帕司克尔以为他已经躲过了这帮男孩子，便四面张望，想找个地方休息。他绕到一个拐角里，恰好又碰上了一群男孩子。他从原路往回跑，嗨，碰上了更多的男孩子。他发急了，拼命地跑，跑到另一条街上。前面就是一块空地。他想，到了那里就安全了。

突然间，男孩子们从四面八方跑来了，他们将帕司克尔团团包围起来。帕司克尔放掉了他的红气球。这时，男孩子们不再去追赶气球，他们向帕司克尔进攻了。红气球飘了一段路，它看到帕司克尔在进行搏斗，又飞了回来。男孩子们对着红气球扔起石头来。

"快飞走！气球，快飞走！"帕司克尔大声喊叫着，但是红气球不愿离开它的朋友。

有一块石头打中了红气球，气球破了。

帕司克尔对着他的破了的红气球伤心地哭泣着。这时，一件奇怪的事情发生了：四面八方的气球都飞了起来，排成一长串，高高地飞向天空。所有的气球都起来反抗了！巴黎全城的气球都飞到了帕司克尔的身边，围着他跳舞。所有气球上的线绳扭在一起，扭成了一股粗绳，把帕司克尔拽起来，高高地举到空中。帕司克尔得到了一次多么奇妙的环球旅行啊！

12. 狮子的吼声

于尔克·舒比格

有一只生了重病的狮子大吼一声，它的吼声冲向远方。在远方的尽头长着一株荆棘，吼声就这样缠挂在荆棘上。它当然想尽办法要挣脱，但是它越用力就缠得越紧。经过几个小时、几天、几个星期之后，它终于挣脱了。它赶紧跑回去找狮子，但是狮子早已经死了。在大太阳底下，狮子的尸体已经腐烂发臭，许多鸟单脚停在它的肋骨上，昆虫也在它的耳朵里筑巢。

在这里必须说明一下，这不是吼声第一次迟到。狮子还活着的时候，它就偶尔会迟到。通常在这个时候，它也没办法骂它，因为这一刻它根本没有声音，它还得先向吼声借声音。吼声没有了狮子怎么办？这样长久下去总是不行。它希望有个落脚的地方，但是它找不到想换声音的狮子。声音总是自己的好。要是羚羊肯换声音，对他们一定有好处。但是每次他们只要一听到狮子的吼声，就吓跑了，根本不听它的请求。

吼声开始慢慢绝望。突然，有一只小老鼠出现在它面前。小老鼠在远处听到吼声的话，小老鼠想换个声音。喂！狮子的吼声，到我这里来，我在喉咙里清个位置给你，小老鼠吱吱地叫。

到你喉咙里？吼声大吼。

小老鼠二话不说，已经把自己的声音赶走了，把狮子的吼声捡起来。对吼声来说，这一切发生得太快了，但是它没有拒绝。地方虽然窄了一点，但总比孤孤单单的好，它想。

这时在外面的吱吱声问：那我现在怎么办？小老鼠大声吼叫：不要在我耳朵里搔痒，走开！

没有了老鼠，吱吱声怎么办？我得把故事讲完。吱吱声离开了，它去寻找新的家。在邻近的山坡上，它发现了一个舒适的老鼠洞，而且是空的，它就在这里住了下来。吱吱声每天都在等待令人惧怕的老鼠吼声，它每天傍晚都会穿过原野，经过这里。只要老鼠的吼声一经过，地面震动，树上长了蛀虫的果子就会掉下来。我的狮子！吱吱声小声叫着，然后它总是在近乎幸福的赞叹声中睡着。

训练与拓展

1. 文学童话和民间童话的区别有哪些？小说童话和传统故事童话有什么区别？

2. 有一个很奇怪的现象，我们大多数人一写童话，十有八九近于寓言而不像童话，你觉得原因在哪里？

3. 童话是安全的，它有一个圆形的结构，从妈妈身边飞走的孩子最终都要回到妈妈的身边；对儿童而言，《聊斋志异》里的鬼故事则存在不安全性。阅读汤汤《在你的心里躲一躲》一书中的鬼故事与《聊斋志异》里的鬼故事，试比较两者的区别。

4. 认真阅读作品选读中的《神奇的红气球》，说一说它运用了哪些基本的表现手法。这篇作品篇幅相对较长，试着将它改写成适合幼儿阅读的童话。

5. 童话因为有着丰富的想象、离奇的情节、精巧的构思、拟人化的人物形象而得到儿童的喜爱。试着发挥你的想象力，以"月亮"和"烟囱"为主要意象，创作一篇富有童趣的童话作品。

6. 童话中以"树"为主角或以"树"为道具的作品有很多，除了作品选读中的几篇，还有《一棵倒长的树》《一棵会走路的树》《梅花鹿的角树》，等等，阅读这些作品，试着写一篇以"树"为主角或道具的童话作品。

资料链接

1. 文选与案例

（1）童话研究专家舒伟教授认为："童话的特征主要体现在三个方面：童话的本质属性——爱的礼物；童话的美学特征——童话的幻想性（非写实性与荒诞性）和美丽动人；童话的艺术特征——亦真亦幻的叙述艺术，是神奇性与写实性的完美结合"。英国童话大师托尔金认为："童话故事从根本上不是关注事物的可能性，而是关注愿望的满足性。如果它们激起了愿望，并在满足愿望的同时，又经常令人难忘地刺激了愿望，那么童话故事就成功了。"阅读舒伟的《走进童话奇境——中西童话文学新论》，谈谈你对上述观点的认识与理解。

（2）有一篇在网上流传很广的文章，叫《美国老师是如何讲〈灰姑娘〉的》，这篇文章的影响特别大，有人就此批判国内教育，认为国内教育需向国外教育看齐，这种看法虽然有些偏颇，但是这篇文章让我们看到一种不一样的思维，我们很多教师及家长认为不真实的、虚幻的童话故事其实是和我们孩子的成长密切相关的。幼儿教师最需要做的是换个角度来引导儿童读童话，让快乐的童话成为伴随他们心灵成长的神奇能量。阅读此文，并交流你的看法。

请在作品选读中找出一篇童话，也可以是自己喜欢的一篇童话，试着设计一堂别开生面的童话阅读欣赏课。

2. 图书推荐

（1）米尔恩：《小熊温尼·菩》

（2）怀特：《哑天鹅的故事》

（3）罗大里：《洋葱头历险记》《电话里的童话》

（4）中川李枝子：《不不园》

（5）特拉芙斯：《随风而来的玛丽阿姨》

（6）林格伦：《长袜子皮皮》《小飞人卡尔松》

（7）达尔：《了不起的狐狸爸爸》《查理在巧克力工厂》

（8）凯斯特纳：《5月35日》

（9）格里帕里：《布罗卡街童话故事集》

（10）法杰恩：《小书房》

（11）安房直子：《风与树的歌》

（12）孙幼军：《小狗的小房子》

（13）周锐：《阿嗡大王》

（14）冰波：《月光下的肚肚狼》《蓝鲸的眼睛》

（15）王一梅：《鼹鼠的月亮河》

（16）汤汤：《到你的心里躲一躲》

（17）陈诗哥：《童话之书》

（18）于尔克·舒比格：《当世界年纪还小的时候》

单元六

图画文学

学习目标

1. 认识儿童图画文学的概念；
2. 把握儿童图画文学的艺术特征；
3. 认识儿童图画文学的独特功用；
4. 认识儿童图画书的结构；
5. 掌握欣赏儿童图画文学的方法；
6. 掌握儿童图画文学创编的方法。

基础理论

在儿童文学诸文体中，图画文学经过一百多年的发展，已成为儿童文学的新宠，是儿童早期阅读极其重要的资源。图画文学是图画与文学的联姻，而儿童是天生的图像阅读者，不识字或识字不多的儿童能依靠图画中的色彩、线条、形象、构图等信息来达成对世界的早期认知。图画文学是引导儿童进入阅读殿堂的第一任向导，图画书阅读能够培养儿童阅读的习惯与兴趣，激活他们的语言潜能。

第一节　图画文学的定义与发生发展

图画书是为儿童
量身定做的书

一　图画文学的定义

图画文学在不同的时代和不同的地区有不同的称谓。在英语国家，它被称为"Picture Book"，直译为"图画书"；在日本和中国台湾地区，多被称为"绘本"；在中国大陆地区，图画文学有"图画书""绘本""图画读物""图画故事""图画文学"等称谓。

　　日本著名图画文学研究者松居直认为："图画书是用再创造的方法把语言和绘画这两种艺术，不失特性地结合在一起，形象地表现为书这种独特的物质状态。"中国台湾学者郝广才认为："图画书是运用一组图画，去表达一个故事或一个像故事的主题。"我国学者彭懿则认为："图画书是用图画与文字共同叙述一个完整的故事，是图文合奏。""它是透过图画与文字这两种媒介在两个不同层面上交织互动来讲述故事的一门艺术。"尽管这些定义说法不一，却都指出了图画书中图和文的基础特质及他们共同作用于图画书所达到的讲述故事的最终效果。故事属于文学的范畴，"故事"是图画书的线，它牵引甚至统领着图和文，图画书的最终指向是"文学"。

　　图画文学大致可以定义为：图画文学是主要以儿童为阅读主体，以绘画和文学语言两种媒介相互补充和融合，共同讲述故事的一种特殊的儿童文学样式。它的特殊性在于故事统领图和文，儿童在阅读中积极参与了图文合奏所产生的故事的建构，虽然它的外部形态是图画，但它的基础是文学。

　　图画文学这个概念本身就剔除了以传达科学知识为主的图画书，同时它又区别于儿童认字识物的画册、游戏书等。我们可以把图画文学分为无字图画文学和图文并茂的图画文学两类。

（一）无字图画文学

　　无字图画文学指的是完全用图画来讲述故事的图画文学，在画面中不出现文字，只用图画来传达作者所要表达的内容。朱自强认为图画文学中"'故事'是高高在上的灵魂，统领着文字和图画，因此图画文学的功能指向是'文学'"。在无字图画文学中，图画作为显在的语言讲述故事，文字作为隐性的语言把图画串联起来，使整本书成为一个有机整体，给读者带去特殊的阅读感觉。莫妮克·弗利克斯的"小老鼠无字书系列"、雷蒙·布力格的《雪人》等，都是无字图画文学的典范。

（二）图文并茂的图画文学

　　大部分图画文学是图画和文字相结合的，图文并茂。这类图画文学中的图画和文字两方并不存在主次之分，它们不是依附和被依附、解释和被解释的关系，而是互相依赖、彼此合作、互相促成的关系。佩里·诺德曼在《阅读儿童文学的乐趣》里指出："一本图画书至少包含三种故事：文字讲的故事、图画暗示的故事，以及两者结合后所产生的故事。"

　　以文字的多少来看的话，图文并茂的图画书也有着不同的表现形式，一种是图画为主，文字较少，单看文字无法连接整个故事，图文结合非常紧密，很多细节都出现在图里，幼儿在看图听文的过程中完成对故事的构建和理解，大部分图画书属于此类。

　　另一种图画文学的类型是文字较为丰富，文字部分可组成一个比较完整的故事，如荷兰马克斯·维尔修思的"青蛙弗洛格的成长故事"系列，其中有些故事文字所占比重相对较大，文字部分可以连缀成完整的故事。当然，即便文字所占比重较大，图画和文字哪一项都缺一不可，图画增强了故事的形象生动感。米切尔·恩德的《犟龟》和毕翠克丝·波特的《彼得兔和他的朋友们》、李欧·李奥尼的《亚历山大和发条鼠》、佐野洋子的《活了一百万次的猫》、伊芙琳·尼丝的《莎莎的月光》等也属于这一类。

二　图画文学的发生发展

（一）西方图画文学的发生发展

　　在图画文学产生之前，带有大量插图的儿童读物已经出现了。捷克教育家夸美纽斯于 1658 年编绘出版的《世界图解》被公认为是世界上第一本专门为儿童编绘的图文并茂的书。

追溯图画文学的渊源，任何国家都能从其历史中找到隐约的痕迹，但现代意义上的图画文学，则要考虑图文关系和儿童本位的主导观念。据相关资料证明，现代图画文学起源于 19 世纪后半期，至今有一百多年的历史。

世界图画文学的发展最早从欧洲开始。19 世纪中期，英国出现了三位图画文学作家，他们分别是沃尔特·克雷恩（Walter Crane，1845—1915）、伦道夫·凯迪克（Randolph J. Caldecott，1846—1886）、凯特·格林纳威（Kate Greenaway，1846—1901），他们以其不同的绘画故事创作风格，被公认为图画文学的先驱者。

进入 20 世纪以后，随着图画文学在欧洲和美国的发展，越来越多的人开始加入图画文学的创作。为了纪念伦道夫·凯迪克先生和凯特·格林纳威女士为图画文学所做的贡献，1937 年美国设置了"凯迪克大奖"，1955 年英国设置了"凯特·格林纳威奖"，这是专为儿童图画文学创立的奖项。

图画文学在 20 世纪有了很大的发展。首先是 1902 年英国的毕翠克丝·波特（Beatrix Potter，1866—1943）出版了《彼得兔的故事》，受到众多读者的喜爱，一版再版。她所绘制的彼得兔和其他小动物的形象细致、逼真、生动，所讲述的故事看似平淡却充满童趣，是儿童在日常生活中的投影。《彼得兔的故事》成为图画文学进入新纪元的里程碑之作。

两次世界大战期间，许多外国作家和画家涌入美国。美国汇集了全世界的图画文学作家，日益引领世界图画文学的发展，图画文学也迎来了它的第一次发展高峰。1928 年，由德国移民美国的童书作者婉达·盖格（Wanda Gag，1893—1946），以处女作《100 万只猫》一举成名，这是美国第一本真正意义上的图画文学书。1937 年，美国设置"凯迪克大奖"也在极大程度上刺激了美国图画文学的发展，产生了大量优秀图画文学作品，如美国插画家罗伯特·麦克洛斯基的《让路给小鸭子》《莎莎摘浆果》和《美好时光》、维吉尼亚·李·伯顿的《小房子》、苏斯博士的《巴塞洛米·库宾斯的 500 顶帽子》、路德维格·贝梅尔曼斯的《玛德琳》、玛格丽特·怀兹·布朗和克雷门·赫德合作的《逃家小兔》《晚安，月亮》、露丝·克劳斯和马克·西蒙特合作的《快乐的一天》。

20 世纪 50 年代以后，世界图画文学迎来了它的第二次发展高峰。美国的图画文学佳作不断涌现，克罗格特·约翰逊的《阿罗有支彩色笔》（"阿罗"系列），讲述了一个两岁左右的小男孩用蜡笔信手涂鸦的故事，一色的简单线条穿起天马行空的梦中旅程。李欧·李奥尼的《小蓝和小黄》，用手撕的抽象的色块纸讲出了一个关乎友谊的故事，孩子们在这许许多多的色块中找到了自己，发现了故事。李欧·李奥尼陆续创作了《一寸虫》《小黑鱼》《田鼠阿佛》《亚历山大和发条鼠》，他带来了"新的视觉艺术"，被誉为"色彩的魔术师"。莫里斯·桑达克的代表作有《野兽国》《厨房之夜狂想曲》《在那遥远的地方》，他的作品正视了儿童内心除了童真纯净、乖巧之外的其他情绪——在面临大人事无巨细的管束时，他们内心对自由的向往使他们会有小小的反抗，桑达克的作品所具有的意义在于发现和尊重了儿童内心世界中的恐惧、反叛、热爱自由等特点。苏斯博士 1957 年出版的《戴高帽的猫》一书只用了 236 个单词，却在读者中引起了巨大反响，孩子们天马行空的跳跃思维和不成逻辑的胡说八道被他变成一个个妙趣横生的故事。随后他继续创作了《穿袜子的狐狸》《绿鸡蛋和火腿》等大量风格独特的作品。艾瑞克·卡尔所创作的《棕色的熊、棕色的熊，你在看什么？》《1，2，3，去动物园》《好饿的毛毛虫》特别适合低龄儿童。艾瑞克·卡尔的作品并不是简单幼稚的，他的画风变化多端，用洞洞、立体或发声的设计为作品增色不少，赋予作品阅读和游戏的双重性质。

同时期，欧洲的图画文学也取得了较大成就，如荷兰迪克·布鲁纳的"米菲兔"系列、英国佩特·哈群斯的《母鸡萝丝去散步》《小蒂奇》、约翰·伯宁罕的《和甘伯伯去游河》、雷蒙·布力格的《雪人》、瑞士约克·史坦纳与约克·米勒合作的《森林大熊》等。

20世纪80年代以后，在全球经济持续发展的大环境下，美国的图画文学被介绍到全世界众多国家，在很大程度上继续刺激了它的发展。出现的代表性作品有芭芭拉·库尼的《花婆婆》、奥黛莉·伍德和唐·伍德合作的《打瞌睡的房子》、佩吉·拉特曼的《晚安，大猩猩》、劳拉·努梅罗夫和费利西娅·邦德合作的《要是你给老鼠吃饼干》《要是你给老鼠吃爆米花》、法兰克·艾许的《月亮，生日快乐》、艾瑞克·卡尔的《好安静的蟋蟀》《好忙的蜘蛛》《爸爸，我要月亮》、大卫·香农的"大卫"系列及《大雨哗啦哗啦下》《鸭子骑车记》、大卫·威斯纳的《三只小猪》《疯狂星期二》《七号梦工厂》等。

欧洲的图画文学也有蓬勃的发展，代表性作品有英国山姆·麦克布雷尼的《猜猜我有多爱你》、罗伦·乔尔德的《我绝对绝对不吃番茄》、苏珊·华莱的《獾的礼物》、约翰·伯宁罕的《迟到大王》《外公》，波兰麦克·格雷涅茨的《月亮的味道》，比利时画家嘉贝丽·文生创作的《艾特熊和赛娜鼠》，加拿大菲比·吉尔曼的《爷爷一定有办法》，德国赫姆·海恩的《最奇妙的蛋》。英国的安东尼·布朗擅长精细描绘，他的作品具有超现实主义的风格，于神奇和幽默中反映现实家庭中在亲子关系方面所存在的问题，代表作有《大猩猩》《我爸爸》《我妈妈》《穿过隧道》《朱家故事》等。

20世纪中期，日本大力译介欧美国家的图画文学，刺激了日本本土图画文学的长足发展。日本的图画文学充分吸收了欧美图画文学的精华，彰显了具有日本民族文化特色的画风和文风，涌现出众多高水平的作品，如中江嘉男和上野纪子合作的"鼠小弟"系列、中川李枝子和山胁百合子合作的"古利和古拉"系列、佐野洋子的《活了一百万次的猫》、筒井赖子的《第一次上街买东西》、五味太郎的《鳄鱼怕怕　牙医怕怕》、宫西达也的《好饿的小蛇》《我是霸王龙》《你真好》《你看起来好像很好吃》《今天运气怎么这么好》、岩村和朗的"14只老鼠"系列等。这些图画书都发出了日本自己的声音，逐渐得到了世界图画文学界和读者的认可。

（二）中国图画文学的发生发展

20世纪20年代，郑振铎在《儿童世界》期刊上，发表了《河马幼稚园》《两个小猴子的冒险》《爱笛之美》等图画故事。20世纪30年代，赵景深创作了《哭哭笑笑》《秋虫游艺会》《一粒豌豆》等54篇图画故事。抗战时期，笑苹的图画故事《小牛》，林丁的图画故事《小夏伯阳》陆续出版。

20世纪80年代至90年代末，出现了由儿童戏剧和故事改编的近似于图画文学的《小熊拔牙》《猪八戒吃西瓜》、由神话改编的《宝船》和敦煌故事等。

进入21世纪，在学者专家介绍、推介和出版社大量引进西方图画文学经典作品的刺激下，众多教育工作者和父母也逐渐关注到图画文学的价值，在此大环境下，中国原创图画文学逐渐发展起来。

2003年，江苏少年儿童出版社出版了"我真棒"幼儿成长图画书系列。该图画书系列共二十种，其中包括多位作家、画家联袂创作的《城市的麻雀》《你还小》《奇妙伞》《胖胖猪感冒了》《让我送你回家吧》《他有点白》《调皮鬼恐怖心》《下雨啦》《杂毛猫》和《再见，老蓬》等，受到社会的广泛关注与好评。

2005 年，《东方娃娃》（绘本版）创刊，当年出版了《火焰》和《漏》等原创图画文学书。

2008 年是中国原创图画文学的一个丰收年，《团圆》《一园青菜成了精》《驿马》《宝儿》《那只深蓝色的鸟是我爸爸》《安的种子》《青蛙与男孩》《荷花镇的早市》《火焰》《迷戏》《天啊！错啦！》《水和尚》等一系列优秀原创图画文学陆续诞生，涌现了熊磊、熊亮、保冬妮、余丽琼、朱成梁、周翔等众多优秀的图画文学作者。

为鼓励中国原创图画文学，中国香港陈一心家族基金会于 2008 年创设了"丰子恺儿童图画书奖"。2009 年，第一届"丰子恺儿童图画书奖"在中国香港颁奖。《团圆》《躲猫猫大王》《安的种子》《一园青菜成了精》《荷花镇的早市》《青蛙与男孩》分别是这些年的获奖作品。

2015 年以来，《独生小孩》《外婆住在香水村》《牙齿牙齿扔屋顶》《我是花木兰》《花公鸡》《三十六个字》《外婆家的马》等优质作品陆续出现，显示了中国原创图画文学的发展势头。

虽然中国原创图画文学有了一定的发展，在故事的构思创意、图文结合、题材选择、趣味性等方面都有很大进步，但怎样更进一步凸显中国文化元素和显现当代儿童的特点，值得继续探索。

第二节　图画文学的艺术特征

图画书的基本
特征

图画文学结合了图画和文学两种表达方式，故事的讲述和画面的呈现各行其是，同时又紧密结合，在构思、信息传达、图文关系等方面都显现出独有的特色。

一　信息传达的直观性

较之纯文字的儿童文学文体，儿童图画文学在传达故事时更形象、更直观，这主要是由图画带来的。图画的造型、色彩、线条、构图等在传达故事信息时具有直观性，能引起儿童的观赏兴趣并达成对故事的理解。无论是悠然散步的母鸡萝丝（《母鸡萝丝去散步》）、好玩会玩且聪明勇敢的小黑鱼（《小黑鱼》），还是穿着红白相间条纹裤的绿色青蛙弗洛格（"青蛙弗洛格的成长故事"系列，图 6-1）、吃呀吃呀吃个不停的五彩毛毛虫（《好饿的毛毛虫》，图 6-2），这些故事中的形象造型都能带给幼儿最初的阅读兴趣和记忆。

图画可以渲染情绪与氛围，这样的直观性是文字描述所不能带来的。如《大卫，不可以》《大卫，上学去》中的图画，运用看似简单粗糙的儿童画画法，要传达的就是"我还是个小孩子"的信息。《小鱼散步》整本书的画面色彩淡淡的，却传达出了儿童在成长中所拥有的那份信然漫步的感觉。

图 6-1

图 6-2

二　故事推动的细节性

用图画传达出来的细节，儿童要通过仔细观察才能获得。安东尼·布朗的图画工于细节描绘，图画细节可传达作者想表达的诸多信息，如他的《朱家故事》，当壁纸的图案由小花变成猪头，当图画中的门把手、手绢、水龙头、钟、月亮都渐渐变成猪头的形状，这些细节所带给读者的阅读感觉比文字来得更为形象，当朱家妈妈走后，朱家爸爸和三个儿子依然不做饭、不洗衣服，过着"猪"一般的生活（图 6-3 至图 6-5）。

图 6-3

图 6-4

图 6-5

在《爷爷一定有办法》中，大图展示的是约瑟和爷爷的故事，而每一页底部的小图则展现的是小老鼠一家的温馨故事。在《14 只老鼠》系列图画书中，14 只老鼠的不同个性也是在细节中展现出来的。

图画文学故事的细节基本上不通过文字显现，而是暗藏在图画中，这些细节会在读者一次次地重复阅读中被发现，从而不断丰富故事的内容，给书中所传达的故事增添更多的内涵。

三　构图的关联性

一本完整标准的图画文学书由封面、环衬、扉页、目录、正文、封底等组成，图画的色彩、造型、线条、构图等相互关联，形成统一的风格，从视觉上来看，相同的绘画风格把整本图画书紧密联系在了一起。

图画文学书中的封面和环衬都与书中的图画有直接的关联，一般情况下封面是书的内页中的某一幅代表画，如安东尼·布朗的《我爸爸》，封面是爸爸穿着睡衣的形象，这幅图画来自"也常逗得我哈哈大笑"一页（图6-6至图6-8）。环衬是爸爸的格子睡衣图案，爸爸无论在图画中变成了什么样子，这件格子睡衣始终穿在爸爸身上。

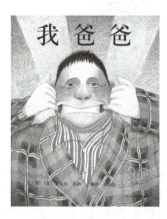
图 6-6

图 6-7

图 6-8

图画文学中，画面与画面之间要保持连续性，才能够讲述一个故事。竹内熊寒在《图画书的表现》一书中说，要形成前后图画的连续，"只要包含横跨两页的相似'事物'，或者相似的'色彩''事件''情绪'这些信息就可以了。只要有了这些照应，读者就会感受到画面是接续的。"在谢尔·希尔弗斯坦的《失落的一角》《失落的一角遇见大圆满》等书中，全采用了黑白色的图画，凭着一根黑色的线把一幅幅图画串起来，形成前后的照应（图6-9），那"失落的一角"在这根线上完成自己的寻找，寻求自己的圆满。

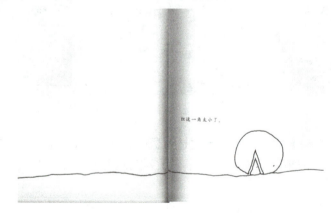
图 6-9

日本图画文学书《我讨厌妈妈》，通过一个词"还有"，使图画紧紧跟进，显示出小兔子想到了很多妈妈讨厌的地方，一直到最讨厌的地方"还说……不能和我结婚"，显示出幼儿的单纯、简单的内心（图6-10、图6-11）。

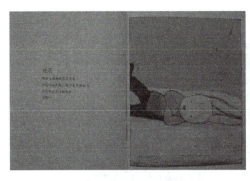

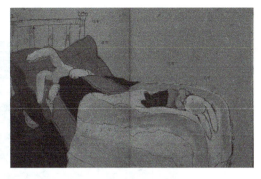

图 6-10　　　　　　　　　　　　　　　　　　　图 6-11

连续性图画连接在一起后，具有讲故事的功能，这是连环画所不能做到的。连环画只依赖文字讲述故事，图画处于附属地位，而图画文学中的图画通过关联和联系进入故事层面的讲述。

四　文字和图画的交融性

在图画文学中，文字和图画共同讲述故事，被称为图文合奏。图文合奏所产生的效果不是简单的图画和文字相加。有学者指出，图文合奏所产生的意义可以用"图画 × 文字"来表示，相乘所带来的意义远远大于相加所得到的意义。

图文合奏具有交融性的特点，单单依赖文字或图画的某一方都难以完全传达作者想要表达的信息。两次获得凯迪克金奖的美国画家芭芭拉·库尼曾经用一个比喻很形象地描绘了图画和文字的关系：图画书像是一串珍珠项链，图画是珍珠，文字是串起珍珠的细线，细线没有珍珠不能美丽，项链没有细线也不存在。

我国学者彭懿曾将图画和文字的关系分为三类，分别是图画与文字相互补充，如陈致元的《小鱼散步》；图画与文字分别讲述，如约翰·伯宁罕的《莎莉，离水远一点》；图画与文字的滑稽比照，如佩特·哈群斯的《母鸡萝丝去散步》。

这种分类显示了图画与文字关系的多样性，图画和文字既可以比肩共进，也可以各行其是，还可以声东击西，这些多样关系背后的本质仍然是图文合奏，一切都是为了演奏更独特和谐的故事或某个意念。

通常情况下，图画和文字是相互补充的，如由奥黛莉·伍德和唐·伍德合作的《打瞌睡的房子》，单看图画或单看文字你都能看懂。图画讲述了一个下雨天，有一栋打瞌睡的房子，住在里面的人都各自在睡觉，后来变成了老奶奶继续睡在大床上，小男孩睡在老奶奶身上，狗睡在小男孩身上……突然，老鼠跳了起来，猫儿、狗儿、小孩儿一个个都惊飞了起来，老奶奶还压垮了床……大家都醒来了，打瞌睡的房子里没有人在睡觉了，外面的雨停了，大家都快乐地在院子里玩起来了。

文字部分则以重复的句型与叠句的结构，用儿歌似的语言，讲述了一个简单的故事，故事的韵味便在这重复的语句中。倘若去掉这种重复，故事的幽默感便无法呈现。图画和文字结合在一起时，文字占据画面的左上方，大部分空间让位给图画，图画中每增加一个人物，文句就重复描述，文字随着角色的增加而累积得越来越长，画面里的人物也跟着层层叠叠地累积起来，像烙饼似的一个摞一个，画面左边这些叠句的排列，与画面右边一个叠一个的人物像是在合奏一首曲子（图6-12、图6-13）。

图 6-12

图 6-13

文字部分节选：

　　　　　　……

　　　　那只狗身上
　　　　有一只猫，
　　　　打盹儿的猫，
　　　　在昏昏欲睡的狗身上，
　　　　狗在做梦的小孩身上，
　　　　小孩在打鼾的老奶奶身上，
　　　　老奶奶在温暖的床上，
　　　　床在打瞌睡的房子里，
　　　　房子里每个人都在睡觉。

那只猫身上
有一只老鼠，
呼呼大睡的老鼠
在打盹儿的猫身上，
猫在昏昏欲睡的狗身上，
狗在做梦的小孩身上，
小孩在打鼾的老奶奶身上，
老奶奶在温暖的床上，
床在打瞌睡的房子里，
房子里每个人都在睡觉。

有时，图画或文字一方故意留白，声东而击西，表面上看，图文有些错位，需要读者用观察力和想象力去补充故事的内容，文字和图画之间存在的一种张力能使故事产生一种特殊的效果。如《母鸡萝丝去散步》的文字部分是这样的：

母鸡萝丝出门去散步 / 她走过院子 / 绕过池塘 / 越过干草堆 / 经过磨坊 / 穿过篱笆 / 钻过蜜蜂房 / 按时回到家吃饭

仅仅43个字，讲的是母鸡萝丝散步的事情，描述她散步的路线图，这还无法构成一个故事，因为它缺少情节，但当图画中加入了狐狸的时候，情节就出来了。

第三节　图画文学的独特功用

图画文学中，图画和文字的完美合奏给儿童的阅读和生命带去了丰厚深远的意蕴和天马行空的想象空间，优秀的图画文学呈现出作家独特的创意，更浸润了他们对生命生活和自然万物的独特思考，这些通过图画和文字所呈现出来的创意与思考对儿童的成长具有独特的功能价值。

图画书是生命教育启蒙的最好形式

一　图画文学能对儿童进行情感的浸染和疏导

图画文学的首要功能并不直指教育和教化，它给儿童的更应该是一种情感的浸润、感染和疏导。它可以触摸儿童内心最柔软的部分，在儿童内心深处种下友情、同情、自尊、自信、爱他人和正确自我认知的种子；也可以缓解和疏导儿童在成长路途中必然出现的一些负面情绪，诸如紧张、担心、焦虑、自责、恐慌等；还可以引导儿童接触生命中不可避免的起伏高低，诸如病痛和死亡等。图画文学在儿童品格的塑造上不会有立竿见影的效果，它也不能快速地对儿童成长中的某些问题做出针对性的解答和回应，但它却能把某些美好的、可以生长的东西根植于儿童的内心，对儿童的思维和行为产生潜移默化的作用。正如中国台湾知名绘本研究者郝广才在《好绘本如何好》一书中所说："……去想生命将如何面对的问题，给孩子以启发和帮助，大大超过一般的道理。一本好书未必能找到最完美的解释，也未必能回答孩子的疑问。但它能提供一个'体会的过程'，让孩子学会打开情感的出口和入口。"

如荷兰的马克斯·维尔修思的"青蛙弗洛格的成长故事"系列，就是有助于孩子心灵成长的心理教育故事。该系列讲述的是青蛙弗洛格与他的四个朋友野兔、鸭子、小猪和老鼠之间发生的关于友谊、爱、生命的故事，图画是简笔画风格，被西方艺术家誉为"简笔画世界的杰作"。弗洛格是一只普通的绿色小青蛙，它永远穿着红白条纹的游泳裤，在快乐成长中不时会遇到困惑和难题，但并没有谁在这个过程中以一个高姿态的行为去教育、引导和说服他们，他们所遇到的一切困惑最终都能在他们的边走边玩边看中得到化解，浅浅的文字带着淡淡的喜悦、幽默甚至忧伤。青蛙弗洛格不是非常聪明勇敢的，但它却是非常真实可爱的，就像我们身边每一位善良的儿童，儿童能从故事中读到自己，所有的情绪随之而浮现，所有的问题便会随故事的展开慢慢化解。

儿童文学是爱的文学，图画文学也不例外。穆特的《石头汤》就是一本关于爱和分享的图画文学书，《爱心树》《逃家小兔》《猜猜我有多爱你》更是盛满浓浓温情的图画文学佳作。儿童在阅读这些图画文学时，就可以感受到人与人之间的友爱与温暖。

"死亡"是一个沉重而悲伤的话题，要向孩子讲述这样的话题，是一件相当困难的事情。儿童图画文学却能以一种十分轻盈的方式进行故事传达。诸如《獾的礼物》《爷爷没有穿西装》《爷爷变成了幽灵》《一首歌》(艾特熊和赛娜鼠的故事)《外公》《鸟儿在歌唱（学会珍爱生命)》等图画文学都展示了人生中的生死话题，书中有一种淡淡的忧伤，但一点也不沉重，它们能让儿童体会到生命的安详之美，让他们学会珍惜人世间的种种温情，在他们的心中播下敬畏生命的种子。

图画文学故事对儿童情感的引导和疏通还包括引导儿童建立自我认知，帮助他们舒缓各种不良情绪，前者如《克里桑丝美美菊花》《艾玛失踪了》("花格子大象艾玛"系列)等，后者如《野兽国》《勇气》《彼得的椅子》等。

松居直曾说过，"孩提时代情感和感性的东西最重要，打开情感的出口和入口，故事种下种子，埋在心中，就看何时开花结果了，也许会长成一片森林。"图画文学与人类心灵的深层联系极为深入，它可以用有趣的故事代替无趣的道理，把外在的因素内化为儿童成长的内在动力，对儿童的情感进行安抚和慰藉。

二 图画文学可以激发儿童的阅读兴趣，培养儿童的阅读能力

美国图书馆学家姆亚说："儿童从图画和故事中所获得的印象，是永恒不灭的，同时也是非常微妙的。如果要我表示意见，那我就会说一个人对于艺术的认识、想象力的培养，对一国产生人类的共识、共感等胸怀，都是从阅读图画书萌芽的。……良好的图画故事书，在养成读书的趣味和习惯方面，它的影响力是大得无法估计的。"

儿童的阅读应该是从阅读图画文学的图像开始的，图画文学能够承担起发展儿童语言阅读能力的任务，它的主要方式是通过图画和故事激发儿童的语言潜能，让儿童在听故事、看图、读图、自己说故事的过程中提高语言能力。

阅读图画文学可以培养儿童的读图能力，这种读图能力不能依靠影视动漫中的图像来培养和提高。图画文学中的图像和影视动漫中的图像有很大差别，前者的图像表现是静态的、凝固的、慢节奏的、涵义丰富的，细节性强；后者的图像表现是动态的、快节奏的、不可深究的。前者的阅读可以让儿童获得满足，可以引导和激发儿童潜藏的美好情感，后者的观看能让儿童兴奋，更偏向迎合儿童浅表的娱乐精神。

儿童的读图能力包括会不会欣赏不同风格的图画，这种能力不是自然而然就习得的，只有经过训练，儿童才会具备这种能力。图画文学可以奠定儿童一生的艺术眼光和审美趣味。儿童的读图能力还包括能不能从图画中看出故事，说出故事；能不能从图画中读出文字所难以描绘的与故事息息相关的细节。

图像阅读能培养儿童对阅读行为的兴趣，读图能力的培养有利于儿童从读图顺利过渡到读文。图画文学阅读是一种慢阅读，它可以让儿童细细地去品味；它可以培养阅读的情感，让儿童积极投入和响应书中的信息；它可以让儿童认真地逐页翻看，学会阅读的方法；它可以让儿童体会阅读带来的乐趣，爱上阅读，相信自己的阅读能力，使其在以后的成长中变成一个好的读者，一个优秀的读者。

三　图画文学对儿童智力发展有很好的促进作用

图画文学在开发儿童智力方面有着比较大的作用。图画文学的阅读可以对儿童的听觉能力、观察力、想象力、理解力、审美力和获取知识的能力产生非常大的影响。

听觉能力一般包括听觉辨别力、听觉记忆力、听觉排序力、听觉理解能力、听说结合能力等。儿童受年龄特征的制约不能从文字开始阅读，但这并不妨碍他们的听赏能力。在父母或教师的陪伴和指引下，儿童开始接触图画文学中的故事。给儿童读故事的人的声音和语调为他们打开了一个新的世界，吸引他们亲自在阅读中尝试和探险。成人把无声的图画变成有声的语言，把文字和图画用语言结合在一起，输入儿童的大脑，使儿童进入图文结合的故事世界，儿童的听觉能力在这个过程中能得到有效提高。松居直认为："与阅读相比，耳朵的倾听更能迫近语言的本质，而我在幼儿期，通过耳朵获得了快乐的语言体验。"

儿童在听、看、玩的过程中进行思维，这种思维特点决定了他们在阅读时特别依赖直观形象性的材料。图画文学中的图画就给他们提供了很好的思维载体，他们通过图画观察、认知、了解世界，他们的思维在图画和故事中畅游，他们可以在图画和故事中发挥想象，甚而进行创造。

儿童在听读看图画文学的过程中观察力会逐渐得到提高，他们可以看到很多成人所注意不到的细节。以日本岩村和朗的"14只老鼠"系列为例，12本故事书中每一本故事书的封面和封底都是14只老鼠的出场，每一本书中14只老鼠的服饰穿戴都不一样，爷爷、奶奶、爸爸和妈妈比较容易从老鼠的相貌特征中判断出来，但是10只小老鼠外貌区别较小，怎么区分他们呢？在成人纠结于哪只是老大，哪只是老四，哪只是老五等问题时，儿童却早已观察了出来。他们能清楚地分辨出每只老鼠的身份。儿童除了能从服饰中了解每只老鼠外，还能从图画中老鼠的行为上逐渐判断出每只老鼠的身份，总结出每只老鼠不同的个性。

图画文学中的故事大部分突破了传统的童话故事模式，渗透了很多现代教育学、心理学的观念，植入了现代儿童观，给儿童提供了了解外部世界和反观自己内心世界的新的表达方式，面对这些富有感染力的故事和画面，儿童的心理功能会活跃起来，这能直接激发儿童的想象力和审美力。如大卫·威斯纳的《三只小猪》完全颠覆原故事的发展与可能。生动的、有感情的语言可以使儿童的想象活跃起来，儿童在一边看图画一边听故事的过程中，会依靠画面传达的视觉形象作支持，在画面提供的素材上进行想象。《三只小猪》中的小猪们在图画中从一个故事逃向另一个故事。作者用超出边框的绘画技巧和人们所熟知的跳过月亮的牛等经典画面，把读者带入充满想象的冒险世界。

图画文学同时也从知识传达的角度吸引儿童去阅读，这有助于开发儿童的智力。需要说明的是，图画文学的主要目的不是要传授给儿童某方面的知识，而是要培养和保护他们对世界的好奇心。比如，"14只老鼠"系列可以带儿童认识很多植物的名称；《好饿的毛毛虫》可以让低幼儿童对星期概念产生认识，让他们认知毛毛虫变蝴蝶的过程；《海马先生》能带儿童进入海底世界，教他们认识很多像海马一样靠雄性养大孩子的海底动物。这些图画书用生动的故事、美丽的图画去打动儿童的内心，把知识、情怀隐藏在故事之中，阅读这样的书，能在儿童的心中种下好奇的种子，有一天这些种子会发芽、拔节。

以上三点功用是站在儿童阅读图画文学的立场上总结的。其实，图画文学对不同的阅读对象来讲有不同的功用。图画文学是很好的亲子阅读材料，它的阅读不是儿童独自一人就能完成的，需要在父母的陪伴下共同完成，松居直曾说过"绘本是大人读给孩子听的书"。图画文学也是幼儿园和小学（尤其是低年级）阶段非常好的分享阅读材料，儿童和教师、同学们一起阅读图画文学，其收获和独自一人阅读有所不同。图画文学为教育专业的学生提供了更多样的现代教学资源，通过阅读图画文学可以提升学生们的审美素养，我们能够通过文学和艺术的方式深入了解儿童的心理特点，成长为具有缪斯心性的儿童教师。

第四节　图画文学的结构

图画书的结构

图画文学书由封面、环衬、扉页、正文、封底所组成，它的封面、环衬、扉页和封底都非常考究，独具匠心地体现作者的意图，阅读时，应引起重视，不能忽略。

（一）封面

拿到一本图画文学书，最先出现在我们面前的是封面，读者会从封面的图画获得对书的第一印象，他们能从图画中的人物形象、色彩、线条、构图等获得一些信息，如故事的主人公是谁，故事中大概有哪些人物，故事大概讲的什么内容。《大卫，不可以》的封面（图6-14）展示了一个动态的画面，一个小男孩，脚下垫了几本书，伸手去摸鱼缸，鱼缸倾斜欲翻……读者即会猜测，大卫就是这个顽皮的小男孩吧？他要做哪些"不可以"的事情呢？

图画文学书封面的图画常取自书中的一幅图画，这幅图画往往可以传达作者的表达意图和故事的主旨。大卫·香农的《鸭子骑车记》的封面，一只白色的鸭子骑着一辆自行车，两只翅膀松开车把，在尽情享受骑车给它带来的乐趣，这只鸭子应该是只非同寻常的鸭子吧（图6-15）。

有时，封面的图画并不是从书中选取的，而是作者专门创作的，独立于正文中任何一页画面，但内容却紧贴主题。日本小原胜野的《飘着幽灵的小房子》的封面是一个小女巫叉着腰微笑且神气地站在一幢房子前，前面蹲着一只猫，房子里飘出了几只白色的小幽灵，和这本书的题目是很切合的。这幅图在正文中并没有出现，当我们读完正文后回过头来再看封面时，就会很自然地把封面图画融入故事。

封面的阅读常常要结合封底一起看。有时候封面和封底是一幅完整的画，有时封底会继续给故事一个结尾或者新的期待。

图 6-14

图 6-15

图 6-16

当然，封面常常也要结合整本书去看，有时候封面会让你很费解，但是当你把整本书的图画和故事听完或看完后，再回转去看封面，才会发现封面到底在诉说什么。如威廉·史塔克的《驴小弟变石头》中的封面（图 6-16），两只驴手里分别拿着纸条，在问猪和鸭子什么事情。等我们把整本故事读完后，再看封面，就会发现原来是驴爸爸和驴妈妈在焦急地向他们的动物邻居打听驴小弟的下落。

封面上还有书名、作者及译者、出版社等重要信息，这些信息可以让读者对该书有更多的了解，也可以帮助读者去选择合适的图画文学书。

有的硬壳精装绘本还有一个护封，护封前后都有向里折的勒口。勒口上常常有关于本书的内容、作者信息、书的评价等内容。

封面值得反复阅读，它涵盖了很多信息，它利用读者的阅读期待吸引读者观察图画，进入故事。当阅读完正文后再反复阅读封面时，读者会得到更多的阅读感受。夸张一点说，每一次打开封面都会带给读者不一样的感觉。

（二）环衬

翻过封面后，会发现封面与书芯之间有两张衬纸，一张紧贴封面的背后，另一张是可以翻动的，因为一般是两张连环的形式出现，所以叫做"环衬"，更形象的叫法是"蝴蝶页"。环衬是读者在阅读时最容易忽略的。

不是所有的图画文学书都有环衬，但是大部分图画文学书是不会略过环衬的设计的。环衬的设计彰显了作者的独特匠心。

安东尼·布朗的作品一向注重细节，在他的《我爸爸》和《我妈妈》里，环衬分别是爸爸、妈妈睡衣上的图案，原来正文里的爸爸和妈妈始终是穿着睡衣的。

"14 只老鼠"系列 12 本，每本书的环衬都独具特色。在《14 只老鼠吃早餐》中，前后环衬是一幅完整的画，画面的内容是 14 只老鼠清晨各自起床的情形，妈妈生火做饭，奶奶端上茶水，10 只小老鼠有的已经早起坐着等早餐吃，有的还在床上犯迷糊。等读者把整本书读完后回来再看环衬，会非常清楚地指认出每只老鼠的身份。可见，环衬也参与了故事的讲述。

《小房子》的环衬也很有特点，小房子面前的事物不断变化，先是骑马的人，然后是马车、独轮车、自行车、汽车、有轨电车……有一个画面中，还有一个人挥着帽子正在那里跺脚大叫（图6-17）。

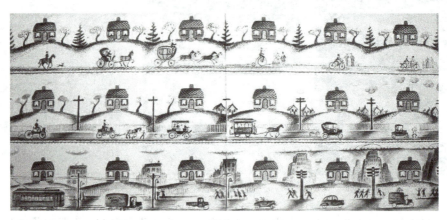

图6-17

环衬提升了图画文学书的品质，它给了作者一个表达自己意图的新通道，同时也给读者提供了一个进行反复阅读、想象性阅读、创造性阅读的平台。

（三）扉页

扉页是环衬之后、正文之前的一页，扉页上一般写着书名、作者、译者及出版社的名字。

图画文学书的扉页上大部分是有图画的，它一般会呈现故事的主人公、故事发生的地点、环境等信息，不仅可以引起读者的猜测，为正文做好情境的铺垫，还能延伸读者从封面开始的阅读兴趣与期待。扉页像节目预告一样，告诉我们精彩的节目即将开始。

"14只老鼠"系列的扉页上没有图画，每一本都有一段相同的文字"爸爸、妈妈、爷爷、奶奶和10个兄弟姐妹，我们是14只老鼠的大家庭"，文字部分显示出作者创作这个系列书的意图——14只老鼠平凡自足的传统田园式的生活，恪守本分又相互依赖、帮助，这其乐融融的大家庭氛围正是现代都市的人所缺少和怀念的。

《猜猜我有多爱你》的扉页是一整张图，是栗色的兔子妈妈驮着小兔子在草地上欢快跳跃的图，从中我们可以感受到书中所要表达的温馨的爱的主题。虽然扉页上的内容在正文中没有出现，但我们阅读完整个故事后，再回过头来看这个扉页，就会知道兔妈妈驮着兔宝宝跳跃玩耍，应当是白天他俩之间的快乐游戏，小兔子一定玩得非常尽兴，所以才会在临睡前不断问那句话"猜猜我有多爱你"。这句话毕竟不是凭空而来的，享受了白天和母亲在一起的愉快时光，临睡前小兔子想表达一下对母亲的爱，结合扉页来理解，一切就显得自然多了（图6-18）。

《母鸡萝丝去散步》的扉页也显得比较独特，它以跨页的方式给我们呈现了母鸡萝丝散步的整个路线图，我们可以看到它在正文中散步所经过的每一个地方，而狡猾倒霉的狐狸正是在这些地方——"中招"的，这个秘密要等读者读完整本书后再反观扉页才能发现。

图 6-18

　　扉页以其独特的方式参与了故事的讲述，在翻到扉页时我们不妨稍作停留，我们也可以对儿童稍作提示，当儿童再次或多次阅读故事时，里面的玄机会自然打开，儿童所收获的不仅是阅读的满足感，还有对自己阅读与发现能力的自信。

（四）正文

　　正文是图画文学书的主体部分，它不但包括文字，而且包括图画，如果封面、环衬和扉页是在欲遮半掩地讲述故事，那么正文部分则是在大张旗鼓地讲述故事，书的主题由此在正文中充分表现出来。

　　关于正文的欣赏，最基本的是要了解图画和文字的关系。一本图画文学书应该是图画和文字一起讲出来的故事，图画与文字的完美结合可以带来意想不到的效果。如前面举例的《打瞌睡的房子》，文字并不是解释画面，画面也不单纯为了服务文字，图画中各类角色重重叠叠在一起，和文字的不厌其烦的重复，构成了一种和谐的节奏，共同构建出这个幽默的故事。

　　在欣赏正文时要学会观图，图画的颜色、框线、视角、留白、细节都能传达故事的信息。图画带给我们的第一感觉和多次读后的感觉都很重要，如《小猫头鹰》讲了三只小猫头鹰焦灼地等待妈妈回家的故事，整本书都是黑色的背景，色调也很单一，让我们很怀疑它能否吸引读者。多次阅读后，我们发现作者在故事创作上非常忠实于猫头鹰夜间活动的常识。

　　布鲁纳的"米菲兔"系列中也有大量的留白，作者把能省掉的都省掉了。《米菲在海边》中兔爸爸让米菲堆沙丘，作者没有画他们的形象，只画了一把锹和水桶，一根曲线就代表了沙丘。捡贝壳一页也只画了几个五颜六色的贝壳。大胆的留白给了儿童一个自由想象的空间，米菲的快乐海边之旅能在儿童的头脑里浮想联翩起来（图 6-19 至图 6-21）。

　　有效地阅读图画文学书需要具备一定的"读图"能力，这种能力不是人天生就具备的，需要在大量看图、说图、听图活动中逐步提高。郝广才曾说过，"当今社会，文盲已几乎消灭，但'图盲'呢？同样的道理，如果社会上'图盲'充斥，那要达到'审美'境界，就还有很深的鸿沟要跨越。"

"现在用你的沙滩铲
在这里建造一个大城堡吧，
我相信你建的城堡
一定又好又结实。"

so build a great big fortress now
here is your seaside spade
and I will make quite sure the fort
is well and strongly made

图 6-19

米菲使劲地挖呀挖呀，
垒起一道坚固的城墙。
你只能从城墙顶上看见米菲的脑袋——
这道墙非常非常高。

then miffy dug with all her might
and built a solid wall
you see the top of miffy's head -
the wall was very tall

图 6-20

在黄色的沙滩上，
米菲挖完了沙子。
然后，她拎上小桶
去找可爱的小贝壳。

when miff had finished digging
in all the yellow sand
she went to look for lovely shells
her bucket in her hand

图 6-21

  在正文的欣赏中还应该注入读者的情感，不管你是自己欣赏还是带着儿童欣赏，都要怀着细腻的情感，怀着对美好事物的喜爱，怀着对世事的宽容，怀着对儿童的热爱去打开一本图画文学书。

（五）封底

  封底上有着关于一本书的诸多信息，可能是作者介绍、故事简介与导读，也可能是这本书的推介、评论和影响力。

封底的表现形式比较多样化，封底和封面也常常要结合在一起欣赏。有的封底与封面一起构成一整张图画，如"14只老鼠"系列中的每一本封面和封底都是一整张大图，显示14只老鼠在相应的环境中的活动，和正文直接相关联。李欧·李奥尼的很多作品的封面和封底都是连在一起相互呼应的，《小黑鱼》《鳄鱼哥尼流》《田鼠阿佛》《亚历山大和发条鼠》等都是在封面上展示主人公，封底则和封面一起展示整个故事发生的环境。

有的封底和封面虽然是两幅图，但都是为正文的故事服务的，如在《驴小弟变石头》中，封底是驴小弟一家三口在红沙发上相拥在一起的温馨画面，和封面上驴爸爸和驴妈妈急切寻找驴小弟的画面相对应，让读者知道故事的结局是非常完美的（图6-22）。

图6-22

有的封底则是故事的结尾与延续。大卫·香农的《鸭子骑车记》的封底是鸭子站在一个高大的拖拉机旁边若有所思的样子，读者们会想到鸭子的下一个挑战目标就是拖拉机，会对这只不走寻常路线的鸭子充满信心，并且想象后面故事会如何发生。

封底参与了故事的讲述，既可以引发读者对前面故事的思考，又可以引发读者的再次阅读，还可以引发读者对后续可能发生的故事的想象，它也是我们在阅读图画文学书时不可错过的部分。

图画文学书一般由以上五个部分组成，了解了图画文学书结构上的特点，可以让我们在带领儿童欣赏图画书时找到更好的入口，并掌握一些欣赏图画文学书的技巧。

第五节　图画文学的欣赏

如何评价一本
图画书

一般来讲，欣赏文学作品是读者通过某种媒介（主要是语言），获取对作品中语言文字、主题表达、人物形象的具体感受和体验，引起情感和思想上的强烈反应，获得对作品的某些方面的认知的过程。文学欣赏是一个审美、再创造的过程，读者通过观察、感知，调动自己的生活经验、阅读储备，加以联想和想象，引发思想感情的共鸣，得到审美的享受，完成对作品的再创造。

任何种类文学的欣赏都有其特有的途径和方法。欣赏图画文学时尤其要关注它的结构和信息传达的特点、构图的特点、文图结合的特点。

一　如何欣赏图画文学的故事

我们可以从主题、气氛、情节等角度考量图画文学的故事。

图画文学的故事在很大程度上已经不再拘泥于比较传统的故事，它融入了更多贴近儿童生活的内容，有很多崭新的视角，更能凸显对儿童的理解和尊重。

（一）认识主题

图画文学的图画和文字一起叙事，共同表达主题。图画文学的主题非常丰富，有来自古老故事的主题（如中国神话传说、古希腊神话、伊索寓言、民间童话等），但更多的主题是关注儿童的童年经验，如爱、勇气、友谊、成长、归属感、生气、嫉妒、性别教育等。这些主题围绕着儿童的成长经历进行，既可以是写实的，也可以是超现实的。如威廉·史塔克的《驴小弟变石头》像传统故事一样有魔法，一颗红色的小石子让驴小弟变成了石头，但与传统故事不同的是，爱能超越魔法，爱是一股巨大的潜流，推动着故事的发展。

美国的艾兹拉·杰克·季兹的《彼得的椅子》和桑达克的《野兽国》都展现了儿童生气的主题，前者用了写实的手法，后者则用了超现实的手法。

即使表现传统童话故事中的王子和公主的主题，图画文学也不会中规中矩地叙述，而是以更新颖的方式展现故事。如蒙施的《纸袋公主》中那个满怀憧憬等待结婚的伊丽莎白公主，用自己的勇气和智慧救出了被火龙掳走的王子，最后却发现王子不但不对她心存感激还以貌取人嫌弃她，于是果断地"开除"了王子。芭贝·柯尔的《顽皮公主不出嫁》讲述了一个不爱打扮的另类公主拒绝各类求婚者的故事。在传统的王子公主的故事中加入很多现代元素，能更加深入当下儿童的内心。

（二）感受气氛

气氛是指一种感觉，一种情调，一种心理反应，是弥漫在空间中的能够影响行为过程的心理因素的总和。文学作品里的气氛是指作品带给人的感觉如开心、紧张、热烈、失落、悲伤等。在图画文学中，气氛是通过图画和文字共同完成的。比如，艾瑞克·卡尔的《棕色的熊、棕色的熊，你在看什么？》《海马先生》等作品，用大块的明丽色彩传递给儿童欢快感；安东尼·布朗的《大猩猩》用光线的明暗示意安娜的内心变化，一幅画面里电视机的亮光照着角落里的安娜喻示着她内心的孤独；最后一幅画面里爸爸牵着她向着早晨的太阳走去喻示着安娜在那一刻得到了来自爸爸的温暖。

一般来讲，图画文学书里的气氛跟它的主题有比较密切的关系，线条的粗细、光线的明暗、色调的冷暖，这些都可以烘托某种氛围。《獾的礼物》《爷爷没有穿西装》《外公》等有关死亡主题的图画文学书，色调都比较冷，这和故事的主题密切相关。大卫·威斯纳的《三只小猪》中三只小猪逃到了故事之外的空白世界，当大灰狼追小猪时，小猪们的逃跑是用逃出图画的边框线去显示的，读者在看时不免被带进了紧张的气氛。

（三）把握情节

欣赏图画文学的情节是在有限的篇幅中展开的，图文结合共同推动情节的发展，在关注情节时，要关注图画文学图文合奏的特点。《要是你给老鼠吃饼干》里面老鼠吃饼干、打扫房间、画画、口渴了、喝牛奶、又要吃饼干……，只看文字，能知道小老鼠的种种动作，看到图画，你才会看到那只小老鼠的种种情绪——累、渴望、满足、开心……这样的情节才是完整生动的。

文字和图画对于情节的推动作用是不一样的。一般来讲，像《驴小弟变石头》、"青蛙弗洛格的成长故事"系列、《獾的礼物》《莎莎的月光》等文字较多的图画文学，情节的推动主要借助于文字，图画起到辅助作用，但是图画也不容忽视，因为它在展开故事的环境、表现主人公的情绪、营造气氛等方面不可或缺。

　　无字图画文学的情节是用一个个连续的画面展现出来的，如雷蒙·布力格的《雪人》，整个故事的情节先通过小格图画展开，细琐的生活画面慢慢变得生动无比。故事发展到最后，画面逐渐增大，当雪人带着男孩飞上天空遨游时，跨页的大图让我们能切实感受到男孩在雪夜的上空俯瞰大地时那种开心激动的心情。

　　另外，图画文学的角色形象既鲜明生动，又丰富多彩，如那只好饿的毛毛虫（《好饿的毛毛虫》）、勇敢的小黑鱼（《小黑鱼》）、顽皮的鼠小弟（"鼠小弟"系列）、穿条纹泳衣的弗洛格（"青蛙弗洛格的成长故事"系列）等，这些个性十足的角色，连同其所依托的故事，构成具有丰富内涵的文本形式，值得细细品味和思考。

二　如何欣赏图画文学的图画

　　尽管图画和文字共同讲述故事，但图画文学中的图画处于一种比较高的地位，它是图画文学故事构成不可或缺的要素。我们可以从以下几点欣赏图画文学中的图画。

图画书的图画
是怎样连贯的

（一）重视图画的艺术性

　　图画文学中的图画品质和艺术表现力都有一定高度，如写实风格表现的《奥菲利亚影子剧院》、素描风格的《流浪狗之歌》、超现实主义风格的《梦想家威利》《七号梦工厂》、抽象派风格的《小蓝和小黄》、简笔画风格的"米菲兔"系列和《好饿的小蛇》、浓郁中国画绘风的《荷花镇的早市》《漏》等。图画文学中的图画，可以是艺术品相极高的精品画作，成年读者要克服只看文字或重点看文字的习惯，要带着艺术的眼光去欣赏图画。日本图画文学作家宫西达也的《好饿的小蛇》《青蛙头上的包》《我才不放手呢》等作品，图画看似简单，却是真正参透儿童心理后的化繁就简，极具艺术性。

（二）把握图画的可言说性

　　图画文学中的图画和文字一同讲述故事，由于它的主要读者群是儿童，所以它的图画的可言说性更加突出。可以从图画中的形象、色彩、细节、环境、氛围和图画的连续性、节奏等几个方面感受图画所流露的情感、所表达的意蕴，并遐想文字以外、图画以外的世界。"14只老鼠"系列中的10只小老鼠的个性不是在文字中展现出来的，而是通过图画展示的，只有仔细读图，才会发现10只小老鼠性格迥异。《森林大熊》结尾的一页，画面静了下来，雪早就停了，暗蓝色的天幕上挂着一牙弯月，还有星星点点，熊却不见了，有两行熊迹伸向那个洞口，熊坐落的地方散落着些什么……熊的命运如何？《鸭子骑车记》中的鸭子学会了骑自行车后，最后一幅图呈现的是它站在比它高很多的庞大拖拉机旁，接着又会发生什么呢？

　　在欣赏图画文学时，如果仔细看图，展开想象，思考图画言说的信息，图画这种空间性的叙事方式就能带给我们更大的想象空间。

（三）体会图画的隐喻性

　　图画文学中的隐喻性是通过故事和图画共同展开的，图画的隐喻性可以通过形象的隐喻和画面的隐喻来欣赏。图画文学中的形象既有来自现实的也有幻想的，一般情况下，动物形象和幻想的形象都具有隐喻性，隐喻的主体就是儿童。"青蛙弗洛格的成长故事"系列、"米菲兔"系列和"花格子大象艾玛"系列中的主人公虽然是动物，但这些动物主人公却表现出鲜明的儿童行为、情绪和心理特征，我们从这样的故事中能更多地了解儿童的特点，感受他们成长阶段的特征。

　　图画的隐喻是通过图画的线条、形状、大小、颜色、明暗、布局、比例等来显示的，它们组合成细节，我们在欣赏时要细心观察和体会。安东尼·布朗的《大猩猩》中，安娜和爸爸从来没有温情的交流，在餐桌旁吃饭的画面中，他们虽然面对面，但爸爸的眼光在报纸上，长长的餐桌仿佛喻示了两人的距离；整个画面除了安娜的红衣服，其他全是冷色调，这正隐喻了安娜孤独的内心。

三　如何欣赏图画文学的文字叙事

（一）体察文字叙事的聚焦性

在图画文学中，文字常常不会精细讲述故事，更多起到了聚焦性作用，在繁杂的画面中直指主题，明晰线索，明确作者的意图，这是单纯的图画所不能传达的。

例如，《大卫，不可以》，全书文字很简单，"大卫，不可以！""天哪！大卫，不可以！""不行，不可以！"……所有文字都以妈妈独白的方式出现，妈妈怒吼出的"不可以"一次次把我们的视线聚焦到大卫的调皮行为中。因为有文字的叙述，线索显得非常清晰。

在读图的同时引导儿童关注文字聚焦处，既能明晰故事的线索，又能拓展故事的内涵，还能在一定程度上提升儿童的阅读品质。

（二）理解文字叙事的丰富性

图画文学的文字叙事形式多样，极富个性。如美国苏斯博士的《绿鸡蛋和火腿》讲了一个要不要尝试新食物的故事。苏斯博士用词很少，而且句子大量重复，只置换少量单词，是节奏感很强的韵文，读起来朗朗上口，且有极强的跳跃感。

文字叙事内容也非常丰富，常常是故事发生的时间、对话、心理活动、惊叹词和拟声词等图画难以表现的信息。如佩特·哈群斯的《晚安，猫头鹰》中"松鸦大声叫，嘎——嘎——猫头鹰好想睡觉啊！布谷鸟声声唤，布谷——布谷——猫头鹰好想睡觉啊！……天黑了，天黑了，月亮升起来了，四周安安静静的，没有一点儿声音了。猫头鹰大叫起来，呼呜——呼呜——把所有的动物都吵醒了。"各种动物的叫声通过拟声词显示出来，使故事显得立体生动。

学前教育专业的学生，不但要自己学会欣赏图画文学书，同时也要掌握指导儿童欣赏图画文学书的方法与技巧，可以从以下两点入手。

1. 能为儿童挑选合适的图画文学书

给儿童挑选图画文学书的第一个原则就是经典性原则，经典的图画文学书的品质是毋庸置疑的，它们经过时间的沉淀和验证，是儿童营养丰富的精神食粮。学前教育专业的学生只有阅读过大量的图画文学作品，才能为儿童挑选出合适的图画文学书。

儿童在不同的年龄阶段有不同的心理和思维特点，理解力也有很大差别，所以在挑选儿童文学书时一定要以适合性为原则，给儿童阅读适合他们年龄阶段的作品。如低幼儿童大部分比较喜欢色彩鲜艳、图像简单、情节简化、文字较少的作品，像艾瑞克·卡尔的《棕色的熊、棕色的熊，你在看什么？》《从头到脚》《1，2，3，去动物园》等都很适合低幼儿童阅读。

绘本的内容、形式等是多样化的，有知识性的、情感性的、哲理性的、想象性的等多种类型，尽量让每个儿童都有机会接触多样化的经典绘本，以提升他们的阅读能力。

2. 能用合适的方法教会儿童阅读图画书

教儿童阅读图画书，一定要采用合适的方法，应注意以下几个方面。

（1）能运用声音、表情和动作等，给儿童讲述图画故事，以强化其阅读体验。

（2）能指导儿童从"头"到"尾"（封面、环衬、扉页、正文和封底）阅读绘本，让他们逐渐学会阅读。

（3）能从中找到语言学习和表演的素材，让儿童分享图画书的阅读感受。可以采用看图讲述、故事接龙、模仿表达、模仿表演等方式激发儿童大胆分享自己的感受。

（4）能让儿童联系生活，感悟图画文学书的内涵，并乐于分享自己的情绪和想法。

（5）能让儿童根据图画书中情节的发展，大胆想象，以说、演、画、唱等形式续编故事。

总之，在引导儿童欣赏图画书时要注意培养儿童听图、观图和说图、想图甚至画图的能力，对儿童来讲，这既是情感投入的生命体验过程，也是多种潜能开发的这程，在这样奇妙的过程中，成人和儿童可以一起发现"深处的味道，远处的目标，高处的闪耀"（梅子涵）。

第六节　图画文学的创编

阅读经典的图画文学书，研究图画文学书的创意、结构、图文关系，这能为我们尝试图画文学书的创编提供很好的指导借鉴作用。

图画文学书的创编应该关注以下几个方面的内容。

一　故事因子

图画文学中图画和文字是两种讲故事的方式，它们结合在一起为故事的讲述服务。图画文学作家所关注的一个重要问题就是如何用图画和文字结合的方法把故事讲述出来，因此，故事因子的选择就显得非常重要。

如何为绘本创作一个故事

在选择故事因子的时候，有些图画文学作家常常喜欢选择传统的故事作为表现的对象，如西方传统童话《城市老鼠和乡下老鼠》《穿靴子的猫》、中国的传统故事《田螺姑娘》《狼外婆》等都被改编为图画文学书。

初学图画文学创编，可以选择自己感兴趣并且非常熟悉的文字故事，结合自己的绘画技巧，尝试用图文结合的方式重新来表达这个故事。

还可以选择系列图画书进行创编，如"青蛙弗洛格的成长故事"系列、"花格子大象艾玛"系列等都可以作为很好的故事蓝本进行再创编，这样的创编既有模仿也有个人创造性的发挥。

在图画文学表达的故事因子中，有很多是难以用故事的特征描绘的，我们可以把这种故事因子称为"立意"——作者要传达的主要思想或创作主旨。立意的特点就在于它并不是一个传统意义上的故事，我们在讲述时也很难把它作为一个完整的故事讲述，它只通过图画和文字的结合传达作者的某些想法。在自己创编绘本时，我们可以回忆自己童年的经验，寻找立意，然后用图文结合的方式进行表现。为使图画故事充满儿童趣味，还须认真观察和体会儿童的生活，试着进入儿童的内心，站在儿童的角度看世界，感受你要写的故事。

二　文字表述

图画文学书的文字表述并没有太多限定，但是一定要注意文字与图画的关系，文字要和图画相关联，共同讲述故事。

（一）文字要生动、简练、形象，富有童趣

图画文学书对字数并没有过多限制，但不管是字多字少，在表达的时候都必须生动、简练、形象并且富有童趣。

在编写文字时，要考虑读者对象。如果对象是低幼儿童，文字要尽量生动简单。如美国玛格丽特·怀兹·布朗的《晚安，月亮》，看起来是一本简单得不能再简单的睡前故事书，一只小兔子准备上床睡觉，随着夜色更深，房间更暗，他向周围每一样东西道晚安。

在绿色的大屋子里，有一架电话机，一个红气球，还有两幅画儿——

一幅画上，是一只正在跳过月亮的母牛；一幅画上，是三只坐在椅子上的小熊。

这儿还有两只小猫，一副手套，

一个玩具房子，还有一只小耗子。

一把梳子，一个刷子，一碗糊糊，

一位安详的老婆婆，正轻轻地说："嘘……"

晚安，屋子。

晚安，月亮。

晚安，跳过月亮的母牛。

晚安，灯光。晚安，红气球。

晚安，小熊。晚安，椅子。

……

晚安，所有角落里的声音。

（二）文字要有乐感和节奏感

图画文学书是可听的书，它要求书中的文字听起来有乐感和节奏感。

文字的乐感应该暗藏在故事的情感中，如在《猜猜我有多爱你》中，小兔子和兔妈妈的一问一答，看似在不断重复，却又有所变化，这一切都由"我爱你"三个字贯穿起来，听起来像一首舒缓的乐曲流过心头，正好传达出一种温馨的感觉。

小兔子："猜猜我有多爱你。"

兔妈妈："噢，我大概猜不出来。"

小兔子："我爱你这么多。"

兔妈妈："可是，我爱你这么多。"

小兔子："我爱你，像我举的这么高，高得不能再高。"

兔妈妈："我爱你，像我举的这么高，高得不能再高。"

……

文字中的节奏感往往会通过不断重复展现出来，有音韵的重复，还有句式的重复。如在《爷爷一定有办法》中，一个充满智慧、爱孙子的爷爷把孙子心爱的破毯子变成外套、背心、领带、手帕、纽扣。一句"爷爷一定有办法"反复出现在文字中，加上不断改衣服的相似情节，这就形成了重复而富有节奏感的故事。

在绘本《一园青菜成了精》中，"出了城门往正东，一园青菜绿葱葱。最近几天没人问，他们个个成了精。绿头萝卜称大王，红头萝卜当娘娘。隔壁莲藕急了眼，一封战书打进园……"故事在充满韵律的文字中展开。

创编图画文学书，还要注意其中的文字读起来是否朗朗上口，听起来是否和故事的主题相吻合。一般来讲，温馨的故事节奏比较舒缓，而幽默的故事节奏比较欢快。要学会利用适当的拟声、重复等技巧对文字进行润色。

（三）文字要成为图画的一部分

文字和图画在合奏时也要各司其职。文字不能喧宾夺主，同时又要和画面形成一种和谐感。

比较传统的图画文学书，都是图画居上，文字居下，两者在不同的区域中各司其职。"青蛙弗洛格的成长故事"系列就是这种类型的典型。

在很多图画文学书中，文字也参与了图画，参与的方式比较多变，如文字的变形，文字的排列等。在安东尼·布朗的《公园里的声音》中，作者用四种不同的字体变化，分别表现不同的讲述人身份。维吉尼亚·李·伯顿《小房子》中的文字随着图画发生变化，一会儿是曲线形排列，一会儿是圆形排列，一会儿是葫芦形排列，像是小房子看着眼前环境变化而产生的心情变化。陈致元的《小鱼散步》中有一页，文字也写在房顶的影子里，仿佛在和少女小鱼一起做走房顶的游戏（图6-23）。

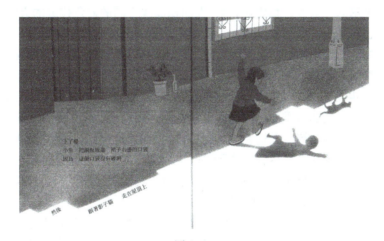

图6-23

"东方娃娃"系列中改编自中国民间传统故事的《漏》（黄缨绘图），封面的一个大大的"漏"字，由浓黑的毛笔写成，正好从房顶上掉下来，文字和画面完美地结合起来了（图6-24）。

图6-24

在创编图画文学书时，要思考一下采用什么样的方式让文字和画面和谐地结合在一起，文字用什么样的方式参与图画之中，以使文字和图画结合成有机的一体，共同传达故事。

三　图画表现

图画文学书作为一种综合性的艺术形式，其中的图画带给我们最直观的感受，图画是这类书的生命线，它不是作为文字的陪衬出现的，它的内涵甚至比文字讲述的内容更丰富。儿童能直接被图画吸引，从画中看出故事，这是他们进入文学书阅读的最初入口。图画的表现要注重书的封面、封底、环衬等结构问题，同时也要注意造型、色彩、布局、边框、细节等的展示。

（一）造型、色彩、布局、边框

图画的造型、色彩是直接吸引儿童的要素，一般来讲，给低幼儿童看的图画文学书色彩比较鲜艳。美国的艾瑞克·卡尔和李欧·李奥尼在图画的色彩运用方面是非常大胆而且有创意的，如艾瑞克·卡尔的《爸爸，我要月亮》，大面积深浅不同的蓝色构成的天空，银色、白色、灰色组成的有质感的月亮，绿绿的草地，很能吸引儿童。英国的大卫·麦基的"花格子大象艾玛"系列，画面的色彩采用了红、黄等暖色系，给人的感觉明亮而温暖，非常符合故事中大象们所生活的温馨氛围。

形象的绘制，也是图画中重要的表现内容。所以在故事或立意的雏形出来后，采用什么形象去表现故事和立意是非常重要的，而且形象造型还要符合儿童的认知心理，不能让他们觉得太幼稚或者产生害怕的情绪。桑达克的《野兽国》中的野兽形象是他想象出来的，乍一看令人害怕，但却深受儿童的喜爱。尽管这些野兽是尖牙利爪的形象，但是他们的头圆圆的、大大的，身体也是圆的，眼睛、鼻子等都是圆的，还长着人类的肉乎乎的脚。这样的怪兽形象非但不使儿童害怕，反而会令他们好奇，吸引他们阅读故事。

我们自己创编图画故事书时，在想好了故事和立意之后，就要思考用什么样的造型和色彩表现它们，造型可以是传统的也可以是对传统的突破，可以从模仿做起，慢慢带入自己的个性。

（二）细节

图画文学书中的细节不是通过文字的描述去体现的，而是通过图画展现的，在图画中作者会故意安排很多细节，透露自己的心机，读者只有反复读图才可能发现。如《打瞌睡的房子》里的那只跳蚤，一开始读时很多人都会把它忽略掉，读到后来，才在一页页中发现它。在《小鱼散步》中，小鱼要把在路边摘的两枝野花，送给自己最爱的人，在故事即将结束时，我们看见一枝插在了爸爸胸前的口袋里，另一枝插在了桌上的瓶子里，这自然是留给还在加班的妈妈的。

我们在创编图画文学的过程中，也应当有意地用细节展示故事，在图画中尝试着巧设机关，注意前后图画的照应，让图画有更丰富的意味。

（三）图文结合点的表现

用图画讲述故事，依靠图画的展示和文字的帮助，图文要找到最佳结合点。画与画之间衔接、连续，在规定的几十页内，要形成一个个不断诉说的画面，推动故事的发展。

在安东尼·布朗的《朱家故事》中，妈妈走后，留下了纸条："你们都是猪。"随后，画面中的墙纸、月亮、水龙头、手绢、挂画等都变成了猪头形状，到最后，爸爸和两个儿子的头也变成了猪头。文字只诉说了一次，画面则一直在诉说。这是图文结合的一种方式。

在荣获博洛尼亚最佳绘本大奖的《第五个》中，五个残缺不全的玩具在一间昏暗的房间里等待着，然后一个接一个地消失在门后，又焕然一新地走出来。其文字部分像一首诗：

门开了 / 出来一个 / 进去一个 / 还剩四个

门开了 / 出来一个 / 进去一个 / 还剩三个

门开了 / 出来一个 / 进去一个 / 还剩两个

门开了 / 出来一个 / 进去一个 / 最后一个

门开了 / 一个出来 / 独自进去

医生你好

文字和图画分开叙述，文字占一面，图画占一面，共同讲述故事，文字只是客观简单地描述，图画则生动地展现了玩具们的心理变化，最突出的是最后那个鼻子断了的小木偶，他的情绪变化很准确地在图画中表现了出来。这也是图文结合的一种方式。

总之，图画文学中的文字和图画各自有自己的表达，他们相结合所产生的意义远远大于他们独自承担的意义，在文字中找不到的答案，有希望在图画中寻找到，这就牵引读者继续往下看，这样也就达到了图文结合的效果。我们在创编图画文学书时，也要在文字部分留有余地，让图画能说话，并且牵引读者继续在下幅图中寻找答案，这样就找到了图文的完美结合点。

图画文学书的创编有一个逐步提高的过程，可以从模仿、改写、续写等方式入手，只有仔细揣摩，认真表现图文结合的特点，经过长时间的积累，才能够创编出真正表达自己和儿童生活的图画文学书。

作品选读

1.《棕色的熊、棕色的熊，你在看什么？》

（美）艾瑞克·卡尔

艾瑞克·卡尔的作品特别适合低幼儿童阅读，他的作品绘画形式多样，使用色彩大胆而和谐，表现形式独特，常在书中加入洞洞（《好饿的毛毛虫》）、折页（《爸爸，我要月亮》）、发声（《好安静的蟋蟀》）等，他常赋予作品阅读和游戏双重特性。如这本《棕色的熊、棕色的熊，你在看什么？》，将小朋友喜欢的动物赋予了丰富的色彩，并且以韵文的形式，以节奏配合简单的对答，吸引小朋友一页一页阅读下去，并愿意反复翻看图画，他们要按顺序说出这些动物，且名字、颜色和顺序都不能说错，阅读就这样变得有趣起来了。艾瑞克·卡尔有自己的网站：http：//www.eric-carle.com/。

2.《我》

（德）菲利普·韦希特尔

该作品曾在德国被评为"2004年度世界上最美的图画书"，它的美不在于华丽的语言或精美的图画，而在于它能直抵人的心灵，无论你是儿童还是成人。它引导孩子审视自己，不是用一个完美的尺度，而是站在充满灵性的宽容的角度。作品中的小熊阳光、自信、有些许自恋，有时又觉得自己孤独渺小。快乐、自足、幽默、忧伤等各种滋味蔓延在书中。作品的文字和图画结合得非常好，常常能带来幽默的效果。

3.《阿罗房间要挂画》

（美）克罗格特·约翰逊

"阿罗"系列（共7册），还包括《阿罗有支彩色笔》《阿罗的童话王国》《阿罗在北极》《阿罗的ABC》《阿罗漫游太空》等。异想天开的小男孩阿罗，靠着一支彩色笔走遍了他想去的一切地方，用自己的画笔实现了自己的一个又一个愿望。

4.《奥莉薇》

（美）伊恩·福尔克纳

奥莉薇是个小猪姑娘，画面大部分是黑与白，只有画到她时有鲜红色伴随。她涂妈妈的口红、穿妈妈的高跟鞋照镜子，还会吓弟弟。要是出门，她还会把所有的衣服都拿出来穿一遍。下雨天，她则会去参观博物馆。她喜欢直直走到埃德加·德加的《芭蕾排演》面前，她幻想自己有一天也能成为一名芭蕾舞演员……一个精力充沛的小姑娘，有无数现实中小女孩的影子。

5.《最奇妙的蛋》

（德）赫姆·海恩

赫姆·海恩是享誉国际的儿童图画书作家兼画家，他用透明水彩创作作品，三只母鸡各有特点，为了争当公主，在国王的主持下进行了一场下蛋大PK，他们三个分别下了完美的——特大的——方形而又彩色的蛋，他们比赛下蛋时的气氛用鸡观众的眼神、表情、动作生动地描绘了出来。作品中不断制造的悬念，为读者的阅读增添了很多乐趣。

6.《14只老鼠吃早餐》

（日）岩村和朗

"14只老鼠"系列是日本绘本作家岩村和朗的力作，《14只老鼠吃早餐》是其中的一本。整套书是关于10只各有特点的老鼠宝宝和老鼠爷爷奶奶、爸爸妈妈的其乐融融的生活故事。《14只老鼠吃早餐》中的颜色主要以绿色和黄色为主，色彩柔和，整个色调也十分和谐。在柔和的晨光中，14只老鼠分工合作，男老鼠们去采树莓，女老鼠们在厨房里生火做饭，老鼠爷爷在外面熬蘑菇汤，每幅图都生动地展示出老鼠们忙碌而快乐的生活情景。

7.《疯狂星期二》

（美）大卫·威斯纳

大卫·威斯纳的绘本总是充满着奇特的幻想，天马行空般不受常规的束缚。午夜从池塘乘荷叶飞到空中的青蛙，飞过原野，飞到城市里，披着床单当斗篷，发现没见过的电视机，用长舌头去按电视遥控器的按钮……初升的太阳照耀着恢复平静的城镇，仿佛这一切都不曾发生过，地上的荷叶让侦探匪夷所思，夜晚看见了真相的大狗，汪汪地叫着说出真相，奈何人们都听不懂它的语言。下一个星期二的晚上，又会发生什么稀奇的事情呢？半空中出现了猪的影子……让我们遐想翩翩了。

8.《雪人》

（英）雷蒙·布力格

《雪人》是一本无字书，作者雷蒙·布力格采取多格漫画的形式，用柔和暖色调的彩铅为读者创作了这个发生在寒冷冬夜里的幻想故事，让这个冬夜充满温暖的气息。男孩把雪人视作自己最好的朋友，带雪人感知了许多它不知道的事物，而雪人则像一个天真、可爱的孩子，对什么事都充满好奇，他被男孩赋予了鲜活的生命和强烈的情感，它带男孩在雪夜的天空自由地飞翔，我们仿佛也一起放飞了心情。

9.《石头汤》

（美）琼·穆特

美国绘本作家琼·穆特的《石头汤》从故事到画风都极具东方神韵。本来三个和尚只有一口小锅和好几块小石头，最后有了一口大锅，有了卷心菜、胡萝卜、蘑菇、云耳、山药、冬瓜等，村民们由互不往来到拿出自家的好东西和大家一起分享，这才熬出了美味的石头汤。故事告诉我们只要你愿意分享和付出，幸福就像煮石头汤一样简单。

琼·穆特的《禅的故事》获得凯迪克大奖，《尼古拉的三个问题》被《纽约时报书评》称赞为"能默默地改变人的生命"。

10.《小黑鱼》

（美）李欧·李奥尼

李欧·李奥尼给我们带来的作品太多了，如《小蓝和小黄》《这是我的》《亚历山大和发条鼠》《田鼠阿佛》等，每个故事除了带给我们视觉享受之外，还蕴含着深刻的人生哲理。李奥尼最喜欢《小黑鱼》这本书，他说小黑鱼特别像自己。小黑鱼在他的伙伴们被金枪鱼吃掉后，孤单、无助地漫游在海底世界，他见到了许多新奇的事物，这些新奇的事物激发了小黑鱼的好奇心，他继续游向未知的大海。后来，他看到了一群和自己一样的小鱼，为了免受大鱼的攻击，小黑鱼领着其他小红鱼游在一起，组成了一条黑眼睛的大红鱼，将所有想吃他们的大鱼都吓跑了。

很多人从这本书中读到了团结的力量，但是作者说自己像小黑鱼，应该是从极富智慧和领导才能方面讲的吧，我们还可以读出成长的未知与收获始终相伴的含义。

11.《爱心树》

（美）谢尔·希尔弗斯坦

《爱心树》中淡淡的充满诗意的语言，给人一种爱与被爱的幸福感；男孩由年少无知成长为年迈衰老，可爱心树却依然喜悦地说"来吧，孩子，来和我玩玩儿！"这是让我们潸然泪下的故事，最触动我们的是其无私的付出和给予。当树最后仅剩树桩时，依旧欣喜地欢迎男孩的归来。当树再也没有可以给男孩的东西时，仍然给了他静静休息的地方。谢尔·希尔弗斯坦的绘本风格幽默温馨、插图简单朴实、文字浅显、蕴含着淡淡的讽喻和哲思，不只吸引儿童，更掳获了大人们的心。

12.《小猫头鹰》

（爱尔兰）马丁·韦德尔　文/（英）派克·宾森　图

绘本《小猫头鹰》的作者马丁是2004年的安徒生奖获得者，他的故事精炼，富于诗意，贴近儿童心理，能满足儿童情感上的需要。作者借着简短、重复的对话，把三只小猫头鹰看不见妈妈时的忧心、试着安慰自己、站在树枝上等妈妈的过程展现得无比独特。《小猫头鹰》精准地描绘了儿童对于所爱之人分离时的恐惧感，深入到儿童的内心深处，让我们从细微处体察到儿童情绪的变化。

13.《团圆》

余丽琼　文/朱成梁　图

《团圆》是第一届丰子恺儿童图画书奖首奖的获奖作品，关注了当下中国留守儿童的生活状态。古风古韵的江南小镇，弥漫着热闹红火的年味儿，春节是团圆的日子，在外当建筑工人的爸爸终于回来了，一年不见，"我"都快记不得爸爸长什么样子了。于是"我"每时每刻都跟着爸爸，贴春联、剪头发、修房子，打雪仗……过完年，爸爸又要离开"我"去外地打工了。硬币、照片、服装、屋内陈设的变化等诸多细节，显示出因爸爸的短暂回家给这个留守家庭带来的团聚的欢乐。《团圆》是很"中国化"的一本图画书，关联了时代和个人的记忆。

14.《那只深蓝色的鸟是我爸爸》

魏捷 文 / 何耘之 图

　　《那只深蓝色的鸟是我爸爸》是首届信谊图画书奖文字创作奖首奖。"树上有20只鸟,第一次飞走5只,第二次飞走4只,树上的鸟比原来少了几只?"这个故事从一个孩子的数学题开始,爱孩子的爸爸,用无比的爱心与耐心,把自己当做鸟儿,一遍又一遍地为孩子努力飞翔着,究竟爸爸为什么要这样做呢?每次飞翔下来爸爸都用笑眯眯的表情看着儿子,儿子每次摇头后,爸爸都默默地去继续飞翔,把父爱的深沉伟大表现得淋漓尽致。

 训练与拓展

1. 什么是图画文学书?选择具体作品谈一谈图画文学书中的图画和插画有什么区别?

2. 图画文学书有什么特点?请结合具体作品谈一谈。

3. 图画文学书之于儿童有哪些独特的功用价值?

4. 图画文学书的结构特征是怎样的?选择几本图画文学书,分析它们的结构特征。

5. 阅读以下图画文学书:《生气的亚瑟》《生气汤》《啊!烦恼》《菲菲生气了—非常、非常的生气》《我变成一只喷火龙了》《野兽国》,总结这些书的共同点,从图画文学书的功能角度谈谈这些书的价值。

6. 认真阅读大卫·威斯纳的《七号梦工厂》,读图,说图,尝试为这本图画书配上文字。

7. 阅读有关月亮主题的图画文学书,如《晚安,月亮》《月亮的味道》《月亮,生日快乐》《月亮,你好吗?》《强强的月亮》《月亮不见了》《松鼠先生和月亮》《月亮先生》《我带月亮去散步》《男孩和月亮》《月亮剧场》《爸爸,我要月亮》等,讨论以下问题:

（1）怎样从图画文学书结构的角度鉴赏以上作品?

（2）如果把以上作品分成适合幼儿园小班、中班和大班的三类,你会怎么划分?请说出你的理由。

（3）如果让你创编以月亮为主题的绘本,你有什么好的角度和立意?请尝试你的创意设计。

8. 阅读"青蛙弗洛格的成长故事"系列,以青蛙弗洛格和它的朋友为主角,延续有关儿童情商的主题,仿编一本"青蛙弗洛格"图画文学书。

 资料链接

1. 文选与案例

（1）康长运在《幼儿图画故事书阅读过程研究》一书中,详细分析了幼儿图画故事书阅读的心理要素及其影响因素。心理要素包括观察、想象、探究、理解、情绪情感;影响因素有成人、阅读活动的组织、同伴。阅读这些内容,思考图画故事书对儿童教育的功能价值,以及怎样才能更好地实现这些功能价值。

（2）中国台湾绘本画家几米的图画书是否属于儿童图画书?朱自强在《儿童文学概论》一

书中指出："在所谓的读图时代里，图画书正在成为跨读者群的文学类。"思考儿童图画书应有什么特点，什么样的图画书才是真正供儿童阅读的图画书。

2. 图书推荐

（1）郝广才：《好绘本如何好》

（2）彭懿：《世界图画书阅读与经典》

（3）朱自强：《亲近图画书》

（4）河合隼雄，松居直，柳田邦男：《绘本之力》

（5）约翰·伯宁罕：《和甘伯伯去游河》《外公》

（6）佩特·哈群斯：《风吹起来》《小蒂奇》《母鸡萝丝去散步》

（7）安东尼·布朗：《大猩猩》《我爸爸》

（8）山姆·麦克布雷尼：《猜猜我有多爱你》

（9）大卫·麦基："花格子大象艾玛"系列

（10）罗伯特·麦克洛斯基：《让路给小鸭子》《莎莎摘浆果》

（11）克罗格特·约翰逊："阿罗"系列

（12）李欧·李奥尼：《小蓝和小黄》《鳄鱼哥尼流》《一寸虫》《小黑鱼》

（13）艾瑞克·卡尔：《棕色的熊、棕色的熊，你在看什么？》《好饿的毛毛虫》《爸爸，我要月亮》

（14）莫里斯·桑达克：《野兽国》《厨房之夜狂想曲》《在那遥远的地方》

（15）谢尔·希尔弗斯坦：《爱心树》《谁要一只便宜的犀牛》等

（16）大卫·威斯纳：《梦幻大飞行》《疯狂星期二》《七号梦工厂》等

（17）大卫·香农：《大卫，不可以》

（18）玛格丽特·怀兹·布朗：《逃家小兔》《晚安，月亮》等

（19）雅诺什：《来，让我们寻宝去》《兔孩子一点也不笨》

（20）马克斯·维尔修思："青蛙弗洛格的成长故事"系列

（21）五味太郎：《小牛的春天》《鳄鱼怕怕　牙医怕怕》《谁藏起来了》

（22）宫西达也：《我是霸王龙》《你真好》《你看起来好像很好吃》等

（23）中江嘉男（文），上野纪子（绘）："鼠小弟"系列

（24）田村茂：《蚂蚁和西瓜》

（25）陈致元：《阿迪和朱莉》《很慢很慢的蜗牛》

单元七

儿童散文

学习目标

1. 掌握儿童散文的概念与特征；
2. 了解儿童散文的分类；
3. 提高对儿童散文的鉴赏力；
4. 尝试进行儿童散文创作。

基础理论

　　散文是一种轻盈空灵的文体。散文常常撷取日常生活中的一个片断甚至是点滴小事，或自然界中的一个小物件乃至一片叶、一缕光、一眼泉、一朵花，来寄托作者的情思，表达主观感受，流露某种意愿、希望和追求。散文介于诗歌与小说之间，其音乐性不及诗歌，故事性不及小说，这使得很少有人本能或天性上就喜欢散文。散文最大的功用在于养情怡性，人对散文的喜爱最需要后天培养。从某种意义上说，喜欢散文、诗歌的人才是真正的文学爱好者。由此，我们可以判断出儿童散文在儿童文学诸文体中的特殊性及其对儿童文学教育的特殊意义。

儿童散文的特
殊意义

第一节　　儿童散文的概念与特征

一　儿童散文的概念及其发展

　　散文是我国一种古老的文体，在漫长的文学史演进中，散文的含义和范围曾经发生嬗变。在古代，散文是相对于韵文而言的，"非韵、非骈即散文"。"五四"新文化运动以后，散文成为与小说、诗歌、戏剧并列的一种文体，这就是人们常说的现代散文。

　　对散文文体的特征，历来的论说都是"形散而神不散"，这自有它的道理所在，但"形散而神不散"之理用在其他文体上，也大致说得通。如果说，小说最大的特征在于虚构，则散文最大的特性恰在于其真实，散文当属非虚构文学，它是作者真性情的流露，是作者心灵的自叙传。散文之"散"重心不是指向"形散"，而是指向作者写作心态的"散淡""平和""自在""无拘束"。有人称散文为"心灵的絮语或闲话"，确有道理。散文高手、学者张中行甚至说，当一个人活够了一定的岁月，在某一方面成了行家里手，就可以随手写出好的散文来。要想写好散文，就要会说一些没有用但很有味的废话。另外，散文文体还特别追求语言的美雅、韵致、趣味。

在古代，适合儿童阅读欣赏的散文并不多见。"五四"新文化运动时期，"儿童本位"观念悄然兴起，继冰心为《晨报副镌》写的系列儿童散文《寄小读者》之后，其他作家陆续创作出一大批以"儿童为本位"的艺术散文。这些散文反映出儿童的兴趣、爱好、感情和心理，充满了儿童的纯真与稚拙之趣，语言优美、形象、浅易、活泼，篇幅短小，一经问世，就得到了大小读者的喜爱。许多文学评论家把这种真实传达儿童生活情趣与心灵感受，适合儿童审美需求和欣赏水平的现代散文，称作儿童散文。

从"五四"新文化运动时期到现在，儿童散文涌现出许多值得称道的作家和作品。

"五四"新文化运动时期，颇受瞩目的儿童散文佳作有：刘半农的《雨》、鲁迅的《从百草园到三味书屋》、朱自清的《春》、郑振铎的《纸船》、老舍的《养花》《小麻雀》、王统照的《小小的画片》、丰子恺的《华瞻的日记》《给我的孩子们》《儿女》《儿戏》、许地山的《落花生》《桥边》《梨花》《春底林野》等。

20世纪30—60年代，儿童散文创作数量较少，冰心的《再寄小读者》、任大霖的《芦鸡》《天目山下》、柯蓝的《少年旅行队》、严文井的《世界一点也不稀奇》、陈伯吹的《一匹出色的马》、贺宜的《雾》、郭风的《叶笛集》《红菇们的旅行》《雏菊和小蒲公英》等是这一历史时期脍炙人口的佳作。

20世纪80年代以来，中国内地出现了一大批优秀的儿童散文作家，以高洪波、金波、吴然、陈丹燕、乔传藻、束沛德、谷应、肖复兴、杨羽仪、陈益、吴珹、佟希仁、董宏猷、洪敬业、湘女、殷健灵、张洁、徐鲁、邢思洁、史伟峰等为代表的儿童散文作家受到了儿童散文读者的欢迎。内容与表现形式日臻完善的儿童散文作品也如雨后春笋般大量涌现。

儿童散文在内地发展的同时，港台地区也出现了以桂文亚的《美丽眼睛看世界》《大外套的秘密》、林良的《小太阳》、林方萍的《屋檐下的秘密》等为代表的儿童散文佳作。

二　儿童散文的特征

儿童散文隶属散文，它具有散文的一般特点——内容真实，题材广博，抒情含蓄，意趣丰富，形式灵活，行文自由。散文性是它区别于其他儿童文体的特质。儿童散文是为儿童创作、供儿童欣赏的，它又涂上了鲜明的儿童色彩。散文性和儿童化的交融使得儿童散文显出别样的韵致来。

儿童散文的可感性

（一）贴近儿童生活与心灵，亲切可感

散文注重写真事，描真景，抒真情，传真知，道真理，是最贴近真实生活的一种文学样式。儿童散文则以儿童的口吻，为儿童拍摄自然写真，捕捉生活掠影，记录成长心声，是最贴近儿童生活与心灵的文学样式。

例如，夏辇生的《窗》：

我发现，妈妈的大眼睛里，有两个小人，不是别人，正是我——冰冰。

"妈妈，妈妈，你的眼睛里怎么会有冰冰呀？"

妈妈笑着说："眼睛是心灵的小窗。你从小窗里，看到了妈妈心中的宝贝呀！"

哦，原来是这样。我把这个秘密告诉了幼儿班的兰兰。一天，兰兰跑来，神秘地对我说，她在我妈妈的眼睛里，也看到了两个小人，不是别人，正是兰兰。

这怎么会呢？我不相信，可她偏说是真的。

我俩手拉手跑到妈妈跟前，仔细一瞧，妈妈的眼睛里有冰冰也有兰兰。

奇怪，妈妈的眼里怎么会有别人家的娃娃？

妈妈告诉我："你是妈妈的儿子，兰兰是妈妈的学生。你们俩都是妈妈心中的宝贝呀！"

"嘿嘿……"我笑了。

"嘻嘻……"兰兰也笑了。

文中两个好奇、天真、敏于发现、酷爱探寻、认真又容易满足的小主人公，像不像我们身边的孩子，或者小时候的我们？当文中的情景在生活中上演的时候，我们会不会为孩子们的认真与天真忍俊不禁？

再如，胡木仁的《小燕姐姐》：

小燕姐姐，从远方回来，带着一把灵巧的剪刀。

剪呀剪，剪出好多绿叶，绿叶挂满树枝啦！

剪呀剪，剪出好多鲜花，鲜花开满大地啦！

剪呀剪，剪出一个彩色的春天，送给小蜜蜂，送给小蝴蝶，送给爱唱爱跳的娃娃。

把燕子称为姐姐，把"彩色的春天"看成"燕子剪刀尾的杰作"，这样的想法亲切而熟悉。"……绿叶挂满树枝啦！……鲜花开满大地啦！"在这肆无忌惮的呼喊声里，我们可以感受到孩子们面对蓬勃春意时难于自抑的惊奇与欢喜。

（二）意蕴优美，意境清新、明快

儿童散文中所抒写的见闻、情思、感悟，往往既是儿童散文作者对于儿童生活的特殊意义和特殊美质的发现，更寄寓了作者对于儿童在认识、情感、精神、品格、情趣等方面的美好期待。因此，意蕴优美是儿童散文的突出特点之一。

比如，谭小乔的《风筝和竹叶船》所提倡的友爱，郑春华的《很轻很轻》、江日的《妈妈的眼睛》对于母爱的发现，滕毓旭的《一朵会说会笑的山菊花》所展示的孩子那令人怦然心动、忍俊不禁的纯真、善良与稚拙，桂文亚借《你一定会听见的》所传达的对于读者"要有一双善于发现的眼睛、善于捕捉的耳朵、一颗易感的心灵"的期望……这些散文都具有优美的意蕴。

再看，冯幽君的《春雨沙沙》：

春雨沙沙，春雨沙沙……

沙沙的春雨，像千万条丝线飘下……

穿梭的燕子衔着雨丝，织出一幅美丽的春天图画：绿的，是柳叶；红的，是桃花。还织出一条清凌凌的小河，河里的鱼儿欢快地摇动着尾巴。河的对岸有一座小山。山坡下，有播种的农民；山坡上，有植树的娃娃。

啊，多么迷人的图画！

在这篇短文中，沙沙的春雨，穿梭的春燕，清凌凌的小河，欢快的鱼儿，播种的农民，植树的娃娃及绿柳红桃，让读者充分感受到春天的馥郁芬芳与勃勃生机，这是多么迷人的意境！

儿童散文以儿童特有的眼光和想象来记人叙事、写景抒情，特别讲求儿童视角和儿童口吻。优秀的儿童散文作品都须经由纯真、淳朴之"童心"的过滤，托稚嫩、轻柔的"儿童之口"说出。如此一来，儿童散文便似从儿童水晶般的心底流出的清泉，意境清新、明快。

例如，张继楼的《跳磴演奏曲》：

在我们上学的路上，有一条浅浅的小溪，在山脚下悄悄流淌。青青的条石，排成一个跳磴，像一排黑色的琴键，等着我们去演奏。

晴天，朝霞映照着小溪和跳磴，我们踏着琴键，跨过小溪，走向学校。溪水淙淙，那是我们演奏的进行曲。

雨天，溪水涨了，跳磴躲在浑浊的水下，和我们藏猫猫。大哥哥、大姐姐们，手拉着手，站在看不见的跳磴上，筑成一条长长的栏杆，让我们扶着，跨过小溪，走回家去。笑声、水声融在一起，那是水下的琴键，在演奏友爱曲。

水更深的时候，老师变成一艘渡船，一次次背着我们，踏着水下的跳磴，一步一个漩涡。溪水哗哗，这是琴键在演奏赞美曲。

不管春夏秋冬，不论阴晴雨雪，我们踏着跳磴，弹着琴键，走向学校。在不同的乐曲声中，一天天长大。

浑浊的溪水，潜在水下的跳磴，学生手拉手筑起的栏杆，老师一步一个的漩涡……这原本令人惊心动魄的景象，经由孩子纯真而轻盈的心灵过滤，却成了水声、笑声、藏猫猫的跳磴、渡船合奏而成的令人欢悦、感人至深的"友爱曲""赞美曲"。"友爱曲""赞美曲"，再加上霞光、远山、小溪、琴键一般的青石桥墩，背着书包欢笑前行的小学生，组合成这支明媚欢畅的"进行曲"。

再如，郑春华的《很轻很轻》：

妈妈走路的时候，很轻很轻；妈妈说话的时候，很轻很轻；妈妈笑起来的时候，也是很轻很轻。

晚上，我和妈妈睡在一起，妈妈讲的故事就像一片云，轻轻地、轻轻地盖在我身上，我很快就睡着了。

有时候半夜里刮大风、打响雷，妈妈的声音更轻更轻，轻得好像让风声雷声也变轻了，变远了，我就不再害怕。

雷公公东看看，西瞧瞧，以为我家没人呢，就去找那些吓哭了的孩子和那些大声骂孩子的妈妈。

而我，在妈妈很轻很轻的歌声里又睡着了，还做了一个梦，梦见妈妈变成一朵雪花在空中轻轻地飘……

这篇散文，用轻、浅、软、净的儿童语言，将生活的安宁与温馨悄然送至我们心间。

读这些像儿童的心灵一样明净、温润的儿童散文，仿佛沐浴于晨光中，徜徉于山间溪畔，颇有一种风烟俱净的安恬。

（三）想象丰富，童话色彩鲜明

儿童世界与成人世界面貌迥异。在幼小的儿童看来，自然万物皆有灵性，它们都具有人的特征：有思想、有感情、会说话、会办事。因此，儿童的世界弥漫着儿童神奇的想象，反映其生活、思想、精神面貌的儿童散文便极易染上童话色彩。

儿童散文的童话色彩

例如，胡木仁的《一只迷路的小蚂蚁》：

一只小蚂蚁，爬呀爬呀，爬上了娃娃的小手。

娃娃举起另一只小手，想揍小蚂蚁。

小蚂蚁说："别打，别打，我迷路了！"

娃娃举起的小手缩了回来，他望了望，看见不远的地方有一队小蚂蚁……

娃娃把小蚂蚁，轻轻地送到它们的队伍里。

小蚂蚁摇摇小触角："谢谢！谢谢！"

娃娃挥挥小手："再见！再见！"他拍拍小手上的泥灰，甜甜地笑了……

这篇散文记录了一个司空见惯的幼儿生活场景。在文中，我们看到蚂蚁被人格化了，蚂蚁与娃娃的交流和人与人之间的交流一般无二，娃娃甚至明白小蚂蚁的心思。

再如，赵琦的《冬爷爷的大扇子》：

冬爷爷怕热，走到哪儿都带着一把大扇子。冬爷爷的大扇子一摇，摇出了西北风。

冬爷爷的大扇子摇啊摇，摇出了小雪花。公园白了、马路白了、楼房也白了。冬爷爷的大扇子摇啊摇，摇出了长着红鼻子的小雪人。

冬爷爷的大扇子摇啊摇，摇出了冰糖葫芦、大冻梨和金黄金黄的冻柿子。

冬爷爷的大扇子摇啊摇，摇出了白雪公主和小矮人。

一天又一天，冬爷爷摇累了，他要回家去歇一歇了。

小朋友耐心地等待冬爷爷回来。等啊等，雪化了，冬爷爷没回来。

等到冬爷爷带着大扇子回来时，小朋友已经长了一岁。

在这篇散文中，我们看到，在幼儿的世界里，冬天可以成为能摇出"西北风、小雪花、小雪人、冰糖葫芦、大冻梨和金黄金黄的冻柿子、白雪公主和小矮人"的爷爷。为什么会把冬天想象成爷爷呢？是冬雪与老爷爷的须发颜色一致吗？还是冬天与爷爷一样威力无比？不明真相的儿童对于生活和世界的想象与理解尽管神奇，却依旧是"顺理成章"的。

（四）偏重叙事，富于动感

成人散文的重心在于写景抒情，儿童散文与此相反，它偏于叙事。这与儿童偏爱故事的天性有关。关于这一点，其实很好理解，叙事是时间性的，它突出了前后的变化，具有动态性；而写景则是空间性的，它是静止的。儿童天生会被动态的事物吸引，对沉静的事物缺乏耐心。为了适应儿童这一天性，增强儿童散文的趣味性，儿童散文摒弃静态描摹的写法，常在作品中安排些叙事情节或者动态描绘，以吸引儿童的注意力，激发儿童的阅读兴趣。即便是写景类的散文，也要用上讲故事的口吻，描写风景的动态变化。当然，这种故事性叙述，往往只取所需的生活片段、事件片段，跳跃性较大，而不像小说叙事那样必须交代前因后果、来龙去脉，具有完整性。譬如，吴然的《珍珠雨》，确实是写景的，但它不是静止的，文中的"小鸟"就像一个故事的主角，带领我们一起观看雨中、雨后的风景，动态感很强。

儿童散文注重故事性的叙述，表现在叙事类散文中自不待言，表现在写景状物类散文中，还会适当穿插讲述一些神话传说、风俗风物、历史掌故、民间故事，以增强散文的叙事性、趣味性。有时，儿童散文也会采用想象性叙事的方式来敷衍成篇。譬如，泰戈尔的《花的学校》就是最好的例子，在孩子的想象里，那些花竟然是一些在地下的学校里上学的花孩子，这多有趣！而桂文亚在《你一定会听见的》里，一开始就叙写了"蒲公英梳头""八十只蚂蚁小跑步""一朵雪花飘落"的故事场景，这种灵动曼妙的文笔自然是想象性叙事的产物。这样的文字，对儿童而言，最具生动感性美。

第二节　儿童散文的类型、鉴赏与创编

一　儿童散文的类型

儿童散文按不同的划分角度可分为不同的类型。如果从内容与表达方式的角度划分，可以分为儿童抒情散文、儿童叙事散文、儿童写景散文。另外，在儿童散文中，还有较为特别的类型，如儿童童话散文、儿童知识散文等。

（一）儿童抒情散文

儿童抒情散文重在将儿童于生活中感知到的各种美表现出来，让儿童从中受到美的熏陶，激发他们对于自然、生活的热爱之情。它可以融情于景，也可借景、事、物来抒情。如张秋生的《妈妈睡了》：

妈妈睡了。

妈妈在哄我午睡的时候，她自己先睡着了，睡得好熟、好熟。

像我睡着时，妈妈常爱在边上看我一样，我也看着妈妈睡觉……

睡梦中的妈妈真美丽。

妈妈明亮的眼睛闭上了，紧紧地闭着。她弯弯的眉毛也在睡觉，睡在妈妈红润的脸上。

妈妈的嘴巴微微张开着，好像还在给我唱催眠的歌谣……

睡梦中的妈妈好慈祥。

妈妈微微地笑着。是的，她在微微地笑着，她的嘴巴、眼角都挂着笑意。好像在睡梦中，妈妈又想好了一个故事，等会儿讲给我听……

睡梦中的妈妈好累。

妈妈的呼吸是那么深沉。她细软的头发粘在微微渗出汗珠的额上。窗外，小鸟儿在唱歌，风在树叶间散步，发出沙沙的响声，可是妈妈全听不到。她干了好多活，累了，乏了，她想甜甜地睡一觉。

妈妈睡了。

这篇散文，以"我"对睡着了的妈妈的眼睛、眉毛、脸色、嘴巴、笑容、呼吸、头发的细心观察和对妈妈美丽、慈祥、好累的灵敏感触，抒发了一个孩子对妈妈纯洁无瑕的爱意，令人感动不已。

（二）儿童叙事散文

儿童叙事散文侧重于用散文的笔调记叙儿童生活中发生的事。它可以有完整的故事情节，也可以只写事件的片段，不一定要有开端、发展、高潮、结尾等过程。在必要的时候，则简化、淡化情节，使情节为抒情服务。儿童叙事散文题材广泛，凡适于儿童接受的生活皆可入文。

张秋生的《碰碰车》、王葭的《捉蛐蛐》、滕毓旭的《一朵会说会笑的山菊花》、彭万洲的《拾豌豆》，都是写儿童生活趣事的优秀作品。

（三）儿童写景散文

儿童写景散文往往把目光聚焦于一个小景点，努力从小景点挖掘出丰富的意趣，让儿童从中受到潜移默化的美感熏陶，激发儿童对自然、对生活的热爱之情。为了迎合儿童天性活泼好动的特点，儿童写景散文鲜少单纯、静态地描写、介绍景物，动感强，且富于儿童情趣。例如，陈秋影的《冬天，在小河边》：

冬天，我们又来到了小河边。河上，结着一层薄冰，像一扇很大很大的玻璃窗。

夏天，那些呱呱叫的小青蛙们，现在哪里去了？噢，它们正躲在河边的泥土里，沉沉地睡着，度过整个冬天。

夏天，那些在河面上吐泡泡的小鱼，现在哪里去了？噢，它们全都聚在小河的水底，有时游上来，透过"玻璃窗"，向外张望，想和我们游戏玩耍。

秋天，那些绿的、黄的、红的树叶，现在哪里去了？快看看河面上的冰吧，这里冻住了绿的、黄的、红的树叶，这里有美丽的秋天。

冬天，站在小河边能看到什么景象呢？在丰富的联想引领下，透过一扇很大很大的"玻璃窗"，读者不仅看到冬天，还看到了风趣的夏天、秋天的景象：躲在泥土里冬眠的青蛙，呱呱叫的青蛙；聚在水底，有时游上来，透过'玻璃窗'向外张望的小鱼，游到河面上吐泡泡的小鱼；被河水冰冻的绿的、黄的、红的树叶，挂在枝头随秋风摇曳的绿的、黄的、红的树叶。这样的儿童写景散文，不仅能激发儿童的阅读兴趣，也能培养儿童的想象和联想能力。

写景散文中，还有一种被称作"游记"的散文。它不同于普通的游记散文，没有视角上的丰富变化，也没有令人浮想联翩的故事。它着重描述中外名胜风光、山水人物的布局与特征，通常只记一景一物，叙一人一事，线索单纯，结构简单。这类散文，可以让儿童感知世界的辽阔与美好，如望安的《大卧佛》、刘兴诗的《我爱哈尔滨的冬天》等。

（四）儿童童话散文

儿童童话散文的特征是把童话的构成元素移植到散文创作里，借助童话中的拟人体形象和具有幻想色彩的情节，用散文的语言和形式来叙写儿童的日常生活。因为有了童话元素的介入，儿童童话散文中的形象比一般儿童散文更显亲切可爱，语言也比一般儿童散文更新鲜活泼。儿童童话散文能让儿童在新奇中体会到生活的美好。如杨明明的《找到啦》：

"呼—，呼—！"风娃娃轻轻地走着，它和小豆豆藏猫猫呢！

小豆豆找呀，找呀！就是找不到风娃娃！

"风娃娃，你在哪里呢？"

柳树说："小豆豆，你想想，谁在帮我梳头发呀？"

花儿说："小豆豆，你想想，谁在和我跳舞呀？"

湖里的小船说："小豆豆，你看看，谁在帮我摇摇篮呀？"

风筝在空中快乐地玩着："小豆豆，你说说，谁在逗我翻跟斗呀？"

明白啦！小豆豆抓起小风车跑了起来，风车骨碌骨碌转得欢。

"风娃娃，你躲在我的风车里。找到啦！找到啦！"

作者巧妙地发挥想象和联想，为儿童构思出会说话的柳树、花儿、小船、风筝这些童话形象。对大人而言，这是童话，对儿童而言，这是再自然不过的现实。

（五）儿童知识散文

儿童知识散文以向儿童介绍知识为目的，它扣住了儿童的心理、认知特点，寓知识于形象的描写之中。儿童知识散文不同于科学小品文，也不同于生活常识的说明文，它的写法灵活，常以生动活泼的语言和颇有抒情气息的笔调来传达一些知识。

比如，徐青山的《荷叶上的珍珠》，就以讲故事的形式生动形象地介绍了水会凝结与蒸发的知识。

早晨起来，我看见荷叶上有一颗珍珠。

这颗珍珠又大又圆又明亮，翠绿的荷叶像个碧玉盘，盛着这颗亮晶晶的珍珠，真好看。微风一吹，它就滚动起来。它一会儿滚到东，一会儿滚到西，像在荷叶上玩耍呢。

过了一会儿，太阳出来了，荷叶上的珍珠就不见了。

它哪儿去了呢?

我知道，它变成水蒸气，飞到空中去了，明天早晨，它又会回来的。

《珍珠雨》的童真童趣美

二　儿童散文鉴赏

曾有评论家说"说到底，散文就是一种味道，精神的味道，以及文字的味道。散文就是通过自己独有的语言方式，把它背后的味道传达出来。"因此，能品味散文的味道，才算抵近了散文。对儿童散文的鉴赏也可从这个角度着手。

（一）品味儿童散文精神的味道——呵护童真

散文是"实""虚"结合、因"实"出"虚"的艺术。所谓"实"，指的是作者在作品中所叙写描摹的现实生活中真实存在的人、事、物、景。所谓"虚"，是指作者渗透在这些人、事、物、景里的情感、思想和道理。即作品的"弦外之音""言外之意"。在散文中，写"实"并非终极目的，"实"是作者表达体验和感悟的依托与铺垫，散文的真正用意，是要在"实"的基石上构建出一个美丽的精神家园，"虚"才是散文的着眼点。

散文记人、叙事、写景、状物，均以"为抒发一缕情丝，传达某种趣味，表达某种感悟"为落脚点。"一粒沙里见世界，半瓣花上说人情"（郁达夫）——细处落笔，小中见大是散文的本质特征。儿童散文所抒发的一缕情丝，传达的某种趣味，表达的某种感悟，不能囿于个体心灵的"狭隘"圈子，它应是作者管窥蠡测，洞察幽微，努力寻求与广大儿童的心灵世界进行直接而广泛的沟通之后的深思妙悟，是作者对于儿童世界里的特殊意义和特殊美质的发现，它可以通达无限丰富的心灵世界，乃至沟通无限广阔的社会人生。

阅读一篇优秀的儿童散文作品，当我们透过文中有限的形象，捕捉和领会到某种深远超越这"一粒沙""半瓣花"的"象外之形""弦外之音"时，必然会受到感染或启迪。可以说，儿童散文的精神内核就在于作者对童真的呵护与赞美。

读胡木仁的《一只迷路的小蚂蚁》、谭小乔的《风筝和竹叶船》，读者很难不为小主人公纯真的心灵怦然心动；江日的《妈妈的眼睛》、夏辇生的《"窗"》、郑春华的《很轻很轻》、滕毓旭的《一朵会说会笑的山菊花》等作品，所展示的儿童家庭生活情趣怎能不使儿童和成人着迷。

鉴赏儿童散文，可以从即景、析事、体物入手，通过察情、入情、悟情，去欣赏作品的内容之美、境界之高、情致之雅、理趣之妙，去体味作品背后富于儿童情趣的本真。

（二）品味儿童散文文字的味道——传递童趣

散文依托具体的人、事、景、物传情达意，散文作品对于人、事、景、物的描摹就显得举足轻重，作家的笔墨，也就在作品的描写叙述中现出精彩来。

考虑到儿童审美能力，儿童散文作品中的描摹，不求面面俱到，不求入木三分，只求能将目光凝定在典型材料上，择其一目了然的精彩优美之处用平易的语言进行细述，津津乐道，生动感人。清浅、可感、生动，这正是儿童散文应有的滋味特征。

看看这样的句子："穿梭的燕子衔着雨丝，织出一幅美丽的春天图画：绿的，是柳叶；红的，是桃花。还织出一条清凌凌的小河，河里的鱼儿欢快地摇动着尾巴。河的对岸有一座小山。山坡下，有播种的农民；山坡上，有植树的娃娃。"（《春雨沙沙》）

作者选取最具春天意味的物、景、人、事："燕子，柳叶，桃花，小河，鱼儿，播种的农民，植树的娃娃"，用儿童易于感觉的色彩鲜明、动感十足的语言简单勾勒穿梭的燕子、绿柳叶、红桃花、清凌凌的小河、欢快的鱼儿、播种的农民、植树的娃娃，传递出对于春天到来的欢悦之情。

再看刘丙钧的《走进大草原》：

走出城市，走进大草原。

草原的天好高好蓝，草原的风带着淡淡的草味儿，又香又甜。

像小马驹一样的奔跑，心情也像小马驹一样欢畅。

像小鸟一样的歌唱，歌声也随鸟儿一起飞翔。

在大草原的怀抱中入睡，有满天亮亮的星星做伴。

在梦中，变成一棵草，一朵花。草原上的梦，又香又甜。

这篇散文，作者紧扣草原"空旷寥廓、天蓝地绿，鲜花如海"的典型特点，从儿童的审美感受出发，借助形象、亲切的拟人和比喻，诉诸视、听、嗅、触等感觉，用平白如话的语言具体描述了"好高好蓝的天，又香又甜的花儿和草儿味，又香又甜的风……"全文未着"喜爱"之辞，但作者走进大草原的欢畅心情却已跃然纸上。而比喻、拟物、反复等多种修辞手法的使用，更使散文平添了诗一般的优美与精彩。

有时，作者也特意锤炼一些富含抒情韵味和哲理意味的语句，使得儿童散文语言耐人寻味。这样的语言往往分外引人注目。如桂文亚《你一定会听见的》的结尾这样写道："你开始微笑，轻轻地笑，大声地笑，这时候，你一定会听见的，这个世界，也跟着你微笑。"

另外，儿童散文中那些增强作品生动性和感染力的灵动元素，在鉴赏的过程中也值得留意。比如，所引进的使作品富于音乐美的诗体结构，使作品更显亲切的日记格式，丰富读者想象力、增添作品活力的童话手法……

三 儿童散文创作

创作儿童散文，可以从以下三个方面着手。

（一）用童心打量生活

儿童散文的写作视角

散文的特点之一是真。优秀的儿童散文作品，都是作家蹲下身来，化身为儿童，以儿童的眼光和心灵对生活进行观察、体验、感悟，而后披襟剖心、真情道白的结果。

成功的儿童散文作家总是满怀对儿童的喜爱，深入儿童的日常生活，以一颗敏锐的心，探寻儿童观察世界的眼光，体察儿童思考问题的角度，倾听儿童心灵最深处的声音。

如果我们用儿童的眼光去观察、体验儿童的日常生活时，就会发现儿童的生活是那样丰富多彩，蕴含着俯拾皆是的童真童趣。比如，胡木仁在《一只迷路的小蚂蚁》中所表现的孩子善良柔软的心地，刘丙钧在《老爷爷的胡子》里彰显的孩子式天马行空的想象力，桂文亚在《走在放学回家的路上》里所表现的曾经钟爱"闭眼走路"的生活情趣。

创作儿童散文的最有效的方法就是把这些我们从生活中所体验到的种种快乐、感动、振奋和意趣用儿童熟悉的材料、以儿童喜闻乐见的形式传达出来。

（二）使构思充满童趣

进行儿童散文创作，确定了文章立意之后，作者还需站在儿童的立场，反复体味把握用怎样的人、事、景、物，怎样的结构方式，怎样的语言表述才能触动儿童的心灵，激起儿童的欣赏热情。

优秀的儿童散文作品，能够契合儿童的思维特点、求知兴趣、审美心理和审美趣味，比如，滕毓旭《一朵会说会笑的山菊花》、谢华的《紫叶儿》、晨枫的《小糖人儿》……借鉴这些优秀儿童散文的经验，引进童话元素，塑造活泼可亲的拟人化的形象，安排富于幻想色彩的情节或情节片段，用亲切可感的方式向儿童讲述，自然就能够增添作品的生动性和感染力。

比如，彭万洲的《荷叶》，就是一篇内容精粹、感性、亲切的儿童散文范本：

荷叶儿伸出水面，顶着一片蓝蓝的天。

蜻蜓飞来了，高兴地说："这是我的机场。"

青蛙跳上去，高兴地说："这是我的唱片。"

鱼儿游过来，高兴地说："这是我的雨伞。"

滴滴答答，真的下雨了，我把荷叶当斗笠，顶着雨跑回家了。

奶奶取下荷叶，高兴地说："多香的叶儿啊！"

一会儿，奶奶让我吃叶儿粑，那粑粑就是用荷叶包的，清香绵软，真好吃！哇，打嗝都有一股荷叶味儿……

这篇短文要表现的是荷叶带给童年生活的乐趣。为此，作者特地撷取荷塘的常见生物——蜻蜓、青蛙、游鱼入文，但不是简单描述蜻蜓、青蛙、游鱼与荷叶的关系，而是驰骋想象，引进童话元素，让蜻蜓、青蛙、游鱼以拟人化的形象出现在读者面前，依据荷叶特点，分别把荷叶想象成它们的机场、唱片、雨伞。这种妙趣横生的构思，与儿童独特灵动的审美趣味十分相合。文末吃奶奶用荷叶包的叶儿粑，"打嗝都有一股荷叶味儿……"的典型细节，更使文章童趣十足。

（三）让语言富于感性

臧克家在《多写散文少写诗》里说："写人物，要注意细节，即小事，见精神。""岂止写人，写景、状物、叙事都应有细致的描写；只有精描细绘，才能生动起来，才能最后'见精神'。"（刘真福《散文从小处写起》）儿童散文也需如此。

为了适应儿童的审美能力，儿童散文也需要作者从儿童的感性出发，抓住最能融入作者感悟且又为广大儿童所熟悉的生活细节，进行精描细绘。比如，在《彩色的雨》中，作者佟希仁对"田野、果园、菜畦"等做了细致真切的描绘，很好地突显出"夏天的雨"是"彩色的雨，充满希望、令人喜悦的雨"。樊发稼的《我最喜欢春天》、徐青山的《荷叶上的珍珠》也是有此特色的儿童散文。

儿童散文惯以可感的形象引领小读者走近作者的感悟，形象是对儿童散文语言的基本要求之一。儿童散文要顾及儿童的理解能力，其语言自当清新、浅显；儿童生性活泼，平静的事物难以唤起儿童的感应，因而儿童散文语言也要活泼而富于动感。另外，善于使用各种修辞手法（比喻、拟人、排比、反复、比拟、设问等），有效使用押韵、叠音手段，灵活调动句式的整与散，也能增强儿童散文的生动性和感染力。

由此看来，要写出让儿童听得懂、喜欢听、并能获得多重愉悦的儿童散文，要想为儿童创造出一个绘色如锦、绘形如在目、绘声如在耳的语言世界，儿童散文创作者必得下一番文字锤炼的硬功夫。

 **作品选读**

1. 小草的眼睛

向胜民

早晨，小草上挂着一颗颗小露珠，晶亮晶亮的。

娃娃看见了问："妈妈，是小草在哭吗？"

妈妈笑嘻嘻地说："小草不哭的。小露珠是它的眼睛。"

一会儿，太阳出来了，红彤彤的。在阳光下，小露珠闪呀闪的，好像小眼睛眨呀眨的。小草的眼睛像一颗颗透明的红宝石，真好看。

娃娃高兴地说："小草的眼睛真美啊！"

小草摇摇头，眨眨眼，好像说："那是因为你的眼睛美……"

2. 春雨的色彩

楼飞甫

春雨，像春姑娘纺出的线，轻轻地落到地上，沙沙沙，沙沙沙……

田野里，一群小鸟正在争论一个有趣的问题：春雨到底是什么颜色的？

小燕子说："春雨是绿色的。你们瞧，春雨落到草地上，草就绿了。春雨淋在柳树上，柳枝也绿了。"

麻雀说："不对，春雨是红色的。你们瞧，春雨洒在桃树上，桃花红了。春雨滴在杜鹃丛中，杜鹃花也红了。"

小黄莺说："不对，不对，春雨是黄色的。你们看，春雨落在油菜地里，油菜花黄了。春雨落在蒲公英上，蒲公英花也黄了。"

春雨听了大家的争论，下得更欢了，沙沙沙，沙沙沙……

3. 太阳的颜色

望安

小黄鹂说："太阳是黄色的，喏，染黄了我的翅膀。"

大苹果说："太阳是红色的，喏，染红了我的脸蛋儿。"

一天，雨过天晴，太阳照在天空的小水珠上，变幻出一道弯弯的彩虹，挂在天边。

"嗬！红、橙、黄、绿、青、蓝、紫。多美的七彩虹啊，原来太阳有这么多的颜色呀！"

小黄鹂、大苹果尽情地欢呼起来。

4. 彩色的雨

佟希仁

夏天的雨啊，彩色的雨，从高高的天上飘下来了。

它像一个淘气的孩子，悄悄躲在云彩里，手拿巨大的喷水头。

哗哗——落在田野里，给庄稼洗个冷水澡。苗儿像喝足了奶汁儿，一天一夜就变得更加郁郁葱葱，挺拔茁壮；

哗哗——落在果园里，各色的果子顿时像花枝招展的小姑娘，又干净又漂亮；

哗哗——落在菜畦里，番茄更加鲜红，茄子亮得发紫，丝瓜更加嫩绿，倭瓜更加橙黄；

哗哗——落在小朋友们搭起的夏令营的帐篷上，使孩子们心中顿时充满了神奇的幻想……

夏天的雨啊，彩色的雨，充满希望、令人喜悦的雨，从高高的天上飘下来了……

5. 珍 珠 雨

吴然

"下雨了！下雨了！"

小鸟扇着潮湿的风，飞过河去，向朋友们报告下雨的喜讯。

淡蓝色的、温暖的夏雨呵，紧跟着小鸟的飞翔，笼罩了河面和水塘，笼罩了田野，笼罩了我们的山村和村后的树林。

一片雨的歌唱。万物都在倾听……

"雨停了！雨停了！"

小鸟扇着雨后的阳光，从一道彩虹里飞出来。

天多明净，遍地阳光。珍珠般的雨点儿，一颗一颗挂在草叶上，挂在花瓣上，挂在柳条上，挂在一匹刚从雨里撒欢回来的小红马身上，挂在房檐口上……哦，下了一场太阳雨，下了一场珍珠雨啊！

蜜蜂说，金盏花、牛眼菊、山玉兰们更香了。

小马驹、小牛犊和小山羊说，奶浆草、狗尾巴草、三叶草们更嫩了。

草莓说："还有我，更甜了！"

6. 小 鸟 的 家

蒋应武

小燕子的家，在农民伯伯新房的屋梁上，里面铺着软软的草，外面是泥涂的墙。那草和泥是燕子妈妈一口口衔来的，很辛苦！

小喜鹊的家是一根根树枝搭起来的，架在高高的树杈上，风吹来，摇摇晃晃。那树枝也是老喜鹊一根根衔来的。

小猫头鹰的家在哪儿？噢，原来在树洞里。圆圆的洞口像一扇窗户，小猫头鹰正在窗口东张西望。

每一只小鸟都有一个家，每家都有勤劳的爸爸、妈妈，是他们建造了可爱的家。

7. 松 鼠 尾 巴

梁泊

小松鼠有一条毛茸茸的尾巴，可它不知道尾巴有啥用，总是盯着松鼠妈妈的尾巴。

松鼠妈妈很忙，一会儿用尾巴当扫帚，打扫窝窠，一会儿用尾巴掸掉身上的尘土。

小松鼠学妈妈的样子，把尾巴抡来抡去，高兴得"吱吱"叫。

天阴了，下起雨来。松鼠妈妈蹲在树枝上把蓬松的大尾巴搭在背上，雨点儿就顺着毛梢滴落地上。尾巴可真有用，它变成了挡雨的雨衣。

小松鼠也照样做了，它还用嘴巴叼住了尾巴尖儿，转着身子。

天晴了，松鼠妈妈到树梢上搬运壳果。小松鼠在树枝间跳来跳去玩耍。一只黄鼠狼，悄悄向小松鼠靠近。小松鼠害怕了，纵身一跳，窜到树顶。黄鼠狼紧紧追赶，也爬上树顶。小松鼠无路可逃了。

"吱吱—"松鼠妈妈把尾巴乍开，从树顶跳落地上。

小松鼠也把尾巴乍开，轻飘飘跳下来，跟在松鼠妈妈的身后，钻到树丛中去了。

松鼠妈妈决定带小松鼠去河上游泳。小松鼠游不快，就学着松鼠妈妈的样子，把尾巴翘起来当帆，很快就游过了河。

冬天来了，小松鼠要睡了，它按着松鼠妈妈的吩咐，把大尾巴盖在身上，暖烘烘的，很快就睡着了。

8. 老爷爷的胡子

刘炳钧

老爷爷坐在藤椅上，一只手又在慢慢地捋着长长的白胡子。老爷爷要讲故事了。

树林里的故事，是小鸟衔来的吗？大海里的故事，是贝壳装来的吗？老爷爷的故事，像天上的星星一样多，讲也讲不完，是哪来的呢？

哥哥说，老爷爷的故事是藏在肚子里的。我的肚子里怎么没有故事呢？姐姐说，老爷爷的故事是装在脑袋里的。我的脑袋里怎么没有故事呢？

不，老爷爷的故事一定藏在长长的白胡子里，像小鸟藏在树林里，像贝壳藏在大海里。要不，老爷爷讲故事的时候，怎么总是用一只手慢慢地捋着长长的白胡子呢？

不知为什么，老爷爷刮掉了长胡子。大人们都说老爷爷年轻了。可老爷爷好久没有讲故事了。老爷爷的故事和长胡子一块儿刮掉了吗？我去问老爷爷。老爷爷正在用一支毛笔慢慢地写呀写着什么，老爷爷要写一本书，老爷爷要把他的故事告诉更多的孩子们。

老爷爷的毛笔是用胡子做的吗？

9. 捉 蛐 蛐

王葭

蛐蛐那好听的叫声，引我走进了宁静的夜色中。拿着手电筒，但不敢打开，怕那刺眼的白光，会吓跑胆小的蛐蛐。

我脚步很轻，一点儿一点儿朝前挪动。听，多美的歌啊——是管里吹出来的？是弦上弹出来的? 是嘴里唱出来的? 听呀听呀, 我听得入了迷!

忽然, 歌儿停止了。我纳闷地打开手电一照, 看到了我心爱的小歌手! 它吹累了? 弹累了? 还是唱累了? 它正卧在绿草遮挡的砖缝里休息……

我赶紧关闭了手电; 脚步很轻, 一点儿一点儿往后挪动。我不愿打扰它, 更不忍心去捉它了……

10. 一朵会说会笑的山菊花

滕毓旭

孩子和妈妈在树林里捉迷藏。

两只粉红色的蝴蝶从妈妈身边飞走, 追着扑棱棱的小辫儿, 飘进花丛里不见了。

"妈妈, 你找呀, 看我藏在哪?"

妈妈故意不往花丛那边看, 却向一棵大树走去。树儿轻轻摇, 发出哗啦啦、哗啦啦的响声, 一簇簇小蘑菇, 擎着伞儿站树下。

"妈妈, 别到大树后面找, 那里有小鸟, 别吓飞了它!"

妈妈停住了, 还是不往花丛那边望, 却故意用手拨开草丛。一只大肚蝈蝈被惊动了, 一个高儿蹦到草尖上, 悠悠打起了秋千。

"妈妈, 别到草棵里找, 那里有小兔, 别吓跑了它!"

这时, 妈妈踮起脚尖儿, 一步步向花丛走去。孩子闭着眼, 格格笑着。突然, 妈妈一下把孩子抱住了。

孩子仰着脸儿, 不明白地问: "妈妈, 你怎么知道我藏在花里呀?"

妈妈甜甜地说: "我的小妞妞, 是朵会说会笑的山菊花!"

11. 小 糖 人 儿

晨枫

捏面人儿的爷爷那双手可真巧, 捏出的小面人儿, 有的哭, 有的笑, 有的高, 有的矮, 真有趣呢!

但是, 吹糖人儿的爷爷更神, 他不用手去捏, 而是用气去吹。他把糖放在嘴边上, 只轻轻一吹, 小糖人儿便一个一个诞生了。瞧, 有的是大脑袋, 小个子, 肚子圆鼓鼓的, 活像个小和尚。有的瘦瘦的, 高挑个, 头上还能长出几根稀疏的头发, 活像个小三毛。有时, 还能吹出猪八戒、孙悟空、米老鼠、唐老鸭……可多哩!

我不明白, 用嘴怎么能吹出小糖人儿来呢? 气球一吹, 稍不小心, 还会吹破, 可老爷爷吹不破, 也吹不瘪, 叫人实在猜不透。

每次, 吹糖人的爷爷一来, 我们便围上去, 半天半天看得入了迷, 真舍不得离开——我在想: 我长大了, 要是也能用嘴吹出许多自己喜欢的小伙伴来, 那才带劲呢!

12. 碰 碰 车

张秋生

小东东在游艺场内开碰碰车, 这是小东东最爱玩的游戏活动。

小东东开着一辆红色的碰碰车，在场内东冲西撞，他撞上了一辆绿色的碰碰车，车上坐着个瘦瘦的小姑娘。

两辆车撞在一起的时候，小东东和小姑娘一下子跳得高高的。

小东东和小姑娘哈哈大笑——

他们不用说："对不起！"

他们不用说："没关系！"

他们只要笑笑就可以了。

游艺场内，五颜六色的碰碰车挤成一团，大家相互碰撞着，车子的呜呜声和小朋友们的笑声、叫喊声汇成一片。

游戏结束了，从游艺场的出口拥出一群开心的小朋友。

小东东让那位瘦瘦的小姑娘先走，小姑娘说声谢谢。有个黑黑的小男孩，不小心踩了小东东一脚，他连忙说："对不起！"

"没关系！"小东东笑着回答。

离开了游艺场，小朋友们再也不东冲西撞、不讲礼貌了，他们不是游艺场内的碰碰车。

13. 紫 叶 儿

谢华

美丽的花园里，有朵叫紫叶儿的小花。它长在漂亮的花丛中，从来没有人好好看看它。紫叶儿觉得有点寂寞，就跟着风爷爷跑到一个只长着小草的山坡上。

"你是谁呢？"一根细细的小草问。

"我是紫叶儿。"

"你也是叶子么？"

"不，我是花。只是……我的花才一点点大，大家就叫我紫叶儿了。"紫叶儿不好意思地说。"不，一点也不小！"小草看着有淡黄色花蕊的紫花儿说，"你真好看！"

"真的吗？"紫叶儿连忙挺了一下身子，展了一下花瓣。它真的漂亮极了！

"谢谢你，小草！"紫叶儿说。

"你是谢我吗？"小草又惊又喜，"还没有谁谢过我呢！"

"我们做好朋友吧！"紫叶儿轻轻地挽住了小草嫩绿的小手。小草的手轻轻的，柔柔的。小草的手是绿色的丝带。

紫叶儿不再寂寞了。在这青青的草地上，有好多事等着它去做呢。

14. 春天的小雨滴滴滴

陈木城

雨，已经，下了很久了。

淅淅沥沥打在蓬顶上的波浪板上，滴滴答答打在树林里的叶子上，叮叮咚咚打在铁皮的屋顶上。于是，屋子前面的小水沟流动起来了。像一股从地底下涌出来的清泉，高兴得哗啦哗啦，哗啦哗啦，你推我挤。

打开一朵红色的雨伞，走在树林里的小路上，听雨滴打在油加利树上，打在相思树上，打在羊蹄甲上，打在面包树上——淅淅沥沥，啪啦啪啦，哗啦哗啦，发出各种不同的声音，整片森林仿佛成为一座音乐厅。

小雨滴在树叶上集合起来，成为一颗大水珠，顺着叶脉滑下来，打小鼓似的：啪！嗵嗵嗵！咚咚咚！

突然，吹来一阵风，树叶上的水珠通通跌下来了。

嗵嗵嗵！咚咚咚！啪啪啪！所有的鼓都敲起来了，敲在小伞上，敲在地面上，好像地球就是一面鼓，雨滴们叮叮咚咚地在把地球敲响。

站在楼顶上看雨，雨丝细细的，密密的，随风飘洒，如同轻轻地把种子撒在大地上。

大人说，这就是春雨。下了春雨，春天就来了。我喜欢春雨，它在森林里演奏，在大地上播种。

于是，春天听到了雨的鼓声，醒来了。所有的种子都回到大地的床上，让母亲抱他亲他教他发芽。

我仰着脸，让雨打在我脸上；我伸出舌头，品尝一下这大地的乳汁，凉冰冰的，甜蜜蜜的！

15. 松坊溪的冬天

郭风

我曾经在松坊村住过好些日子。这是南方的高山地带的一个小山村。

四面是山，是树林，是岩石。有两条山涧从东、西两面的山垄里流出来，在村前会合起来，又向南流去。这便是松坊溪。

这是一条多么好的溪涧。溪上有一座石桥。溪中有好多大溪石。那溪石多么好看，有的像一群小牛在饮水，有的像两只狮睡在岸边，有的像几只熊正准备走上岸来。

溪底有好多鹅卵石。那鹅卵石那么好看，有玛瑙红的，有松青的，有带着白色条纹、彩色斑点的，还有蓝宝石般发亮的鹅卵石。

溪水多么清。溪中照着蓝天的影子，又照着桥的影子；照着蓝天上浮游的云絮的影子，又照着山上松树林的影子。秋天里，蓝色的雏菊在岸边开放，溪中的流水照亮她们的影子，要是四月来了，山上全是火红的杜鹃花。那时，溪中映照着杜鹃花的燃烧的彩霞般的影子。

我每天都要经过溪上的石桥，听见桥下的溪水声，唱得真快乐。日光照在溪中。我常常觉得这是一条发亮的、彩色的溪。

冬天一天比一天走近了。山上的松树林，还是青翠的。山上的竹林子，还是碧绿的。天是蓝的。日光是金色的。

松坊溪岸边一丛一丛的蒲公英，他们带着白绒毛的种子，在风中飞飞扬扬地飘着。蒲公英在向秋天告别么？

冬天一天比一天走近了。松坊溪岸边一丛一丛的雏菊，她们还在开放蓝色的花。而山上的枫树，在前些日子里，满树全是花般的红叶，全是火焰般在燃烧的红叶，忽地全都飘落了。

看呵，在高大的枫树上，在枫树的赤裸的高枝间，挂着好多带刺的褐色果实。在枫树和枫树的中间，还有几棵高大的树，在赤裸的高枝间，挂着那么多的橙色果实，那么多小红灯般的果实，这是山上的野柿成熟了。

我忽地想到，这是枫树、野柿树携带满枝的果实，在迎接寒冬的到来。

下雪了。

雪降落在松坊村了。

雪降落在松坊溪上了。

像柳絮一般的雪，像芦花一般的雪，像蒲公英的带绒毛的种子一般的雪，在风中飞舞。溪中的大溪石上和小溪石上都覆盖着白雪了，好像有一群白色的小牛，在溪中饮水；好像有两只白色的狮睡在雪地里；好像有几只白色的熊，正准备从溪中冒雪走上溪岸。

松坊溪的石桥上覆盖着白雪了，好像松坊村有一座白玉雕出来的桥，搭在松坊溪上了。

雪止了。

早晨，村子的屋顶上，稻草垛和篱笆上，拖拉机站的木棚上，都披着白雪。山上的松树林和竹林子，都披着白雪。那高高的枫树和野柿树的树干、树枝上，都披着白雪。

远山披着白雪。石桥披着白雪。溪石披着白雪。从石桥上走过时，我停住了。我听见桥下的溪水，正在淙淙地流着。我看见溪中映照着远山的雪影，映照着石桥和溪石的雪影。我看见溪水中有一个发亮的白雪世界。

当我要从桥上走开时，我看见桥下溪中的白雪世界间，有一群彩色的溪鱼，接着又有一群彩色的溪鱼，穿过一个映照在溪水中间的、明亮的白雪世界，向前游过去了。

16. 花 的 学 校

泰戈尔

当雷云在天上轰响，六月的阵雨落下的时候，润湿的东风走过荒野，在竹林中吹着口笛。

于是，一群一群的花从无人知道的地方突然跑出来，在绿草上跳舞、狂欢。

妈妈，我真的觉得那些花朵是在地下的学校里上学。

他们关了门做功课。如果他们想在放学以前出来游戏，他们的老师是要罚他们站墙角的。

雨一来，他们便放假了。

树枝在林中互相碰触着，绿叶在狂风里簌簌地响，雷云拍着大手。这时，花孩子们便穿了紫的、黄的、白的衣裳，冲了出来。

你可知道，妈妈，他们的家是在天上，在星星所住的地方。

你没有看见他们怎样地急着要到那儿去吗？你不知道他们为什么那样急急忙忙吗？

我自然能够猜得出他们是对谁扬起双臂来，他们也有他们的妈妈，就像我有我自己的妈妈一样。

17. 你一定会听见的

桂文亚

你听过蒲公英梳头的声音吗？蒲公英有一蓬金黄色的头发，当起风的时候，头发互相轻触着，像磨砂纸那样沙沙的一阵细响，转眼间，她的头发，全被风儿梳掉了！

你听过八十只蚂蚁小跑步的声音吗？那一天，蚂蚁们排列在红红的枫叶上准备做体操，"噗！"一粒小酸果从头顶落下，"不好，炸弹来啦！"顷刻间，他们全逃散了！

你听过雪花飘落的声音吗？一个宁静的冬夜，一朵小小的雪花，从天上轻轻地、轻轻地飘下，飘呀飘，飘落在路边一盏孤灯的面颊上，微微的一阵暖意，小雪花满足而温柔地融化了……

如果你问，这都是想象的声音吗？我怎么听不出来呢？那么我再说清楚一点：

你总听过风吹的声音吧？当微风吹过柳梢，当清风拂过明月，当狂风扫过巨浪，当台风横越山岭，你总能听到些什么吧！

你总听过动物的声音吧？当小狗忙着啃骨头，小金鱼用尾巴泼水，金丝雀在窗沿唱歌，当两只老猫在墙头吵架，三只芦花鸡在啄米吃，你总能听到些什么吧？

你也总听过水声吧？当山间的清泉如一道银箭奔向溪流，当哗啦啦的大雨打向屋脊，当小水滴清脆地落在盛水的脸盆里，当清道夫清扫水沟里的落叶，当妈妈开水龙头淘米煮饭，当你上完厕所拉抽水马桶，你总该听到些什么吧？

说得明白一些儿，只要你不是聋子，只要你两只耳朵好好地贴在脸侧，打从你出生那一刻哇哇大哭、咯咯傻笑起，你就在听，就不得不听。你学着听奶奶摇摇篮的声音，妈妈冲奶粉的声音，爸爸打喷嚏的声音；学着听开门、关灯、上楼梯、电话铃的响声，还有弟弟被打屁股的声音。这些，随时在你身边发出的响声，你怎么会听不见呢？

你当然知道，声音就是物体振动时与空气相激荡所发出的声响，而每一种声响，每一种声音，都代表了不同的意思。从声音里，人学会了分辨、感受各种喜怒哀乐，也吸收了知识。愉快动听的声音，固然带给我们快乐，嘈杂无聊的声音，也同样使人痛苦。从声音里，我们逐渐成长。

人有耳朵，听八方，加上眼睛，观四方。用心听，用心看，也用心想，构成了一个丰富奇妙的世界。

可是，说也奇怪，当一个人长期习惯了一种声音或潜意识里抗拒某种声音的时候，它们竟然也会不知不觉地消失了。例如马路上疾驰而过的汽车声，隔壁工厂轰隆隆的马达声，老奶奶唠唠叨叨的抱怨声，久而久之，左耳进右耳出，人，开始了声音的"过滤"。聪明的人，知道什么时候该听，什么时候不该听，这是因为他在"听"的成长过程里学会了选择和思考。他听进心里的声音，不仅"好听"，也是"有益的"——这些声音，充实了他的生活，使他得到很多乐趣。

可是对一个不用心听又没有兴趣听的人来说呢？久而久之，他就成了"没有感觉"的人。当大家说"好"时，他盲目地跟着鼓掌，大家批评的时候，他也跟着摇头。鸟叫虫鸣，只是一种"声音"，即使美妙的声音，也只不过是几种乐器的组合。想想看，如果一个"充耳不闻"的人，对外界的一切已经无动于衷，必然也是一个"视而不见"的人了。当一个人丧失了接受"世界声音"的能力，不也正意味着这个人内心世界的封闭和退缩，成了一个不折不扣的木头人吗？

你善用了你的耳朵吗？你听见了世界的声音吗？你用心听了吗？你听见了什么？

这里的一个声音游戏，你要不要试着玩玩看，也试着把感觉记录下来？

轻轻松松嚼几片脆脆的饼干、几颗硬硬的糖果，感觉一下是什么声音？

把玻璃纸揉成一团，然后聆听它缓缓舒展的声音。

用两根筷子敲一敲家里的各种器皿，比较它们的声音。

听一听落到玻璃窗上雨滴雨点的声音。

听一首喜爱的音乐，把它编成一个故事。

录下自己及家人、朋友的一首歌或一段话，仔细听一听。

你开始微笑，轻轻地笑，大声地笑，这时候，你一定会听见的，这个世界，也跟着你欢笑。

18. 会飞的石头

毛云尔

我常常想，一块石头应该有一对用来飞翔的翅膀。

我又常常想，有着一对翅膀的石头是什么样子呢？

我无法想象。但可以肯定，有着一对翅膀的石头在高处飞翔。多少个夜晚，凝望着头顶苍穹中熠熠闪光、不计其数的星辰，我更加坚信这一点。但是什么原因呢？这些让我们仰望与美慕的石头，从高处来到我们的身边，与杂草尘埃在一起，成为我们日常生活的一部分。这些石头变得随处可见，俯拾皆是，失去了神秘与光洁。

面对这些石头，我心存虔诚，耽于幻想，我相信这些石头最终会飞翔起来。

老屋的前面是稻田。冬末春初的时候，紫云英呈现出无可比拟的蓬勃之势。一丘接一丘的稻田全被绿得发黑的紫云英覆盖。在颤动着寒意的微风中，那些红白相间的紫云英花朵，凝重、炫目、刺眼。小时候，站在老屋门前，我们经常作眺望状，将紫云英尽收眼底。那大片大片的紫云英汇集成浩瀚的海洋，似乎看不到边际，却又宁静至极，在微风下面，在细雨下面，在阳光下面，都没有丝毫喧哗与躁动。

当我长大后离开南方的老屋，置身在皑皑雪山下面，当那透明与易碎的湖泊呈现在眼前时，我骤然安静下来，嗫嚅着说不出一句话——在一尘不染的雪山湖泊面前，仿佛连一句话也是多余的。面对异域静美肃穆的景观，我想起家乡稻田里成片的紫云英，想起站在老屋门前看紫云英的时候，聒噪如麻雀的孩子是怎样一个个不由自主地安静下来。

紫云英一大片一大片地长着。紫云英一大片一大片地覆盖着。紫云英似乎成了春天的全部，以至时过境迁提及春天，我们仍情不自禁地想起那发黑的绿和凝重的红与白……在春天，除了浩浩荡荡的紫云英，我们还能看到什么呢？

那块突兀耸立的石头，便是春天这块碧玉上的瑕疵。

大片大片紫云英唯独不能将它淹没与覆盖，对于将整个田野几乎覆盖的紫云英而言，那块石头无疑是它们唯一的缺憾或伤痛。

站在老屋门前看紫云英的时候，我们的视线不可避免地被格格不入的石头所磕碰。那是一块颜色黑褐、体积庞大、浑圆似馒头的石头，也是这片稻田里唯一的石头。毫无疑问，是垦荒造田的先民费尽九牛二虎之力也无可奈何，最后不得不听之任之的一块石头。

春天，我们踮着脚，从厚实如毡的紫云英上小心翼翼踏过去。如果是夏天，我们用双手分开茂密的稻秆，金黄的稻穗互相碰撞厮磨，发出沉甸甸如金属的声音，在风中荡漾。我们爬上石头，欢呼着，以一个胜利者的姿态。但我们也只是偶尔爬上石头，更多的时候，只有苔藓默默地生长与枯灭，只有偷食谷子经常遭人驱逐的麻雀在上面驻足，惊惶失措中小憩一会儿。

在紫云英的世界里，这似乎是一块孤独的石头。

春天是一个驰骋想象的季节。春天总是让我们想入非非，仿佛一个心地慈善的老人使尽浑身解数在把孩子们逗乐。

紫云英是一种想象。销声匿迹又蓦然出现在屋檐下的黑燕是一种想象。那些从光秃秃的树梢上几乎一夜之间冒出来的毛茸茸的嫩叶是一种想象。隔着薄薄的冰层聆听，河水醒来翻身时发出的扎扎的声音是一种想象。在贫瘠的日子里，那稻田里兀立的石头也是一种想象。

在孩子们铺展开来的天真烂漫的想象里，那块笨重粗糙的石头便生动起来，也有着无法言述的轻盈与高贵，就像屋檐下面的黑燕一样。黑燕从一个我们无从知道的遥远的地方迁徙而来，又成群结队辗转着飞回去，而石头呢？却几十年、上百年、上千年纹丝不动地陷身在这里。我们为之隐隐心疼，它想家吗？如果它有家的话；有朝一日，它会突然离开我们吗？像黑燕在某个天气乍凉的早晨不辞而别。好奇心驱使我们猜测并七嘴八舌议论开来，是关于一块石头离开的方式。像螃蟹一样，缓慢地爬；像一片叶子，缓慢地飘；或者像贪逸的狗荆子，扎在狗尾巴上面，被携带着不费吹灰之力翻山越岭；众说纷纭。我却固执地坚持着认为，这块石头离开的方式是飞翔。

这是一块会飞的石头。面对依旧笨重、粗糙与丑陋的石头，我在心中开始悄悄滋生虔诚与敬意。它只不过将飞翔的翅膀暂时收敛起来，就像稻谷的种子、黄豆的种子和绿豆的种子一样，将碧绿的叶与鲜艳的花暂时收藏起来，然后等挨过了冬季，便在阳光下面，在微风下面，在细雨下面，接二连三地吐露出来。

这是一块会飞的石头。在阳光的照耀和细雨的滋润下，蛰伏心中的翅膀就会齐刷刷生长出来，石头就会开始它自在的飞翔。

不知道从哪一天开始，这种漫长无期的期待便在童年的我的心中扎下根来。

我渐渐学会了谛听。蜷缩在房子的某个角落里，屏息静气，一言不发，像支棱着耳朵的那只黄狗一样，我倾听着。夜，岑寂，空旷，无遮无挡。在这样的夜晚，随便一丝声响也会从很远的地方传入耳中。我听到了杨树叶片翻卷的声音，起先是孤零零的一声细响，仿佛一个人在人山人海中孤独地鼓掌，单薄的掌声昙花一现，转瞬便被巨大的静寂吞没，接着是三四片叶子在翻卷，声音不再孤单却依旧稀落。再后来，整棵杨树的叶子都开始翻卷，连粗壮的树干也战栗着摇曳起来。

起风了，这是下雨的先兆。一会儿，雨渐渐沥沥地下起来。每一寸泥土，每一块石头，每一片树叶和屋顶上每一片泥瓦，雨打在它们粗糙或光洁的身体上，发出音质不同的声响。刚才空旷的夜晚，像母亲放在屋子中央承接漏雨的脸盆，被叮叮当当的声音渐渐贮满。

母亲醒着，在谛听，她如焚地担忧雨水把简陋却不可或缺的家具打湿。父亲醒着，在谛听。一阵喜悦的战栗掠过他的心头。因为这场雨水的滋润，前几天刚播下的黄豆和花生的种子就能够从覆盖着的泥土下面钻出它们白玉般的嫩芽。我抑制着内心的喜悦，在沉沉黑暗中，我似乎看到一双翅膀从石头的身体里缓慢地生长出来……

天亮了，雨随之停歇了。屋子里弥漫着柴草燃烧散发出来的辛辣气息，传来母亲对老天的埋怨声，而父亲不知什么时候来到他疼痛着的花生和黄豆的身边。我迫不及待地起床，出门，抬眼一望，石头纹丝不动地陷身在那里，粗糙的身体上除了苔藓和鸟粪的斑渍，根本看不到毛茸茸的翅膀！连一片薄薄的羽毛也没有。

期待落空了。期待总是一次次落空。但我仍然坚持着相信石头一定会长出翅膀来。那么，蛰伏心中的翅膀为什么迟迟不生长出来呢？我责怪这场雨水太短暂，来去太匆匆，泥土里的墒情足可以让黄豆和花生的种子发芽，却远远不够让一块石头长出翅膀啊！

春天，天气渐渐暖和起来，生命的迹象活跃起来。我学会了如何细心观察。孵小鸡的时候，母亲掐着手指头数日子。一天晚上，母亲从专心致志的母鸡身体下面，把暖烘烘的鸡蛋一个接一个掏出来，放在盛满温水的脸盆里。鸡蛋或歪或斜地悬浮在水中。一会儿，其中的一个不易察觉地颤动起来，接着，几乎所有的鸡蛋都开始在水中颤动，并有节律地微微摇摆……母亲就用这样简单的办法检验小鸡孵得成功与否。还有一个有效的办法。母亲把鸡蛋凑到灯光底下，迎着灯光，便能看见蛋壳里蠕动的小生命。受它启示的缘故，在阳光强烈的正午，我一次次细看那块石头，希望透过它粗糙黑褐的外壳，发现一双蜷伏其中的翅膀。石头毕竟不同于鸡蛋，我自然是徒劳而无获。

一天，村里一个人死了，他的死改变了这块石头的命运。本来他和它毫不相干，但是为了记住死去的他，使之不混淆于一粒尘埃或一株草，同时使他不至于很快就在记忆的屏幕上模糊与消失，人们便选择了石头，借此区分与记忆。

在远近的山坡和日夜流淌不息的河流里，石头遍布，不计其数。人们偏偏看中了这块石头，其实它并没有不同寻常之处。可能是省事的缘故，因为它距离村庄不远，也可能因为它体积庞大，能够做一块大而显赫的墓碑。

在早晨的雾霭中，石匠从厚厚的紫云英上践踏过去，麻木而机械地将石头仔细打量一番，然后，一手握着錾子，一手挥着铁锤。铁锤砸在錾子上发出叮当的声音，錾子凿在石头上传出扑扑的闷响，石头粉屑像烟雾一样升腾起来。中午，一排錾子呈弧线已经牢牢钉在石头上，恰好将石头庞大的身躯一分为二。随着錾子深入，石头就将像桔瓣一样分裂出来，这是多么残酷与血腥的场面，我却有着满腔无法言述的喜悦。

傍晚，夕阳的余晖从墨绿的紫云英身上悄悄褪去。轰然一声响，石头分裂开来，一半仍屹立着，另一半倒伏在地，把蓬勃的紫云英压倒一大片，被砸烂的紫云英花朵像血一样在风中慢慢地凝结。

在被强行打开的石头身体内部，我并没有看到期待之中的那对翅膀。

我仍旧坚信翅膀在其中蛰伏。只不过就在石头分裂的刹那，翅膀也随之裂变，由一而二，分别藏匿在分成两半的石头里。在以后的日子里，石头继续不断被肢解，由一个浑然整体变成两块，四块，到难以计数，而翅膀也在裂变，由一而二到更多。每一块石头都有一双翅膀在其中蛰伏。我相信这些石头都会飞翔起来。

这是后来发生的事情。一块石头被抬走了，镌刻上他人的名字，成了墓碑。一块石头被抬走了，放进肮脏的猪圈里，砌成猪圈的墙基。又一块石头被抬走了，埋进泥泞的道路中，让过往的车辆辗扎……剩下体积最小的一块石头——已经称不上石头了，只是一粒小石子而已。一个百无聊赖的孩子为了打发难挨的时光，一脚踢起，它滚动着，滚动着，扑通一声掉进旁边深深的池塘里。

这些石头一声不吭，任人摆布。摆布这些石头的人或许没有想到它们有一双可以飞翔的翅膀吧。

 训练与拓展

1. 儿童散文较之儿童诗歌，音乐性不足，较之故事，故事性不够，要想更好地向儿童进行儿童散文传递，教师的儿童散文朗诵能力特别重要。从作品选读中选择两篇不同类型的儿童散文进行朗诵训练，探讨朗诵儿童散文的技巧与方法。

2. 以一篇儿童散文为例，谈谈儿童散文对儿童教育的功能价值。

3. 以《珍珠雨》和《紫叶儿》为例，具体分析儿童散文所具有的童话色彩。

4. 儿童散文在意境营造上和成人散文有所不同，试以《松坊溪的冬天》为例进行说明。

5. 以"小草""小树""小石头"等常见物为题，尝试写作一篇儿童散文。

6. 阅读下面两篇儿童散文，说说他们的写作角度和内容侧重点有何不同。

荷叶姐姐的伞

李恒瑞

下雨了。

荷叶姐姐打着一把翠绿的伞站在池塘边。

一条小鱼游过来，躲在她的伞下；一群蜻蜓飞过来，躲在她的伞下；一只鹭鸶走过来，躲在她的伞下；一只青蛙跳过来，躲在她的伞下……

荷叶姐姐把伞给了别人，自己却淋在雨里。

雨姑姑看见了，她再也不好意思下了，赶忙收起了小雨点儿。

太阳公公出来，照在荷叶姐姐的伞上，一亮一亮的，那是荷叶姐姐在高兴地眨着眼笑呢！

荷　　叶

彭万洲

荷叶儿伸出水面，顶着一片蓝蓝的天。

蜻蜓飞来了，高兴地说："这是我的机场。"

青蛙跳上去，高兴地说："这是我的唱片。"

鱼儿游过来，高兴地说："这是我的雨伞。"

滴滴答答，真的下雨了，我把荷叶当斗笠，顶着雨跑回家了。

奶奶取下荷叶，高兴地说："多香的叶儿啊！"

一会儿，奶奶让我吃叶儿粑，那粑粑就是用荷叶包的，清香绵软，真好吃！哇，打嗝都有一股荷叶味儿……

7. 著名儿童散文作家吴然在评价毛云尔的《会飞的石头》这篇散文时说，这篇散文具有"想象的力量"。他认为儿童散文也需要大胆的飞腾的想象，甚至添加某种或某些必要的"虚构的色彩"，使自己"飞"起来。阅读毛云尔的《会飞的石头》、彭懿的《捡秋叶的仙女们》等散文，体味儿童散文想象性叙事的妙处，尝试写一篇具有"想象的力量"的散文，让自己飞起来。

 资料链接

1. 文选与案例

（1）《散文教学教什么》是由王荣生主编、步进执行主编的一本探讨中小学散文教学的教师培训教材，对幼儿园教师来说，亦是一本极好的素养提升和教学设计指导读本。重点阅读其中的《散文的特性与教学内容的开发》《"形散神不散"的内涵演变及对语文教学的负面影响》等篇章，探讨在用儿童散文进行教学活动设计时应关注哪些问题。

（2）确立写作视角对文学创作非常重要，儿童散文写作也是如此。方卫平在其所著的《儿童文学教程》一书中提出，儿童散文的写作视角常见的有三种：儿童生活视角——透过儿童自己的感官来观察生活、体悟生活的视角；童年回忆视角——成年后的作家回忆自己童年时代的视角，在这类视角的儿童散文中，过去的时间和生活是透过童年的眼睛得到呈现的，但又与成年后的经验和感悟相交织，从而营造出一种特殊的散文氛围；童年启悟的视角——以散文的方式向儿童传递生活启悟的视角，这类散文常常带有一定的说理性，但其中之"理"又巧妙地融化在文学的意象和语言之间。以此为据，分析本章节所选散文作品的写作视角，并尝试写作一篇儿童散文，看看自己最擅长哪一种视角。

2．图书推荐

（1）金波：《寻找幸运花瓣儿》《沙丘上的童话》

（2）尹世霖：《滋养童心的100篇中国经典儿童散文》

（3）吴然：《走月亮》《吴然教你读散文》

（4）桂文亚：《美丽眼睛看世界》

（5）郭风：《郭风散文选集》

（6）丰子恺：《丰子恺散文》

（7）王泉根，桂文亚：《风中蝴蝶》（散文卷）

单元八

儿童戏剧文学

学习目标

1. 认知儿童戏剧文学的概念与构成要素；
2. 把握儿童戏剧文学的艺术特征；
3. 掌握儿童戏剧文学的鉴赏方法；
4. 学习儿童戏剧文学的创编要领；
5. 了解创造性戏剧教学的概念及训练程序。

基础理论

　　儿童戏剧由游戏发展而来，儿童戏剧与儿童的教育与发展关联独特。儿童喜欢看戏，也喜欢演戏。儿童戏剧对儿童教育与发展的独特功用有二——角色体验能力与合作意识培养。儿童戏剧文学作为儿童文学的一种体裁，与儿童戏剧不是同一概念。儿童戏剧文学是指专门为儿童戏剧演出创作的文本——剧本，具有文学和戏剧的双重价值。在我国，早期对儿童戏剧做出突出贡献的是儿童戏剧家黎锦晖，他的《麻雀与小孩》《葡萄仙子》等作品广为流传，成为经典。

第一节　儿童戏剧文学的定义、特征与类型

儿童戏剧是贴近儿童生命生活的高级游戏

一　儿童戏剧文学的定义

　　戏剧是一种通过舞台演出而诉诸观众感官的艺术形式，是一种综合文学、语言、音乐、美术、舞蹈及造型、灯光、服饰等多种艺术形式、手段的综合性舞台艺术。

　　儿童戏剧是以儿童为接受对象、能满足儿童的欣赏趣味、适合儿童的接受能力的戏剧；儿童戏剧文学——剧本，是儿童戏剧的文学因素，也是儿童文学的一种重要的体裁，它主要为舞

台演出提供脚本，同时也供少年儿童阅读。

　　儿童剧场是一个特殊的空间，它能使遥远的时空转换为当下，在观戏或演戏的过程中，在一个有趣的情境中，儿童能在儿童戏剧这个虚构的世界里探索人与世界之间的各种关系，并能借用戏剧的表现形式积极地表达自己内心的想法，促使自己的角色体验能力得到发展。

二　儿童戏剧文学的特征

儿童戏剧文学
的特征

　　儿童戏剧是戏剧的一个分支，儿童戏剧文学必须遵循戏剧文学的艺术规律——即剧中的人物、情节、场景相对集中，语言动作化。但由于儿童戏剧文学读者的特殊性，儿童戏剧文学的艺术特征又必然表现出与儿童读者相适应的特殊性。

（一）主题浅显、明确

　　儿童对任何事物都充满了好奇心，且有强烈的求知欲望，但由于生理和心理的特殊性，他们缺乏分辨是非的能力，注意力也容易转移。因此，儿童戏剧文学在思想内容上应充分考虑儿童的接受能力，其表现的主题与少年儿童的理解能力和欣赏趣味应相适应。这就要求儿童戏剧文学的主题要相对鲜明、浅显、集中。儿童戏剧文学在题材上倾向于能够反映儿童的现实生活或儿童比较熟悉的事物。

　　如柯岩的《照镜子》，剧中小姑娘喜欢漂亮但不喜欢洗漱，戏剧通过不会撒谎的镜子，让小姑娘看到了自己没有洗漱的模样，终于认识到自己的缺点。在镜子的帮助下，小姑娘真正变得像花一样漂亮。这提醒小读者们要时时发现并改正自己的缺点。柯岩的《小熊拔牙》也是儿童非常喜爱的一部戏剧，其主题同样浅显、明确。

（二）冲突简洁、明朗

　　戏剧冲突是戏剧创作必备的因素。没有冲突，戏剧就无法推动情节；没有冲突，戏剧将寸步难行。所以，没有戏剧冲突就没有戏剧。考虑到儿童读者的特殊性，儿童戏剧的戏剧冲突没有成人戏剧那么错综复杂，激烈尖锐。

　　儿童对一切新异的事物都会产生兴趣，剧情外的任何事物都可能转移他们的注意力。要使儿童专注于戏剧的情节发展，必须使戏剧冲突单纯而集中，在有限的时空中迅速推动情节的发展，事件、人物之间的矛盾得到充分的揭示，将矛盾推向高潮，直至解决，从而让儿童全部身心紧紧跟随剧情的发展。如张天翼的童话剧《大灰狼》，戏剧冲突设置简洁明朗，剧中大灰狼狡猾、凶恶地要吃掉三姐，与纯真、弱小但智慧的三姐妹形成强烈的对立，善与恶双方碰撞出强烈的戏剧冲突，强大的戏剧张力能很快使儿童将自己的情感投入剧情当中。张天翼在剧情展开冲突的过程中，接连运用悬念，制造出丰富多彩、动人心弦的戏剧效果，使剧情紧张、惊险，让儿童的心自始至终都跟随着剧情起伏跳动。

　　戏剧冲突是承载着戏剧情节发展的主要引线，儿童戏剧中简洁明快的冲突在集中推动戏剧情节走向高潮的同时，也给儿童带来极大的快乐。

（三）角色形象鲜明、生动

　　儿童天生喜欢冒险，他们不喜欢平淡无奇的生活，对一切不熟悉的事物都充满好奇，有强烈的英雄情结。儿童戏剧文学要通过塑造一些个性鲜明、生动有趣的人物形象来吸引儿童的眼球，来满足他们内心的需求。

　　在张天翼的《大灰狼》剧中，大灰狼是主角，是一个既可恶又可笑的反面形象，作者通过大灰狼一系列语言和行为，将大灰狼既凶残又怯懦、既狡诈又愚蠢，还带有一点滑稽和赖皮的形象描绘得异常生动。比如，他一出场就东张西望，疑神疑鬼，一点风吹草动都要吓一跳，展现出他谨小慎微的心理。又如，喜鹊责怪他偷吃王大婶家的羊羔，他狡辩："这都得怪我的肚子，那一天，我肚子怪可怜，什么都不想吃，就想吃羊羔。"足见其赖皮的想法、行径。但同时大灰狼又很愚蠢，为了贪吃酸梅，他暴露了自己的狼脸，作茧自缚。这样的大灰狼，展现在儿童面前就是一个性格多面、形象丰满的人物，符合儿童的审美心理。

（四）角色语言个性化、儿童化

语言是戏剧文学的载体。戏剧的感染力很大程度上取决于台词设计是否精当，戏剧中人物性格特点也往往是通过独具个性化的语言来表现的。儿童戏剧也不例外，因其欣赏对象是儿童，儿童戏剧文学语言特点必须符合儿童的理解能力和接受能力，其语言应该个性化、儿童化，但不是刻意的矫揉造作或是生搬硬套的"娃娃腔"。儿童文学中的角色语言，要充分体现儿童的语言特点，富有儿童情趣。例如，《回声》：

> 大郎：是大郎！
> 回声：是大郎！
> 大郎：哎呀，你真讨厌！
> 回声：哎呀，你真讨厌！
> 大郎：讨厌！
> 回声：讨厌！
> 大郎：去你的！
> 回声：去你的！
> 大郎：你！小狗。
> 回声：你！小狗。

几句简短的对话，完全符合儿童稚气的口吻，简单朴实，亲切直白，将儿童的语言特点描述得生动有趣。

再如，《小熊拔牙》：

> 妈妈：我是狗熊妈妈。
> 小熊：我是狗熊娃娃。
> 妈妈：我长得又胖又大，
> 小熊：我就像我妈妈。

简单的几句台词，不仅清晰地交代了人物的彼此关系及外貌特征，而且将小熊模仿妈妈的滑稽可爱的样子和盘托出。母子俩边说边演，一幅温馨有趣的画面呈现在儿童面前。这些对话活泼生动，通俗易懂，具有十足的儿童情趣。

三　儿童戏剧文学的类型

（一）按容量和场次划分，可分为多幕剧、场景剧和独幕剧三种

这种划分涉及"幕""场"两个概念。通常所说的"幕"是戏剧结构的较大单位，指戏剧文学及其演出中按照时间、地点、事件的变化来划分的一个相对完整的段落，"场"则是戏剧文学中包含在"幕"里的一个较小段落。

多幕剧是分成若干幕演出的大型戏剧，通常人物繁多，情节复杂，如《马兰花》；独幕剧就是通常意义上内容只有一幕一场的戏剧形式，其剧情简单集中，故事完整，人物较少，如

《森林里的宴会》《狐狸下蛋》等；场景剧是在同一个舞台背景下进行多个场次演出的戏剧形式，与独幕剧不同的是，场景剧虽然只有一幕，但可以有多场次，人物和情节都可增多，如《葡萄仙子》。

（二）按题材内容划分，可分为历史剧、现代剧

历史剧是以反映历史题材为主要内容的戏剧作品。根据历史事件发生的时间，又可分为古代历史剧和现代历史剧，有代表性的古代历史剧如《甘罗十二为使臣》。历史剧以表演的方式再现历史，有利于儿童对历史事件的了解。现代剧是以现实生活为题材的戏剧作品。通常反映当代儿童的学习和生活，因其贴近儿童，富有时代气息而易于为儿童接受，如《爱绿色的给力兔》。

（三）按艺术形式划分，可分为儿童话剧、儿童歌舞剧、儿童木偶剧等

1. 儿童话剧

儿童话剧是以人物动作和对话为主要表现手段，通过塑造人物形象，反映社会生活的一种儿童剧。如吴敏的《小猴脸红了》、任德耀的《宋庆龄和孩子们》等都是优秀的儿童话剧。儿童话剧是用儿童容易理解而又规范的生动、准确、通俗的语言进行创作的，具有真实感和形象性，容易受到儿童的喜爱，是儿童戏剧文学中一种重要的、常见的表现形式。

2. 儿童歌舞剧

儿童歌舞剧是综合音乐、诗歌、舞蹈等艺术，以歌唱、舞蹈为主要表现手段的儿童戏剧。儿童歌舞剧主要以演员的唱词和舞蹈动作、音乐曲调的设计来表现剧情、反映生活。因此它必须使歌唱、舞蹈、音乐达到高度的和谐一致，使其具有强烈的诗的感染力。一般来说，儿童歌舞剧要突出音乐性、动作性和统一性，但在具体的剧本中，或以歌唱为主，或歌舞并重，或配以诗歌朗诵和旁白等，表现方式多种多样。如儿童剧作家黎锦辉的《麻雀与小孩》《葡萄仙子》、乔羽的《果园姐妹》都是我国儿童歌舞剧的经典之作。

3. 儿童木偶剧

儿童木偶剧是专用木偶来表演故事的一种艺术，又名傀儡戏。这类剧本中，需要对木偶造型、操纵方式、配乐等作专门说明。全剧短而精，人物对白简单明了，线索单纯清晰，剧情紧张明快。演出时，演员在幕后一边操纵木偶，一边说白，并配以音乐。由于木偶形体和操纵技术不同，因此，又有布袋木偶、提线木偶、杖头木偶等不同的形式。《我知道》《五彩小小鸡》《老公公种红薯》等都是较好的木偶剧台本。

布袋木偶是表演者将木偶套在手上进行表演，又称"掌中木偶""指头木偶"等。这种木偶材料简单，制作方便且很容易操作，在幼儿园中作为教具被广泛应用于各种教育活动。同时也可成为儿童的玩具，让儿童自娱自乐。

杖头木偶由表演者操纵一根命杆（与头相连）和两根手杆（与手相连）进行表演，有的为三根杆或"托偶"。木偶的颈、手、脚关节部位各绑有一根木棍，能随意活动，但制作和操作难度比布袋木偶要大一些。

提线木偶是表演者提着木偶表演的。木偶关节用细线连接，分别绑在小木棍上，表演者手握小棍，通过操作细线来进行表演。这种木偶制作和操作难度比前者要大，儿童难以把握。

4. 儿童广播剧

儿童广播剧以有声语言及音乐、音响等为表现手段来塑造形象、展示剧情，是诉诸儿童听觉的戏剧。有声语言是其主要表现手段，因而剧本对人物语言和叙述语言有严格要求。要求语

言具有鲜明的性格色彩，有生活的真实感，有音乐感，有助于烘托环境气氛，激发儿童想象。由于儿童广播剧最后诉诸儿童的听觉，可以不受戏剧舞台限制，也不受时空限制，因此它在内容和表现上比其他儿童文学作品更自由和灵活。它的对象也很广，包括城镇、乡村广大识字或不识字的儿童，具有普及性。

第二节　儿童戏剧文学鉴赏与创编

如何鉴赏儿童
戏剧文学

一　儿童戏剧文学鉴赏

儿童戏剧文学创作的目的是让儿童欣赏美，愉悦儿童的身心，并使他们的品行在潜移默化中受到熏陶。作为儿童欣赏儿童戏剧文学的引导者，教师或家长应引导儿童从不同角度去欣赏儿童戏剧文学，感受儿童戏剧文学的美。

（一）感受故事，把握主题精神美

儿童的心灵是纯洁的，"染于苍则苍，染于黄则黄"。他们既需要接受各种各样的知识，也需要接受真善美的道德教育。优秀的儿童戏剧能首先注重到这一点。儿童戏剧所追求、张扬的主题永远是至善至美的东西，它要为儿童创造出幸福感，能满足儿童心灵的饥渴，这样的戏剧是儿童戏剧的主流。当然，儿童戏剧的主题也并不是单纯的说教，它要通过真正美好的故事、真正美好的人物来呈现。中国儿童艺术剧院的《马兰花》五十年来久演不衰，为什么？它的故事传统得不能再传统，但是里面的精神主题却是现代社会最容易丢失的，它对人、对儿童的精神培育很有意义。

（二）感受角色，体验人物形象美

儿童欣赏戏剧，在他们头脑中留下深刻印象的莫过于那一个个鲜活的人物形象。无论是正面角色还是反面角色，都会给他们留下深刻的印象。儿童在欣赏儿童戏剧作品时，能感同身受，"对号入座"，或引以为表率、或引以为借鉴。因此，欣赏儿童戏剧，要注意感受剧中人物的形象美，享受儿童戏剧艺术带来的快乐。

例如，《狐狸下蛋》中的小鸡就是一个性格丰满的形象。它心里明知狐狸狡猾，不太相信狐狸的谎言，但又抑制不住内心的好奇，很想看看狐狸下蛋的新鲜事，因此不顾其他小鸡的反对坚持要过河去看狐狸下蛋，而且还误会了小鸭的好心，以为小鸭拦着它是想自己先睹为快，最后在事实面前幡然醒悟。在这一系列情节中，小鸡所显现的性格是丰满的。作者通过小鸡的故事，启发儿童学会辨别真假，遇事勤思考，不要轻易上当。

又如，《我知道》中的小白兔聪明活泼，自以为懂得世界上的一切，对于许多事物，往往没闹清楚就嚷嚷着"我知道"跑开了，它把山羊公公和小松鼠当成狼，与真正凶恶的狼相遇时却不认得，险些被狼吃掉。小白兔天真幼稚、自以为是的性格被展现得非常生动鲜明。

（三）感受矛盾冲突，享受戏剧情节美

人物形象塑造是儿童戏剧的关键，但鲜明而富有个性的人物形象常常是通过戏剧冲突来塑造的。儿童戏剧中的情节一般是"一波未平，一波又起"，造成一个又一个的悬念，逐步将戏

剧推向高潮。

如《小蝌蚪找妈妈》，当小蝌蚪看见小鸭有妈妈，而自己却不知道谁是他妈妈时，就开始找妈妈。剧情的矛盾源于小蝌蚪认识的不足，造成一个接一个的误会：它先后将金鱼、大白鹅、乌龟认为是妈妈，最后终于找到了自己的妈妈。全剧就一个线索——找妈妈，戏剧矛盾冲突单纯有趣，很符合儿童的审美心理。

《五彩小小鸡》的冲突既紧张又有趣。全剧围绕五色蛋及小鸡的命运设置悬念，编织情节，可谓跌宕起伏。先是母鸡孵蛋护蛋。彩蛋最早破壳却最后出来，他不听妈妈的话，跑了三次，差点被老鼠抱走。随后是母鸡护小鸡，老鹰三次俯冲捉小鸡，母鸡拼命保护，直到老鹰被击落，小观众才松了一口气。紧张而又单纯的剧情完全能被儿童理解和接受，让儿童感受到浓浓的母爱，体会到在危难面前母爱的无畏和伟大。

赏析儿童戏剧，就要通过一波未平一波又起的戏剧冲突，带领儿童不断体验情感的起伏波折，让他们在观赏过程中，情感随时处于爆发的状态中，这正符合儿童好动好刺激的性格特点。

（四）感受角色语言，体味天真童趣美

儿童戏剧文学是通过剧中人物的语言来表现矛盾冲突、塑造艺术形象、揭示思想和主题的。这就要求儿童戏剧文学语言精练、性格化并富于动作性。同时，儿童戏剧的语言还须具有浅显易懂、短小活泼、富于情趣、符合儿童口语习惯等特点。如张天翼的儿童戏剧《大灰狼》，写狼想吃羊，有这样一段台词：

谁都对我不怀好意，连我的肚子也不跟我好了，只要我躺下，我的肚子就"咕咕咕"地叫，把我吵醒，我对它还是挺和气的。我问它："肚子，肚子，你闹什么？"我肚子说："哼，还问呢，你不摸摸，看我瘪成什么样儿！我要吃羊，没羊；我要吃牛，没牛。跟你当肚子可真倒了霉，还不如去跟小耗子当肚子哩。"

这段独白表现了狼的凶残性格，十分符合儿童的心理，极富儿童情趣。

儿童戏剧文学还要借助这单纯、优美、极富动作感的语言来组织一幕幕的剧情，推动故事发展，吸引儿童的眼球，让儿童充分享受儿童戏剧所带来的美的享受。

二 儿童戏剧文学创编

儿童天生喜欢热闹，喜欢游戏，还有很强的表演欲望。儿童戏剧恰恰能满足儿童这个天性。儿童戏剧文学创编者可在充分了解儿童的身心特点和审美趣味上，选择一些合适的童话或故事进行儿童戏剧文学改编。

你也能创编儿童戏剧文学

创编儿童戏剧文学，除了要有对戏剧本身的认识外，最重要的是要有对儿童的了解。创编者可以从实际生活中取材，为儿童道出他们的心声。在为儿童编写剧本时，应注意以下几点。

剧情简单，主题正确 主题方面，必须能导引儿童走向乐观、积极；剧情方面，最好是简单的剧情，配上活泼的动作、表情及对白，使儿童能感知并产生兴趣。

不能说教 儿童戏剧虽然有教育的功能，却不能以说教的方式进行，必须注意寓教于乐的原则。把故事写得生动，把人物塑造得有趣，教育就有了落脚点。

冲突不宜过多 戏剧是以冲突、危机为主干的，但在儿童戏剧中，冲突不宜过多，以免造成儿童过度紧张，影响心理发展。

　　剧本不宜太长　儿童戏剧剧情应精简、清楚、紧凑、活泼，若是冗长、琐碎，儿童是很难耐心看下去的。儿童戏剧通常演出的时间为半小时到一小时之间，最好不要超过一小时，以大约四十分钟最为恰当。

　　要具有游戏性　儿童戏剧的表演，最好能设置儿童熟悉的游戏，以达到生活化、趣味化的目标。

　　要热闹感人　热闹是儿童戏剧应有的特色。为达到热闹的效果，可以在剧情、环境上进行想象，夸张，以吸引儿童的注意及兴趣。

　　设计要有创意性　儿童戏剧为了突显某些事物或人物，可采用夸张的、有创意的设计来刺激儿童的想象力。创意设计除了角色的造型外，服装道具也是创意设计重要的一环。

　　儿童看戏是基于好玩的心理，但成人为儿童编剧时，往往会站在成人的立场，希望儿童能有所收益，这两者并不矛盾，要想吸引儿童，就要让故事有趣，就要将戏剧的主题包装妥当，只有这样才能让儿童接纳、喜欢并认同，最后才能达到真正的戏剧教育目标。

第三节　创造性戏剧教学法

创造性戏剧教
学是什么

一　创造性戏剧教学法的定义

　　创造性戏剧是欧洲、美洲、大洋洲等地非常重视的艺术教育方法之一，是一般学校在戏剧教学体系中，最常采用的初级阶段戏剧教学法。这种教学法，以经过设计、规划的戏剧程序，由教师在戏剧课或一般课程中，根据群体的特定需要、年龄层、能力与兴趣等因素，以戏剧或剧场的技巧，建立群体参与的互动关系，引导学生发挥创造力与相互合作的精神，来丰富课程的内容，愉快地参与具体的学习过程。

　　创造性戏剧一词，由美国戏剧教育家温妮弗列德·瓦德提出，它的主要项目有四：其一，戏剧性扮演——将儿童置于想象的戏剧环境中，表现出熟悉的经验，尝试了解他人与社会；其二，故事戏剧化——创作一个即兴的戏剧；其三，从戏剧性扮演推展到正式的戏剧——在教师领导下，学生收集材料、制作简单布景道具，在学校内演出；其四，把创造性戏剧技术运用于正式演出。

　　创造性戏剧现在已成为中小学阶段教育戏剧的通称，成了一种教学法，而不主要是为了演出。在亚洲，中国台湾最早跟进，成就非凡。创造性戏剧的类型主要有儿童戏剧、戏剧性游戏、即兴式戏剧、非正式戏剧、创造性游戏表演、参与戏剧、发展性戏剧、教育戏剧等。

　　中国台湾的林玫君对创造性戏剧进行了深入的阐述——创造性戏剧是一种即兴自发的、重过程的、非以表演性质为主的戏剧活动，在自然开放的气氛下，由一位引导者运用发问的技巧，用讲故事或道具来引起动机并通过肢体律动、即席默剧、五官感受及情景对话等各种戏剧活动来鼓励参与者运用"假装"的游戏本能去想象，且运用自己的声音去表达。

　　创造性戏剧教学的方向在于达到对课程或曰主题的认知，促进学习者人格的发展和对戏剧与剧场艺术的体验。其主要目的不是将儿童的演出呈现给观众。创造性戏剧其实是一个有趣且愉悦的学习过程。为此，教师必须有创意地组织戏剧教学活动。

近年创造性戏剧迅速地融入幼儿园课程，对儿童的发展有不可替代的作用，为儿童的发展做出重要贡献。创造性戏剧有助于儿童运用想象力做肢体创作与展现，并能给儿童带来快乐，提高他们的学习动机与学习能力；创造性戏剧的实施，能增进儿童在情绪上的学习与控制，且于人际互动方面，有正面意义；创造性戏剧能培养儿童互相尊重、欣赏的态度，并体现出团结合作的重要性；创造性戏剧还具有增进儿童语言表达能力、激发儿童创作潜能的教学价值。由此可知，创造性戏剧对儿童在学习能力、情绪表达、人际交往、肢体展现及创造力等方面，都有正面的激励效果。

二 创造性戏剧教学法的课程项目

创造性戏剧包括初级的与高级的课程项目。初级的课程以肢体动作及声音表现为主，高级的课程则是故事戏剧，融入更多的戏剧技巧。

1. 初级课程

音律活动 跟随特定音乐节奏，引发参与者的想象力，自由创造并展现肢体动作。

模仿动作 参与者对于某些人物或动物有所观察、了解后，用肢体或声音表演出这些人物或动物的形态与特色。

感官活动 通过默剧、游戏、说故事等方式，让参与者能充分运用五官表达情绪感受，进而增进参与者的想象力。

声音与口语练习 参与者用模仿特定人物或动物说话的方式，学习依据角色的不同而采取不同的表达语言、表达情绪，包括声音模仿、对白模仿和口述默剧等。口述默剧是教师做旁白，用口语表达呈现某一情景或故事内容，引导参与者发挥想象力，用肢体动作展现故事。

2. 高级课程

角色扮演 依照故事内容，参与者扮演其中角色，有单角色、双角色、多角色等。角色扮演活动有助于儿童把焦点集中于不同的人物与主题上，表达内在的思想与情绪，发挥个人的创意。

默剧 是不用文字来表达意念的艺术，完全由表演者用身体的姿态、表情传达出思想、情绪与故事。它用情境、故事或音效搭配让参与者充分发挥想象力，以此增进他们外在的表现能力并建立其表达的自信。

即兴表演 参与者依据所接收的简单信息、线索、情景等，运用创造力做即兴表演。即兴表演训练内容十分广泛。

说故事 有助于提高参与者的想象力为参与者提供自我表现的机会。参与者以声音、动作与同伴分享有趣的故事，可增强自我表达能力，用语言交流学习。

偶戏与面具 偶戏也称为傀偶戏，早期的皮影戏、布袋戏、木偶戏都是脍炙人口的偶戏。当一个友善的偶具或面具协助口语交际时，害羞的儿童便获得了信心。偶戏几乎可在任何地方演出，桌子旁、箱子旁，一块幕布皆可。面具与化妆能让演员扮成不同的戏剧角色。

故事戏剧 故事戏剧是创造性戏剧教学的主流，是按照一定的程序组织的教学活动。故事戏剧的内容多取自故事或诗歌类儿童文学作品，教案组织多以故事架构为主。这种以儿童故事为主轴发展出来的戏剧课程，已经成为幼儿园和小学戏剧教学的主流。

三　故事戏剧的活动程序

故事戏剧的活动程序大致有以下五个阶段：

1. 故事的导入

故事的导入主要是为引起儿童的兴趣，使其集中注意力。导入的方式有引起动机、热身活动和介绍故事三种。引起动机就是在活动开始时，利用提问、讨论、音乐和一些道具来引入将要进行的戏剧活动的主题；热身活动是指教师用简短的游戏、熟悉的短歌或带动唱歌的活动，来集中参与者的注意力，培养团队互动的默契；介绍故事是指教师利用讲故事、诵诗歌或儿歌等方式，将戏剧主题呈现出来。

2. 故事的发展

故事的发展是影响整个故事的关键阶段。教师可利用提问的技巧，鼓励儿童说出自己的想法，引发开放性的讨论，使儿童对故事内容的理解逐渐清晰，并达成较为一致的认识。在此基础上，教师还可组织恰当的活动，做好片段和基础表演练习。

3. 戏剧表演

在正式呈现故事前，还必须先做计划，包括戏剧呈现的"流程""角色分配""位置分配"等。另外，人员分组的问题也需要讨论。

戏剧呈现的方式可依据故事内容、结构的不同而采用不同的方式：单角口述默剧（教师旁白，全体儿童担任一种角色表演）、双角互动和多角互动。

4. 故事的回顾

故事呈现结束后，教师用鼓励的方式引导儿童对表演的经验和心得进行分享、回顾与反思。

5. 故事的再创造

对于喜欢的事情，儿童乐于反复做。教师可引导儿童重复以上流程，把重点放在不同的角色或者片段上，也可重复、完善第一次演出的部分。只要教师和儿童乐意，这些过程就可以不断地有计划地呈现。

 作品选读

1. 小 熊 拔 牙

柯岩

（人物：狗熊妈妈、小熊、小白兔医生、小花猫、小黄狗、大尾巴松鼠、小鸟）

妈　妈：我是狗熊妈妈。

小　熊：我是狗熊娃娃。

妈　妈：我长得又胖又大。

小　熊：我就像我妈妈。

妈　妈：妈妈要去上班。

小　熊：小熊在家玩耍。

妈　妈：不对，你要先洗脸……

小　熊：嗯嗯……好吧，洗一下。

妈　　妈：不对，你还要刷牙……

小　　熊：嗯嗯……好吧，刷一下。

妈　　妈：不对，要好好刷，还有……

小　　熊：还有，还有……什么也没有啦！

妈　　妈：不对，想想吧！

　　　　　……不自己拿饼干，

　　　　　……不自己拿……

小　　熊：好啦，好啦，都知道啦！

　　　　　不许拿饼干，

　　　　　不许吃甜瓜，

　　　　　不许抓糖球，

　　　　　还不许打架……

　　　　（小熊用脑袋把妈妈往门口顶，妈妈疼爱地戳一下小熊的额头，出去了。）

小　　熊：妈妈走了，啦啦啦，现在我当家，啦啦啦。先唱个小熊歌，

　　　　　1 2 3 4，哇呀呀呀，呀，

　　　　　再跳个小熊舞，

　　　　　5 4 3 2，蹦蹦蹦蹦，哒！

　　　　　哎呀，答应过妈妈洗脸呀！

　　　　　先洗洗小熊眼，

　　　　　再擦擦熊嘴巴，

　　　　　熊鼻子抹一抹，

　　　　　熊耳朵拉两拉，

　　　　　熊头发梳三下，

　　　　　嗯，就不爱刷牙。

　　　　　饼干拿几块……

　　　　　唉！答应过不吃它。

　　　　　糖球抓一把……

　　　　　唉，答应过不吃它。

　　　　　这罐甜蜂蜜，

　　　　　哈，没说过不吃它。

　　　　　这桶果子酱，

　　　　　哈，妈妈也忘了提它。

　　　　　先吃一勺蜜，真甜！

　　　　　再吃一勺酱，真鲜！

　　　　　勺儿才舀一点点，

　　　　　不如盛上一小盘；

　　　　　越吃越想吃，

　　　　　干脆添一碗。

一勺、一盘、一大碗，
吃完挨个舔三舔……
小熊吃得真高兴，
小熊吃得肚子圆。
啦啦啦，甜到舌头底，
啦啦啦，甜到牙齿尖，

哎呀呀，唑，唑，唑，
怎么甜变成了酸？
酸到舌头底，
酸到牙齿尖。

哎呀呀，嘶，嘶，嘶，
怎么酸变成了疼？
疼得没法儿办。
哎哟，哎——哟，
疼得小熊直打转；
哎哟，哎——哟，
疼得小熊直叫唤。

（小白兔上）

小　兔：身穿白衣裳，
　　　　手提医药箱，
　　　　每天给人去看病，
　　　　小兔大夫直叫忙。
小　熊：大夫，大夫，快来呀！
　　　　牙齿疼得像针扎……
小　兔：你先别哎哟，
　　　　别直着嗓子叫，
　　　　嘴巴张开来，
　　　　让我瞧一瞧。
　　　　唉，你的牙齿真不好。
　　　　唔，这一颗要补一补，
　　　　唔，这一颗嘛，要拔掉。
　　　　你坐好，唉，我够不着，
　　　　你怎么长得这么高？
　　　　搬个板凳当梯子，
　　　　爬上去给你打麻药。
　　　　哎，你坐好，别害怕，

钳子夹牢才能拔。

……拔呀，拔，拔不动它，

你这颗牙齿怎么这么大？

小　熊：哎哟哟，快拔掉！

你怎么长得这样——小？

二　人：小狗小狗快快来，

小　狗：汪汪汪，我来了。

三　人：帮助快把牙拔掉。

拔呀，拔呀，拔不动……

你这颗牙齿怎么这么重？！

小　熊：哎哟哟，快拔掉，

疼得小熊眼泪冒。

三　人：小猫小猫快快来！

小　猫：喵喵喵，我来了。

四　人：帮助快把牙拔掉，

拔呀，拔，哎呀！

（大家差一点儿跌倒。）

小　兔：夹碎了……

你这颗牙齿都烂透了。

小　熊：哎哟哟，快拔掉，

疼得小熊双脚跳。

四　人：松鼠松鼠快快来！

松　鼠：吱吱吱，我来了。

五　人：帮助快把牙拔掉。

拔呀，拔，还是拔不动，

你这颗牙齿可真要命！

小　熊：哎哟哟，快拔掉，

我疼得实在受不了。

五　人：小鸟小鸟快快来！

小　鸟：叽叽叽，我来了。

六　人：帮助快把牙拔掉。

拔呀，拔呀，拔不掉，

一二，一二，一二，

哎佐，哎佐，哎佐哟！

（“咕咚”，大家一齐摔倒在地。）

总算拔掉了。

小　兔：现在还疼吗？

小　熊：嘻，一点儿也不疼了。

小　兔：好，现在涂一点儿药，

　　　　　以后牙齿要保护好，

　　　　　要不一颗一颗都要烂，

　　　　　一颗一颗这样来拔掉。

小　熊：嗯嗯，我不来，

　　　　嗯嗯，我不干，

　　　　为什么光叫我牙疼，

　　　　你们牙齿都不烂？

小　兔：我们从来不挑食，

小　狗：汪汪汪，从来不多吃甜饼干，

小　猫：喵喵喵，也不偷把蜂蜜吃，

松　鼠：吱吱吱，也不偷把果酱舔，

小　鸟：也吃菜，也吃饭，

小　猫：也吃鱼，

小　狗：也吃蛋，

松　鼠：也吃胡萝卜，

小　鸟：也吃棒子面……

　　众：该吃什么吃什么，

　　　　牙齿每天刷几遍。

小　熊：那……以后我也不挑食，

　　　　每天也把牙刷几遍。

小　兔：（示范）这样刷，这样刷，

　　　　上上下下，里里外外都刷遍。

小　熊：（学着）这样刷，这样刷，

　　　　上上下下，里里外外都刷遍。

小　兔：说到一定要做到，

　　　　省得把牙齿全拔完。

小　熊：说到一定要做到。

　　众：千万别把牙齿全拔完。

2.　小　熊　请　客

包蕾

第一场　在树林里

（太阳透过树丛，照射着绿油油的草地，各种颜色的小野花，开得可好看啦！树上的小鸟快活地叫着。）

（在一阵怪里怪气的音乐声中，狐狸顺着林中小路一颠一拐地走了过来。）

狐　狸：（数板）

　　　　　我的名字叫狐狸，

　　　　　一肚子的坏主意，

人人见我都讨厌，

说我好吃懒做没出息。

（他抬头看了看太阳。）

太阳升得高又高，

肚子里还没吃东西！

（白）唉！真倒霉！到现在连一点儿吃的还没弄到手，饿得我两条腿一点劲儿都没有了，我还是先在大树背后躺着歇一会儿吧！

（狐狸靠着大树懒懒地眯上了眼睛。）

（一阵轻快的音乐由远而近，小猫咪提着一包点心，连唱带跳地跑了过来。）

小　　猫：（唱第一曲"到小熊家里去"）

喵喵喵，

真呀真快活。

今天过节小熊请客。

我们到他家里去，

又吃又玩又唱歌。

喵喵喵，喵喵喵，

真呀真快活！

（狐狸听见小猫的歌声，就从树后跳了出来。）

狐　　狸：喂！小猫咪！你到小熊家去吗？带我一块儿去吧！

小　　猫：你？（唱第二曲"我才不带你！"）

狐狸，狐狸！

你没出息，

你自己不做工，

还想白白吃东西。

我呀，哼！

我才不带你！

（小猫咪头也不回，连蹦带跳地渐渐走远了。狐狸看着小猫咪的背影气呼呼地骂了起来。）

狐　　狸：哼！真气死我啦！小猫咪真是个坏东西！（他伸了伸懒腰，打了个哈欠）唉！我还是在这儿躺一会儿吧！

（狐狸背靠着树，两眼刚刚眯起来，远远又传来一阵愉快的音乐，小花狗带着给小熊的礼物，蹦蹦跳跳地跑来了。）

小花狗：（唱第一曲"到小熊家里去"）

汪汪汪，

真呀真快活，

今天过节小熊请客。

我们到他家里去，

又吃又玩又唱歌。

汪汪汪，汪汪汪，

真呀真快活!

（狐狸等小花狗走近了，又从树后跳了出来。）

狐　狸：小花狗，你今天打扮得真好看，上哪儿去呀?

小花狗：今天过节，我们到小熊家去玩!

狐　狸：小花狗，你带我一块儿去吧!

小花狗：你?（唱第二曲"我才不带你!"）

　　　　狐狸，狐狸!

　　　　你没出息，

　　　　你自己不做工。

　　　　还想白白吃东西。

　　　　我呀，哼!

　　　　我才不带你!

　　　　（小花狗瞪了狐狸一眼，蹦蹦跳跳地走远了。）

狐　狸：哼! 小花狗也是个坏东西! 我还是在这儿再歇会儿吧!

　　　　（狐狸伸了个懒腰，垂头丧气地靠在大树背后，远远地传来了小鸡的歌声。）

小　鸡：（唱第一曲"到小熊家里去"）

　　　　叽叽叽，

　　　　真呀真快活，

　　　　今天过节小熊请客。

　　　　我们到他家里去，

　　　　又吃又玩又唱歌。

　　　　叽叽叽，叽叽叽，

　　　　真呀真快活!

　　　　（狐狸又跳了出来，满脸含笑地迎着小鸡走过来。）

狐　狸：哎呀呀，亲爱的小鸡呀! 我简直都不敢认你啦! 你今天打扮得多么漂亮呀! 你这
　　　　是要到哪儿去呀?

小　鸡：今天小熊请客，我到他家玩去!

狐　狸：这可真太好啦! 咱们可以在一块儿好好地玩玩啦! 我跳舞给你看。小鸡，（狐狸
　　　　把两眼眯成一条缝，声音特别柔和地）你带我一块儿去吧!

小　鸡：（上下看了狐狸一眼）你?（唱第二曲"我才不带你!"）

　　　　狐狸，狐狸!

　　　　你没出息，

　　　　你自己不做工，

　　　　还想白白吃东西，

　　　　我呀，哼!

　　　　我才不带你!

　　　　（小鸡连头都没有回一下，就一跳一跳地走远了。狐狸气死了，看着小鸡的背
　　　　影，狠狠地骂起来。）

狐　狸：哼! 又是一个坏东西!（想了想）好哇，你们不带我去，我自己去。到了小熊家，

我就把好吃的东西，一口气都吞进肚子里，你们等着吧！

（狐狸眨了眨眼睛，舔了舔舌头，一颠一拐地朝小熊家走去了。）

（音乐也随着渐隐下去。幕落。）

第二场　在小熊家里

（在一间用石头堆起来的屋子中间放着1张木桌，4个小木凳，桌上摆着小熊给朋友们准备好的小鱼、肉骨头和小虫子。一盆开得非常好看的红花放在桌子中央。）

（小熊正在一边唱着一边收拾屋子。）

小　熊：（唱第三曲"朋友来了多高兴"）

　　　　把地扫干净，

　　　　桌子凳子擦干净，

　　　　朋友来了多高兴！

　　　　啦啦啦，啦啦啦，

　　　　朋友来了多呀多高兴！

　　　　（"嘭嘭嘭"，响起了敲门声。）

小　熊：谁呀？

小　猫：我是小猫咪。

　　　　（小熊高兴地跑去把门打开，亲切地把小猫让进来，又把门关好。）

小　熊：（唱第四曲"欢迎曲"）

　　　　欢迎你，欢迎你，

　　　　好朋友，我欢迎你！

小　猫：（唱）

　　　　看见你真高兴，

　　　　（白）小熊！

　　　　这一包点心送给你！

　　　　（小猫咪把点心递给小熊。）

小　熊：（唱）

　　　　谢谢你！

　　　　我也请你吃东西，

　　　　这是骨头、小虫和小鱼，

　　　　随便吃点儿别客气。

小　猫：（唱）

　　　　骨头、小虫我不爱，

　　　　小小鱼儿我最欢喜！

　　　　（小猫正在高兴地吃着，又响起一阵敲门的声音。）

小　熊：谁呀？

小花狗：我是小花狗。

　　　　（小熊扭动着胖胖的身子要去开门，小猫已经跑到前面把门打开，让小花狗进来，又把门关好。）

小　熊　（唱第四曲"欢迎曲"）

小　猫：欢迎你，欢迎你，

　　　　　好朋友，我们欢迎你！

小花狗：（唱）

　　　　　看见你们真高兴，

　　　　　（白）

　　　　　小熊！

　　　　　这一包点心送给你！

　　　　　（小花狗把带来的点心交给小熊。）

小　熊：（唱）

　　　　　谢谢你，

　　　　　我也请你吃东西，

　　　　　这是骨头、小虫和小鱼，

　　　　　随便吃点儿别客气。

小花狗：（唱）

　　　　　小虫、小鱼我不爱，

　　　　　肉骨头我是最欢喜！

　　　　　（小花狗、小猫正在高兴地吃着，"嘭嘭嘭"门响了。）

小　熊：谁呀？

小　鸡：我是小鸡。

　　　　　（小花狗第一个跑过去打开门，把小鸡让进来，又把门关好。）

小　熊　（唱第四曲"欢迎曲"）

小　猫：欢迎你，欢迎你，

小花狗　好朋友，我们欢迎你！

小　鸡：（唱）

　　　　　看见你们真高兴，

　　　　　（白）

　　　　　小熊！

　　　　　这一包点心送给你！

小　熊：（唱）

　　　　　谢谢你，

　　　　　我也请你吃东西，

　　　　　这是骨头、小虫和小鱼，

　　　　　随便吃点儿别客气。

小　鸡：（唱）

　　　　　骨头、小鱼我不爱，

　　　　　小小虫儿我最欢喜！

　　　　　（在欢快的音乐声中，大家正吃得高兴，忽然响起了几下重重的敲门声。）

小　熊：谁呀？

狐　狸：快开门，我是大狐狸！

小　熊：（惊讶地）哎呀！原来这个坏东西来了！

　　　　（门敲得更厉害了。）

狐　狸：快开门！把好吃的东西都拿来！

　　　　（大伙很快地凑在一块，小鸡、小猫不停地问："怎么办？""怎么办呀？"）

小　熊：（低声地）别急！我有办法啦！

小花狗
　　　：什么办法？快说！
小　猫

小　鸡：快说呀！

小　熊：我盖房子的时候，还剩下来好些石头块儿，我把它分给你们。等一开门，咱们就
　　　　一块儿拿石头砸他！

大　伙：好！快点儿！

　　　　（小熊这时好像一点儿也不笨啦，很快就把石头分完了。）

小　熊：（轻声地）好了吗？……我去开门。

　　　　（门"吱呀"一声开了，狐狸一步就跨进了门口。）

狐　狸：快把好吃的东西拿来，别惹我生气！

大　伙：好吧！给你！！给你！！！

　　　　（大伙一面喊着，一面把石头狠狠地朝狐狸扔过去。狐狸抱起头，狼狈地叫
　　　　起来。）

狐　狸：哎哟、哎哟……痛死我喽……快点儿逃走吧……

　　　　（狐狸夹起尾巴，想夺门逃走，他猛一转头，一下子碰在墙上，痛得倒退了两
　　　　步，才看准门口，一溜烟跑了出去。）

　　　　（紧接着响起一阵快乐的笑声。）

小　熊：现在咱们大家可以好好地玩啦！

　　　　（大家一边唱歌，一边跳起舞来。）

小　猫：（唱第五曲"赶走大狐狸"）

　　　　喵喵喵喵，

小花狗：汪汪汪汪，

小　鸡：叽叽叽叽、叽叽叽叽，

大　伙：哈哈哈哈，

小　熊：赶走大狐狸！

大　伙：心里多欢喜！

小　熊：跳起舞来唱起歌。

大　伙：高高兴兴来游戏，

　　　　啦啦啦啦啦啦啦！

　　　　啦啦啦啦啦啦啦！

　　　　赶走大狐狸！

　　　　心里多欢喜！

　　　　跳起舞来唱起歌，

高高兴兴来游戏！

啦啦啦啦啦啦啦！

啦啦啦啦啦啦啦！

（欢腾的尾声音乐清脆地响了起来……幕慢慢地落下来。）

3. "妙乎"回春

方圆

人　物：猫大夫（著名的动物界医生）

　　　　小猫"妙乎"（猫大夫的儿子）

　　　　小兔

　　　　小牛

　　　　小鹅

时　间：早晨

场　景："动物医疗站"。一间芭蕉叶盖的房子。墙上挂着写有"妙手回春"的横幅，猫
　　　　医生的椅子像只倒放的灯笼辣椒，病员坐的是扁豆荚形的长凳。床、桌等各有
　　　　特色。

（幕启时，只见小屋外戴着眼镜的猫大夫在打太极拳。远处公鸡叫了一会儿，他侧耳听听
屋里，见没动静，摇摇头，向树林跑去。不一会儿，躺着的小猫"妙乎"翻过身蒙头大睡。猫
大夫回来，敲窗。）

猫：妙乎，该起来了！唉！还想当名医呢！

妙：（又翻了一个身）呜……呜……

猫：（进门）妙乎，妙乎，怎么不响啊？

妙：妙——呜！妙——呜！爸爸，您不知道我在背书吗？

猫：背书？我看你连书都不翻，还背什么书？

妙：您在家，我跟您学！您不在家，我才念书！

猫：好了，我没空和你斗嘴。我要去出诊了，有谁来了你就记下来。有急事，你打电
　　话来，号码369。

　　（拿起电话拨号，听筒和话筒是苹果形的，柄是香蕉形的。）

　　喂，喂！嗯，没人接电话，一定病得很重，我得赶快去了。

妙：（起床坐到桌边）爸爸，您去好了。有谁来看病，我给看。

猫：你还没学会，好好看书，将来我教你。（匆匆忙忙下。）

妙：（边吃东西边翻书）ABC，CBA，看书真想打瞌睡，当个医生谁不会？胡说八道
　　信口吹！哎哟，好累呀！（伏在书上睡着。）

　　（小兔挎着草莓篮上。）

兔：猫大夫！猫大夫！

妙：（抬起头）妙呜妙呜！（开门）喂，你是谁？

兔：我是小兔。猫大夫在吗？我请他看病。

妙：不在家。

兔：您是他的儿子吗？

妙：我不回答你。不过我告诉你，我是大名鼎鼎的妙乎医生。

兔：真的吗？我怎么没听说过？

妙：我才当医生，你当然不知道。不过，有句话你该知道。

兔：什么？

妙：人家赞扬我医术高明，是"妙乎回春"！

兔：好像只有妙手回春……

妙：不对，你记错了，我这儿有书为证。（翻书）翻不着，反正是你错了。

兔：我不跟您争了。妙乎医生，今天猫大夫不在家，请您给我看看好吗？

妙：行，小事一桩，坐下吧。（给小兔按脉，看面色）哎哟不好！你生大病啦！

兔：（吓一跳）什么什么？

妙：你生一种出血病，出血病，危险透了！

兔：（吓坏了）啊！

妙：（拿起镜子）你看，你的眼睛都变红啦！

兔：（松了一口气）我们从小就是红眼睛，我爸爸妈妈，爷爷奶奶，哥哥姐姐，弟弟
妹妹……生来就是红眼睛，不是出血。

妙：生来就这样？那就是遗传性的毛病，非看不可。

兔：（糊涂了）那，那猫大夫怎么从来没讲过？

妙：（一本正经）你到底听谁的？

兔：那请您给看看吧。

妙：这是红药水，一天吃三顿，还用它滴眼睛，也是一天三次。（拿一大瓶红药水给
小兔。）

兔：（不敢接）红药水能吃、能滴眼睛吗？

妙：你不照照你的眼睛，都红成什么样了！坐着马上吃，马上滴！
（小兔怀疑地接过，坐着犹豫不决。小牛上。）

妙：还磨蹭什么？谁不知道我"妙乎回春"！

牛：哞——，谁的喉咙这么大呀？

兔：（如获救）小牛快来，妙乎医生让我吃红药水，还要用红药水滴眼睛。我有点儿
害怕。

牛：从没听说红药水能吃呀！

妙：妙呜妙呜，你是谁，来这儿大发议论？

牛：哞——，我是小牛，您是医生吗？

妙：我是得过"妙乎回春"锦旗的医生妙乎！

牛：什么！"妙乎回春"？

妙：对。
（小牛反刍，胃里的草回上来，用口嚼着，没有能接话。）

妙：你怎么啦？不做声光努嘴？

牛：（咽下草）哞——，不是，刚才我胃里的东西回上来，得嚼一嚼。

妙：（拍拍小牛背）得了，又是一个病号！

牛：怎么啦？

妙：你呀，生了大病啰！

牛：什么病？

妙：吃的东西要回上来，那是胃病；经常回上来，那就是胃癌。

牛：癌？

妙：对，这非我看不可！

牛：我们从小吃东西都要回上来嚼嚼，我爸爸妈妈，爷爷奶奶，哥哥姐姐……

妙：得了，跟小兔一样，遗传的病。你可得开刀才行！要不半路上倒下去，我可不会救啰！

牛：（害怕地）那我怎么办呢？

妙：躺在那床上去，我来磨刀，给你做手术。

　　（妙乎拿起一把大菜刀，在门槛上磨起来。小鹅上。）

牛：（慢腾腾躺上去）真害怕呀！怎么拿菜刀给我动手术……

兔：（坐立不安地）真害怕呀！红药水吃下去肚子不疼吗？

鹅：（鞠个躬）吭——，请问，谁在里面叫害怕？

妙：（抬起头）是小兔小牛，我给他们治病。喔，你也是来看病的？

鹅：我没生病。

妙：不，很明显，你生了大病。

鹅：（镇静地）什么大病？

妙：脑瘤。脑子里的瘤都长到外面来了！非开刀不可！

鹅：（笑）吭吭吭，我们生来就这样……

妙：那你和他俩一样，得了遗传病。

鹅：（继续笑）吭吭吭，你这样的医生我也会当。

妙：乱讲！我可是得了"妙乎回春"的锦旗的！

鹅：吭吭吭，只有妙手回春，没有"妙乎回春"！

妙：你们三个都一样地读白字！

鹅：（端详着他，灵机一动）好吧，就算你对。（看看发抖的小兔、小牛）不过，我也学过一点儿医，我看你也生了大病。

妙：（有点儿紧张）别骗人！我生了什么病？

鹅：吭——，你生了未老先衰病。

妙：（不明白）怎么讲？

鹅：你小小年纪就衰老得不行了，不医好马上得完蛋。

妙：（更紧张，凑近他）你，你有什么根据？

鹅：自然有。（拿起镜子给他）你自己瞧瞧，瞧你的胡须有多长！

妙：（照着）胡须？这胡须一生下来就……

牛：（疑问地）哞——，那也是遗传病？

妙：啊！我？

鹅：是吧？你爸爸妈妈，爷爷奶奶，姐姐哥哥，弟弟妹妹，生下来都有胡须……

妙：（害怕起来）难道我也是遗传病，那我当不了名医了！妙呜呜呜…（哭起来。）

鹅：（推推小兔小牛）有一个办法可以治好。（这时猫大夫回来了，在门外挂着手杖听。）

妙：只要能救我，用什么办法都行。

鹅：我先问你，小兔和小牛到底得了什么病？

妙：天知道他们生什么病。

兔：你不是说我生了出血病，眼睛都变红了吗？

牛：哞——，不是说我得了胃癌，回家走不到半路就会倒下去吗？

妙：我是随便说说。

牛：哞——，随便说说？我差点儿没让你用菜刀宰了！

兔：嘿，我差点儿没把红药水吃掉！

鹅：（笑）吭吭吭，他俩没病，你倒是真有病啊！

妙：（又紧张起来）怎么办？

鹅：小兔小牛帮个忙。（拿出一根细绳，在墙上一个铁环中穿过，一头交给小兔、小牛，另一头拿着）来，"妙乎回春"大夫，把胡须结在这一头，拉它七七四十九次，胡须掉下来就好啦！

妙：不疼吗？

鹅：有一点儿，可是要治好病哪。（用绳子扎住他的胡须。）

兔、牛：（开心地用力拉）嗨哟，哞——！

妙：（怪叫）哎哟！妙——乎！妙乎！妙——乎！……

鹅：（一本正经）一下、两下、三下、四下……

妙：哎哟、哎哟，哎哟哟！（全身跟着绳一上一下。）

兔、牛：哈哈，哈哈！

妙：（忍不住）几下啦？

鹅：十三，十四，十五……妙乎大夫，还有二十几下就行啦！

妙：什么大夫不大夫，我连书都没好好看过一本。（把绳子从胡须上取下，抓起电话拨号。）369，喂喂！

（猫大夫出现在门口。）

兔、牛
鹅：猫大夫好！

妙：爸爸！您可回来了……

猫：我早就在窗外边，瞧你吹得晕头转向的！（搂住小鹅肩）孩子，你今天帮助了妙乎，我谢谢你，也谢谢小兔、小牛！（小动物们摇头表示不必。）

妙：爸爸，（摸摸胡须羞愧地）我今后一定老老实实学习，不吹牛了！

鹅：到时候啊，我送你一面锦旗，就写上"妙乎回春"四个大字！

（众笑。幕落。）

4. 回　声

坪内逍遥

对面是高山，山旁一户农家，一个孩子和母亲到这里过暑假。

大　郎：（五六岁，高高兴兴地跳出来）真高兴！真高兴！妈妈叫干的活儿都干完了，这
　　　　回光剩下玩儿啦（说着，高高兴兴地这儿那儿跑跳着。）

大　郎：万岁！万岁！
　　　　（山那边响起回声。）

回　声：万岁！万岁！
　　　　（大郎吃了一惊，奇怪地望着。）

大　郎：（自语）哎呀！这是谁呀！（大声地）谁在那儿呢？
　　　　山那边重复着。

回　声：……在那儿呢？

大　郎：（自语）哎呀！山那边也问啦！（大声地）你是谁呀？

回　声：你是谁呀？

大　郎：我呀，我是大郎！

回　声：我呀，我是大郎！

大　郎：我才是大郎！

回　声：我才是大郎！

大　郎：不，你不是大郎！

回　声：不，你不是大郎！

大　郎：是大郎！

回　声：是大郎！

大　郎：哎呀！你真讨厌！

回　声：……呀！你真讨厌！

大　郎：讨厌！

回　声：讨厌！

大　郎：去你的！

回　声：去你的！

大　郎：你！小狗。

回　声：你！小狗。
　　　　（妈妈从窗户里探出头来。）

妈　妈：大郎！你跟谁那么粗声粗气的……

大　郎：（要哭的样子）妈妈！山那边有个坏孩子，净这个那个地学我。

妈　妈：那，你跟他说什么啦？

大　郎：我跟他说："讨厌！去你的！小狗！"

妈　妈：你好好跟他说说试试，他也就跟你好好说话啦。可别像刚才那样粗声粗气的
　　　　啦！啊？
　　　　（妈妈缩回头。）

大　郎：（向山那边）奥依——

回　声：奥依——

大　郎：别生气啦！刚才我不对啦！

回　声：别生气啦！刚才我不对啦！

大　郎：咱俩做个朋友吧。

回　声：咱俩做个朋友吧。

大　郎：你来这儿玩儿吧。

回　声：你来这儿玩儿吧。

大　郎：到这儿来!

回　声：到这儿来!

大　郎：我过不去!

回　声：我过不去!

大　郎：那咱们就这样说话吧。

回　声：那咱们就这样说话吧。

大　郎：行吗?

回　声：行吗?

大　郎：好吧。

回　声：好吧。

　　　　（妈妈又从窗口探出头来。）

妈　妈：大郎，吃饭啦，快回来吧。

大　郎：哎!（向山那边）我吃饭啦，不说啦。

回　声：……吃饭啦，不说啦。

大　郎：再见。

回　声：再见。

妈　妈：大郎快点呀，你还在那儿磨蹭什么呢?

大　郎：妈妈，刚才我照你说的那样，和和气气地跟他说话，那孩子就跟我好啦。

妈　妈：嗯，你看是不! 你跟人家好好的，人家也跟你和和气气的吧? 可得好好记住点儿。来吧，来吧，快回来吧。

5. 五彩小小鸡

孙毅

人　物：母鸡

　　　　小鸡：红红、黄黄、蓝蓝、白白、黑黑

　　　　灰鼠

　　　　棕鼠

　　　　老鹰

幕启：春天，草地一片新绿，鸟儿欢快地鸣叫。布谷鸟叫着"布谷、布谷……"飞向远处。

（母鸡"咯……"叫着，着急地抱着一捧干草来到草地上。她来回看着，终于选到了一块合适的地方。她先用脚爪扒了扒地，再将干草铺成一个草窝。她左看右看，十分满意地拍着翅膀奔下。）

（一会儿，母鸡抱来了一只粉红色的蛋放在草窝里。她又一次一次去抱来了浅黄、浅蓝、奶白色的蛋。挨次放在草窝里，排成一行。而后，母鸡含着木炭在红蛋上划个"1"字，蛋里发出"多多"的音调；又在黄蛋上划个"2"字，蛋里发出"来来"的音调；她在蓝蛋上划个"3"字，蛋里发出"咪咪"的音调；又在白蛋上划个"4"字，蛋里发出"发发"的音调。母鸡将四只蛋摆成正方形后，跳进草窝，蹲在蛋上孵着。她朝左右两边看了看，用嘴将露出身外的一只蛋向里面拨了拨，见四只蛋全在它的身底下了，才放心地闭起了眼睛。）

（母鸡突然"咯咯——嗒……"地叫了起来。当她从鸡蛋上跨出草窝时，兴奋地对着刚生下的比其他四只蛋更大的彩色蛋，"咯咯——嗒，咯咯咯——嗒"……大叫起来。）

（母鸡又含着木炭在彩色蛋上划个"5"字，唤着"少少"，同时将这彩色蛋安排在四个蛋的中间。）

（母鸡又跨进草窝，像闭目养神似的孵着。）

（一只灰鼠贼头贼脑地探出头来，母鸡睁开眼，灰鼠就逃了。另一边，一只棕鼠又伸出头来，母鸡一扭头，棕鼠也逃了。母鸡不安地动了动身子，刚坐稳，就"咯咯……"惊叫着跳出草窝。一声"少少……"音传出，只见那彩色蛋头上伸出两只鸡脚来，朝天乱蹬着。突然，那彩色蛋"骨碌"一声，头朝上，脚朝下地倒了过来，两只鸡脚一着地，就顶起彩色蛋壳跑了。母鸡要捉他，他在四只蛋当中逃来逃去，和母鸡捉起迷藏来了。最后还是让他逃脱，一溜烟不见了。母鸡急得"咯……"地追去。可刚追几步，又停下来，它衔来一根绳子将四只蛋围捆起来，这才放心地去追。一会儿又回转来走到台口。）

母　鸡：（对台下小观众）小朋友们，请你们帮帮忙，替我看好我的红红、黄黄、蓝蓝、白白四个小宝贝……好不好？

观　众：好——

母　鸡：要是有谁来偷蛋，请你们喊"鸡妈妈……"我就来了，谢谢你们，再见……（奔下。）

（一会儿，草窝里突然钻出一只灰鼠，它嗅了嗅蛋，又推了推，因为四只蛋捆在一起，它推不动。）

观　众：（喊）鸡妈妈……

灰鼠一听见小观众的喊声，马上逃了。过了一会儿，灰鼠带着棕鼠又来了。

观　众：（又喊）鸡妈妈……

灰鼠迅速站起身咬断了捆蛋的绳子。绳子一断，四只蛋散开了，灰鼠向红蛋一扑，抱住蛋，向后一仰，四脚朝天地抱住蛋，棕鼠拖着灰鼠尾巴就跑。

观　众：（更着急地喊）鸡妈妈……

（母鸡正抱住彩色蛋跑来，那彩色蛋的两只小鸡脚还拼命蹬呢。母鸡听见小朋友们急叫也着慌了。）

母　鸡：（问小朋友们）出了什么事啦？

观　众：老鼠……偷蛋……

（母鸡见两只老鼠正拼命地在拖蛋，急忙放下彩色蛋"咯……地去追老鼠，可是一回头彩色蛋又跑掉了，母鸡想去追彩色蛋又止步，还是去追老鼠，两只老鼠被母鸡啄得丢下蛋狼狈而逃。）

（母鸡将红蛋抱进草窝。点着红、黄、蓝、白四只蛋，同时发出"多、来、咪、发"四个音。）

母　鸡：（问小朋友）哎呀，我的第五个小宝贝往哪儿跑的呀？我忘啦！

观　众：(指着彩色蛋跑的方向)那儿……

母　鸡：哦，谢谢你们，谢谢……

　　　　(母鸡追下。)

　　　　(彩色蛋从另一面跑上，灰鼠与棕鼠追来。彩色蛋跑到红、黄、蓝、白四只蛋前后左右躲着，两只鼠围着蛋追。灰鼠忽然不跟着棕鼠围着四只蛋追彩色蛋了，它掉转头与棕鼠包抄彩色蛋。彩色蛋正受着灰鼠与棕鼠的两面夹攻，这时，红蛋与黄蛋突然分开，彩色蛋急忙挤到红黄蓝白蛋的中间。五只蛋紧紧挨在一起，没有空隙。)

观　众：(又不断喊)鸡妈妈……

母　鸡：怎么啦?……

观　众：老鼠……又来了!

　　　　(母鸡正要赶上去啄鼠，两只鼠早就溜掉了。)

母　鸡：(伤心地哭了)我的第五个小宝贝不见了……

观　众：来了……他来了……

母　鸡：哦，哈哈!(看见彩色蛋回来了)别跑了，别再跑了，老鼠会把你吃掉的。

　　　　(母鸡又跨进草窝，在蛋上孵了起来。)

　　　　(在"多多"音乐声中，红蛋从母鸡身底下滚出来，蛋壳破裂成两片，跳出一只小红鸡。)

母　鸡：红红，我的小红红。

红　红：妈妈……

　　　　(在"来来"音乐声中，黄蛋从母鸡身底下滚出来，蛋壳头上破裂了，小黄鸡伸出头来。)

母　鸡：黄黄，我的小黄黄。(用嘴将蛋壳啄成两半。)

黄　黄：(从蛋壳里跳出来)妈妈……

　　　　(在"咪咪"的音乐声中，蓝蛋从母鸡身底下滚了出来，蛋壳头上破了个洞，小蓝鸡伸出头来。蛋壳底下也破了个洞，小蓝鸡又伸出脚来，红红拉蓝蓝的头，黄黄拉蓝蓝的脚，拉不出来。)

母　鸡：嗳! 别拉，别拉!(将蛋壳啄破。)

蓝　蓝：(从蛋壳里出来了)妈妈……

母　鸡：蓝蓝，我的小蓝蓝!

　　　　(在"发发"的音乐声中，白蛋从母鸡身底下出来了。白蛋头上破了个大洞，伸出了小白鸡的头，红红连忙去拉白白，黄黄拉红红，蓝蓝拉黄黄，拉呀拉呀，像拔萝卜似的将白白拉出了蛋壳。)

母　鸡：……白白。我的小白白!

白　白：妈妈……

　　　　(红红、黄黄、蓝蓝、白白围着草窝里的母鸡，"叽叽叽叽……"一面叫着一面转着圈子欢舞。)

母　鸡：咯咯咯咯……(跳出草窝，左看右看，看不见彩色蛋，叫着)小五，小五呢?

　　　　(小鸡们帮着母鸡将草窝拆散了，也找不着彩色蛋。)

母　鸡：怎么不见了？

小　鸡：（叽叽喳喳地）怎么不见了……

（突然远处发出"少少……"的声音。）

母　鸡：（昂首眺望）在那儿，在那儿。（对小鸡们）孩子们，快来快来……

（母鸡冲下，小鸡们飞也似的跟着奔下。）

（彩色蛋靠着他两只小鸡腿顶着蛋壳逃上。灰鼠和棕鼠在后面追着，跑了个圆场；灰鼠、棕鼠两面夹攻，从左右两边抱住了彩色蛋。）

观　众：鸡妈妈……

母　鸡：（奔上）来了，来了！（对准灰鼠的左眼啄去，灰鼠痛得"吱吱"叫，捂着左眼逃下。）

（几乎同时，小鸡们咬住了棕鼠的尾巴，棕鼠想逃也逃不脱了。母鸡奔来，"咯咯……"对准棕鼠的尾巴猛一啄，啄断了棕鼠尾巴，棕鼠没命地逃跑了。）

小　鸡：（举起棕鼠尾巴，胜利地叫着）叽叽叽叽……

母　鸡：（用脸去贴了贴彩色蛋）我的第五个小宝贝。啊呀，一点儿暖气都没有了，怎么出得来呢？

（小鸡们都围在彩色蛋的周围，用身体去温暖彩色蛋。）

（母鸡也去抱住彩色蛋温暖着它，忽然"少少……"的音乐声响起来，母鸡放开彩色蛋，大家凝视着它，蛋里发出"叮咚叮咚……"的响声，那蛋头上像橡皮球似的一动一动地鼓了起来，又瘪下去。）

母　鸡：他想出来了，他想出来了！（对彩色蛋）谁叫你老是跑呀跑的，把暖气都跑掉了，出不来了吧！

小　鸡：妈妈……我们帮帮他，帮帮他……

母　鸡：对，应该帮助他。

（小鸡们围着蛋壳啄着，一阵"叮叮，咚咚，叮叮，咚咚……"还是啄不开。）

小　鸡：（求救似的）妈妈……

母　鸡：好，我来，我来。（用嘴猛啄着蛋壳上端，只听"咚咚咚"三下，蛋壳破了个大洞。）

（彩色蛋里冒出个小黑鸡的头，又连忙缩进去了。）

母　鸡：（温和地）出来吧！别怕难为情了！

小　鸡：出来吧，出来吧！别怕难为情了！

（在"少少"的音乐声中，小黑鸡害臊地捂着脸慢慢地从彩色蛋壳里伸出头来。母鸡和小鸡们帮着掰开蛋壳，原来是只又瘦又长的小黑鸡。）

母　鸡：黑黑，我的不听话的小黑黑。

黑　黑：妈妈……（难为情地捂着脸）

母　鸡：下次可别一个人跑了，现在你长大了，老鼠不敢碰你了，你瞧你有尖尖的嘴巴，尖尖的脚爪，可是你碰到了老鹰就……

（母鸡话没说完，一声呼啸，从天空扑下了一只老鹰。）

母　鸡：老鹰来了！快躲到我身后去。

（红红躲在母鸡身后，黄黄躲在红红身后，蓝蓝躲在黄黄身后，白白躲在蓝蓝

后，黑黑躲在白白身后。）

（母鸡“咯咯”地张开翅膀护着小鸡，和老鹰对峙着。）

（老鹰突然扑向母鸡，母鸡便张开翅膀一面后退一面“咯咯”地大叫着。）

（老鹰忽然也后退了，当母鸡朝前冲时，老鹰来了个急转身，向最后的黑黑扑了过去。母鸡急忙过去拦阻。老鹰还是紧追不放，母鸡和小鸡被逼得几乎跑成了个圆圈。）

（老鹰又突然转身，从另一边追最后的黑黑，母鸡领着小鸡几乎又跑成一个圆圈的时候，老鹰又突然转身反追着黑黑。母鸡又反过去拦阻老鹰时，老鹰趁黑黑还没来得及跟着鸡队伍转过来，就突然闪电似的转身扑向黑黑。黑黑吓得离开了队伍跑到观众席里，躲在一个小朋友身后，老鹰向远处飞去。）

母　鸡：黑黑……

小　鸡：黑黑……

（观众席里突然站出个小朋友，他胸前挂冲锋枪，向小观众们大声呼吁着。）

小朋友：小朋友们，我们帮助母鸡打老鹰好吗？

观　众：好！

小朋友：老鹰来了我们就“哒……”（用手装着打枪的样子。）

（一声呼哨，老鹰飞来了。）

母　鸡：（提醒）老鹰又来了！（小鸡们钻进母鸡的双翅下躲着。）

小朋友：（一声命令）打，打！

观　众：（都用手装成枪，瞄准老鹰）哒……

（老鹰在空中受到小朋友们的枪击，忽上忽下躲闪着。）

（老鹰飞到观众席里扑向黑黑。）

（观众群情激愤，举起手装成枪瞄准老鹰。）

（当老鹰又飞起的时候，观众席里突然站起一个或两三个小朋友，举起会喷火的冲锋枪“哒……”地向老鹰打去。老鹰应声落下。）

（台上台下一阵欢呼。）

众小鸡：啊，老鹰打死了！老鹰打死了！

母　鸡：谢谢小朋友……（突然大叫起来）啊呀，我的黑黑呢……

（黑黑在一个小观众身后叫着：“妈妈，我在这儿呢！”）

母　鸡：在哪儿呢？

小　鸡：在那儿呢！（指着台下。）

黑　黑：（从观众席里难为情地出来跑上舞台）我在这儿呢。

母　鸡：我以为你又跑了！（母鸡和小鸡围了上去，亲抚着黑黑。）

黑　黑：我再也不离开大家了。

母　鸡：对对，不能离开大家，快谢谢小朋友呀！

黑　黑：谢谢小朋友。

母　鸡
小　鸡：谢谢小朋友。

（歌声起。）

小朋友：（站起来回答）不谢！不谢！

观　众：不谢！不谢

（幕在"谢谢小朋友"和"不谢，不谢"的一片欢快声中落下。）

（下面是开头与结尾贯穿用的歌词。）

红黄蓝白黑，

五彩小小鸡，

团结在一起，

永远不分离！

6. 森林里的宴会

乔羽

（歌舞剧）

时　　间：夜晚

地　　点：森林

人　　物：百花仙子、仙女们、小松鼠、小兔子、小刺猬、小狗熊、小蜜蜂、大蜜蜂、蜜
蜂们、陪客们

开　　幕：（星星亮了，森林里现出幽静的光辉。）

（秋虫儿唧唧地叫着，乐章开始了。）

（仙女们陪伴着百花仙子出现在林间。）

百花仙子：（唱）　星星儿亮了，

星星儿亮了，

天上的宴会开始了！

蟋蟀儿叫了，

纺织娘叫了，

林中的宴会也该开始了！

露水儿当酒，

鲜果儿当肴，

珍贵的宴席快摆好！

（仙女们摆席。）

百花仙子：（翩翩起舞，等待着客人们。唱）

高兴地等待，

热情地欢迎，

我们的客人就要来了！

（陪客们陆续上场。他们是小松鼠、小兔子、小刺猬等。）

陪　客　们：（唱）　春天里开花，

秋天里结果。

果子结得好，

大家都快乐。

百花仙子摆下宴席，

　　　　　　　　请蜜蜂来做客。

　　　　　　　　百花仙子摆下宴席，

　　　　　　　　请蜜蜂来做客。

小 松 鼠：（唱） 陪客是谁？

　　　　　　　　——陪客是我！

小 刺 猬：（唱） 陪客是谁？

　　　　　　　　——陪客是我！

小 兔 子：（唱） 是谁？是谁？

　　　　　　（小狗熊蹒跚地赶来。）

小 狗 熊：（唱） ——是我！是我！

小 松 鼠：你呀，你走得比老牛还慢，还想当陪客呀！

小 狗 熊：谁像你小耗子，连蹿带蹦的，不懂礼貌。看我走路多庄严啊！

小 兔 子：快走吧，百花仙子等着我们哪！

　　　　　　（陪客们舞向百花仙子。）

　　　　　　（百花仙子热情地接待他们。）

　　　　　　（蜜蜂们群舞上场。）

蜜 蜂 们：（唱） 百花香，

　　　　　　　　采蜜忙。

　　　　　　　　花是好朋友；

　　　　　　　　蜜是好食粮。

　　　　　　　　我们有天下最小的工厂；

　　　　　　　　我们是天下最多的工匠。

　　　　　　　　谁有我们本领好？

　　　　　　　　采来花粉做蜜糖！

　　　　　　　　今天森林开宴会，

　　　　　　　　百花仙子好排场。

　　　　　　　　梳洗打扮去做客，

　　　　　　　　姐姐妹妹排成行。

　　　　　　　　飞到森林去！

　　　　　　　　飞到森林去！

　　　　　　　　星星为我们领路，

　　　　　　　　姐妹快飞翔！

　　　　　（蜜蜂们正要飞去，带队的大蜜蜂忽然拦住了大家。）

大 蜜 蜂：大家不要忙，看一看各人的礼物带好了没有？

蜜 蜂 们：带好啦！

大 蜜 蜂：请柬带上了吗？

蜜 蜂 们：（都拿出了请柬）谁劳动得好，百花仙子给谁请柬，谁有请柬谁光荣，还能不
　　　　　　带上呀！

大 蜜 蜂：你们看，宴席都摆好了，我们快去吧！

（蜜蜂们飞去。）

（一只小蜜蜂飞来，想跟着蜜蜂群飞去，又不敢去，悄悄躲在一旁观望。）

百花仙子：（唱）　朋友们，快快迎接吧，
　　　　　　　　我们的客人来到了！

陪　客　们：（唱）　朋友们，快快迎接吧，
　　　　　　　　我们的客人来到了！

（主人和客人们相见，欢呼跳跃，相互致礼。）

百花仙子：（唱）　尊贵的客人，你们好！

蜜　蜂　们：（唱）　百花仙子，你可好！

陪　客　们：（唱）　采蜜的能手，你们好！

蜜　蜂　们：（唱）　森林的朋友，你们好！

百花仙子：（唱）　我代表美丽的百花，
　　　　　　　　感谢客人们来到。
　　　　　　　　蜜蜂姑娘是百花的朋友，
　　　　　　　　帮助我们把果子结成了。
　　　　　　　　你们看：红的是草果，
　　　　　　　　白的是蜜桃，
　　　　　　　　黄的是橘子，
　　　　　　　　紫的是葡萄。
　　　　　　　　酬劳各位朋友们，
　　　　　　　　大家尽情吃个饱！

蜜　蜂　们：（轮唱）献上我们的礼物，
　　　　　　　　感谢百花仙子的酬劳。
　　　　　　　　请您尝一尝，
　　　　　　　　蜂蜜好不好？

（蜜蜂们依次送上自己的蜜罐，百花仙子接过。）

全　　　体：（合唱）鲜花结鲜果，
　　　　　　　　蜜蜂做蜜糖，
　　　　　　　　个个都劳动，
　　　　　　　　森林好地方！
　　　　　　　　大家都是好朋友，
　　　　　　　　蜜也甜！
　　　　　　　　花也香！

（旁观的小蜜蜂一直没有被发现，这时她被宴会的欢乐所诱惑，再也忍耐不住了。）

小　蜜　蜂：（唱）　宴会多么好啊！
　　　　　　　　果子多么香啊！
　　　　　　　　森林多么美啊！
　　　　　　　　星星多么亮啊！

好啊，我要和大家一同欢乐！

好啊，我要和大家一同歌唱！

（小蜜蜂高兴地跑向前去，但是又突然地停下来，非常沮丧地站在那儿。）

小 兔 子：（发现了小蜜蜂）欢迎吧，又来了一位客人！

小 狗 熊：唔，怎么不进来呀？

大 蜜 蜂：她怎么来啦，她是懒丫头，不会做蜜，百花仙子没有请她，她来干吗呀？

（小蜜蜂羞愧地跑开，小松鼠赶忙跳过来拦住她。）

小 松 鼠：不要走，一个人多不好玩呀，我替你说个情，快来参加宴会吧！

（跳向百花仙子。）

（大家围拢着百花仙子，议论纷纷。）

小 蜜 蜂：（唱）人家有，

     我没有，

     人家高兴我害羞。

     平常姐姐去采蜜，

     我偷懒藏在家里头。

     姐姐教我做蜜糖，

     我到河边逗老牛。

     姐姐领我到花园，

     我在花园闲转悠。

     贪吃贪玩不劳动，

     人家叫我懒丫头。

     懒丫头，

     懒丫头，

     今天发了愁！

     姐姐赴宴会，

     妹妹在外头；

     姐姐献礼物，

     妹妹空着手。

     羞得我抬不起头，

     羞得我张不开口。

     多么羞，

     多么羞，

     不能再做懒丫头！（欲下。）

百花仙子：（向大家）朋友们，咱们欢迎她来吧，大家相信她会好起来的！

小 狗 熊：对，对，我去请她！（蹒跚地走向小蜜蜂）蜜蜂姑娘，别擦眼抹泪的啦，大家请你参加宴会去呢，快来吧！

小 蜜 蜂：请我？

小 狗 熊：是啊，快来吧！

小 蜜 蜂：我……我没有请柬。

小 松 鼠：（跳过来）我就是请柬，来吧！

小 蜜 蜂：我也没有礼物。

小 刺 猬：学会做蜜不就有礼物了吗？

小 蜜 蜂：现在想学也晚了呀！

蜜蜂们：不晚，只要你想学，我们都愿意教给你！

小 蜜 蜂：我学！我一定好好地跟姐姐学！

百花仙子：好啊！我们欢迎新客人吧，宴会现在就要开始了！

　　　　　（大家热情地欢迎，森林里立即喧腾起来。）

　　　　　（一轮明月升起来了。）

　　　　　（愉快的歌，欢乐的舞。）

全　　体：（合唱）明亮的月亮高高挂在天空，

　　　　　　　　　森林里唱起了愉快的歌。

　　　　　　　　　盛大的宴会开始了，

　　　　　　　　　美丽的夜晚大家多么高兴。

　　　　　　　　　朋友们！向采蜜的英雄们致敬！

　　　　　　　　　向光荣的劳动者致敬！

　　　　　　　　　蟋蟀儿，弹奏你的琴弦吧！

　　　　　　　　　森林中的宴会一直到天明。

7. 三个问题的答案

林焕彰

人　　物：小木偶

　　　　　小嘟嘟（胖胖的小男生，或胖胖的小男生扮成的小胖猪）

　　　　　小天使

　　　　　一群小朋友（白人、黑人、黄种人，男生、女生都有，人数越多越好）

地　　点：蓝天下的大草原

时　　间：很久很久以前，也许是现在

一

（小木偶，走了几天几夜，累得差不多站不住了，他无力地抬着头，望着蓝色的天空……）

小木偶唱：

　　　　　谁能告诉我，

　　　　　什么是世界上

　　　　　最温暖、

　　　　　最温暖的地方？

　　　　　（在一棵大树下，小嘟嘟被小木偶的歌声吵醒，双手揉着刚睁开的惺忪的

　　　　　睡眼……）

小嘟嘟朗诵：

是太阳底下吗?

是火炉旁边吗?

还是被窝里面?

小天使朗诵:

不是的!

不是的!

(一群小朋友,手牵着手,蹦蹦跳跳地从大草原的地平线那边,一边唱一边走向小木偶……)

小朋友跟着小天使合唱:

不论是多么豪华的宫殿,

还是多么破旧的小茅屋;

真正的家,

有慈爱的爸爸妈妈,

有友爱的兄弟姐妹,

就是世界上最温暖、

最温暖的地方。

(小木偶、小嘟嘟、小天使和所有的小朋友在大草原上大合唱——重复三次,第三次声音越去越远,逐渐消失,天色也逐渐暗下来……)

大合唱:

真正的家,

就是世界上最温暖

最温暖的地方。

二

(小木偶又走了好几天好几夜,他走到一座小丘上,振作了一下精神,抬起头来,望着蓝蓝的天空……)

小木偶唱:

谁能告诉我,

什么是世界上

最珍贵、

最珍贵的东西?

(小嘟嘟从一个小土堆的后面爬出来,看到亮闪闪的太阳……)

小嘟嘟朗诵:

是太阳吗?

是黄金吗?

还是钻石?

(小天使从白白的云堆里探出头来,对着小木偶,用清脆的声音……)

小天使朗诵:

不是的!

不是的！

（一群小朋友，手牵着手，蹦蹦跳跳地从大草原的地平线那边，一边唱一边走向小木偶……）

小朋友跟着小天使唱：

不论是大官，

还是普通的老百姓，

也不论是百万富翁，

还是卖东西的小贩，

真诚的友谊，

就是世界上最珍贵、

最珍贵的东西。

（小木偶、小嘟嘟、小天使和所有的小朋友在大草原上大合唱——重复三次，第三次的声音越去越远，逐渐消失，天色也逐渐暗下来……）

三

（小木偶又走了好几天好几夜，走了一座山又一座山，走到一座山顶上，对着已经升得高高的太阳……）

小木偶唱：

谁能告诉我，

什么是世界上

力量最大的东西？

（小嘟嘟从一堆草堆里冒出来，他听到小木偶的歌声，赶紧接腔……）

小嘟嘟朗诵：

是台风吗？

还是海浪？

（小天使从蓝蓝的天空飞下来，站在小木偶和小嘟嘟面前，对着他们两个，用坚定又清脆的声音……）

不是的！

不是的！

（一群小朋友，手牵着手，蹦蹦跳跳地从大草原的地平线那边，一边唱一边走向小木偶、小嘟嘟和小天使，然后把他们围成一个大圆圈……）

小朋友跟着小天使唱：

台风？台风算什么！

有房屋就可以抵挡；

海浪？海浪又算得了什么！

有船就可以破航；

只有爱，爱是

世界上最大

最强的力量。

（小木偶、小嘟嘟、小天使和所有的小朋友，在大草原的一块大石头上，大合唱——重复三次，然后大家一字排开……）

大合唱：

只要有爱，
爱是世界上最大
最强的力量。

四

全体朗诵：

什么是世界上最温暖的地方？
什么是世界上最珍贵的东西？
什么是世界上最大的力量？

大合唱：

谁能告诉你？
谁也不能告诉你！
只有你自己去追寻，
只有你自己去体验，
只有你自己去付出，
只有你自己去实现……

8. 石 头 汤

李玉鸽

（根据琼·穆特的同名图画书改编）

人　物：大仙女、二仙女、三仙女、一个小女孩、小女孩的妈妈、农夫、茶商、秀才、女裁缝、郎中、木匠、若干个村民、若干个村民的孩子
场　景：村头花丛中，村庄内
道　具：锅（一大一小）、石头、柴火、蘑菇、洋葱等蔬菜

场景一（村头）

（旁白：长长的古道边有这样一个村庄，青山绿水环绕，花草丰茂，十分美丽。村庄曾经饱经苦难，饥荒、洪水和战争让村民们身心疲惫，他们不相信陌生人，甚至还会怀疑自己的邻居。他们活得一点儿也不开心。）

（旁白完，音乐声渐起。）

（三个仙女来到村头的花丛中。）

小仙女：姐姐，这些花多漂亮啊！
大仙女：是啊，生活在这么美的地方该多幸福！
二仙女：我打赌，幸福只有神仙有，人是不会懂得幸福的。
小仙女：那应该指大人们，小孩子是最懂幸福的。

大仙女：正好我们来到这个村庄，进去试一下就知道啦。

小仙女
二仙女：好啊！好啊！这最好玩啦。

场景二（村内）

（当仙女们走进村庄时，村民们纷纷躲进家中，没有人搭理，没有人问候迎接，村子里一片寂静。）

小仙女：姐姐，他们为什么都把门关上啊？

大仙女：我们敲门试试吧。（小仙女敲了敲门，大姐、二姐跟在后面。）

小仙女：请问有人吗？（没人应。）

二仙女：有人在吗？请给我们一碗水喝。（去敲第二家，仍是无人应答。）

小仙女：请问有人吗？（不甘心，一家一家敲了许多人家的门。）

小仙女：姐姐，他们为什么都不开门呀？

二仙女：我说什么来着，人最冷漠，根本就不懂得什么是幸福。

大仙女：我们得帮帮他们！我们来煮石头汤吧。

小仙女
二仙女：石头汤？好啊，好啊！

（大仙女轻轻一点，变出来一口小锅。三个仙女把锅支好。她们一个捡柴火，一个端水，一个生火。）

（与此同时，墙角边，一个小女孩好奇地看着这一切。）

（她走了过来，看看锅，又看看仙女们。）

小女孩：姐姐，你们在忙什么呀？

小仙女：我在捡柴火。

大仙女：我们要煮石头汤，需要三块又圆又滑的石头。

小女孩：石头汤？这游戏一定好玩儿。我知道哪里有石头。我来帮你们捡。

（三个仙女和小女孩开始找石头。）

小女孩：这个行吗？

小仙女：这个太小了！

小女孩：那这个呢？

二仙女：这个也不行，这个不够光滑。

（不一会儿，小女孩找到一大堆石头。）

大仙女：来，我们一人选一块吧。

　　　这些石头可以煮出很美的汤，可是这么小的锅，恐怕煮不出很多！

小女孩：我妈妈有口大锅，我去给你们拿来。

（小女孩跑向一扇门，闯进去。）

（屋内传来妈妈的声音：妮子，你疯癫癫的，又要干什么啊？）

（小女孩气喘吁吁的声音：妈妈，村里来了三个漂亮姐姐，他们要用大锅煮石头汤。）

（农妇的声音：石头能煮汤？净说胡话。）

（农夫的声音：长这么大还没听说过石头能煮汤。我倒要看看她们怎么个煮法。）

（门开了，小女孩推出一口大锅，农夫、农妇跟在后边，怀疑地打量着。）

（仙女们忙着把大锅架好，生起旺旺的火，添水，放石头。）

（这时，许多门后都探出好奇的眼睛。）

农　妇：你们真能用石头煮汤啊？

三仙女：是啊，大婶，一会儿你就会看到的。

大仙女：我们煮的石头汤，非常好喝。待会儿请您品尝。

农　夫：那我倒要开开眼。

（仙女们不断地搅动着锅里的汤。小女孩欢快地帮忙捡柴火，一边不住地唱：石头汤、石头汤，又香又甜的石头汤。）

（这时，一扇一扇的门打开了，跑出来更多的孩子，大人们也走过来看稀奇。有的人还怀疑地嘟哝着：石头汤？）

大仙女：当然了，煮传统的石头汤，加点盐和胡椒粉，味道会更香的。

二仙女：真可惜！我们没有带。

秀　才：（他眼睛睁得大大的，充满了好奇）我家有盐和胡椒粉，我去拿。

（一转眼，秀才就不见了；片刻，秀才回来了，拿了一大包调料，倒进锅里。）

三仙女：（尝了尝汤）上次我们煮这么大锅的石头汤，还放了一些胡萝卜，那汤可真甜啊！

农　妇：胡萝卜？我家可能有，不过只有几根。

（她转身就跑，回来时手里拿了许多胡萝卜，都快抱不动了。）

大仙女：要是再放几个洋葱，味道还会更香的。

农　夫：哦，对啊，放几个洋葱兴许不错。我去拿。

（说着，农夫就快步离开了。过了一会儿，他拿来五个大洋葱，丢进搅动的汤中。）

小仙女：呵，真是一锅好汤！

（村民们用鼻子闻着，都点头称是。）

二仙女：（摸了摸头）不过，要是有蘑菇的话……

木　匠：不错，不错，有蘑菇汤会更鲜。我家有非常新鲜的蘑菇，我这就去拿。

（几个村民舔了舔嘴唇，也一溜烟儿跑回家去拿东西。）

（蘑菇倒进了锅里，又有其他人拿来东西倒进锅里，汤里的料越来越丰富，汤闻起来也越来越香。锅边围满了大人和小孩。）

村民一：我想要是神仙在这儿，他会建议我们再放些饺子！

村民二：还有豆腐！

村民三：再配些木耳，粉丝！

村民四：还有香菜！

（以下纷纷抢着说。）

村民五：再来些大葱！生姜！百合！

村民六：呀！真是一锅鲜美的汤！这么好的汤，要是颜色再好看些——你们等着，我家有醋和香油！

村民七：我家有新鲜的鸡蛋，我去拿。
村民八：我家有刚做好的肉丸……
　　　　（人们大声抢着说。村民们纷纷跑开，又拿着东西跑来，急急地把他们手中的东西倒进锅里。）
　　　　（仙女们使劲搅啊搅啊。村民们一个个充满期待地看着。）
大仙女：汤好啦，请大家尝尝吧！
　　　　（几只汤碗在村民手中传递着，人们大声夸赞着——真香啊！）
秀　才：我还从来没喝过这么美的汤！今天真像过节一样！
人　们：（纷纷）今天就是我们的节日啊！我们来一起过节吧！
　　　　（说着，就开始忙碌起来。搬桌子，摆凳子。）
　　　　（小孩子们拎来灯笼，大声喊：过节啦！过节啦！）
　　　　（欢快的音乐声响起来，响起来——）
　　　　（灯光暗下去，音乐声中，画外音响起——石头汤把村里人聚到了一起，他们拿来米饭和馒头，拿来桂圆和甜饼，他们亲热地坐在一起喝着美味的石头汤。他们感到十分的幸福和快乐！他们已经很久没在一起欢宴了，甚至没人记得，以前是否曾有过这样的欢宴。）
　　　　（幕落。）

训练与拓展

1. 儿童戏剧文学与成人戏剧文学有哪些区别？
2. 让儿童参与儿童戏剧表演，对儿童的成长有哪些作用？
3. 从中国的演员培养状况来看，农村出身的演员很少，是农村孩子天生缺乏演艺天分还是因为别的原因？
4. 创造性戏剧教学法中的表演和儿童在节日排演节目中的表演是否一回事？你认为创造性戏剧教学法的重心在哪里？
5. 戏剧教学法在幼儿园教学活动中已有运用，比照创造性戏剧教学法的程序要求，观察幼儿园教学活动中戏剧教学法的运用状况，指出其存在的偏误之处。
6. 儿童戏剧文学只是静态的文本，要把它搬到舞台上表演，还得视具体情况进行适当的改编。以《小熊拔牙》为例，一只小熊在舞台上有些空，假如换成两只或是三只小熊，你觉得应该怎样调整原来的文本。
7. 结合儿童的身心特点与欣赏能力，从童话单元的作品选读中选取一篇，试着将其改编为适合儿童表演的儿童戏剧剧本。
8. 模仿《喜羊羊与灰太狼》或《熊出没》的剧情模式，就其原有的角色，尝试设计一集剧情，与大家分享。
9. 从儿童戏剧作品选中选出一剧，发动班级力量，充分发挥大家的各种才艺，设计好道具、布景、音乐等，试着在舞台上将剧情呈现出来。
10. 从其他儿童文学文体改编成儿童戏剧要考虑多重因素，你认为这些因素有哪些？本单元作品选读《石头汤》是编者的一次尝试，请结合《石头汤》绘本讨论其改编的得与失。也请大家自选绘本，将其改编成适合特定年龄儿童表演的绘本剧。

资料链接

1. 文选与案例

（1）在《话剧百年纪念研讨会论文：儿童戏剧创作思考》一文中，中国话剧院院长周予援指出，中国目前的儿童戏剧市场是一个成长而非成熟的市场，所面临的最大困境是儿童戏剧在这个时代理论上有无限广阔的市场，而实际上儿童戏剧工作者却举步维艰，这与现代儿童观众对戏剧的极度饥渴、极度陌生相矛盾。原因出在哪里？你认为，在媒体狂欢时代，儿童戏剧该如何突围。

（2）戏剧教育之于儿童具有极其独特的功能。著名学者余秋雨说过："一个孩子如果没有机会从小学习表演，将来很难成为有魅力的社会角色。让儿童参加戏剧表演，不是要培养文艺爱好者，而是要赋予孩子们一种社会技能。"著名导演、北京师范大学艺术与传媒学院副院长肖向荣在2019年第五届中国教育创新成果公益博览会上接受光明网专访，针对在戏剧教育中容易具有"仪式感"的问题，他提出，戏剧教育教导孩子认识自然、认识社会，让孩子在潜移默化中建立起规矩。结合两位专家的言说，想想如何认识儿童戏剧教育的重要价值，当下儿童戏剧教育应如何发展。

2. 名家、著作推荐

（1）黎锦晖：《黎锦晖儿童歌舞剧》

（2）孙毅：《孙毅儿童剧快活丛书》

（3）张小媛：《儿童剧表演》

（4）任德耀：《中国儿童文学大系：儿童剧》

（5）郑荟苊等：《儿童戏剧与学前教育》

（6）黄凯：《幼儿园自由剧模式的探索：儿童剧与幼儿心智发展的实践研究》

（7）张晓华：《创作性戏剧教学原理与实作》

（8）林玫君：《儿童戏剧教育活动指导：肢体与声音口语的创意表现》

（9）梅特林克：《青鸟》

单元九
其他文体

学习目标

1. 了解寓言的文体特征；
2. 掌握童话与寓言的区别；
3. 了解儿童小说的文体特征；
4. 了解儿童科学文艺的类型及特征。

基础理论

儿童文学的文体同成人文学一样是丰富多彩的，但由于儿童文学存在阶段性特征，各阶段儿童文学的中心文体是不同的。学前儿童文学或曰幼儿文学的中心文体有儿歌、儿童故事、儿童图画书三种。这样说，并不意味着幼儿教师只需有此三种文体的素养即可。儿童文学虽有阶段性，但也有整体性，幼儿教师如果具有了扎实的儿童文学文体素养，能在各种文体间翻转腾挪，转移改编，则其利用儿童文学从事儿童教育的天地将更加开阔从容。

第一节　寓言

寓言的结构
模式

一　寓言的定义与发展

寓言是一种古老的文体，是寄托着深刻含义的简短故事。它通过一个生动有趣的故事，告诉人们一个深刻的道理或某种教训，多带有明显的劝谕或讽刺意义。

德国剧作家莱辛在《论寓言》一文中说，"要是我们把依据普遍得到的歌谣引回到一件特殊的事件上，把真实性赋予这个特殊事件，用这个事件写一个故事，在这个故事里大家可以形象地认出这个普遍的道德格言。那么，这个虚构的故事便是一则寓言。"

寓言一词，最早出现在《庄子·寓言》中，"寓言十九，藉外论之"。《经典释文》的解释是"寓，寄也。以人不信己，故托之他人，十言而九见信。"但这里的寓言尚不是指一种文体，而是虚拟的寄寓于他人他事的言语，是一种思想表达的方式与策略，我国古代对此还有其他的称谓，如譬喻、戒、蒙引、说、传、况义等。

寓言和童话一样，也起源于民间。神话传说是寓言产生的摇篮，动物故事也是它的源泉。寓言和神话尽管有一脉相承的关系，但却有着明显的区别。神话是幼稚蒙昧的早期人类对自然、社会的幻想性解释，而寓言却是逐渐走向成熟的人类对自己的生活及自然、社会的理性发现与思考，是人趋向于自觉地认识生活的艺术反映。

寓言的三大发源地是古希腊、古印度、中国，由此自然形成世界寓言史上最重要的三大分支。

古希腊寓言以《伊索寓言》为代表，对欧洲文学影响深远且广泛。著名的法国寓言《拉·封丹寓言》、德国的《莱辛寓言》、俄国的《克雷洛夫寓言》都是对《伊索寓言》的继承、发扬和创造。《伊索寓言》主要包括三个方面的内容：对生活经验教训的总结；对生活所做的理性深刻的思考；对社会丑恶现象及人性弱点的揭露和批判。其艺术成就也主要有三点：奠定了在寓言中用动物做主体形象的基础；使拟人、对比等表现手法趋于完善，为后世的寓言创作提供了典范；创建了伊索式寓言结构形式，即故事结束后，以一段警策性语言道出寓意，使寓言思想表现得更为直接、明快。

古印度寓言包括书籍寓言、佛经寓言和民间寓言。《五卷书》是古印度寓言的一个重要组成部分，也是对世界影响最大的一部故事集，共 78 个故事，其中 48 个是寓言故事。《百喻经》与《五卷书》同时出现，是古印度佛经寓言的代表。古印度寓言的艺术成就主要有三个方面：创造了一批具有世界影响的寓言形象，其最具代表性的是动物形象和愚人形象；创造了一批影响深远的、优美的寓言故事；拟人化的技巧方法更为细腻、精湛。

中国的寓言在三千多年前已初具雏形，比《伊索寓言》产生的时代还要早五百多年。中国古代寓言是在一般譬喻的基础上发展起来的，经过了一个由文辞简约趋于富赡、由哲理浅显趋于深刻、由缺乏人物情节趋于故事完整的演变过程。中国古代寓言按其发展阶段，可分为先秦寓言、两汉寓言、魏晋南北朝寓言、唐宋寓言和元明清寓言。先秦寓言的主要艺术成就可归纳为三点：创造了世界上最早的一批完美的人物寓言；创造了与古希腊伊索式寓言相对的先秦式寓言表现形式——只有故事的叙述，而无道理、教训的阐释，寓言的寓意是通过故事的结局或对结局的解释来表现的；拟人、夸张、对比等表现手法的成熟运用。两汉寓言集中在刘向编辑的《说苑》《新序》两本故事集中，多呈劝诫性，被称为"劝诫寓言"。魏晋南北朝寓言主要出现在《笑林》《世说新语》等书中，开创了中国讽刺、诙谐寓言的先河。唐宋寓言的代表性作家有柳宗元、苏轼、欧阳修等人，特点是讽刺性加强而哲理性减弱。这一时期，寓言文体开始独立成篇、成集。元明清寓言的代表性作家有刘基、宋濂等人。刘基的寓言专著《郁离子》共 159 篇，艺术上呈现寓言与笑话进一步合流的趋势，可称为"诙谐寓言"。

从以上的简述可以看出，中国古代寓言与古希腊、古印度的寓言有着不同的个性：在题材上，中国古代寓言以人物故事为主，欧洲、古印度寓言以动植物为主；在思想倾向上，中国古代寓言多由文人士子所作，有很重的政治伦理色彩，而古希腊寓言面向现实，具有世俗性质，古印度寓言则与佛教有着密切的关联；在表达方式上，欧洲、古印度寓言往往在结尾直接点明寓意，而中国古代寓言一般不直接点明寓意，多劝诫、讽喻而少揭露、嘲弄；在文体上，中国古代寓言以散文为主，而欧洲寓言则以诗体为主。

二　寓言的文体特征

寓言是文体特色比较鲜明的一种文学样式，其重在阐述哲理或寄托教训，其教训性最为重要，趣味性次之，有时为了传达思想意旨，甚至影响到故事的生动性。寓言的核心要素有两个：故事、寓意。拉·封丹说："寓言可以分为身体和灵魂两部分。所述的故事好比是身体，所给予人们的教训好比是灵魂。"具体说来，寓言的文体特征有以下三点。

寓言的三个
特性

（一）寓意的明确性

寓意是寓言的重心和灵魂，寓言比其他任何文体更能明确地表现出作者的观点和看法。寓言一般具有很强的教训性，根据思想内容的不同可把寓言分为两种类型——讽刺性寓言和教训性寓言。讽刺性寓言主要通过讽刺、嘲笑的写作手法批判人世间的各种假、丑、恶来达到正面传达说教的目的，如《掩耳盗铃》《狼和小羊》等。教训性寓言的教训包括总结生产经验和学习经验、做人的经验及政治治理经验，如《拔苗助长》《唇亡齿寒》等。

寓言的寓意表达有两种形式：其一，直接道出。一般在寓言故事的开端或结尾处由作者或故事中的角色直接道出寓意；其二，含而不露。即通过故事的发展和结局，自然显现所要表达的观点。一般而言，以中国、古印度为代表的东方寓言多采用"含而不露"式，而以《伊索寓言》为代表的西方寓言多采用"直接道出"式。寓意"直接道出"式寓言有三种情形：一是对故事的理解不是唯一的；二是故事所含之意很广泛；三是为了更鲜明地表达作者的思想，增强艺术效果。寓意"含而不露"式寓言有两种情形：一是故事情节单一、集中，其中的事理、教训或讽刺意味很明确；二是有意使寓意内涵丰富。

（二）故事的譬喻性

寓言的寓意虽然明确，但它却是借助设譬立喻的艺术手法来表达的。寓言是比喻的艺术，但寓言的比喻与一般的作为文学表现手法的比喻是不同的，它讲求整体性，一篇寓言作品本身是一个完整的讽喻。寓言是通过把整个作品所包含的事件（故事）当作一个比喻来借此喻彼，凸现寓意的。寓言的比喻还常常借助拟人、象征等多种艺术表现手法来完成，主要有两种方式：一是虚拟一个现实或历史或神话中的人物、事件，以此影射、对应到现实情境中的人物、事件，完成寓意的表达；二是采用拟人手法，以动物为表现对象，表达目标却指向现实中的人与事。寓言借故事承载思想、寓意，达到以物喻人、以此喻彼、借古喻今的目的，形象有趣，可更好地实现其讽喻、教化功能。

（三）表达的概括性

寓言是高度概括的艺术形式，其概括性表现在两个方面：一是结构简单、语言简练。莱辛曾强调说："寓言故事应该简单一些：它应该是扼要的，只要能满足清晰这一要求就行了。"语言虽有叙事，但其实事件并不展开，只抓取其中最精彩的片断或人物的三言两语即可。譬如，《母狮与狐狸》就是这样的典范之作——"狐狸讥笑母狮每胎只生一子。母狮回答说'然而是狮子！'这故事是说：美好的东西在质不在量。"一句叙述，一句回答，非常精简。二是在语言形式上，寓言的特点是简洁而犀利、辛辣而明快，无论叙述、描写还是议论，极少用繁冗松散的文字。由此，寓言以言简意赅的表现形式达到了言近旨远的艺术效果。

三 寓言与童话的区别

寓言和童话都起源于民间，受到神话、传说的直接影响，在内容和形式上有许多相似之处：故事具有较强的幻想虚构性，多采用拟人、夸张等艺术表现手法，具有譬喻、象征意味，有时候，两者甚至很难区分。

寓言与童话的
气质不同

寓言和童话的主要区别有以下几点。

（一）故事表现的重心不同

寓言重在寓意，着力表现内含的讽喻与教训，寓言的故事围绕寓意来讲，情节并不展开，概括性强，说故事的目的仅仅只是为了引出寓意，理性大于感性，训诫的意味大于童话；而童话重在故事本身的演绎，着力表现故事的生动有趣，教训意味不强，即便有教训性，一般也不点明。

（二）故事情节结构不同

童话故事性强，有一个展开的过程，故事的过程很丰满。其情节曲折有趣，结构也复杂多变；而寓言只要求用故事引出、注解一个道理，并不要求故事情节的曲折完整。同时，童话故事对童话形象塑造也有较高的要求，要求童话形象有鲜明的性格特征，这需要细节的刻画；而寓言则没有这一要求，其形象往往具有类型化特点。

（三）幻想的方式不同

童话和寓言都有幻想的成分，但童话的幻想有一个展开的具体过程，它推动故事的发展变化，其奇异变幻的表现手段能给儿童带来阅读的惊喜与快乐。对童话而言，幻想是童话展开故事的手段，也是童话表达的目的。童话的幻想手段多种多样，用拟人、夸张、象征、神话、变形、怪诞等不同手段演绎的故事色彩是浪漫缤纷的。寓言的幻想程度较浅，一般也不展开，幻想只是用来表达寓意的手段，其手段主要是拟人与象征。童话的幻想虽然幅度很大，但它要遵从童话的幻想逻辑，不违背自然、现实逻辑；而寓言并不重视故事本身的合理性。

（四）读者对象不同

童话的读者对象虽然并不限于儿童，但主要对象是儿童，童话是非常适合儿童阅读的一种文体，其表现方式与儿童的阅读兴趣相吻合，能给儿童带来心理的满足与愉悦；寓言的阅读对象主要是成人，寓言背后藏着的寓意更多地指向现实世界，对成人为人处世有一定的启发借鉴意义。对儿童而言，理解寓言的寓意有相当的难度，儿童对寓言的阅读感知往往与寓言寓意的指向不同甚至相反。

朱自强教授研究发现，在西方儿童文学创作中，寓言是已经衰萎的文体，而且成人并不热衷于用寓言来教育儿童；在东方儒家文化圈，尤其是中国，情况恰恰相反，寓言比较发达，而且成人热衷于用寓言来教育儿童。朱自强认为，这说明中国的儿童文学有一种集体无意识——对说教和教训的执着。其实，何尝只儿童文学如此，儿童教育也是如此，这真是值得深思的问题。

这里还需要强调，寓言和寓言故事其实并不是一回事，寓言是成人文体，把成人文体的寓言改写成儿童喜欢的寓言故事，文体已发生转移。儿童读寓言故事，其实更多在意的是其中的故事。

第二节 儿童小说

儿童小说要有
好故事

一 儿童小说的含义和特征

小说是通过人物、情节和环境的具体描写来反映人生世态的叙事作品。小说的特点是在生活素材的基础上用虚构的方式来再现生活。人物、情节和环境是小说不可缺少的三个基本要素。小说是叙事文学，但却是一种很特别的叙事文学，其特别之处在于它的虚拟性和体验性。

儿童小说是以儿童读者为阅读对象，根据儿童的心理特征进行创作并能被儿童理解和接受的小说。它着重书写和呈现儿童的生活现实，塑造和表现儿童的典型形象，传递和表达儿童的生活愿望，追求和探寻童年的精神内涵。由于儿童读者对象的特殊性，儿童小说除了具有小说的一般特征外，还有自己的独特性。好的儿童小说要兼具小说性和儿童性。

（一）浓郁的儿童情趣

儿童小说有其特定的读者对象——小学中高年级和初中阶段的儿童。儿童小说必须合乎这一年龄阶段儿童读者的心理特征和审美趣味，必须重视营造浓郁的儿童情趣，要对他们具有可读性。

一般来说，儿童文学的儿童情趣是由三个方面的因素——心理因素、美学因素、艺术手段因素决定的。心理因素有亲切感、新奇感、惊险感、动作感、想象力等；美学因素有喜剧性（滑稽、幽默、讽刺）、悲壮美、传奇色彩、童真美等；艺术手段因素有夸张、拟人、悬念等。儿童小说的儿童情趣可以在情节、人物、题材、语言、艺术手法等多个方面呈现。

在世界儿童小说名作中，这些因素得到了充分的运用。如林格伦的《淘气包埃米尔》、勒内·戈西尼的《小尼古拉和他的伙伴们》、肖洛姆·阿莱汉姆的《莫吐尔传奇》、塔金顿的《男孩彭罗德的烦恼》、黑柳彻子的《窗边的小豆豆》等反映的是儿童熟悉的生活，张扬了儿童的天性——天真幼稚、好奇好动、调皮贪玩、聪明活泼，塑造了可爱有趣的儿童形象，具有鲜明的喜剧色彩；像马克·吐温的《汤姆索亚历险记》、凯斯特纳的《埃米尔和侦探》等作品则以惊险奇特的内容、曲折的情节、悬念的设置、出人意料的结局来吸引儿童，满足儿童求奇探险的心理愿望；像约翰娜·施比里的《海蒂》、佛瑞斯特·卡特的《少年小树之歌》等作品则以其亲切温馨的内容、温暖人心的情感来吸引儿童。

（二）有吸引力的故事情节

故事是叙事文学的主要构成要素，小说也正是在故事的基础上发展起来的，最开始的小说其实就是故事小说。发展到今天，成人小说有一种有意淡化情节的倾向，出现了许多探索、先锋小说，有些小说甚至是反故事的。但无论怎样，有故事的小说依旧是小说的主流。儿童的思维是故事性思维，儿童小说中的故事能引起儿童的兴趣。对儿童来说，主题也好、人物形象也好，如果离开了故事，对儿童是没有吸引力的。儿童评价一篇小说好不好看，就在于故事好不好看，有没有意思。那种以冒险、探案、寻宝为题材的儿童小说，情节曲折，有悬念，天然就符合儿童的阅读期待心理，如斯蒂文森的《金银岛》、马克·吐温的《汤姆索亚历险记》、凯斯特纳的《埃米尔和侦探》；而那类淘气包式的小说，因其闯祸不断，趣事连连也能吸引儿童；就是那些写生活中平凡小事的作品，因为作家的精心构思，使故事变得有吸引力，如俄罗斯作家尼古拉·诺索夫的《米什卡煮粥》、澳大利亚作家帕特里夏·赖森特的《我是跑马场老板》。当然，儿童小说的故事情节还要讲求单纯明了、集中紧凑。

（三）个性鲜明的人物形象

儿童小说固然要有生动曲折、吸引儿童的故事情节，但如果没有性格鲜明、立得住的人物形象，其艺术价值是要大打折扣的。小说的中心是塑造人物形象，一部小说艺术水平的高低，更多地取决于小说塑造的人物形象是否成功。儿童小说所塑造的人物形象常常是以儿童为主的有个性、有特点的儿童形象，这样的形象能给儿童读者留下深刻的印象。如马克·吐温的《汤姆索亚历险记》中的小汤姆——蔑视传统势力，不愿意受束缚，离家出走，追求自由发展；曹文轩《草房子》中的桑桑——天真顽皮、心地善良、勇敢坚强。

当然，儿童小说在塑造人物形象时，可能有一定的浪漫色彩，并不完全拘泥于真实。如果有成人形象，那也应该是儿童眼中的成人。儿童小说在儿童形象塑造上应把握儿童的年龄特征、性格特征及人物性格的多样性。

（四）积极明朗的主题

考虑到儿童的阅读、理解能力，儿童小说的主题应该是明朗的、积极的、有针对性的，合乎儿童心理的成长，这里甚至专门分化出"成长"类小说、教育类小说。儿童小说的明朗不等于把小说的思想直接倒出，那容易成为间接的说教，儿童并不买账，而是要把思想融进故事情节的发展中，通过故事的结局、人物命运的发展等予以形象的表现；所谓积极，是考虑儿童成长的需要，比如，都德的《最后一课》，其主题是爱国，主人公小弗郎士还只是一个淘气的孩子，贪玩逃学，作品通过他的眼睛看、心里想、嘴巴说，表达出即将沦为亡国奴的法国人的精神心态；而所谓的针对性，是指儿童小说的主题要结合儿童的生活实际、思想实际和兴趣爱好，能引起他们的情感共鸣，对他们认识生活起到引导作用，引导他们健康成长。对儿童天性中的弱点，要通过善意委婉的方式进行暗示、揶揄和引导。

二 儿童小说的类型

根据不同的划分标准，儿童小说可划分为不同的类型，比如，可从体裁、叙述方式、题材内容、篇幅等角度进行划分。根据题材内容的不同，儿童小说可划分为生活小说、历史小说、动物小说、惊险小说等类型。

生活小说 一般指以儿童的现实生活为题材，反映儿童在学校、家庭及社会生活中的面貌，表现儿童的思想及精神状态的儿童小说。这类小说因贴近儿童的生活、生命，与儿童心灵相通，极易唤起他们的情感共鸣。如勒内·戈西尼的《小尼古拉和他的伙伴们》、林格伦的《淘气包埃米尔》、万巴的《捣蛋鬼日记》。

历史小说 这是指以历史人物和历史事件为内容的儿童小说。历史小说虽取材于历史，但并非仅限于历史，他允许在不违背历史真实的前提下，进行艺术虚构和想象。如奥台尔的《蓝色的海豚岛》就是一部专门写给儿童，但同时也能使大人着迷的历史小说，为作者赢得了安徒生奖。

动物小说 这是以动物为主人公，展示动物生存状态和生活世界的儿童小说。动物小说虽然可以折射现实社会的多方面生活，但还是要依照动物的生存之道来塑造动物形象，它不同于动物故事和动物童话。动物小说的名作有拉迪亚德·吉卜林的《丛林故事》、作家杰克·伦敦的《荒野的呼唤》、吉约的《格里什卡和他的熊》等，中国的动物小说名家有沈石溪、黑鹤等人，作品如《第七条猎狗》《黑焰》等。

惊险小说　这是描写儿童在异于平常情况下所经历的各种或现实或虚构的险情的小说，一般有破案、探险、历险等，主要以惊险曲折的情节来满足儿童的好奇心和探求欲。如斯蒂文森的《金银岛》、凯斯特纳的《埃米儿捕盗记》、刘先平的《云海探奇》等。

三　儿童小说与儿童故事的区别

小说和故事都要叙述事件，但两者却有着很大的不同：小说中的事件可以没有意思，小说更关注如何讲述故事，同时，还要重视人物形象的塑造，故事基本上是按照生活中本来的面貌讲述给读者，它不重视塑造人物形象，但故事本身一定要有意思。人物形象所占的地位在小说中远高于在故事中。如果一篇作品，如果作者面对事件首先和主要考虑的是如何讲述事件，那它就基本上会成为一篇小说，如果作者只是意在把事件按照现实生活中的本来面目讲述给读者，它基本上就属于故事文体。

再者，小说在人物、情节、环境三个要素方面缺一不可，且相对均衡，三要素紧密结合；在故事中，人物、事件、环境之间虽有勾连，但缺乏密切的有机交融，其中人物与环境游离性更大。小说对三要素有比较具体的、确切的描述或介绍，不是粗糙的梗概式的材料框架，而是一幅形象鲜明的现实人生图画；在故事中，人物与环境缺乏具体精细的描写，比较笼统，事件的叙述也只是重在叙述人物在做什么上，至于怎样做，为什么做，则不充分展示，往往给人以粗糙的梗概的感觉。在三要素的具体呈现上，小说的结构形态不拘一格，含蓄、复杂、多变。人物是小说的灵魂，有没有塑造出性格鲜明的人物形象，是评判小说成功与否的关键。情节对小说也很重要，没有情节，小说就不称其为小说，但小说不能为情节而不管情节与生活、情节与人物的现实联系。而故事为了适应听众需要，大多强调顺序的展开、首尾贯通，故事怎样发生、经过如何、结局如何的三段式和个别细节或情节的重复出现的重复式叙事模式，这是故事的最基本的形式。

小说与故事的区别，同样反映在儿童小说与儿童故事的区别上。儿童小说主要是写给小学高年级及以上的儿童阅读的，其反映的社会生活较儿童故事更为复杂；在艺术表现上，儿童小说以人物形象的塑造为核心，重视人物性格的立体表现和人物心理及人物活动的环境的描写，注意在人物刻画的细致性和表现的多样性方面下工夫。儿童小说的故事情节是为了塑造典型人物形象、深化主题服务的，在语言运用上使用小说笔法，以描述为主。儿童小说讲究整体的艺术效果，重视人物形象的塑造和主题的挖掘，它的价值体现在人物形象的生命力和影响力上。儿童故事一般供学龄前儿童阅读或讲述，更侧重于概述故事，重视表现完整的情节，重视精彩的事件叙述和情节结构，在叙述方式上要求口语化，讲究讲故事的技巧，淡化对人物心态、外貌及其生活环境的描写。概而言之，儿童故事侧重于讲述过程，而儿童小说则重在塑造人物形象。

当然，在实际创作中，低幼儿童的小说和儿童故事的区别也并非那么清晰。如郑春华的《大头儿子和小头爸爸》，评论界一致认为是儿童故事，而其《非常小子马鸣佳》，则有的认为是儿童故事，有的认为是儿童小说。杨红缨的《淘气包马小跳》的情况与此类似。

第三节　儿童科学文艺

儿童科学文艺
的真善美

一　儿童科学文艺的定义、特征

科学文艺是指用文学艺术的手法来描写科学、表现科学、普及科学的文艺作品的总称。科学文艺是科学与文学的结合物，既有严谨的科学主题，也可寄寓深刻的人生意蕴，具有生动形象的文艺性质。

儿童科学文艺是指用各种儿童文学形式来传播科学知识，介绍科学内容的作品的总称，儿童科学文艺必须适合儿童的阅读心理、接受能力和审美趣味。

儿童科学文艺不同于一般的儿童文学作品，它通过艺术的构思，以儿童文学的各种表现手段，把科学内容形象生动地表现出来，将科学性、文学性、儿童情趣有机结合起来，避免了生硬、说教式的理论阐述，具有启智、审美、怡情等多方面的功效。

儿童科学文艺主要具有以下三个方面的特征。

（一）科学性

儿童科学文艺虽然是文艺，但准确、严肃的科学性是它的基础和灵魂，没有了科学性，则儿童科学文艺就不能成立。儿童科学文艺不能为了追求艺术性而违反科学性的原则。儿童科学文艺的科学性有两个方面的要求：一是要向儿童介绍适当的科学知识，传播一定的科学道理，以培养儿童对科学的兴趣与热爱；二是要以科学理论、科学实验为依据，揭示事物的本质，并符合事物之间相互作用的规律。

科学性要求所涉及的科学知识、方法必须是真实、准确、严密的，不能是假科学、伪科学，采用幻想、夸张、拟人等特殊表现手法应以不损害作品的科学性为原则。

（二）文学性

文学性的高低，往往是儿童科学文艺作品质量和价值高低的一个重要标志。著名的科学文艺作家伊林说："只用占有成套的'装饰'语来创作科学文艺等作品是不够的，应当用艺术家的眼光来表现观察世界。""把科学素材同诗意般地感受世界结合在一起。"文学性要求科学文艺作者调动一切文学艺术手法将科学本身的奇妙和动人之处生动、形象、富于情趣地展示在小读者面前，善于把抽象的科学概念和原理化为生动的形象，用形象化的手段来表现科学。文学性主要表现在艺术构思的巧妙上，如语言运用的优美活泼，情节设计的生动曲折，形象塑造的鲜明感人，多种艺术表现手法的运用等。如此，才有各种体裁的儿童科学文艺。儿童科学文艺的文学性一方面能为作品增美，另一方面能为作品添趣。

（三）教育性

儿童科学文艺的教育性体现在三个方面：其一，儿童科学文艺担负着科学普及的任务，向儿童读者传播科学知识，揭示科学世界的奥秘；其二，儿童科学文艺具有培养儿童科学思维方法和激发儿童热爱科学、养成科学兴趣的独特功能；其三，儿童科学文艺还可以通过描写科学探索的历程，关注科学的现在和未来，表现科学家甘于为人类造福的思想、勇于探索的品质、与困难抗争的力量与智慧，阐释科学、人生的真谛，揭示科学精神的可贵，从而赋予作品深刻的教育意义。从某种角度讲，儿童科学文艺具有深刻的思想性，这也是其具有教育性的题中之意。当然，儿童科学文艺的教育性不能是单纯的说教或简单地联系时事，而应该紧密地结合科学内容来表达，并贯穿于文学审美过程之中。

二　儿童科学文艺的类型

儿童科学文艺的类型是多种多样的，从体裁角度分，主要有科学童话，儿童科学诗、儿童科学幻想小说、儿童科学故事、科学小品等。

（一）科学童话

科学童话也被称作知识童话或自然童话，是用童话的形式解释科学现象，传播科学知识的作品。科学童话的主要阅读对象是学龄前期和学龄初期的儿童。其知识内容较浅，情节结构较单纯、明了。如方惠珍、盛璐德的《小蝌蚪找妈妈》、比安基的《尾巴》等。科学童话把童话的构思与科学内容结合起来，具有知识性、幻象性、趣味性等特征。

（二）儿童科学诗

儿童科学诗是把科学内容与诗歌形式结合起来，用优美的诗句来表现科学主题的作品。儿童科学诗一方面要以传播科学知识为基本任务，必须保证其知识内容的科学性，另一方面又要合乎诗歌审美的规律——浓郁的诗情、优美的意境、精练的语言、和谐的节奏和韵律，读起来有诗味诗情，因而具有科学性、形象性、音乐性、情感性特征，如高士其的《我们的土壤妈妈》等。儿童科学诗包括科学叙事诗、科学抒情诗、科学童话诗等多种样式。

（三）儿童科学幻想小说

儿童科学幻想小说就是运用幻想的艺术手法描绘未来科学发展远景和探索大自然奥秘的儿童小说。儿童科学幻想小说的主要读者对象是小学高年级和初、高中生。科学幻想小说包括科学、幻想、小说三要素。与科学密切相关的幻想构思是儿童科学幻想小说的核心，也是这种体裁最明显的特点。这种幻想既不是想入非非，也不同于一般文学作品的幻想，它是从已知的科学原理去推测已消失的时代曾发生过的事件，或是立足于当今的科学事实去探索身边的未知领域，而更多的是根据现代科学的发展趋向，去预想未来科学的新发现。同时，儿童科学幻想小说，也要遵循小说文体的创作规律，即借助艺术构思，组织安排生动的情节，刻画典型环境里的典型人物形象。儿童科学幻想小说往往具有思想性和社会性，对于启发儿童读者思考社会和人生问题也有作用。

（四）儿童科学故事

儿童科学故事是用儿童故事的形式介绍科学知识、解释科学现象的作品。儿童科学故事侧重于情节的铺叙，突出故事性，情节有头有尾，环环相扣；语言表达方式强调口语化。儿童科学故事的内容可以多种多样，包括科学技术上的发现、发明、发展，以及常见的自然现象中的科学道理、动植物的生活习性、科学发展史料等。科学故事的主要读者对象是学龄前和学龄初期的儿童。

（五）科学小品

科学小品，也常常称作知识小品、自然小品，是以散文随笔的形式来介绍科学知识、传播科学思想和科学方法的小文章。科学小品是最为常见、数量最多的科学文艺作品，能及时反映科学上的新事物、新思想、新动态。科学小品结构自由、篇幅短小、题材广泛、形式活泼，同时也讲求语言的生动形象。科学小品的读者并不限于少年儿童，有的是给成人阅读的。这其中，生动形象，童趣盎然的作品，被视为儿童科学文艺的组成部分。

作品选读

1. 无　题

于尔克·舒比格

洋葱、萝卜和西红柿，不相信世界上有南瓜这种东西。它们总认为那是一种空想。南瓜不说话，默默地成长着。

2. 狗　熊　进　城

阿诺德·洛贝尔　韦苇 译

狗熊决定进一趟城。他在路上走着。今天他穿的是最漂亮的外套，戴的是最漂亮的礼貌，帽子的四周都镶着丝边，靴子锃亮锃亮，直晃眼。

"今天我这身打扮，可够气派的！"狗熊自语道："这趟进城，我准能给人留下深刻的印象。"

乌鸦蹲在树枝上，听到了狗熊的自说自话，就对狗熊说：

"不过，请原谅我，我的看法跟你很不一样。按照你的身材和风度，你不应该穿这样的服装，不应该这样打扮。我刚刚从城里回来，你愿意听我告诉你，城里的气派人物如今可都是怎么打扮的吗？"

"哦，请快告诉我！"狗熊说，"我老早就想，我能穿上城里最有派头的人的新式服装进城就好了。"

"今年啊，"乌鸦说，"城里最有派头的人已经不戴帽子了，他们在头上顶个平底锅当帽子；外套呢，你这样的外套早过时了，如今时兴的是拿床单裹着身子当外套；靴子也早不穿了，而是拿两个纸袋套在脚上，嚓啦嚓啦地走路。"

"哦，糟糕！"狗熊惊叫道，"我这身打扮全过时了！亏得你提醒我，要不然我这样进城，可得让人家笑话死了！"

狗熊连忙掉转头。一回到家，就毫不犹豫地甩掉外套，摘掉礼帽，脱下靴子。然后，他学城里气派人物的打扮，在头上顶个平底锅，拿床单上上下下裹住身体，往脚上套上两只大纸袋。他在镜子前面转着身子照了照："啊，城里有派头的人也真想得出，真会玩新鲜！"

狗熊进了城，来到大街上。人们对着狗熊指指戳戳，先是暗暗地笑，后来就放声哈哈大笑起来，笑得个个都直不起腰。

"今天，这狗熊，啊哈哈，准是疯了！"

狗熊害臊得呀，真巴不得立刻寻条地缝钻进去！他立刻扭身逃出城，飞快地向家里跑去。

路上，他又遇到了乌鸦。

"乌鸦，你跟我说的那些，全是谎话！"狗熊气咻咻地说。

"我没有说我说的都是真的，可你为什么要相信呢？"乌鸦说完，从树上"嘟"一下飞起来。

乌鸦飞在天上，呱呱地大笑着。

狗熊傻傻地望着天空，直愣着，好半天回不过神来。

3. 一张钞票

杜荣琛

街道上，刮起了一阵风，一张钞票从店铺里飘出来，掉进了水沟里，但没有人发现。

第二天，下了一场大雨，这张钞票被雨水冲到一个小水塘中，被水塘中的蝌蚪发现了。"好奇妙的一张地图喔！"有一只蝌蚪说，"上面还画着一个人，看起来像个小丑呢。""是呀！还画着一座漂亮的房子，那一定是小丑的家吧！"另一只蝌蚪说。两只蝌蚪游走了，游来了两尾大肚鱼。"好可爱的一张图画喔！"有一尾大肚鱼说，"上面花花绿绿的，就像迷宫似的""对呀！迷宫的主人是这张脸吧？看他脸上绷得紧紧的，没有一点笑容，是不是也走不出迷宫呀？"另一尾大肚鱼说。两尾大肚鱼游走了，游来了两只白鹅。"好美丽的手帕喔！"有一只白鹅说，"用它来包我生的蛋，一定很好看哩。""是吗？这么薄的手帕，包得住我们家的宝贝蛋吗？"另一只白鹅说。

两只白鹅游走了，水塘边走来两位农夫，他们同时发现那张钞票，两个人眼睛都睁得特别大。

扑通！扑通！两个人都跳进水塘里，抢这张花花绿绿的纸啦！

4. 山羊兹拉特

伊·巴·辛格　刘兴安、张镜 译

往年光明节，从村里到镇上的路总是冰雪覆盖。但是这年冬天天气却很暖和，光明节快要到了，还没有下过雪。大部分时间天气晴朗，农民们担心，由于干旱，冬粮收成准不会好。嫩草一露头，农民们就把牲畜赶到牧场去。

对皮匠鲁文来说，这年更是个坏年头，他犹豫了好久，终于决定卖掉山羊兹拉特。这只山羊已经老了，挤不出多少奶了。镇上的屠夫费夫尔愿出八个银币买下这只山羊。用这笔钱可以买光明节点的蜡烛、过节用的土豆和做薄煎饼用的脂油，还可以给孩子们买些礼物，给家里添些过节用的其他必需品。鲁文叫他的大儿子阿隆把山羊赶到镇上交给屠夫费夫尔。

阿隆知道把山羊交给屠夫费夫尔准没好事，但是他又不敢违抗父命。阿隆的母亲听说要卖掉山羊，伤心地哭了。阿隆的妹妹安娜和密丽安也放声大哭。阿隆穿上棉夹克，戴上有耳套的帽子，在山羊兹拉特的脖子上拴了根绳子，带上两片涂着乳酪的面包准备路上吃。家里人要阿隆送完羊晚上就在屠夫家过夜，第二天把钱带回家。

家里人和山羊依依不舍地告别。阿隆在羊脖子上拴绳子时，山羊像往常一样，温顺地站在那里。山羊舔着鲁文的手，摇着它那小小的白胡子。兹拉特一向信任人类。它知道，人们总是喂它东西吃，从来没有伤害过它。

阿隆把羊赶上通往镇子的大道时，山羊似乎有点惊奇，因为以前从来没有朝那个方向走过。山羊回过头来诧异地瞧着阿隆，好像在问："你要把我赶到哪里去呀？"但是过了一会儿，山羊又好像自言自语地说："山羊是不应当提出疑问的。"可是，路毕竟不是往日所熟悉的路。他们通过陌生的田野、牧场和茅舍。不时有狗叫着追赶他们，阿隆用棍子将狗赶跑。

　　阿隆离开村子时还出着太阳，可是突然间天气变了。东边天空出现了一大片乌云，那云微带蓝色。乌云迅速布满天空，一阵冷风随之而起。乌鸦飞得很低，呱呱地叫着。起初，看样子像是要下雨，但是实际上却像夏天那样下起冰雹来。虽然当时是上午，但是天昏地暗，好像黄昏一样。过了一会儿，冰雹又转为大雪。

　　阿隆已经12岁了，经历过各种天气，但是他从来没有看到过这样大的雪。大雪纷飞，遮天蔽日，顿时一片昏暗，不一会儿就分辨不清哪儿是道路哪儿是田野了。寒风刺骨。通向镇上的路本来就很狭窄，又弯弯曲曲，阿隆找不着路了。风雪交加，使他分不清东西南北。寒气逼人，冷风透过棉夹克直往里钻。

　　起初，兹拉特好像并不在意天气的变化。山羊也12岁了，知道冬天意味着什么。但是当它的腿越来越深地陷进雪里时，它便不时转过头来茫然地瞧着阿隆。它那温和的眼神似乎在问："这么大的暴风雪我们出来干什么呢？"阿隆希望能够遇见一位赶车的，可是根本没有人打那里经过。

　　雪越积越厚，大片大片的雪花打着转儿落到地面上。阿隆感到靴子触到了雪下刚犁过的松软土地。他意识到他已离开大路了，他迷失了方向，分不清哪里是东，哪里是西，分不清哪边是村子，哪边是镇子。冷风呼啸着，怒吼着，卷起雪堆在地上盘旋，犹如一个个白色小魔鬼在田野上玩捉人游戏。一股股白色粉末被风从地上掀起。兹拉特停住不动了，它再也走不动了。它倔强地站在那儿，蹄子好像固定在土地里，咩咩地叫着，好像在恳求阿隆把它赶回家似的。冰柱挂在山羊的白胡子上，羊角上结了一层白霜，发出亮光。

　　阿隆不愿承认他已陷入危难之中，但是他知道，如果找不到地方躲避一下风雪，他和山羊都会冻死。这场风雪与往日的不同，是一场罕见的特大暴风雪。雪已没过了双膝，手冻僵了，脚也冻麻木了，他呼吸困难，风雪呛得他喘不过气来。他感到鼻子冻得发木，他抓了一把雪揉搓了一下鼻子。兹拉特的叫声听起来好像是在哭泣，它如此信赖的人类竟把它带到了绝境。阿隆开始乞求上帝保佑自己和这只无辜的山羊。

　　突然，他看到了什么，好像是座小山包。他纳闷那到底是什么东西。谁能把雪堆成这样的山包呢？他拖着兹拉特，想走过去看个究竟。走近一看，他才认出那山包似的雪堆原来是个大草垛，已经完全被积雪覆盖了。

　　阿隆这时才松了一口气：他们有救了。他费了好大劲在积雪中挖出一条通道。他是在乡村长大的，知道该怎么办。他摸到干草以后，替自己和山羊掏出一个藏身的草窝来。不管外边多么冷，干草垛里总是很暖和的，而且干草正是兹拉特爱吃的。山羊一闻到干草的气味，立即心满意足地吃起来。草垛外面，雪继续下着。

　　大雪很快重新覆盖了阿隆挖出的那条通道。阿隆和山羊需要呼吸，而他们的栖身之地几乎没有一点空气。阿隆透过干草和积雪钻个"窗户"，并小心地使这个通气道保持畅通。

　　兹拉特吃饱之后，坐在后腿上，好像又恢复了对人类的信赖。

　　阿隆吃了他带的两片面包和奶酪，但是一路上艰苦奔波，他还是感到饿。他瞧了瞧山羊兹拉特，发现山羊的双乳鼓鼓的。他躺在山羊旁边，尽量舒服些，以便他挤出羊奶时，奶汁能够喷到他嘴里。山羊的奶又浓又甜。山羊不习惯人们这样挤奶，但它没有动。看来它急切地想要报答阿隆，感谢阿隆把它带到这个可以躲避风雪的地方，这个避难所的墙壁、地板和天花板都是它的美餐。

　　透过"窗户"，阿隆可以瞥见外边的灾难景象：风把一股股的雪卷起来；到处一片漆黑，他弄不清是到了夜晚呢，还是由于暴风雪才这样天昏地暗，谢天谢地，干草垛里不冷。干草、青草，还有田野里的花朵，散发出夏天太阳的温暖。兹拉特不停地嚼着干草，时而吃上面的草，时而吃下面的草，时而吃左边的草，时而吃右边的草。山羊的身体散发着热气，阿隆紧紧地依偎着山羊。他一向喜欢兹拉特，现在山羊简直像他的姐妹一样。他思念家里人，感到很寂寞，想说话来解解闷儿。他开始对山羊说话。

"兹拉特，你对我们遇到的这场灾难有什么看法呢？"他问道。

"咩。"兹拉特回答说。

"如果我们找不到这个干草垛，咱们俩现在早冻僵了。"阿隆说。

"咩。"山羊回答说。

"如果雪这样不停地下，我们就得在这里待好些天。"阿隆解释说。

"咩。"兹拉特叫道。

"你这'咩、咩'是什么意思呢？"阿隆问道，"你最好说个清楚。"

"咩，咩。"兹拉特想要说清楚。

"好吧，那你就'咩'吧，"阿隆耐心地说，"你不会说话，但我知道你懂了。我需要你，你也需要我，对吗？"

"咩。"

阿隆瞌睡来了。他用草编成一个枕头，枕在上面，打起盹来。兹拉特也睡着了。

阿隆一觉醒来，睁开眼睛，弄不清是早晨还是夜里。积雪又封住了"窗户"。他想把雪清除掉，但是当他把整个手臂伸直时，仍然没有够到外边，幸好，他带着一根棍子，他用棍子朝外捅出去，这才捅透积雪。外边仍然一片漆黑。雪还在下，风还在呼啸，先是听到一种声音，然后是许多声音。有时风声像鬼笑一般。兹拉特也醒了，阿隆向它打招呼，山羊仍以"咩"回答。是啊，兹拉特的语言虽然只有一个字，但却代表着许多意思。山羊现在好像在说："我们必须接受上帝赐给我们的一切——温暖、寒冷、饥饿、满足、光明、黑暗。"

阿隆醒来时感到很饿。他带的食物都已经吃光了，但是兹拉特有的是奶汁。

阿隆和兹拉特在干草垛里待了三天三夜，阿隆一向喜欢兹拉特，但是在这三天里，他更感到离不开兹拉特了。兹拉特供给他奶汁，温暖他的身体。山羊的耐心使他感到安慰；他给山羊讲了许多故事，山羊总是竖起耳朵听着。他爱抚地拍拍山羊，山羊便舔他的手和脸。山羊"咩"一声，他知道这声音的意思是说：我也喜欢你。

雪接连下了三天，虽然后两天大雪减弱了，风也缓和了。有时候，阿隆感到好像从来没有过夏天，雪好像没完没了，总是下个不停，从他能够记事起一直就是这样。他——阿隆——好像从来没有过父母姐妹。他是雪的孩子，生长在雪中，兹拉特也是这样。干草垛里安静极了，他的耳朵在寂静中嗡嗡作响。阿隆和兹拉特不光晚上睡，白天大半时间也在睡。阿隆做的全是天气转暖的梦。他梦见绿油油的田野，鲜花盛开的树木，清澈的溪流，啾啾歌唱的小鸟。第三天晚上，雪停了，但是阿隆不敢摸黑去寻找回家的路。天放晴了，月亮升起来了，银色的月光洒在雪地上。阿隆挖了一条通道走出了草垛，向四周张望。到处白茫茫的，静悄悄的，一片极美好的梦境。星星又大又密。月亮在天空游泳，就像在海里游泳一样。

第四天早晨，阿隆听到了雪橇的铃声。看来草垛离大路不远。驾雪橇的农民给阿隆指了路，但指的不是通向镇上找屠夫费夫尔的路，而是回村子的路。阿隆在草垛里已拿定了主意：再也不和兹拉特分开了。

阿隆家里的人以及左邻右舍在暴风雪里找过阿隆和山羊，但是毫无结果。他们担心阿隆和山羊完了。阿隆的母亲和妹妹悲伤哭泣；他父亲沉默不语，闷闷不乐。突然，一位邻人跑来报告他们一个好消息：阿隆和兹拉特回来了，正朝家走呢。

全家一片欢乐。阿隆向家里人讲述了他怎么找到草垛、兹拉特如何供他奶喝。阿隆的妹妹们又是亲兹拉特，又是拥抱兹拉特，还用剁碎的胡萝卜和土豆皮款待兹拉特，兹拉特狼吞虎咽，美餐一顿。

从那以后，再没有人提起要卖兹拉特了。寒冷的天气终于来临了，村民们又需要鲁文为他们做皮活了。光明节到来时，阿隆的母亲每晚都做薄煎饼，兹拉特也得到一份。尽管兹拉特有自己的羊圈，但是它常来厨房，用犄角敲门，表示想来拜访，人们总是放它进去。晚上，阿隆、密丽安和安娜玩陀螺，山羊坐在炉旁，或瞧着孩子们玩，或对着光明节蜡烛的火苗出神。

阿隆有时问山羊："兹拉特，你还记得我们一块度过的那三天三夜吗？"

兹拉特便用犄角搔搔脖子，摇晃着白胡子"咩"一声，这个单纯的声音表达了山羊兹拉特全部的思想，全部的爱。

5. 圆圆和方方

叶永烈

你认识圆圆吗？你认识方方吗？

它俩是你的老朋友啦：圆圆就是你下象棋的棋子。可不是吗？每一颗象棋的棋子，都是圆溜溜的，所以叫"圆圆"；方方就是你下军棋的棋子。可不是吗？每一颗陆军棋的棋子都是四四方方的，所以叫"方方"。

有一天夜里，象棋正好和陆军棋放在一起，圆圆跟方方没事儿就开始聊天了。

圆圆觉得自己的本领大，它对方方说："你瞧瞧，世界上到处都是我圆圆的兄弟——汤团是圆的，乒乓球是圆的，脸盆、饭碗、茶杯是圆的，就连地球、太阳、月亮也都是圆的！"

方方听了不服气，它觉得自己的本领比圆圆强，说道："你瞧瞧，世界上到处是我方方的兄弟——书是方的，报纸是方的，床是方的，毛巾是方的，铅笔盒、信封、汉字是方的，就连天安门广场、人民大会堂也都是方的！"

它俩都觉得自己本领大，你一言，我一语，吵到半夜，谁也说服不了谁。它俩争着，吵着，吵着，争着……声音越来越小，越来越轻——吵累了，争累了，夜深了，睡着了。

圆圆睡着了，开始做梦——

圆圆梦见自己来到建筑工地，一看，方方的同伴在那里——一大堆砖头都是方的。圆圆气坏了，说声"变"，就叫那些砖头都变成圆形的了。可是，用圆砖头砌成的房子，砖头会滚动，一下子就倒塌了。建筑工人叔叔对圆圆说："砖头不能做成圆形的。方的砖头能够紧密地砌在一起，墙壁非常结实，所以我们要方的，不要圆的！"工人叔叔说声"变"，砖头重新变成方的了，砌成的房子又结实又漂亮。

圆圆没办法，只好垂头丧气地离开了建筑工地。

圆圆来到了农村，一看，方方的同伴又在那里——成块成块的田都是方的。圆圆很不高兴，说声"变"，就叫那些田都变成圆形的了。这下子，圆圆可高兴啦。可是，它听见一个不高兴的声音："是谁把田都变成圆的了？圆跟圆之间，多出来一大块一大块空地，怎么行呢，太浪费土地啦！"圆圆一看，原来是农民伯伯在说话。只听得农民伯伯说声"变"，田地又重新变成方的了。一块紧挨着一块，中间只留下一条细长的田埂，好让人们走路。

这一夜，圆圆做了好几个梦。在每一个梦里它都想把方方赶走，变成圆圆，可是都没有成功。这一夜，圆圆翻来覆去，没睡好。

想不到，方方睡着了，也做起梦来——

方方梦见自己在公路上遇到一辆自行车。它一看见自行车的车轮是圆的，心里就火了。它说声"变"，自行车的车轮一下子就变成方的了。这时，自行车马上倒在地上。那骑自行车的阿姨从地上爬起来，非常生气，问道："是谁把我的车轮变成方的？方的车轮怎么滚动？"阿姨说声"变"，把车轮重新变成圆的，骑着自行车飞快地跑了。

方方没办法，东游西逛，来到了炼油厂。它一看，炼油厂里贮藏汽油的油罐怎么都是圆的，很不顺眼。它说声"变"，把油罐一下子变成了方的。想不到，这下子可闯祸了，油罐里的汽油直往外冒。方方知道，汽油是很危险的东西，一见火就会烧起来，不得了！油罐生气地说："是谁把我变成方的？要知道，石油工人把我做成圆的，是因为圆形的东西装油装得最多。一变成方形的，油就装不下，流出来了。"方方一听，赶紧大叫："变，变，变……"

这时，圆圆一夜没睡好，刚刚睡着，就被方方大叫"变、变、变"的声音吵醒了。

圆圆问方方为什么连声叫"变"，方方不好意思地把自己做的梦告诉了圆圆。

圆圆一听，脸也红了，不好意思地把自己做的梦也告诉了方方。

从此，圆圆跟方方再也不吵了，互相尊重，互相学习。因为它俩懂得：圆圆有圆圆的优点，方方也有方方的优点。

它们俩愉快地互相合作。

在算盘，圆圆的算盘珠住在方方的算盘框里，三下五除二，飞快地计算着。

在汽车中，方方的车厢坐在圆圆的车轮上，"嘟嘟——"飞快地前进。

还有，方方的电子仪器住在圆圆的人造卫星里。这时，圆圆的卫星在宇宙中飞行，方方的电子仪器用无线电波把太空中的见闻，告诉你和你的小伙伴。

6. 孔　雀　蛾

法布尔　陈筱卿　译

孔雀蛾是一种长得很漂亮的蛾。它们中最大的来自欧洲，全身披着红棕色的绒毛，脖子上有一个白色的领结，翅膀上洒着灰色和褐色的小点儿。横贯中间的是一条淡淡的锯齿形的线，翅膀周围有一圈灰白色的边，中央有一个大眼睛，有黑得发亮的瞳孔和许多色彩镶成的眼帘，包括黑色、白色、栗色和紫色的弧形线条。这种蛾是由一种长得极为漂亮的毛虫变来的，它们的身体以黄色为底色，上面嵌着蓝色的珠子。它们靠吃杏叶为生。

五月六日的早晨，在我的昆虫实验室里的桌子上，我看着一只雌的孔雀蛾从茧子里钻出来。我马上把它罩在一个金属丝做的钟罩里。我这么做没有别的什么目的，只是一种习惯而已。我总是喜欢搜集一些新鲜的事物，把它们放到透明的钟罩里细细欣赏。

后来我很为自己的这种方法庆幸。因为我获得了意想不到的收获，在晚上九点钟左右，当大家都准备上床睡觉的时候，隔壁的房间里突然发出很大的声响。

小保罗衣服都没穿好，在屋里奔来跑去，疯狂地跳着、顿着足、敲着椅子。我听到他在叫我：

"快来快来！"他喊道，"快来看这些蛾子，像鸟一样大，满房间都是！"

我赶紧跑进去一看，孩子的话一点儿也不夸张。房间里的确充满了那种大蛾子，已经有四只被捉住关在笼子里了，其余的拍打着翅膀在天花板下面翱翔。

看到这情形，我立即想起那只早上被我关起来的囚徒。

"快穿好衣服"，我对儿子说，"把鸟笼放下，跟我来。我们立刻就要看到更有趣的事情了。"

我们立刻下楼，来到我的书房，那在整个房子的右侧。我发现厨房里的仆人已被这突然发生的事件吓慌了，她用她的围裙扑打着这些大蛾，起初她还以为它们是蝙蝠呢。这样看来，孔雀蛾们已经占据了我家里的每一部分，惊动了家里的每一个人。

我们点着蜡烛走进书房，书房的一扇窗开着。我们看到了难忘的一幕情景：那些大蛾子轻轻地拍着翅膀，绕着那钟罩飞来飞去。一会儿飞上，一会儿飞下，一会儿飞出去，一会儿又飞回来，一会儿冲到天花板上，一会儿又俯冲下来。它们向蜡烛扑来，用翅膀把它扑灭。它们停在我们的肩上，扯我们的衣服，咬我们的脸。小保罗紧紧地握着我的手，努力保持镇定。

一共有多少蛾子？这个房间里大约有二十只，加上别的房间里的，至少在四十只以上。四十个情人来向这位那天早晨才出生的新娘致敬——这位关在象牙塔里的公主！

在那一个星期里，每天晚上这些大蛾总要来朝见它们美丽的公主。那时候正是暴风雨的季节，晚上黑得伸手不见五指。我们的屋子又被遮蔽在许多大树后面，很难找到。它们经过这么黑暗和艰难的路程，历尽困苦来见它们的女王。

在这样恶劣的天气条件下，连那凶狠强壮的猫头鹰都不敢轻易离开巢，可孔雀蛾却能果断地飞出来，而且不受树枝的阻挡，顺利到达目的地。它们是那样的无畏，那样的执着，以至于到达目的地的时候，它们身上没有一个地方被刮伤，哪怕是细微的小伤口也没有。这个黑夜对它们来说，如同大白天一般。

孔雀蛾一生中唯一的目标就是找配偶，为了这一目标，它们继承了一种很特别的天赋：不管路途多么远，路上怎样黑暗，途中有多少障碍，它们总能找到它们的对象。在它们的一生中大概有两三个晚上它们可以每晚花费几个小时去找它们的对象。如果在这期间它们找不到对象。那么它们的一生也将结束了。

孔雀蛾不懂得吃。当许多别的蛾成群结队地在花园里飞来飞去吮吸蜜汁的时候，它们从不会想到吃东西这回事。这样，它们的寿命当然是不会长的了，只不过是两三天的时间，只来得及找一个伴侣而已。

7. 化 石 吟

张 锋

最早的鱼儿怎么没下巴？
最早的鸟儿怎么嘴长牙？
最早登陆的鱼儿怎么没有腿？
最早的树儿怎么不开花？

逝去万载的世界可会重现？
沉睡亿年的石头能否说话？
长眠地下刚苏醒的化石啊，
请向我一一讲述那奇幻的神话。

你把我的思绪引向远古，
描绘出一幅幅生物进化的图画；
你否定了造物主的存在，
冰冷的骸骨把平凡的真理回答。

肉体虽早已腐朽化为乌有，
生之灵火却悄然潜行在地下，
黑色的躯壳裹藏着生命的信息，
为历史留下一串珍贵的密码。

时光在你脸上刻下道道皱纹，
犹如把生命的档案细细描画，
海枯，石烂，日转，星移……
生命的航船从太古不息地向近代进发。

复原的恐龙、猛犸仿佛在引颈长吼，
重现的远古林木多么葱茏、幽雅，
啊，你——令人叹服的大自然，
高明的魔法师，卓越的雕刻家！

逝去万载的世界又重现，
沉睡亿年的石头说了话。
长眠地下刚苏醒的化石啊，
你讲的故事多么令人神往、惊讶！

 训练与拓展

1. 阅读本书单元一和单元九"作品选读"中的《熊和狐狸》《狗熊进城》，说说这两篇作品文体的不同。

2. 寓言和寓言故事是不是一回事？试着将"掩耳盗铃""守株待兔"等古代寓言改写成好玩的寓言故事。

3. 儿童对寓言的理解和接受往往和成人期望的不一样，譬如，《买椟还珠》《特里什卡的外套》等，明明是嘲笑那个买椟还珠的人和特里什卡十分傻，可儿童并不买账，他们认可那个买椟还珠的人的行为——我喜欢，我选择，他们认为特里什卡聪明有办法，总是难不倒。如何解释这种现象呢？这对我们用寓言开展教学活动有何启发？

4．试着以一个物件为道具，分别编写一则童话故事和寓言故事，体会两者在写作思维方式上有何不同。

5．阅读郑春华的《大头儿子和小头爸爸》《非常小子马鸣加》，说说儿童生活小说和儿童生活故事的区别点在哪里。

6．阅读《山羊兹拉特》，抓住你印象最深的一个方面，自立标题，写一则300字左右的赏析短文。

7．你认为科学童话与一般童话的异同点有哪些？

8．你认为儿童科学文艺对儿童发展有哪些影响？与幼儿园科学教育活动有什么关联？

资料链接

1．文选与案例

（1）寓言适不适合用来教给儿童，确乎是一个问题。日本的儿童文学作家、评论家上野瞭曾分析过《伊索寓言》的教训性，他认为——"在这些教训的名目下，人类奔放的发展性被否定了。教训否定的是人类超越束缚自己的现存世界的幻想力。"朱自强教授认为，"中国儿童文学创作对寓言的偏好，与西方正好相反，这说明中国儿童文学的一种集体无意识——对说教和教训的执着。"小学语文教育工作者对此应该具有清醒的认识。对于这一论争，你有什么看法？

（2）中国的儿童科学文艺曾有过数次短暂的繁荣期，如20世纪30年代、50年代、80年代，但在科技突飞猛进的当今，中国的儿童科学文艺创作反而很不景气，一个最明显的例证就是由中国作协主办的全国优秀儿童文学奖常常出现科学文艺空缺的局面。有一位教育家发出这样的感叹：假如没有了科学幻想，谁来启迪孩子们的科学梦想？21世纪的孩子们还能在发明创造中展翅翱翔吗？请关注这一问题，查找相关资料，提出自己的思考，与大家分享交流。

2．图书推荐

（1）曹文轩：《草房子》《青铜葵花》

（2）若泽·毛罗·德瓦斯康塞洛斯：《我亲爱的甜橙树》

（3）李丽萍：《选一个人去天国》

（4）西顿：《西顿动物小说全集》

（5）沈石溪动物小说

（6）黑鹤动物小说

（7）凡尔纳：《格兰特船长的儿女》

（8）伊林：《黑白》

（9）比安基：《森林报》

（10）阿西莫夫："机器人"系列

（11）高士其科学小品、科学诗

（12）叶永烈科学童话

单元十
儿童文学传递

学习目标

1. 认识儿童欣赏文学的心理特征；
2. 掌握儿童文学欣赏的一般规律；
3. 了解儿童文学教学的特殊性，明确各种文体教学的重心；
4. 掌握早期阅读中分享阅读与亲子阅读的指导方法；
5. 学会运用儿童文学资源开展文学教育活动设计。

基础理论

"儿童文学当具有秋空霁月一样的澄明，然而决不像一张白纸。儿童文学当具有晶球宝玉一样的莹澈，然而决不像一片玻璃。"郭沫若在《儿童文学之管见》中的描述，形象而生动地说明了儿童文学所独有的美学魅力。在儿童文学这个无比美妙的艺术世界中，儿童由于受到自身心理发展和生活阅历的限制，还不能完全自由地阅读儿童文学作品，这就需要家长、教师等施教者在儿童与儿童文学之间架起一座桥梁，向儿童传递儿童文学。

第一节　儿童欣赏文学的心理特征与基本规律

以儿童的方式遇见

一　儿童欣赏文学的心理特征

儿童文学欣赏是儿童在听他人朗读文学作品和自己独立看文学作品时的一种精神活动，是在听和看的过程中引发的一种艺术思维活动和审美活动。在这个过程中，他们不是对儿童文学作品作局部内容的支离破碎的理解，而是对作品整体性的感受、体验和认识。由于儿童读者对象的年龄特点，他们在欣赏文学作品时常常表现出独特的心理特征。

（一）理解的形象性

调查研究结果表明，儿童的理解水平是随着年龄的增长而逐步提高的。其中之一表现为从自我经验层面向社会价值层面发展。具体来看，3—4岁儿童只能从自身经验出发进行理解。例如，当我们问到这个年龄阶段的儿童喜欢谁时，有的儿童回答喜欢小兔子。当我们继续追问为什么喜欢小兔子时，有的说："因为它身上毛茸茸的。"有的说："因为小兔子眼睛红红的。"这时，他们的理解常常和作品内在深刻的意蕴没有多大关系。5—6岁儿童开始能从社会价值层面理解作品，真正感受到作品较深刻的蕴涵，如"人性"的内容。此时，如果我们再问他们喜欢谁时，例如，他们会说喜欢"小兔子"，因为"小兔子帮助小鸭子找到了丢失的伙伴"。这时，儿童仍然以形象性的理解为主，但他们的理解是和作品中的形象分不开的。而少数5—6岁儿童不仅能理解作品的蕴涵，还能离开具体形象，作出概念性的理解，如"我们应该向小兔子学习，学习它关心帮助别人。"这样，儿童的理解从具体的形象入手，由自我经验层面向社会价值层面逐步发展，并形成自我对作品的概念性理解。

（二）感知的直观性

儿童在欣赏文学的过程中，由于自身的知识经验还不是特别丰富，他们在很大程度上要依赖具体可感的艺术形象。这种感知的直观性包含三层意思：一是首先感知的是那些具体鲜明的形象；二是感知的过程也主要采用从形象到形象的联想方式；三是感知的结果常是具体、直观的。儿童在阅读文学作品时，普遍注意形象的外部特征，并在这种外部特征的影响下来理解和评价作品艺术形象的内涵。

例如，神话故事《夸父追日》中这样描写夸父：

"他在地上一坐，就像一座大山；他一站起来，不得了，脑袋碰到天上的云彩了。他的两条腿很长很长，一步就跨过一条大河，跑起来，飞鸟也赶不上他。"

当儿童读到这里时，他们能从夸父具体形象的外部特征，直接地感知到夸父高大英勇的形象。

又如，童话故事《白雪公主和七个小矮人》中写道：

"她的小女儿渐渐长大了，小姑娘长得水灵灵的，真是人见人爱，美丽动人。她的皮肤真的就像雪一样的白嫩，又透着血一样的红润，头发像乌木一样的黑亮。所以王后给她取了个名字，叫白雪公主。"

儿童会从白雪公主的外貌描写上直观感知到她一定是一个心地善良、活泼可爱的姑娘。

（三）想象的活跃性

3—6岁正是驰骋想象的年龄。此时的儿童虽然受到年龄的限制，阅历比较简单，但正是简单的阅历激发了他们大胆、丰富的想象。儿童想象的活跃性在欣赏儿童文学作品中主要有三种表现：其一，儿童什么都想知道，有强烈的求知欲，这就促使他们在作品所描绘的那个多彩世界里任意驰骋自己的想象；其二，生活经验不足，使得他们的想象洋溢着一种浪漫的创造激情；其三，儿童活跃的想象常常跳出文学作品设计的情境轨道。其中第一、二点是非常可取的，是值得加以肯定、提高的。儿童的想象如此丰富而大胆，他们常常会和小草说话，把一个小盒子"嘟嘟嘟"当做小汽车，常梦想自己在天空飞翔，在月亮上荡秋千……无论儿童的想象有多离奇，成人一定要保护儿童想象的欲望，鼓励儿童大胆想象，并适时地进行引导。而针对第三点，家长和教师则需要给儿童必要的暗示与指导，使他们能紧紧围绕着文学作品设计的情境轨道来想象。

（四）感情的强烈性

文学欣赏没有不动情的，儿童较之成人更容易投入情感，他们非常容易把文学作品中的艺术形象或故事情节与现实生活混为一谈，会常常把自己放到作品的故事情节中去扮演一个角色，与作品中的人物同喜乐共悲苦。在表情上大喜大悲，绝不掩饰；在语言上大喊大叫，绝对外露。当他们被引入文学作品的情境之后，他们往往要施展自己想象的才能，按照自己的好恶，乃至运用自己的聪明才智，去改造作品原来的故事情节，在想象中创编出一个符合自己意愿的新的故事来。如下面这个案例：儿童在欣赏《大灰狼》的演出，舞台上，兔妈妈正领着一群兔宝宝吃嫩草。突然响起走动的声音，兔妈妈惊恐地喊道："狼来了，快跑，孩子们！"但有一只小白兔摔倒在地，跑不动了。这时，台下看戏的儿童情不自禁地从座位上站起来，大声地喊："快起来，小白兔，狼来了，快跑啊！"台下的喊声连成一片，群情激奋。这是儿童在心理上情感投入彻底、体验真切的表现，他们在这种投入和体验中完成了情感的审美陶冶。

二 儿童文学欣赏的基本规律

儿童文学欣赏是指读者在阅读儿童文学作品的过程中对艺术形象感知、体味、领悟的一种精神活动、审美活动，它是由读者和文本之间建立起一定审美联系而造成的，是一种审美享受和创造性活动。儿童文学欣赏过程是感受形象、体验玩味、审美判断的过程。

（一）整体感知

儿童在欣赏文学作品时，偏重于直观感受，注意作品中出现的形状、色彩及声音，对新颖、奇特、富于动感的人物形象和曲折动人的故事情节非常感兴趣，而对那些抽象的、理性的阐述往往没有兴趣，甚至反感。儿童的感知往往是跳跃式的，他们会主动跳过不感兴趣的内容和不太明白的生字、生词、生义，对整个作品进行大体把握。这种大体的把握又帮助他们对那些生疏的地方进行理解、领会。儿童就是这样按自己的阅读体会，以这种"好读书，不求甚解"的处理方式，对文学作品获得一种朦胧的整体感知。

（二）重在感受

儿童对于文学作品的欣赏，始终是一个感受的过程。他们不像成年人那样，能在欣赏一篇作品后较快地升华到理性鉴赏的阶段。儿童的注意力始终集中在感兴趣的形象、色彩和声音上。别林斯基曾这样说过："应该竭力使孩子们尽量少领悟一些，但要多感受一些。"儿童在欣赏文学作品时，往往出于感受的本能，首先注意到自己感兴趣的艺术表现内容。例如，安徒生的童话《海的女儿》，儿童感兴趣的或许是华丽的海洋宫殿、绚丽的海底世界、美丽的人鱼公主等描写，也可能是人鱼公主将鱼尾变成双腿的情节，而对作品中的人道主义和哲学的深刻内涵不感兴趣，更不能领悟。又如，童话《拔萝卜》，这篇作品的教育意义是什么呢？成人可能会认为，作品告诉我们"不要忽视微小的力量"。可是，儿童的想法可能只是"团结力量大"，因为作品中老公公、老婆婆、小女孩、小狗、小花猫、小耗子一起"拔啊拔"的描写反复出现而且生动传神，给儿童的影响太深了，这自然使他们形成"团结力量大"的感受。他们就会按照这个直观的感受去理解作品的主题。也可能他们并没有感受到什么深刻内涵，就仅仅是感受到众人"拔萝卜"的快乐。

（三）亲身体验

儿童在欣赏文学作品时，感情很容易投入强烈。在阅读中，儿童走进作品，化身为作品中的各种角色，去了解各种现实生活中可望而不可即的事实，并参与各种打开眼界的探险，从而亲身体验其中的快乐。文学阅读打开了儿童自我的种种可能性，儿童原本狭小的生活认知通过儿童文学作品，在深度和广度上扩展开来，他们能在各种参与体验中进入快乐的"佳境"：他们跟着西顿的足迹去认识动物，和匹诺曹一起在大海里寻找爸爸，和爱丽丝一起在兔子洞里不断地坠落，与皮皮和卡尔松一起恶作剧，和孙悟空一起上天入地……与此同时，他们还在不同角色的内心活动中进行各种丰富多样的情感体验：对卖火柴的小女孩的不幸感同身受，为汤姆·索亚的荣耀兴奋欢呼，为美人鱼的离去悲伤不已……角色体验不仅仅可以打开眼界，丰富情感，更让儿童的各种情感在文学作品中获得了释放。

（四）拙于鉴别

儿童一旦被作品的形象所牵引，全身心地沉浸于虚构的世界，任凭想象在世界里驰骋，就很难再脱身出来冷静地对作品进行分析、判断。事实上，他们还不习惯也不善于理智地认识事物，对作品不能作出实质性的鉴别。由于缺乏理性的审美反思，儿童对作品内容上的真伪、艺术上的优劣，很容易混淆起来，分辨不清。

第二节　儿童文学教学的特殊性

如何培养孩子的
阅读兴趣与习惯

一　要根据儿童欣赏文学的心理特点来进行教学

既然儿童具有独特的欣赏文学的心理特征和独特的文学欣赏规律，那么在儿童文学的教学中，教师一定要了解儿童的心理、智力发展的特点，了解儿童欣赏文学的心理特征，认识儿童文学欣赏的一般规律，并能根据儿童文学欣赏的特点进行教学。

教师在教学时，不必纠缠在字、词、句上，不必把文本肢解开来进行分析，避免让儿童文学整体语感荡然无存，使儿童学起来索然无味。在教学中，一方面教师应该从儿童的角度解读文本，把自己置身于儿童的世界之中，用儿童的眼光看待一切，用儿童的心理去思考问题，细心体会、琢磨儿童的心理和情趣。另一方面，教师还应重视儿童对作品的整体感知，注重发挥儿童的想象，激发儿童的真情实感，重视培养儿童的审美能力。同时，教师还必须根据不同儿童文学作品的文体特征和美学特征，从成人的眼光，对儿童进行有针对性的教学指导和审美引领。

二　要抓住不同文体的特性来进行教学

在儿童文学的实际教学中，由于不少教师既较少考虑儿童文学的特征，又缺乏儿童文学的文体知识，仅仅用成人的眼光来看待儿童文学，使得他们在分析作品时未能抓住作品的精髓，把童趣盎然的儿童文学教学变成了简单的知识灌输和枯燥乏味的说教。

儿童文学体裁有儿歌、儿童诗歌、童话、图画文学、儿童散文、儿童戏剧文学等，它们都有着自己的独立性和独特性，教师一定要根据其特点来进行教学，抓住儿童文学的文体特点就等于找准了教学的核心和教学的突破口。在教学活动中，教师应该具备必要的儿童文学文体知识，准确把握不同体裁儿童文学作品的整体脉络、内在底蕴和精神实质。

1. 儿歌教学

儿歌是符合儿童年龄特点的、有韵脚、有节奏、充满情趣、朗朗上口的一种说唱形式。它节奏感强、积极向上，符合儿童的心理与欣赏能力，是儿童的亲密伙伴。所以，儿歌教学的重点就是把握其童趣。

（1）强化朗读，感受音乐美。儿歌短小，精练，有趣，内容浅显，语言活泼，不用讲，只要大声朗读，在一次又一次的朗读中，儿童自然而然就会感受到音乐美，享受到儿歌的乐趣。

（2）歌戏互补，感受趣味性。最早的儿歌产生并流传于游戏环境之中，它是最具娱乐性的，总是与趣味性紧紧连在一起的。在儿歌教学中，教师要尽量地加入游戏，让儿童在富有变化的节奏中，在和谐流利的韵律中，在童心可掬的表演动作中，享受游戏的快乐。即使在教学中由于内容的限制不方便加入游戏，也可以加入多样的动作，让儿童边朗读边做动作，获得"动"的权利和自由，让儿童在游戏中充分地理解儿歌内容，感受儿歌的趣味性。

（3）创编儿歌，发展儿童语言。儿童学习了儿歌，对儿歌有了美的感受，伴随着审美的愉悦，儿童的思维在美的情境中自由驰骋，处于积极状态。教师适时引导，能让儿童产生创编的欲望，不仅达到发展语言的目的，还能让儿童体验到成功的快乐。

2. 儿童诗歌教学

诗歌是人类情动于中时最好的抒发方式，是人类对于美好生活的一种憧憬和追求。儿童诗歌中有优美的语言、丰富的想象、奔放的激情、细腻的感受、纯真的童心，是儿童喜欢的文学样式。诗歌教学首先应成为一种审美体验的活动，是一个由感受到感动的过程。其次，教师要有意识地引导儿童感受诗歌中的形象美、想象美，体验诗歌中丰富多样的情感和童趣。

（1）朗读中感受形象。高尔基说："在诗篇中，在诗句中，占首要地位的必须是形象。"儿童诗歌的艺术魅力就在于鲜明生动的形象。当儿童一句一句地用心阅读诗歌时，诗歌所描写的形象就会在儿童的眼前一点一点鲜活起来，诗歌中那份情感便自然而然地在儿童心中流淌。因此，在儿童诗歌教学活动中，教师要耐心地陪着儿童一遍又一遍地朗读，读到兴味盎然时，再引导儿童交流一下阅读的感受。此时，无论他们的表达是零碎的还是完整的，是肤浅的还是简单的，都不要去评论。只要儿童从诗歌中感受到了形象，有了自己的体会，就说明他们的内心与诗歌达成了真正的共鸣。

（2）想象中体会童趣。儿童喜欢诗歌，首先是因为诗歌的字里行间充满了童趣。在教学中，教师要想让儿童进一步体会童趣，就要引导他们在想象的世界中，用心灵与诗歌对话。

（3）体验中感悟情感。情感，是儿童诗歌的艺术生命之所在。相对于成人的理性思维而言，儿童思维的特点是主客体不分，对于外部世界，儿童会以其中一员的身份参与进去。因此，他们的思维更感性，更讲究自身的体验，善于用自我的感觉去把握世界。在儿童诗歌教学活动中，教师要善于用提问等各种方法，调动儿童的感性体验，使其感悟到儿童诗歌中抒发的情感。

3. 童话教学

童话是儿童文学中一种非常重要的样式，也是文学中的一种有独特价值的文学样式。它是在现实生活的基础上，用符合儿童想象力的奇特的情节编织成的一种富于幻想色彩的故事。在童话的教学中，教师的任务，就是带领儿童走进充满幻想的童话世界，感悟作品中塑造的人物形象，体会其中的审美情感，让儿童体会到审美的快乐。

（1）讲述情节，体会幻想，走进童话的童真童趣。儿童喜欢听童话，更喜欢讲童话。因此，在童话教学活动中，教师可以先让儿童用简单的语言复述童话情节，然后有步骤地引导儿童独立讲童话，融入情感，加入表演的成分，让儿童充分地体会童话中充满幻想的情节美和童趣。

（2）角色表演，体验形象，走进童话的情境情感。带有幻想性的童话对儿童有天然的吸引力，他们对童话表演有着强烈的兴趣，在复述甚至自编台词时，儿童需要研究作品，分角色准备"台词"，对童话中的角色形成整体的感受、体验，在此基础上再进行表演能使儿童在不知不觉中走进童话世界，融入童话情境之中，体验到童话形象之美，体验到童话形象的情感，并享受到在此过程中的快乐。这种体验是一般的阅读学习活动所不能获得的。

（3）创编童话，驰骋想象，享受创编童话的快乐。童话的幻想趣味及情节的离奇曲折会吸引儿童积极参与故事情节的设计，教师可以鼓励儿童大胆想象，或在童话中编入某个情节，或模仿续编童话的结尾……儿童会一次比一次说得有新意，超越文本，超越别人。童话创编活动可充分激发儿童的奇特的想象力，让儿童体验创编童话带来的快乐。

总之，在童话的教学中，教师要营造宽松自由的课堂氛围，让儿童在幻想的世界里自由翱翔，丰富自己的生命体验和审美经验，最大限度地开发和释放自己创造的潜力，以使儿童充分感受童话作品的文学魅力。

4. 图画文学教学

图画书阅读的开展非常符合《幼儿园教育指导纲要（试行）》的精神："利用图书、绘画和其他多种方式，引发幼儿对书籍、阅读和书写的兴趣，培养前阅读和前书写技能。""引导幼儿接触优秀的儿童文学作品，使之感受语言的丰富和优美，并通过多种活动帮助幼儿加深对作品的体验和理解。"所以，教师要非常重视图画书的阅读教学，带领幼儿从这里进入浩瀚无垠、神奇美妙的文学世界。

（1）指导看图，捕捉信息，解读图画书的人物情节。首先，图画书是用图画与文字共同叙述一个完整的故事，是图文合奏的。在图画书里，图画不再是故事的插图，而是图书的生命。在阅读图画书时，教师一定要引导儿童细致观察图画，指导观察方法，捕捉所有的信息，不断地补充画面，帮助儿童认识书中的人物，了解故事的情节，感受其中美妙的意境。

其次，图画书经常会通过细节的刻画隐藏线索，使主题更加鲜明，情节更有趣味。在引导儿童阅读图画书时，教师要提醒儿童注意画面中的细节，引导儿童关注图画背后的故事，在看图中读懂故事、发现细节、感悟内涵。

最后，我们要引导儿童注意图画书的封面、扉页、环衬以及封底，这些往往与正文构成了一个完整的整体。比如说，很多图画书的环衬上也画有图画，我们千万不要以为它仅仅是起装饰作用的图案，实际上，绘本的环衬不但与正文的故事息息相关，往往还会起到提升主题的作用。在图画书的阅读教学中，千万不要让儿童急着翻页，而是要让他们仔仔细细地去看那些图画，更好地解读书中的人物、情节和主题。

（2）引导猜想，激发想象，融入图画书的多彩世界。一本好的图画书不仅仅是在讲一个故事，同时也能训练儿童的观察力，丰富他们的想象力，升华他们的精神境界。"在图画书中，没有详细的语言描写，没有动画片连贯的镜头。要想读懂它，全靠读者细心观察，并且将所有的画面以及画面之间的空白点，运用大胆想象串起一个故事，从而读懂它的内涵。"所以，在图画书的阅读过程中，教师要重视儿童想象力的培养，让儿童的想象力与创造力得以自由驰骋；要引导儿童猜想情节，让故事在儿童的想象中完成衔接。

（3）积极讨论，联系生活，感悟图画书中的丰富内涵。美国诗人惠特曼在诗中写道："有一个孩子每天向前走去／他看见最初的东西／他就变成那东西／那东西就变成了他的一部分……"图文并茂的图画书借助于简单的图画和文字，能深深地吸引儿童，让他们不断进行情感的体验，联系自己身边的生活，从而使其情感得到提高和升华，并能引发儿童进行思考。

图画书教学中要注意的问题

● 明确区别图画书教学与故事教学、看图讲述的不同点。图画书教学与故事教学的不同点是：图画书教学要通过视觉观察画面上的形象，寻找画面中细微和隐蔽的特征，视觉信息的识别力是幼儿阅读活动的基础；故事教学则通过听觉来感受文学作品的语言美，来理解文学作品的内容，听觉信息的辨析力是故事教学的基础。

图画书教学与看图讲述的不同点是：看图讲述活动要求儿童运用规范的语言，将图片的内容完整连贯地表述出来。而图画书教学是要让儿童看懂图画，理解各画面之间、画面与整个故事之间的关系，从而理解故事内容和主题。因此，图画书教学更偏重对理解能力的培养，使儿童理解图画书中情节的发展，并通过预测故事发展想象力，在此基础上，能将理解的内容讲出来。所以，图画书教学不能被简单地等同于看图讲述，教师只有正确地认识到这一点，才能更好地设定教学目标，进行教学活动。

● 教师要注重引导儿童自己去发现、思考，尊重他们的感受和观点。在教学中，教师要通过不同的方法教给儿童怎样阅读，让儿童学会观察、联想、想象，对故事情节做出多种猜想推测；不仅让儿童学会观察图画、文字，更要让他们学会欣赏色彩和画面；不仅让儿童看懂图画书的内容，更要引导儿童进行情感体验，引发他们与图画书的共鸣，激发儿童阅读的精神愉悦，让儿童体会到其中的快乐。在此过程中，我们一定要尊重儿童的感受和观点，也许他们的推理是荒诞不合理的，也许他们的阅读感受是浅显的，也许他们的观点是有失偏颇的，但教师要首先给以肯定、鼓励，然后加以适当引导，逐渐达到阅读目标。

---

5. 儿童散文教学

儿童散文短小精悍、立意新颖、想象丰富、语言简明纯朴、充满童趣，富有诗情画意。阅读儿童散文不仅能让儿童学习规范、优美的语言，而且对儿童的审美感知、审美想象、审美情感能起到独特的作用。但儿童散文不如儿歌那么朗朗上口，通俗易懂，有些内容不易理解，尤其对于散文中的意境，儿童更难以感受。所以，在教学中教师要运用创设情境、表情朗读等多种方法，引导儿童直观地感受散文，体会其意境。

（1）表情朗读，品味语言。儿童散文注重语言的节奏感和音乐美，为儿童提供了优秀的语言样本。这就需要教师去仔细地发掘，细细地品味每一个句子，发现文中的亮点，引导儿童通过诵读反复品味，从而丰富儿童的语言，为儿童的语言表达铺设平台。

（2）直观感受，体会意境。散文是通过具体的形象来记述或抒情的。教师要从儿童直观的感受入手，通过图画、音乐等多种方式来让他们感受散文的具体形象，从而与散文产生共鸣，体会散文的意境。这是儿童学习散文的关键一步。

6. 儿童戏剧文学教学

儿童具有爱好戏剧的天性。儿童在戏剧的世界里能随兴所至，且不受外界的约束。他们特别喜欢在一个虚构的世界里随心所欲地驰骋自己的想象，尝试用自己的方法同他人相处，借用表演的形式积极地表达自己内心的想法。在这样一个有趣的领域中，可以使儿童充分地"动"起来，从而发展他们的参与性、主动性、创造性。儿童戏剧文学教学最适合运用创造性戏剧教学法。运用创造性戏剧教学法，在教师有计划、有目的的引导下，以即兴表演、角色扮演、模仿、游戏等方法进行，让参与者在互动的过程中充分发挥想象，表达思想，在实践中学习，获得审美经验，增进智力与生活技能。在这一过程中，教师并非将表演内容教给儿童，任其发挥就可以，而是要有意识地引导儿童选择合理的"介入"。

（1）细心观察儿童表演戏剧的过程，及时地引导儿童。儿童在表演戏剧的过程中，会遇到很多问题，教师要及时引导。例如，在《小鸭盖房子》的表演中，儿童刚开始把小鸭送回家时不知道站在哪里表演，也不知道该谁出场，该谁离场。教师此时要通过提问题、组织讨论等方式引导儿童去解决遇到的问题。

（2）教师以表演伙伴的方式参与其中，适时地鼓励儿童。首先，教师通过参与表演可以及时了解儿童出现的情况并给予鼓励。如果发现儿童主动性、自信心等心理品质差异较大，如有的儿童自主性很强，有的则躲在一边不敢参与游戏表演，教师就可以以朋友的身份与他一起表演，在表演中重点鼓励与表扬他的点滴进步。其次，教师通过提问、设疑等引导儿童围绕某个问题展开讨论，提炼儿童的生活经验，引起他们对表演戏剧的进一步自主探索兴趣。

在儿童戏剧文学教育中，我们要注意教育的重点不在故事戏剧化或扮演戏剧，而是在于如何引导儿童进入情境中，让他们在其中去体验、去思考、去学习儿童戏剧文学的相关内容。儿童戏剧文学教育为儿童的戏剧表演提供了舞台，但它不是才艺教育，不是为了训练演员，而是要激发儿童创作的潜能，让他们在虚拟的游戏世界里重新建构自己的经验世界，让他们在活动中受到艺术的熏陶，体验艺术创作的喜悦，进而更加敢于表现、乐于表现。

第三节　早期阅读开展策略

早期阅读所为
何来

一　早期阅读释义

1977—2000 年间，由美国国家研究院、哈佛大学著名幼儿语言学家凯瑟琳·斯诺教授领衔提交的"在早期预防幼儿阅读困难"的研究报告引发了早期阅读革命。

2001 年 6 月，我国颁布的《幼儿园教育指导纲要（试行）》明确提出培养儿童"喜欢听故事、看图书"的目标，并在关于幼儿语言教育的内容中规定："培养幼儿对生活中常见的简单标记和文字符号的兴趣。""利用图书、绘画和其他多种方式，引发幼儿对书籍、阅读和书写的兴趣，培养前阅读和前书写技能。"《幼儿园教育指导纲要（试行）》中首次将早期阅读单独提出，显示了对早期阅读价值的重视，也为幼儿园的教育教学工作提出了方向性的要求。

早期阅读教育的误区

由于对早期阅读的认识不够深入，了解不够全面，有些教师对早期阅读教育常常会陷入一些误区。比较常见的主要有以下几种：
- 把儿童早期阅读等同于早期识字。
- 在教学过程中过分强调儿童获取知识，强调文学作品的主题和德育价值，而忽视了情感发展和思维能力、想象力等的培养。
- 在早期阅读的教学方式上，主要采用"教师讲儿童听，教师问儿童答"的方式，忽视了儿童在阅读过程中的个体感受和主体地位。

早期阅读是指儿童借助于图像、文字或者成人形象的讲读来理解阅读材料的过程。它所包括的内容十分广泛，对儿童来说，一切与阅读有关的活动，都应该算作阅读。早期阅读是儿童接触书面语言的重要途径，通过早期阅读活动，儿童得以完成从口头语言表达向书面语言表达的过渡，并且在语言、思维、个性、习惯、想象力等方面得到综合培养。

早期阅读是一个多元的复杂历程，由于儿童各方面的发育还未成熟，其阅读活动往往带有较大的盲目性、随意性和依赖性，他们需要在成人的正确引导下，在阅读过程中寻找到合适的途径，从而建立起自主阅读的意识与技能。目前，早期阅读教育方式主要有以下两种，即分享阅读和亲子阅读。

二 分享阅读

（一）分享阅读的定义

新西兰教育学家霍德威（Don Holdaway）等人在对阅读过程进行了系统分析后于 20 世纪 60 年代提出了一种简便易行的阅读方法，即分享阅读法。在此后的几十年里，分享阅读逐渐成了国外早期阅读的主流开展方式。

如何设定早期阅读教育活动的目标与模式

分享阅读（Shared-book reading），也译为"大书阅读"，主要指在轻松、愉快的气氛中，成人和儿童共同阅读一本书的类似游戏的活动。在活动的过程中，成人引导儿童一起阅读图画、理解故事，并逐步从图画阅读过渡到对文本的学习和进一步的拓展活动。起初，成人在图画理解、朗读文字等方面起着主导作用，但随着对内容的熟悉和活动的不断深入，儿童在整个阅读过程中发挥的作用越来越大，并最终能过渡到自己独立阅读。

总之，分享阅读强调的是成人与儿童之间的共同阅读和两者之间的互动，强调的是在享受阅读乐趣的过程中逐步帮助儿童获得阅读能力。分享阅读带给我们的不仅仅是一种早期阅读的方式，更重要的是一种新的教育理念，是我们实施素质教育，促进儿童全面发展的重要的教育手段。

（二）分享阅读的意义和主要特征

1. 分享阅读是让儿童享受阅读乐趣的过程

分享阅读让儿童享受到阅读的乐趣，而这种阅读的乐趣是由成人和儿童共同创造的。在这种阅读活动中，成人要通过儿童的眼睛看世界，用儿童的语言去描绘世界，用儿童的心去体会世界，从而激发起儿童对书的渴望和对阅读的兴趣。同时，儿童带着听有趣故事的心态和成人一起阅读，成人也不把目的放在让儿童学习字词和知识上，不进行太多的评论。由此，成人与儿童之间便会形成温馨、和谐、互相理解和信任的关系，这样阅读效果最佳。

2. 分享阅读是一个让儿童从"听故事"过渡到"读故事"的过程

在分享阅读过程中，成人先是抑扬顿挫、声情并茂地朗读故事，儿童倾听，然后可以训练一起朗读，成人要对儿童给予肯定和及时的鼓励。当儿童朗读得越来越熟练以后，成人放慢语速，甚至故意停滞，给儿童自己说出下一句的机会，直至让儿童独立进行朗读。当儿童朗读有困难时，成人再帮助儿童；当儿童在阅读过程中出现错误时，成人应及时提醒、纠正。这样，儿童在阅读的过程中会发挥越来越大的作用，并最终将阅读权"揽入"手中，这能促使儿童体验到阅读的乐趣，掌握阅读的技能，养成阅读的习惯并真正学会阅读。

3. 分享阅读可以帮助儿童在阅读中学习汉字

北京师范大学心理学教授、分享阅读法的研究者伍新春教授强调，在分享阅读过程中实现的识字教学，是阅读活动的一种副产品，不是分享阅读活动本身的主要目的。分享阅读时，成人在为儿童逐字朗读的时候，边读边用手指，以引导儿童注意到每一个字的字形，同时读出每一个字的发音。这样，儿童一边听故事一边慢慢把字音和字形一一对应起来。经过多次重复以后，就学习了这个汉字。这种教学手段比单纯的识字教学更有价值，儿童丝毫不会觉得枯燥和乏味，对其长期发展更有意义。

4. 分享阅读也是一种多元化的互动过程

分享阅读作为一种早期阅读方法，非常强调父母、教师与儿童一起阅读，这既是分享阅读成功的关键，也是其独特价值得以体现的重要条件。有成人伴随的阅读，会产生更为良好的阅读效果。在幼儿园和学校，分享阅读表现为一种教学活动，是师生之间的分享阅读、儿童之间的分享阅读。在家庭中，分享阅读则表现为一种温馨的亲子阅读活动，是家长与孩子之间的分享阅读。

（三）分享阅读的指导方法

1. 根据读本的难易程度、类型和儿童情况，采用不同方式引入

在正式开始阅读之前，成人先熟悉读本的内容和语言，考虑以下几个问题：其一，读本的语言风格是接近儿童的口语还是书面语过多；其二，读本中的插图提供的信息是多还是少；其三，读本的内容对于儿童而言是简单还是难度较大等。综合考虑这些因素及儿童的具体发展情况，确定对儿童来说，哪些内容很容易理解；哪些内容较难理解，需要特别指导。可从以下几点入手。

其一，读本的名字是一个很好的导入线索，在阅读之前，我们可以让儿童自己围绕读本的名字展开探究。其二，通过展示和谈论读本的封面来引入阅读活动。其三，可以尝试在儿童没有看到读本封面、没有任何线索下，将文字遮住，就读本的某一幅图画进行猜测、联想，给儿童创设更多的遐想空间。

2. 从读本画面入手，寻找实现图画与语言转换的桥梁

其一，引导观察，注重"看"的指导。儿童的思维具有跳跃性，看图随意性大。因此在阅读前，让儿童先观察读书的图画，仔细观察图上各种角色的表情、动作，厘清画面之间的联系，对图书形成一个总的、概括性的印象。教师根据图的内容，提出相关问题，让儿童带着问题有目的地看，同时教师围绕观察目的进行必要的提示、引导。其二，启发思考，注重"想"

的指导。在儿童观察的基础上，我们要以观察所得为依据，启发儿童积极思考，"看"清图外的内容。在分享阅读的愉快气氛中去思考、去表达、去交流，从而培养良好的思维方法。其三，准确表述，注重"说"的指导。在儿童观察画面内容后，教师要注重引导儿童大胆讲述，并指导儿童用规范的语言、恰当的词汇连贯地表达出来。

3. 融合读本的教育功能与娱乐功能，把阅读活动表演化

阅读读本之后，也可以引导儿童开展故事表演，通过让儿童扮演读本中的角色，用对话、动作、表情再现读本内容。这样，不仅能加深儿童对读本内容的理解和体验，同时还能让儿童知道读本还可以用来"表演"，从而享受到阅读和表演的乐趣。

（四）分享阅读的几个关键性问题

1. 选择优秀的分享阅读作品

选择作品时可以主要考虑以下几点：其一，作品的主题要紧紧围绕儿童的生活。其二，故事情节要单纯而生动，想象力丰富。其三，作品的语言符合儿童的年龄，接近口语，语言风格幽默风趣。其四，文字和内容与儿童的智力、情感和言语发展水平相适应。其五，读本制作精美，颜色鲜艳，字体大小适中，字数符合儿童的语言发展水平。

2. 充分做好分享前的准备

在与儿童分享阅读之前，成人一定要先了解儿童是否熟悉要分享的核心内容，熟悉到什么程度。根据儿童了解的程度，成人要做出适当的调整，这样分享阅读才能达到更好的效果。

3. 要创设开放性的问题情境，引导儿童参与分享

在分享阅读过程中，成人一定要设计一些开放性的问题让儿童来回答，让儿童积极地参与到阅读活动之中，而且要多给予鼓励，这样儿童才不会依赖成人的阅读而失去主动阅读的积极性。所谓开放性问题，指的是不用简单的"是"或"不是"来回答，也就是没有固定标准答案的问题。在组织儿童活动时，成人应经常提一些能促进儿童观察和思考的问题、有利于发现更多内容的问题、有利于得到多样答案的问题从而起到启发思考、加深理解、激发想象力的作用。

4. 设计丰富的延伸活动，支持儿童在活动中扩展语言经验

在课堂之外，可以设计丰富多彩的分享阅读拓展活动，为儿童提供想象的空间，扩展其知识面，增加其口语表达能力及培养其思维能力。同时，让儿童把阅读活动和愉快的情绪体验联系起来，激发儿童阅读的积极性、主动性，使他们充分感受到阅读是一件快乐的事情。

三　亲子阅读

亲子阅读，又称"亲子共读"，就是在轻松自然的家庭氛围中，父母与孩子通过各种方式共同阅读孩子读物的所有活动。通过共读，父母与孩子共同学习，共同成长；通过共读，父母创造与孩子沟通的机会，分享读书的感动和乐趣。亲子阅读作为早期阅读中一种重要的阅读方式，已经被越来越多的家长所认可。

（一）亲子阅读的意义

（1）亲子阅读是一个有效促进亲子关系、让孩子感受爱的过程。只有感受到爱的孩子才会积极地爱别人。当父母抱着孩子，向孩子娓娓讲述经典故事的时候，孩子和父母的身体靠近，孩子会感觉到非常安全和温暖。父母和孩子双方在亲子阅读过程中建立起来的一种理解和信任、一种甜蜜的感受，恰恰是孩子在阅读过程中最需要的"阅读准备"。

（2）亲子阅读是一个借助游戏获得，让孩子感受快乐的过程。亲子阅读过程中，父母和孩子之间酿造的快乐，多数是借助游戏方式获得的。例如，母子共同阅读《捉迷藏》这本图画书后，母亲和孩子之间会开展捉迷藏的游戏，在游戏中带给孩子乐趣，促使孩子大大提高阅读的主动性和积极性，让孩子在亲子阅读的过程中快乐成长。

（3）亲子阅读是一个养成良好阅读习惯和培养孩子阅读技巧的过程。在亲子阅读中，孩子在父母有效的阅读指导下，养成良好的阅读习惯，形成质疑能力、阅读能力、推理和逻辑分析能力、阅读方法技巧的运用能力等。

（4）亲子阅读是一个促进身心发育，提升孩子整体素质的过程。孩子早期良好的亲子阅读能为他们后续的语文学习和其他学科的学习奠定坚实的基础。良好的阅读能力有助于孩子思维的敏捷、缜密、深刻，有助于孩子学习兴趣和学业成绩的提高，有助于孩子自信心的增强，有助于儿童整体素质的提升。同时，亲子阅读活动还让孩子获得了与人沟通的一系列经验。

亲子阅读误区

调查发现，目前多数家庭对亲子阅读的认识还有许多误区，在指导策略上也缺乏科学性。主要体现在以下几点：

● 在阅读环境上，现今的家庭很少用心去布置一个温馨、宁静、有利于孩子阅读的书房。

● 在阅读时间上，家庭成员读书的时间少，家长很少投入更多的时间和孩子一起进行亲子阅读，家庭读书氛围不够。

● 在阅读习惯上，许多父母行为带有很大的不稳定性。

● 在对阅读的认识上，很多父母简单地将亲子阅读作为教会孩子识字的工具，对早期阅读中的"童趣""美感""想象力"重视不够。

● 在阅读的指导过程中，父母对孩子阅读能力的发展特点认识不够，没有考虑到孩子在阅读过程中的接受方式和接受特点，不能有针对性地开展亲子阅读。

（二）亲子阅读的几个关键性问题

1. 在家中营造良好的阅读环境

创设良好的阅读环境能进一步激发孩子的阅读兴趣，因此，父母要尽力为孩子准备一个宁静的书房，或者在家中安静的一角开辟出阅读区，摆放书架，放上图书，准备桌子、椅子、台灯等，提供一个舒适、安静的阅读环境。

2. 在家中营造良好的阅读氛围

张杏如认为："要让孩子爱读书，先要让他在读书之前爱上读书的气氛"。因此，要努力建设学习型家庭。父母要带头读书，多一些时间陪着孩子共同阅读，创造一个良好的阅读氛围。家中要安排固定的时间和孩子一起阅读，并成为习惯。

3. 创造开放、多样的阅读渠道

父母可利用节假日，带领孩子走出家庭小圈子，走入大社会、大自然，通过各种有效途径来拓宽亲子阅读的渠道。

4. 为孩子提供多层次阅读素材

父母要选择符合孩子身心发展、有吸引力、有益于孩子健康发展的优秀读物，增强其阅读能力。

亲子阅读素材的选择

亲子阅读素材的选择主要从以下方面考虑。

其一，故事内容方面。

● 故事的取材要贴近孩子的生活，但要有一些变化，使孩子感觉到熟悉而奇特、新颖而有趣。

● 故事的情节的描述必须简单而清楚。

● 故事的语言浅近、具体、形象；句子单纯、短小、口语化；朗朗上口，富有音乐感。

其二，图画表现方面。

画面要富有视觉美，色彩要自然柔和，画面的构图要恰当，使孩子的注意力集中在故事的主要人物和情节上。

其三，要按照孩子的年龄段来选择适合他们的阅读材料。

5. 对孩子做细心的爱护和精心的指导

在亲子阅读过程中，当父母发现孩子阅读有困难时，一定要不断地给孩子鼓励，并通过做游戏、画图画等生动活泼的形式，调动孩子阅读的积极性，同时采用不同的阅读方法来给予及时的指导、帮助。

（三）常见的亲子阅读的方法

听读法　日本著名的图画书之父松居直曾被问及一个问题：怎样使儿童喜欢书——是靠文字呢，还是靠画？松居直的回答是：靠耳朵。在西方，为儿童大声读书是一种文化传统。在中国，为儿童讲故事是一种传统，但乐意并习惯为儿童朗读文学作品的家长，仍然为数不多。父母应选择生动有趣的阅读材料，抑扬顿挫、声情并茂地为孩子朗读，这样，在自然轻松的环境中，从亲子听读开始，让孩子踏上亲子阅读的旅程。

提问解疑法　在阅读开始前或阅读过程中，父母和孩子相互就阅读材料的内容提出自己的问题，并带着这些问题通过阅读来回答。这种方法，既能让父母了解孩子对阅读材料的理解程度，又能充分激发孩子阅读的兴趣。

联想法　在指导孩子阅读时，在故事情节发展的关键处或精彩处，父母可以突然停住，让孩子想象下面可能发生的情节，引发他们的阅读期待。亲子阅读时，父母还可以让孩子观察封面图画的细节，猜想书中的主要内容，来培养孩子的创造力。也可以将书里的内容与实际生活相联系，增强孩子的联想能力。

观察理解法　当拿到一本新的图书时，父母不要急着给孩子讲，先一起和孩子看看图画，让孩子自己观察理解图画。然后，父母可以引导孩子说出自己的观察理解，也可以根据孩子观察的情况，给以适当的观察方法的引导，从而帮助孩子获得观察的技巧和阅读的方法。

角色扮演法　亲子共同表演故事是非常受孩子喜欢的游戏。爸爸、妈妈、孩子分饰不同的角色，可以按着原故事演，也可以自主编排，增加一些好玩的情节，既可以增强孩子对故事的理解，还可以培养孩子的发散思维，锻炼语言表达能力。

讲读法　父母鼓励孩子讲述自己的阅读内容和感受，帮助孩子实现从听读、自主阅读到与他人分享的过渡，最终达到独立阅读。当然，这个过程会需要一定的时间。刚开始，先以单幅图画为主，等孩子能熟练讲解之后，再进行多幅图画书的讲解。在此过程中，家长不能急躁，要不断给孩子鼓励和适时的指导。

讨论交流法 父母与孩子就阅读内容展开讨论，交流想法，以此来扩大孩子的知识面和想象空间，从而促进孩子语言和思维的发展。在此过程中，父母要平等自然地与孩子进行交流。通过交流，孩子从父母那里了解到更多的信息，对词语的用法和意思会有更深的理解；父母也能从孩子的话语中了解孩子的认知情况和内心世界，能更及时地、有针对性地实施教育。

第四节　幼儿园文学教育活动设计

幼儿园文学教育活动的特性

幼儿园文学教育活动，是幼儿园以幼儿文学作品为教育内容而设计组织的集体教育活动。这类活动围绕一个具体的文学作品，开展一系列相关活动，帮助儿童理解文学作品所展示的丰富而有趣的生活，引导儿童体会语言艺术的美。

幼儿园文学教育活动设计是幼儿教师依据儿童文学教育的目标和要求，在儿童语言发展特点的基础上，选择文学作品并设计出教育活动方案的过程，其中包括对教育活动目标、内容、组织、评价等的设计。在此，我们探讨幼儿园文学教育活动设计的一些基本问题。

一　幼儿园文学教育内容的选择

幼儿园文学教育的内容主要是儿童文学作品。作品题材主要有童话、儿童故事、儿童诗歌、儿童散文等，但不是所有的儿童文学作品都适合成为教育内容。可以成为教育内容的作品应该符合以下标准。

（一）作品中的形象鲜明生动

儿童文学作品所塑造的形象要活灵活现，不论是人物还是小动物，都要抓住其外部特征，写出其神态和动作。如儿歌《小白兔》："小白兔白又白，两只耳朵竖起来。爱吃萝卜爱吃菜，蹦蹦跳跳真可爱。"前两句主要写了小白兔的神态和外部特征，后两句重点描述了小白兔的动态和习性。这些生动形象的描写增加了作品的艺术感染力和表现力，也深受儿童的喜爱，能提高儿童学习的兴趣。

（二）具有儿童情趣

从儿童情趣出发，就是要选择儿童感到有趣的作品。儿童喜欢那些鲜艳、动态、富有儿童情趣的审美对象，儿童故事中的小羊不是呆板地站着，而是"咩咩"地叫着，小熊是"吧嗒、吧嗒"地走过来的，小花猫是"喵喵"地叫着跑过来的……儿童喜欢大胆而又奇特的想象，他们的喜欢带有强烈的主观色彩，在他们眼中，树叶、瓦片、小草简直是世界上最美的餐具和佳肴，鱼可以游到天上，太阳、小鸟、云朵却画在地上。

（三）结构简单，难度适中

鉴于儿童的心理特点，选择的儿童文学作品情节不能复杂，人物不能太多，人物关系也不要太复杂。教师可以根据不同年龄段儿童的发展水平，选择有区分度的作品。

（四）语言浅显易懂

儿童的语言发展有其规律，他们还不能准确地理解抽象的词汇和复杂的语句。因而，给儿童提供的作品的语言要浅显易懂，适合儿童的语言发展水平。对于中、大班儿童，教师应注意适当引导他们从作品当中习得不同样式和不同风格的语言，感受文学作品的语言美。

（五）情感贴近

要选择那些贴近儿童情感、能使其感到亲切、容易产生感触的作品。如儿歌《小熊过桥》形象地再现了要过桥的小熊由胆小害怕到战胜自我后喜悦万分的过程，这其中的情绪情感离儿童很近，令他们可触可感，读来生动有趣。

幼儿文学教育要
培养儿童的语感

二　幼儿园文学教育活动目标设计

文学是美的，人们欣赏文学的过程就是审美的过程，儿童文学也不例外。优秀的儿童文学作品具有稚拙美、纯真美和质朴美。幼儿教师要认识到文学教育活动主要是为了培养儿童的审美情感。《幼儿园教育指导纲要（试行）》第 4 条指出教师要："引导幼儿接触优秀的儿童文学作品，使之感受语言的丰富和优美，并通过多种活动帮助幼儿加深对作品的体验和理解。"这强调了幼儿园文学教育活动的审美目标。因此，幼儿文学教育活动的目标主要是审美教育。

布鲁姆的教学目标分类理论认为教学目标主要分为三大类——认知目标、情感目标和动作技能目标。幼儿园文学教育活动的目标也应该包含以上三种目标。但是，审美是文学的主要特征，因此，幼儿园文学教育活动的目标更应该注重儿童审美情感的培养，把引导儿童感受美、体验美等作为主导方面。

当然，幼儿园文学教育与语言教育也是密不可分的，通过文学作品具体生动而可感的语言来训练儿童对语言的敏感性十分重要。幼儿园文学教育的重点应放在培养儿童语言的核心操作能力方面。加德纳认为，语言的核心操作是一种对语言和文字的敏感性，个体正是凭着这种敏感性才能区别不同词汇之间的差异。这种敏感性包括三个层次：第一，对语词排列的敏感性——有遵循语法规则，而在精心选择的场合下又打破这种语法规则的能力；第二，对语言的声音、节奏、重复和语词节拍的敏感性，能够使所用的语言产生优美动听的效果。第三，对语言不同功能的敏感性，意识到语言便于朗诵的特征，或具有说服力、激发力、传达信息及使人愉快的力量。

由此，需要重新思考幼儿园文学教育的目标。在传统的教法中，大家已习惯了向儿童讲述一个故事或朗诵一首儿歌，然后要求儿童记熟这个故事或儿歌，明白它们所表达的主题意义，学会其中的几个新词和句子。从培养儿童语言核心操作能力的角度看，这显然还处于第一层次的敏感性，根本没有触及第二、第三层次的敏感性，忽视了文学教育的深层功能。所以，幼儿园文学教育要注意培养儿童的文学理解力、文学想象力和对文学语言的敏感性。

儿童对文学作品的学习从感知开始，在感知作品的过程中，儿童体验作品的情感，理解作品的经验，最后达成最终的学习结果——培养对语言的各层次的"敏感性"。

这一过程可分为四个阶段。其一，"感知"——儿童通过多种感官感知作品，活动的重点在教师指导儿童理解作品的主要情节、人物性格和主题倾向方面。活动目标是儿童能用自己的语言或作品中的语言说出事件发展的顺序、人物的性格特征和主题倾向。其二，"体验"——根据作品内容设计相关活动，帮助儿童体验作品，体验作品中人物的情感，进一步认识作品中展示的生活和精神世界，活动目标是儿童能用语言结合手势、表情等，表达自己与作品人物相关的情绪情感。其三，"理解"——文学作品向儿童展示的建立于他们生活经验基础上的间接经验，为了帮助儿童更深刻地理解作品，扩展他们的生活经验，还应该围绕作品重点内容开展相关的、操作性的游戏活动，为儿童创设将文学作品内容整合地纳入自己的经验范畴的机会和条件。活动目标是儿童运用各种方式和手段，如色彩、线条、旋律、节奏、形体动作等，迁移作品的经验，表达自己的感受，加深对作品的理解。其四，"创编"——在一系列理解作品的活动的基础上，教师为儿童创设进一步扩展创造性想象和创造性运用语言进行表述的活动，使儿童对文学作品的学习不仅仅停留在理解的水平上，而且还能运用自己在感知理解中获得对艺术性结构语言的认识，去尝试进行语言材料的想象和创造，这将有利于培养儿童对语言的各层次的"敏感性"，也有利于锻炼儿童的想象力，有利于开发儿童的艺术思维能力和创造潜能。活动目标是儿童能用语言描述文学教育延伸活动的内容，能扩展在文学教育活动中所获得的知识，并结合个人的经验，进行富有创造性的想象。

总之，幼儿文学教育活动的目标，具有以下特点：目标的着眼点是以儿童为主体，注重的是儿童活动的结果；目标的层次性，与儿童语言的核心操作能力的培养相协调；目标的陈述明确、具体，具有可操作性，易检测。

三 幼儿园文学教育活动的过程

幼儿园文学教育活动的过程是教育活动的重要环节，周兢、张明红等认为，幼儿园文学教育活动主要包括四个环节。

（一）学习文学作品的内容

这是文学教育活动首要的环节。教师要根据作品的难易程度、本班儿童的实际水平，采用图片、录像、多媒体等辅助教育手段呈现作品内容，帮助儿童理解作品。无论哪一种形式，为了引起儿童的共鸣与兴趣，教师的描述要抑扬顿挫、活灵活现，绘画要画得栩栩如生，如此才能很快抓住儿童的注意力而进入其内心。

（二）理解、体验作品

在学习作品内容的基础上，教师还要进一步引导儿童去理解作品、体验作品，尤其是让儿童通过亲身感受去体验作品中所展示的人物的情感历程和心理世界。教师可以采用开放性的提问方式帮助儿童了解人物；可选择作品的一些重点内容，运用讨论法引导儿童深入理解作品内容；也可以围绕作品内容设计和组织几个相关的活动，如绘画、纸工等，让儿童更快乐地参与其中，并能让儿童在活动中积极地运用语言进行交流，表达和表现文学作品的内容。

（三）迁移作品经验

在帮助儿童深入理解作品的基础上，教师进一步引导儿童迁移作品的经验。因为文学作品向儿童展示的是建立在儿童生活经验基础上的间接经验。这种间接经验让儿童感到既熟悉又新奇有趣。但是，仅仅让儿童的学习停留在理解这些间接经验的基础上还是不够的，还需要进一步组织与作品重点内容有关的操作、游戏、角色扮演等活动，向儿童提供一个将文学作品迁移到生活中的机会。

（四）创造性想象和语言表述

教师进一步创设条件，让儿童展开自己的想象，并创造性地运用语言去表达自己的想象。教师可以让儿童学习续编故事，也可以让儿童仿编诗歌，还可以让儿童围绕文学作品内容创造性地讲述。

培养儿童创造性想象和语言表达的方式

1. 指导儿童艺术地再现文学作品

再现文学作品的方式有多种：复述、朗诵、表演、用音乐或美术手段再现其思想内涵和情感氛围等。无论哪一种再现的方式，教师都需要指导儿童在准确理解作品的基础上，进行一番再加工。

2. 指导儿童学习仿编文学作品

实际上，儿童仿编文学作品的过程也是一个再造或仿造的过程。儿童通过换一个词或换几个词，甚至换几个句子的方式完成仿编活动。从自己仿编的作品里，儿童体验到成功所带来的快乐，增强了自信心，也大大提高了语言学习的兴趣。

3. 指导儿童创编文学作品

教师可以鼓励儿童进行文学创编活动。教师可以请儿童根据故事的开头，展开丰富的想象继续编故事。教师既可以让儿童编出一句或一个段落，也可以视儿童的能力鼓励他们编出完整的文学作品。

四 幼儿园文学教育活动的方法

（一）开放性的提问

开放性的提问是指答案不确定的提问。在幼儿园文学教育活动中，教师的提问方式有多种。

（1）针对儿童记忆系统的提问。这类提问的答案往往是确定的，也就是说是显而易见的。故事里有谁？你听到了什么？他为什么这么做？成人可以借此了解到儿童记得和懂得了哪些，忘记了哪些，这些都是进行进一步提问或欣赏的依据。

（2）针对细节的提问。这类提问儿童必须复述细节，这往往能激发儿童的情绪，因为细节描述既可以讲，也可以用动作或表情表示。

（3）针对作品的主题或情节的提问。

（4）针对作品中文学语言的提问。

（5）针对生活原型与作品形象进行比较的提问。

（二）复述和朗诵

复述和朗诵是建立在感受体验基础上的艺术形象创造的活动。

故事复述有全文复述或细节复述两种形式。其中全文复述的作品宜篇幅不长，结构比较工整，语言和情节有适当反复，词语优美爽朗，通俗易懂，形象且富有童趣。不符合以上要求的作品，可以只让儿童针对某个细节进行复述。

（三）表演

根据儿童文学作品内容，表演可以分为以下几个层次：

（1）只进行作品中人物对话的表演。

（2）儿童文学作品段落的表演。

（3）完整儿童文学作品的表演。

（四）创编

儿童文学作品创编的方法较多，可以引导儿童根据自己的联想和想象，模仿同一个题目的儿童文学作品进行再创编，也可以根据原有作品的结尾来续编故事，还可根据图画来讲述故事等。

 **案例选读**

1. 故事"微笑"活动案例

微　笑

森林里的动物们都是好朋友。小鸟为朋友唱歌，大象为朋友盖房子，小兔为朋友送信，小马为朋友运东西。小蜗牛很着急，因为它只能在草地上慢慢地爬，别的什么也干不了。他很担心自己没有朋友。

一天，小蜗牛在森林里慢腾腾地走着，小兔走过小蜗牛的身边，小蜗牛对她微笑。小兔说："小蜗牛，你的微笑真甜。"小蜗牛很高兴，他想：对呀，为什么不把微笑送给朋友们呢？小蜗牛又一想：可是，怎么才能让朋友们看到我的微笑呢？我长得太小了呀，他们看不见我。小蜗牛想啊想，终于想出了好办法。

第二天，小蜗牛把一些信交给了小兔子。第一封信是写给小兔子的，她打开一看，会心地笑了。第二个收到信的是小马，他看了信，高兴地摇了摇尾巴。大象伯伯看了信，呵呵地笑了。这是怎么回事啊？原来，小蜗牛的信是一幅画，画的就是小蜗牛的笑脸。

于是，森林里的朋友们都笑了起来，他们说："小蜗牛，真是了不起！"

【案例一】　　　　　中班社会活动案例"微笑"

上海市嘉定区黄渡幼儿园　刘华

活动目标：

1. 体验生活中处处充满了欢乐，处处有微笑。

2. 感受微笑的力量，愿意用微笑给别人带去快乐。

活动准备：

一组表情照片、空白的圆形卡片、蜡笔等、幻灯片。

活动过程：

一、体验生活中的快乐，感受微笑

1. 引导幼儿笑眯眯地对客人、老师打招呼。

师：怎样对客人、老师打招呼，客人、老师会很开心？（笑眯眯。）

客人、老师看到小朋友都笑眯眯的，很开心，他们也会很高兴的。

2. 出示一张微笑的图片：看看朋友怎么了？他为什么那么开心啊？

（引导幼儿讲讲可能发生什么事情让图片上的朋友开心地笑。）

3. 在教室后面摆放一些照片，等一会儿，请大家去看一看，说一说，看看照片上的朋友为什么那么开心地笑？

（幼儿自由选择照片讨论，老师倾听引导。）

4. 交流图片。

导语：这张照片上的朋友怎么了，发生了什么开心的事情？

幼：和好朋友分享食物真开心啊！所以会微笑！收到朋友的礼物，送朋友礼物都是开心的事情！所以会微笑！爷爷奶奶爱宝宝，宝宝多开心啊！所以会微笑！和家里人一起旅游，真开心啊！所以会微笑！……

小结：原来我们的生活中处处充满了开心、快乐的事情，生活中处处有微笑。看到别人微笑你有什么感觉？你开心所以我开心，你快乐所以我快乐！

二、进一步体验，感受微笑能够带给他人快乐

1. 欣赏故事，理解故事内容，进一步体验微笑的魅力。

提问：看到你们这样开心地笑，我也感到很快乐。可是有一只小蜗牛，他心里有心事，这究竟是为什么呢？

2. 欣赏幻灯片前半段。

提问：小蜗牛怎样才能把自己的微笑送给朋友们呢？怎样才能让朋友们无论在什么地方都能看到自己的微笑呢？

（鼓励幼儿结合自己的经验，充分展开想象为小蜗牛想办法。）

小结：朋友们收到了礼物，看到小蜗牛甜甜的微笑，也都开心地微笑起来。

三、制作微笑卡，传播微笑

师：原来微笑的力量这么大，不仅能给朋友带来快乐，而且能够让自己变漂亮，使心情变得很好，还可以交到很多新朋友。我们也来学学小蜗牛，把自己的微笑画在卡片上，做张微笑卡送给别人好吗？你想把微笑卡送给谁呢？送微笑卡的时候可以和朋友怎么说？

四、活动延伸：送微笑卡

【案例二】 　　　　　　大班文学活动案例"微笑"

活动目标：

1. 理解并掌握故事情节，在听听、看看、议议、讲讲的基础上展开积极的想象，为不同的小动物设想出各种能带给别人快乐的办法。

2. 学会关心他人，初步体验当把快乐带给别人的同时自己也能得到快乐。

活动准备：

"微笑"故事音、视频。

活动过程：

一、师生谈话引出课题

1. 师生间相互问候。

2. 教师：老师看到你们的微笑心里可真高兴，真快乐。

提问：你们看到老师的微笑心里感觉怎么样？

师：哦，原来微笑还能给别人带来快乐呢，小朋友，森林里的小动物们都想把快乐带给别人，你们想知道他们都是用什么办法给别人带来快乐的吗？请欣赏故事《微笑》。

二、分段欣赏故事《微笑》

插问：

1. 大象会想出什么办法给别人带来快乐？

2. 小蜗牛会想出什么办法给别人带来快乐？

3. 小白兔会想出什么办法给别人带来快乐？

4. 当大伙儿讲得正高兴的时候，小蜗牛怎么了？它为什么很难过？（大家互相讨论，帮助小蜗牛想出各种能给别人带来快乐的办法。）

5. 小蜗牛用什么办法给别人送去微笑呢？（这里利用关键中断法，让儿童根据故事的情节展开丰富的想象，设想出各种不同的方法，扩展儿童的思维，发展儿童解决问题的能力。）

三、完整欣赏故事《微笑》

四、引导儿童讨论、交流

提问：

1. 你喜欢故事里的小动物吗？

2. 你们想把快乐带给别人吗？

3. 你想把快乐带给谁？

4. 谁最需要我们把快乐带给他们？

5. 你想用什么办法给别人带来快乐？

（说明：随着提问的逐渐深入，面向全体，请不同能力层次的儿童来回答问题，让所有的儿童都能体验到成功的快乐和愉悦。最后一个环节，请个别儿童上来表演节目给大家带来快乐，将活动推向高潮。）

五：邀请舞《歌声与微笑》

师：你们看，今天有这么多的老师来到这里，我们一起把快乐带给他们好吗？（儿童邀请教师与之共舞。并将快乐带给其他的教师和小朋友。）

【案例三】　　　　　　　　**中班故事活动案例"微笑"**

设计思路：

"微笑"这个故事虽然情节和讲述比较简单，但是其中却有很多值得回味和深思的地方。如三种动物的对话，体现了它们能利用自己的长处发挥自己的优势；之后的小蜗牛的做法，也体现了"物尽其才"的一种思想。同时，森林里的小动物们能热情地相互支持、相互帮助，是很令人感动的。在中班故事活动中选择这个题材，可引导儿童正确地认识自己，建立一种积极的人际互动关系，有利于儿童良好个性的形成。

活动目标：

1. 感受朋友之间应相互帮助、相互鼓励，了解真正的快乐源于共同分享。

2. 通过区别不同的角色，熟悉并初步掌握故事内容。

3. 理解词汇：微笑、友好的、孤单的，并尝试着运用。

活动准备：

1. 故事图片。

2. 故事音频。

3. 画画工具。

活动过程：

一、引入主题，了解微笑的感觉。

1. 教师出示"微笑"表情卡，请儿童做出微笑的表情。

2. 引导儿童感受微笑时的心情：

师：当你微笑时，你的心里是什么样的感觉？

当你看到别人向你微笑时，你又是什么样的感觉呢？"

二、完整欣赏故事一次。

1. 提问：在这个故事里，你最喜欢谁？为什么？

2. 提问：小鸟、大象、小兔它们能为朋友干什么？

3. 提问：小蜗牛看到朋友们都友好帮地助别人，它却很着急，为什么？

三、分段欣赏故事，鼓励儿童分段讲述。

1. 第一部分：小鸟、大象、小兔的有关内容。教师出示图片，带领儿童共同讲述。

2. 第二部分：小蜗牛的改变。教师出示图片，带领幼儿共同讲述。

3. 第三部分：小蜗牛的信。教师引导儿童理解"友好的、孤单的"词汇，并运用到故事的讲述中。

四、幼儿自制一封关于微笑的信，送给自己爱的人和关心的人。

师：为什么森林里的动物都说小蜗牛真了不起呢？

我们可以用什么样的方法把快乐送给大家呢？鼓励儿童用小蜗牛的好方法自制一封微笑的信。

点　评：

同是一个故事"微笑"，三位教师分别从社会、文学、故事三个角度来设计教学活动案例。社会活动案例紧紧围绕着"微笑"展开，让儿童通过活动，深深感受微笑的力量，达到了教育儿童的目的；文学活动案例设计的重点是引导儿童逐步体会故事的情节和主题；而在故事活动的案例设计中，教师则通过欣赏故事，讲述故事，让儿童体会微笑带给人的快乐。

2.《逃家小兔》绘本阅读案例

【案例一】　　　　　　《逃家小兔》亲子阅读案例

活动目标：

1. 通过亲子导读，帮助儿童和家长理解作品的深刻含义。

2. 在阅读、游戏、表演活动中，学习用语言表达对作品的感受。

3. 在活动中体验母子共情的愉悦。

活动准备：

《逃家小兔》绘本、课件。布帘及花、水壶、鸟、树、船、风的图标。

活动过程：

一、亲子游戏：找手

1. 玩儿童找妈妈手的游戏。

师：在布帘后面藏着小朋友们的妈妈，你们能够找到自己妈妈的手吗？

幼儿游戏寻找。

师：问儿童为什么找到或没找到妈妈，儿童谈谈感受。

2. 交换游戏，妈妈们找自己孩子的手。

师：妈妈为什么这么容易找到宝宝的手？

家长谈谈感受。

二、导读作品《逃家小兔》

师：小兔和妈妈也做了个有趣的游戏。

1. 阅读图书课件《逃家小兔》片段。

师：故事中小兔子变成了什么？兔妈妈又变成了什么？

幼儿回答时出示图标，帮助幼儿理解园丁的意思。

师：小兔变的时候，兔妈妈为什么要变成这些而不变成别的？

2. 再次阅读。

师：小兔子和妈妈游戏时，小兔子怎么说的？兔妈妈又是怎么说的？

你最喜欢兔妈妈变的什么？儿童在黑板上把自己的名字卡放在对应的图标下。

亲子讨论：家长猜猜，你的宝宝，他最喜欢兔妈妈变成什么？为什么？

3. 出示幼儿粘贴的结果。家长看一看，交流。

4. 介绍绘本《逃家小兔》。

三、亲子装扮表演

1. 师：你们想玩小兔和兔妈妈变变变的游戏吗？你们想变成什么，妈妈又会变什么来找你？

2. 亲子讨论，鼓励家长和儿童把自己扮演的角色装扮出来。

3. 亲子表演。

四、发《逃家小兔》书，请家长与儿童回去共同阅读。

[案例二] 　　　　　　　　《逃家小兔》分享阅读案例

活动目标：

1. 引导幼儿理解图书中小兔和兔妈妈变化之间的关系，并尝试运用语言将图片内容表述出来。

2. 引导幼儿感受图书中表达的母爱。

3. 学习正确的阅读方法，激发幼儿阅读兴趣。

活动准备：

视频展示台、图书人手一本、图书小卡片、彩色笔、记录纸。

活动过程：

1. 教师引导幼儿观察封面，介绍图书名称《逃家小兔》。

师："书的名字叫什么？"

幼儿猜测。

教师介绍图书的名字："逃家是什么意思？"

幼儿猜测。

师："书的封面上还有什么？"

幼："两只兔子！草……"

师："这两只兔子会是什么关系？""它们在干什么？""猜猜兔妈妈和小兔子会谈些什么？"

师："这本书就把兔妈妈和小兔子一起说话的内容记录下来了，我们来看看兔妈妈和小兔子到底说了些什么？"

2. 教师引导幼儿阅读理解第一段。

（1）引导幼儿理解第一段的内容。

教师阅读第一页，提问："这是谁？""它在干吗？"

幼儿回答。

提问："兔妈妈在做什么？"

教师阅读第二页，提问："小兔子变成了什么？"

教师阅读第三页，提问："兔妈妈在干什么？兔妈妈变成什么了？"

（2）引导幼儿理解第一段的句式特点。

（第二页）师："我们看第二页，这上面画的是谁说的话？"

（第三页）师："第三页，这上面画的是谁说的话？"

（彩页）师："这画的又是什么内容？"

（3）引导幼儿观察整本书的句式特点。

师："我们看看后面是不是也是同样的情况……"教师幼儿边翻书边观察。

3. 教师引导幼儿自主阅读。

师：请翻到变成捕鱼人彩页，我们一起来看看小兔又变了什么？兔妈妈也跟着变成了什么？

幼儿自主阅读。

4. 教师引导幼儿理解小兔和兔妈妈变化的对应关系。

师："在书里，小兔都变成了什么？"幼儿回答，教师将幼儿回答的内容卡片贴在展板上。

教师引导幼儿理解小兔和兔妈妈变化的对应的关系。

5. 教师引导幼儿根据图谱讲述故事《逃家小兔》。

6. 引导幼儿重点观察部分彩页，理解故事表达的情感。

（兔妈妈捕鱼图）师："兔妈妈在干什么？""它为什么不用鱼饵和鱼钩而用胡萝卜？"

幼："因为胡萝卜是小兔最爱吃的食物！"师："兔妈妈是多么爱小兔，所以用小兔最爱吃的胡萝卜来钓它，而不用容易伤害到小兔的鱼钩。"

（兔妈妈园丁图）师："小兔变成了什么？兔妈妈变成了什么？"

师："兔妈妈为什么不变成采花的人而变成了园丁呢？"

师："兔妈妈是多么爱小兔，所以不愿伤害它！"

师："你还能从哪些彩页里看出兔妈妈对小兔的爱呢？"

7. 引导幼儿运用绘画的形式，续编故事。

师："如果你是一只逃家小兔，你会变成什么？你妈妈会变成什么来找到你？"

教师："我们把编的故事用画画的方式记录下来。"

8. 幼儿介绍自己创编的故事。

3. 幼儿园文学教育活动设计案例

【案例一】　　　　　　　中班诗歌学习活动案例——"捉迷藏"

设计思路：

《捉迷藏》这首儿童诗很优美，也很有童趣。在生活中，孩子喜欢捉迷藏，有丰富的生活经验。在活动中，教师重点在于让幼儿感受诗歌的优美，通过捉迷藏的游戏体验活动的乐趣，并通过仿编句子引导幼儿积极、主动的表达，培养幼儿创造性的语言表达能力。

活动目标：

1. 能体验诗歌的情趣并在活动中大胆地用语言表达。
2. 感受和理解诗歌内容，能仿编诗歌中的句子。
3. 学习用好听的声音朗诵诗歌，丰富词汇"静悄悄"。

活动准备：

1. 背景图一幅以及与之相关的可操作性图片。
2. 颜色小精灵、太阳卡片，布置颜色小精灵的"家"。

活动过程：

一、教师和幼儿一起玩"捉迷藏"的游戏，导入活动。

二、引导幼儿感受颜色宝宝玩捉迷藏的游戏，欣赏诗歌的中间部分。

1. 指导语：

提问："今天呀太阳和颜色宝宝们也在玩捉迷藏的游戏，你们想请哪些颜色宝宝来玩游戏？现在，请你们闭上眼睛，待会儿我们要看一看他们会躲在哪里？"

2. 幼儿寻找教师在背景图上贴的颜色宝宝。

3. 教师引导幼儿用诗歌里的语言说出来：绿色躲在大树里，黄色躲在菊花里……

三、幼儿完整欣赏诗歌（鼓励幼儿跟着教师一起说）

欣赏完儿歌后提问：

（1）诗歌里谁和谁在玩捉迷藏？

（2）颜色宝宝们是怎么躲起来的（学习词：静悄悄）？幼儿模仿。

（3）颜色宝宝都躲到哪里去了？

四、教师小结并带领幼儿学习朗诵诗歌。

指导语："这首诗歌可真好听，把颜色宝宝和太阳说成是一群可爱的小朋友在玩捉迷藏，我们小朋友也一起用好听的声音朗诵这首诗歌吧。"

五、游戏"颜色宝宝找家"

1. 教师以变魔术的形式变出颜色小精灵，请幼儿说说都有哪些颜色宝宝。

2. 玩法：幼儿每人一个颜色小精灵，教师当"太阳"，与幼儿一起边朗诵诗歌边玩找"家"的游戏。

（鼓励幼儿边说诗歌边游戏，并能用诗歌中的话来回答问题。）

六、幼儿仿编

1. 出示变化了的背景图，让幼儿找一找颜色宝宝躲在哪里，并用"谁躲在什么地方"说一句话。

2. 幼儿拿着颜色小精灵，以游戏的方式轮流仿编句子。

七、延伸活动

1. 教师带领幼儿到户外找一找其他的颜色宝宝。

2. 引导幼儿根据生活经验，用"××躲在××里"的句式学习仿编诗歌。

附诗歌：

捉 迷 藏

云朵用长长的手帕，把太阳的眼睛蒙住，

颜色宝宝们找一个喜欢的地方，

静悄悄地躲了起来，

绿色躲在大树里，

黄色躲在菊花里，

白色躲在棉花里，

蓝色躲在池塘里，

红色躲在蘑菇里，

手帕解开了，太阳睁开眼，

一个一个找出来了……

点 评：

在整个活动的设计中，不管是在活动导入时与幼儿玩的捉迷藏游戏，还是儿童诗中间部分颜色宝宝的出现，教师都很好地运用了"捉迷藏"的形式。"捉迷藏"让幼儿觉得好玩有趣。在活动中，教师能充分地把握机会激发幼儿大胆表达，通过"寻找颜色宝宝""颜色宝宝找家""仿编句子"等，让幼儿学会用"谁躲在什么里"的句式表达。整个活动设计比较游戏化，孩子能积极主动地参与。

【案例二】 幼儿园大班故事活动案例"国王生病了"

设计思路：

《国王生病了》是一个诙谐有趣的故事，深受幼儿的喜爱，适合大班幼儿欣赏。教师在讲述故事中应重点突出国王的滑稽可笑。活动中，教师先让幼儿观察讨论周一至周六国王做运动的幻灯片，然后通过教师的讲述让幼儿理解国王是怎样做运动的，理解故事中国王的滑稽可笑，让幼儿尝试想象故事情节和续编故事结尾。

活动目标：

1. 体验故事的诙谐有趣，能积极地参与文学活动。

2. 尝试想象故事情节和续编故事结尾。

3. 理解故事内容，仔细观察画面人物的动作，并大胆讲述。

活动准备：

课件"国王生病了"。

活动过程：

1. 出示幻灯片，设置悬念，导入活动。

指导语：有一个国王生病了，他吃不下饭睡不着觉，医生给他开了一张处方（幼儿已知道什么是处方）。请你们猜猜看，这张处方上面写了什么？

（1）引导幼儿逐幅观察幻灯片，猜猜里面说了什么。

指导语：请你们看一看，国王在星期一、星期二……都在做什么？（引导幼儿充分表达对图片的理解）他是照医生开的"药方"去做的吗？你猜猜国王的病好了没有？为什么？

（2）播放课件，引导幼儿欣赏故事前半部分。

指导语：为什么国王的病没有好，而其他的人却病倒了？

（3）操作活动。

2. 引导幼儿观察表格（国王运动记录表），判断国王每天是在做运动还是坐在轿子里，然后根据画面内容打"√"。

（1）引导幼儿想象故事结尾，并完整地阅读欣赏故事。

（2）讨论：你觉得国王的病后来治好了吗？是怎么治好的？

（3）幼儿完整地欣赏故事，感知故事的诙谐和幽默。

点　评：

该活动的选材很好。大班的幼儿不仅能理解故事中滑稽可笑的情节，也能感受到故事的趣味性。活动中教师先让幼儿观察讨论国王做运动的幻灯片，猜测其中可能发生的事情，调动幼儿的兴趣，激发幼儿对故事内容的猜测和理解；"国王运动记录表"设计得挺好的，幼儿通过判断能进一步理解国王是在做运动还是坐在轿子里；分段欣赏和续编的形式比较适合该故事的特点。

训练与拓展

1. 理论探讨：请说明在亲子阅读中应该注意哪些关键性的问题。

2. 什么样的文学作品可以成为幼儿园的教育内容？请你为幼儿园选择 10 篇适合作为教育内容的文学作品。

3. 到幼儿园进行一次关于亲子阅读的调查，从中总结亲子共读的现状、问题及解决的策略，并形成一份调查报告。

4. 阅读绘本故事《猜猜我有多爱你》，请你以它为教学内容，分别设计一个分享阅读活动案例和亲子阅读活动案例。

5. 早期阅读活动、幼儿园语言活动、幼儿园文学活动这三者之间有什么区别和联系？如果让你以一本图画书为例分别设计三个案例，该如何把握其不同的重心？

资料链接

1. 文选与案例

（1）图画书阅读具有丰富的可能性，幼儿教师在设计早期阅读活动时，能依据幼儿的实际状况分层设计固然重要，但同时还应把握每本图画书的不同特征，不然，再丰富的图画书，总是用一种模式去教，效果必然有限。陈世明在《图像时代的早期阅读》一书中，针对集体和小组阅读活动，提出了以培养前阅读经验为主的四种活动模式：感知与欣赏模式、感知与探索模式、感知—排序—讲述模式、排序—感知与探索模式。阅读这一内容，选择不同特点的图画书，尝试设计不同模式的活动案例。

（2）早期阅读要依据幼儿生理、心理与文化层面的不同进行分层设计，其标准何在？目前，已有多种形式的分层标准出现：陈世明在《图像时代的早期阅读》一书分别为小小班、小班、中班、大班的早期阅读设立了标准；上海东余杭路幼儿园提出了"幼儿园文学整合教育活动目标体系"（见于陈定儿主编《点亮童心——幼儿园整合教育研究文集》）；北京市门头沟区幼儿园提出了"家园同步开展早期阅读教育的目标"（见于刘秋红主编《家园同步开展早期阅读教育的实践研究》），阅读、了解这些标准，比较它们的异同。

2. 图书推荐

（1）孙莉莉：《早期阅读与幼儿教育》

（2）陈世明：《图像时代的早期阅读》

（3）方卫平：《幼儿文学教程》

（4）康长运：《幼儿图画故事书阅读过程研究》

（5）约翰逊等：《游戏与儿童早期发展》（第二版）

（6）方卫平：《享受图画书：图画书的艺术与鉴赏》

（7）子鱼：《为你朗读》

主要参考文献

［1］方卫平.幼儿文学教程［M］.北京：高等教育出版社，2012.

［2］朱自强.儿童文学概论［M］.北京：高等教育出版社，2009.

［3］韦苇.世界儿童文学史［M］.合肥：安徽教育出版社，2015.

［4］朱自强.小学语文文学教育［M］.南昌：二十一世纪出版社，2018.

［5］佩里·诺德曼，梅维丝·雷默.儿童文学的乐趣［M］.3版.陈中美，译.上海：少年儿童出版社，2008.

［6］彼得·亨特.理解儿童文学［M］.2版.郭建玲，周惠玲，代冬梅，译.上海：少年儿童出版社，2010.

［7］吴其南.童话的诗学［M］.北京：中国文联出版社，2001.

［8］方卫平，王昆建.儿童文学教程［M］.3版.北京，高等教育出版社，2016.

［9］王泉根.儿童文学教程［M］.北京：北京师范大学出版社，2009.

［10］陈恩黎.儿童文学中的轻逸美学［M］.郑州：海燕出版社，2012.

［11］郑荔.教育视野中的幼儿文学［M］.南京：江苏教育出版社，2005.

［12］梅子涵，等.中国儿童文学5人谈［M］.天津：新蕾出版社，2001.

［13］叶拉·莱普曼，等.长满书的大树：安徒生文学奖获得者与儿童的对话［M］.黑马，译.武汉：湖北少年儿童出版社，2005.

［14］人民教育出版社中学语文室.幼儿文学［M］.北京：人民教育出版社，2005.

［15］任继敏.幼儿文学创作与欣赏［M］.2版.北京：高等教育出版社，2016.

［16］松居直.我的图画书论［M］.郭雯霞，徐小洁，译.上海：上海人民美术出版社，2009.

［17］郝广才.好绘本如何好［M］.南昌：二十一世纪出版社，2009.

［18］彭懿.世界图画书阅读与经典［M］.南宁：接力出版社，2011.

［19］朱自强.亲近图画书［M］.济南：明天出版社，2016.

［20］河合隼雄，松居直，柳田邦男.绘本之力［M］.朱自强，译.贵阳：贵州人民出版社，2011.

［21］李莹，肖育林.学前儿童文学［M］.3版.上海：复旦大学出版社，2014.

［22］楼飞甫.幼儿文学作品选讲［M］.福州：福建少年儿童出版社，1988.

［23］蒋风.世界儿童文学事典［M］.太原：希望出版社，1992.

［24］张美妮，巢扬.中国新时期幼儿文学大系［M］.西安：未来出版社，1998.

［25］章红，等.幼儿文学作品及评述［M］.北京：新时代出版社，2003.

［26］人民教育出版社中学语文室.幼儿文学作品选读［M］.北京：人民教育出版社，2005.

［27］蒋风.中国儿童文学发展史［M］.上海：少年儿童出版社，2007.

［28］王泉根.儿童文学名著导读［M］.长春：东北师范大学出版社，2002.

［29］韦苇.点亮心灯：儿童文学经典伴读［M］.2版.上海：复旦大学出版社，2009.

［30］陈伯吹.儿童文学简论［M］.武汉：长江文艺出版社，1982.

［31］孙莉莉.早期阅读与幼儿教育［M］.合肥：安徽少年儿童出版社，2011.

［32］周兢.早期阅读发展与教育研究［M］.北京：教育科学出版社，2007.

［33］康长运.幼儿图画故事书阅读过程研究［M］.北京：教育科学出版社，2007.

［34］陈世明.图像时代的早期阅读［M］.上海：复旦大学出版社，2008.

［35］赵霞.幼年的诗学［M］.济南：明天出版社，2016.

读者意见反馈

为收集对教材的意见建议，进一步完善教材编写并做好服务工作，读者可将对本教材的意见建议通过如下渠道反馈至我社。

咨询电话 400-810-0598

反馈邮箱 gjdzfwb@pub.hep.cn

通信地址 北京市朝阳区惠新东街 4 号富盛大厦 1 座
　　　　　　高等教育出版社总编辑办公室

邮政编码 100029

责任编辑：赵清梅

高等教育出版社　高等职业教育出版事业部　综合分社

地　　址：北京朝阳区惠新东街 4 号

邮　　编：100029

联系电话：010-58556361

E-mail：zhaoqm@hep.com.cn

专业教师 QQ 群：69466119

专业教师 QQ 群